KB045915

단원 1호
이리스
미라
“가끔은 다 같이 목욕하는 것도
나쁘지 않을 것 같구나…”

현자의 제자를 자칭하는 현자
17
류센 히로츠구 저자
후지 초코 일러스트
정대식 옮김
아르마
“아, 카구라!
만나고 싶었어~!”
“어?! 잠깐!”
카구라
She professed herself pupil of the wise man.
story by hirotsugu ryusen, illustration by fuzichoco

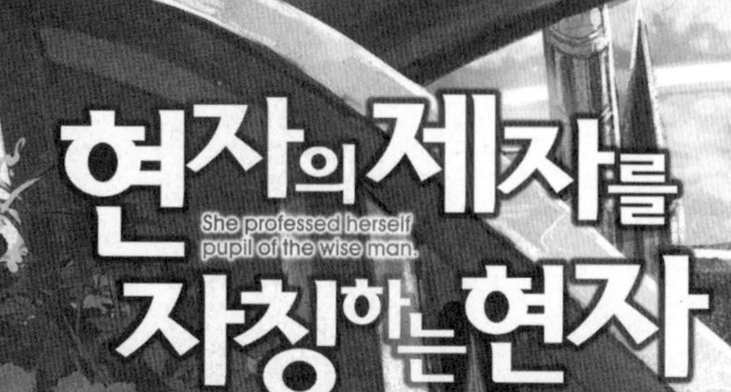
현자의 제자를
She professed herself
pupil of the wise man.
자칭하는 현자
17

1

니르바나의 수도, 라트나트라야. 미라는 그곳의 대로를 성큼성큼 걸어, 정면에 당당하게 서 있는 왕성으로 향했다.

조금만 더 있으면 낮이 될 시간인 데다 투기대회 전이기도 해서인지 거리는 상당히 떠들썩했다.

미라는 그런 떠들썩한 광경을 느긋하게 둘러보고는 이제 좀 마음을 놓을 수 있겠구나, 라는 생각을 하며 지금까지의 소동을 돌이켜 보았다.

(이거 원, 가만 생각해 보니 메인 미션은 이미 거의 완료한 상태였는데 말이지.)

니르바나에는 극비 임무를 위해 왔었다.

그리고 임무 쪽은 성에서 잠시 조사를 하자 싱겁게 끝나고 말았다. 이곳에 와 있다는 사실은 알았지만, 생각보다 훨씬 쉽게 메이린을 찾아내는 데 성공했던 것이다.

그녀는 니르바나의 기사 가문인 아담스 가문의 식객으로 지내고 있었다.

지금쯤 아담스 가문의 아이들을 훈련시켜준다는 명목으로 마구 굴리고 있을 것이다. 메이린은 성격상 훈련이라고 필요 이상으로 봐주지 않았다.

아이가 상대라도 가차 없이 내던지는 것이 바로 메이린이었다.

그런 그녀에게는 변장용 의상과 머리 염색약을 건네 두었다.

이제 투기대회가 끝나기를 기다리기만 하면 임무는 완료된다. 시간문제라 해도 무방하다.

(그나저나 그 마물 퇴치 부적 사건에서 이렇게까지 일이 커질 줄이야.)

메이린을 발견한 다음 날에 시작된 흑악마 암약 사건. 상인이 아담스 가문에 가지고 온 마물 퇴치 부적에서 비롯된 그것은 생각했던 것보다 큰 일로 번졌다.

발렌틴과의 재회로 예상치 못한 역사적 사실에 도달하기도 했는데. 바로 흑악마가 탄생한 원인과 진상이었다.

대체 어째서 이렇게 일이 커져버린 걸까. 메이린을 찾으러 왔을 뿐인데, 발견한 직후에 중대한 사태에 휘말려들 줄은 몰랐다는 생각 때문에 미라는 쓴웃음을 지었다.

(하지만 뭐, 이번 일이 없었다면 훨씬 일이 심각해졌을지도 모르는 일이니. 그걸 방지한 것만으로도 충분하지.)

마음 착한 반마족(半魔族) 소녀, 에토토와 어머니. 이번 마물 퇴치 부적 사건이 아니었다면 이 둘은 큰 재앙에 휘말려들었을 것이다.

하지만 그것도 이 일을 꾸민 흑악마를 타도한 덕에 해결되었다.

게다가 에토토 모녀는 발렌틴 일행의 조직에 몸을 의탁하기로 했다. 더는 걱정하지 않아도 될 것이다.

누군가의 행복을 지켜낼 수 있었다. 그 사실에 행복을 느끼며 미라는 가벼운 발걸음으로 왕성의 문을 향해 나아갔다.

"나 원, 아르마 녀석. 이 몸에 관해 제대로 전달을 해뒀어야 할 것이 아니냐! 그랬다면 귀찮은 문답을 하지 않아도 됐을 것을!"

니르바나 성 안에서 쇼핑몰로 착각할 만한 광경의 구획을 지나던 미라는 성문에서 있었던 일을 떠올리며 화를 내고 있었다.

이전에 방문한 것이 일주일 정도 전이었다. 무녀의 호위를 하니 마니에 관한 이야기를 한 후, 용건을 마치면 다시 돌아오겠다고 해뒀으니, 이곳에 다시 오리란 것은 알았을 거다.

하지만 이번에 성문에서 여왕에게 부탁을 받은 친구라고 밝히자 그런 이야기는 들은 바가 없다며 수상한 인물 취급을 당하고 말았다.

나아가 자신이 정령여왕이고 암살자 집단을 잡는 데 협력한 자라는 등, 자기소개가 될 만한 말을 닥치는 대로 늘어놓아 보았지만 문지기는 들은 바가 없다는 말로 일축했다.

"일반 병사들은 무녀님 호위에 관한 일 자체를 모르니 어쩔 수 없습니다냥. 게다가 소생이 여기 있었기 때문이라는 이유도 있을 것 같습니다냥."

미라가 푸념을 하듯 툴툴대자 한 마리가 답했다.

그렇다, 단원 1호였다. 마물 퇴치 부적 건이 정리될 때까지 무녀 호위 의뢰는 연기하겠다는 취지의 말을 전달하고자 단원 1호를 성으로 보냈었는데, 그날부터 오늘까지 연락책을 겸해 체류하고 있었던 것이다.

"끄응…… 일리는 있는 말이다만……."

송환하지 않고 굳이 체류시키고 있으니 돌아오기 전에 단원 1호를 통해 연락 정도는 할 거다. 그렇게 생각했을 가능성은 부정할 수 없었다.

게다가 그 가능성을 뒷받침하듯, 단원 1호가 문지기에게 설명을 해주자 성에 들어올 수 있었다.

체류했던 일주일 남짓 동안 단원 1호는 왕성에서의 입장과 신분을 확립해 두었던 것이다. 놀랍게도 '당신이 단원 1호님이 말씀하신 단장님이셨습니까!'라면서 문지기가 태도를 확 바꿀 만큼 영향력이 있었다.

하지만 단원 1호를 보내두었다는 사실을 까맣게 잊었던 탓에 미라는 그 이상 아무 말도 하지 못하고 입을 다물 수밖에 없었다.

"냐냥! 그러고 보니 단장님, 저 가게의 모둠회는 분명 틀림없이 맛을 겁니다냥! 아직 먹어보지는 못했지만, 소생의 눈에는 횟감의 신선도와 맛이 똑똑히 보입니다냥!"

그 대신이라고 해야 할지는 모르겠지만, 단원 1호의 입은 쉴 새 없이 움직였다. 체류했던 일주일 동안 광대한 니르바나 성을 이리저리 돌아다녔다고 한다.

당연히 돌아다닐 수 있는 범위는 제한되어 있었겠지만, 평범한 메이드와 병사들이 들락거리는 범위까지는 출입이 허용되었던 모양이다. 목적지로 향하는 동안 단원 1호는 성 안에서 들러볼 만한 장소에 관해서 멋대로 떠들어댔다.

그중 한 곳이 여기였다. 대체 뭐가 어떻게 된 것인지, 성 안에 가게가 있었던 것이다.

듣자 하니 여러모로 바빠서 밖에 나갈 시간도 없는, 혹은 밖으로 나가기가 귀찮은 내부 근무자들을 위해 아르마가 여러 가게들을 아예 성 안에 만들어 버렸다는 모양이다.

자세히 보니 식료품점에 음식점, 잡화에 일용품에 의복, 침구와 가구, 책, 술구, 나아가 화랑(畫廊)도 존재했다.

심지어 저렴한 물건부터 고급스러운 물건까지 골고루 갖춰져 있기까지 했다.

단원 1호는 그중 한 곳을 가리키며 유달리 강조하듯 소개했다.

뭔가 하고 시선을 돌려보니 그것은 생선 가게의 모둠회였다. 단원 1호는 '열심히 일한 아이에게 주는 상으로 제격!'이라고 적힌 팻말을 슬그머니 빼 들더니 기대가 담긴 눈빛으로 미라를 쳐다보고 있었다.

"그럼 뭐, 볼일을 마치고 사보도록 할까……."

"역시 안목이 있으십니다! 역시 단장님입니다냥!"

존재 자체를 잊고 있었던 것이 미안했던 탓에 미라는 사과를 겸해서 그렇게 약속했다.

목적지로 향하는 도중에도 단원 1호가 단장이라고 소개해준 덕분에 경비병이 지키고 있는 곳을 문제없이 통과할 수 있었다.

그렇게 해서 드디어 아르마의 집무실 앞에 도착했다.

"그럼 단장님, 기대하고 있겠습니다냥!"

"음, 알았다 알았어."

은근슬쩍 상을 달라고 조르는 말에 그렇게 대꾸한 후, 미라는 오랫동안 임무를 수행하느라 수고했다고 치하해주고서 단원 1호를 송환했다. 그리고 "1만 리프라……"라고 중얼거리며 집무실의 문을 노크했다.

메이린을 찾는 임무 등은 거의 끝났다. 무거운 짐을 덜어 마음이 가벼워진 미라는 뒤로 미뤄 두었던 무녀 호위 임무에 관한 자세한 설명을 들으러 온 것이다. 이 또한 중요한 안건이다.

"아, 왔어, 할배? 아, 앞으로 10…… 15분 정도면 끝나니까 안에서 기다려~."

"흠. 알겠다."

집무실에 얼굴을 비추자 아르마는 서류 작업에 쫓기고 있었다. 심지어 지금은 투기대회를 앞두고 있어서 평소보다 일이 많은 듯했다.

낮 동안 끝내둬야만 하는 일이 아직 조금 남은 모양이다. 그동안 했던 이런저런 일과 호위에 관한 이야기는 그걸 마치고 천천히 하자는 분위기라, 미라는 잠시 동안 안쪽에 있는 방에서 기다리게 되었다.

현재 아르마가 집무를 보고 있는 방은 수많은 자료가 꽂힌 책장으로 둘러싸여 있는 데다 벽에는 니르바나의 국기 말고도 국교가 있는 나라의 국기도 나란히 걸려 있었다. 그리고 그중에는 미라도 잘 아는 국장(國章)이 그려진 국기── 알카이트 왕국의 것도 있었다.

그렇게 척 봐도 격식 있는 집무실 안쪽에 자리한 문. 그 건너편에 있는 방에서 기다리라는 말을 들은 미라는 별생각 없이 대답하고서 그 문손잡이에 손을 대었다. 그러자 문득 "아, 냉장고에 있는 건 마음대로 먹어도 돼~"라는 아르마의 말이 들려왔다.

"오오, 그러하냐."

사양은 안 하마. 그렇게 답하고서 문을 열고 안쪽 방으로 발을 들인 직후, 미라는 눈 앞에 펼쳐진 광경에 "오오오……" 하고 탄성을 흘릴 수밖에 없었다.

조금 전까지 있었던 집무실은 여왕의 일터로 기능하기 위해 번듯하게 꾸며져 있었다. 하지만 그 안쪽에는 초일류 호텔의 VIP룸을 능가하지 않을까 싶을 만큼 사치스러운 주거공간이 마련되어 있었던 것이다.

테이블이며 의자에 소파, 식기 선반 등은 어느 것 할 것 없이 척 보아도 최고급품이라는 것을 알 수 있었고, 조명과 냉장고, 그리고 공기조절장치 등, 자연스럽게 놓여 있는 생활용 술구류도 어지간한 일반 가정에서 사용되고 있는 것들과는 품질 자체가 달라 보였다.

그곳은 그야말로 여왕의 방이라 하기에 걸맞은 화려함과 위엄으로 넘쳐나는 공간이었다.

"이것 참, 이렇게 으리으리한 방도 있었군그래."

요전에 오랜만에 아르마와 재회했을 때 실례했던 서민적인 방과는 하늘과 땅 차이이다. 살짝 둘러보니 화장실 말고도 목욕탕, 침실과 같은 주거 환경이 완벽하게 갖춰져 있었다.

이곳 또한 아르마의 방이리라. 하지만 평소에는 그 서민적인 방에서 생활하고 있는 모양이다. 이곳에는 생활감이 거의 없었기 때문이다.

"뭐, 어쩐지 이해가 될 것도 같군."

호화로운 방에 대한 동경심은 있지만 매일 살기에는 피곤할 것 같다. 서민적인 기질이 강한 미라는 아르마의 심정을 그렇게 해석했다. 가끔씩 사치를 누리는 건 좋다. 그리고 사치를 누리는 가장 간단한 방법은 바로 식사일 것이다.

미라는 곧장 부엌 옆에 놓인 커다란 상자형 술구—— 냉장고로 달려가 안을 확인했다.

"아주 꽉꽉 들어차 있구나."

성인 남성의 키만큼 높다란 검은 상자. 서늘한 그 안에는 몇 가지 채소와 과일, 병 등이 늘어서 있었다. 장소가 장소고 쓸 사람이 아르마뿐인 탓인지 식재료의 양은 그렇게 많지 않았다. 하지만 그 대신 병이 잔뜩, 그야말로 용량의 절반 이상을 차지하고 있었다.

"흐음, 이건…… 아니, 혹시……!"

투명한 병에는 붉은색에 보라색에 호박색 등, 상당히 컬러풀한 액체가 들어 있었다. 이건 대체 뭘까. 그렇게 생각한 미라의 머릿속에 한 가지 가능성이 곧장 떠올랐다. 그리고 그 예감은 적중해서, 뚜껑을 열어보니 실로 감미로운 향기가 콧속으로 들어왔다.

"오오…… 이렇게나 향기로울 수가……."

병 속에 든 것은 술이었다. 여러 종류의 과실주에 맥주, 위스키며 청주까지 골고루 갖춰져 있었다. 그야말로 기분에 따라 골라

잡아도 될 만큼 풍부했다.

게임이었던 시절부터 아르마가 애주가라는 사실을 알았던 미라는 이곳에 진열된 병들을 바라보며 지금도 여전한 것 같다는 생각에 쓴웃음을 지었다. 하지만 동시에 궁금증이 쑥쑥 부풀어 오르기도 했다.

솔로몬의 성에서 마셨던 술은 일국의 왕이 즐기기에 걸맞다는 생각이 들 만큼의, 널리고 널린 주점에서 마시는 술과는 비교도 안 된다는 생각이 들 정도의 무언가가 있었다.

하지만 눈앞에 놓인 술들은 어떠한가. 이 장소에 있는 것은 술이라면 사족을 못 쓰는 여왕 아르마가 개인적으로 느긋하게 즐기기 위해 준비한 것들이다. 그리고 이렇게 말하기는 좀 그렇지만, 알카이트 왕국과 니르바나 황국의 국력차는 압도적이다.

병에 들어있는 것은 그런, 둘째가라면 서러워할 대국의 애주가 여왕이 즐기는 술이다. 궁금하지 않을 리가 없다.

“한 잔 정도는 마셔도 되겠지…….”

미라는 그렇게 병으로 손을 뻗었지만, 직후에 손을 멈추고 그대로 냉장고를 닫았다.

여왕의 술이 어떨지 매우 궁금하기는 했지만 곧 호위 임무에 관한 이야기를 할 예정이기 때문이다. 한잔하고 일 얘기를 하는 건 좀 그렇지 않나, 싶어서 생각을 고친 것이다.

이런 면에서는 의외로 성실한 미라였다.

〈2〉

아르마가 쟁여둔 최고급 술에 대한 유혹은 뿌리쳤지만 여왕 컬렉션에 대한 궁금증은 여전히 남아 있었다.

미라는 그것을 완전히 떨쳐내기 위해 이번에는 냉동고 쪽을 열어 보았다.

"어라, 이것은……."

싸늘한 냉기가 흘러나오는 그곳의 절반 정도는 아무것도 없는 건가 착각할 만큼 투명한 얼음으로 채워져 있었다. 보나 마나 조금 전에 보았던 술을 차갑게 즐기기 위한 것이리라. 하지만 나머지 절반은 그렇지 않았다. 그곳에는 나무로 된 작은 그릇이 가지런히 놓여 있었던 것이다.

흐음, 무엇을 냉동한 것일까. 그중 하나를 집어 들고 확인한 미라는 "오오!" 하고 탄성을 질렀다. 덮개를 열자 부드러운 바닐라 향이 확 퍼져 나왔기 때문이다.

그렇다, 작은 나무 그릇에 담겨 있던 것은 아이스크림이었다.

대국의 여왕이 즐기는 아이스크림. 그것은 분명 지고의 일품일 것이다. 그렇게 확신한 미라는 망설임 없이 그중 하나를 꺼냈다. 그런 다음, 부엌에서 스푼을 빌려 소파에 몸을 파묻고 한 입 맛보았다.

"……! 이 깊은 향과 달콤함, 그리고 농후한 우유 맛! 이건 비유지방 아이스크림이 아니야. 아이스 밀크다!"

과연 정말로 차이를 구분해낸 게 맞을지는 모르겠지만. 미라는 서민의 영역을 벗어나지 못한 저렴한 감상을 늘어놓으며 최상급 아이스크림을 홀랑 먹어치웠다. 그리고 곧장 일어나 다음 것을 찾아 냉동고로 달려가서는 또 하나를 집어 들었다.

"호오…… 이건 요구르트 맛인가! ……그렇다면 혹 다른 맛도?!"

두 번째 아이스크림을 입에 넣은 순간, 상쾌한 신맛과 달콤함이 입 안에 퍼졌다. 겉보기에는 같은 나무 상자였지만 자세히 보니 덮개에 자그마하게 '요구르트'라고 적혀 있었다. 냉동고에 잔뜩 들어있는 그것들 모두가 바닐라 맛은 아닌 듯했다.

나머지 맛들도 분명 아주 근사할 거다. 그렇게 확신한 미라는 이대로 냉동고 앞에 진을 칠 생각으로 일어나 의자를 찾았다.

그리고 그때, 최상의 특별석이 미라의 눈에 들어왔다.

아닌 게 아니라 큼직하게 난 창문 너머, 푸른 하늘이 보이는 그곳에는 아담하지만 우아하게 꾸며진 테라스석이 있었던 것이다.

"오오, 참으로 사치스러운 분위기가 감도는구나!"

도시에서 가장 높은 곳에 있는 왕성에서도 특히나 높은 위치에 자리한 데다, 별세상처럼 고급스러운 여왕의 방에 있는 테라스석. 그곳에서 보이는 광경은 과연 어떠할까. 그리고 그 광경을 앞에 두고 아이스크림을 먹으면 얼마나 맛있을까.

몹시 궁금해진 미라는 곧바로 창문으로 달려가 문처럼 되어 있는 부분을 통해 테라스로 나갔다.

상부에 있는 차양 끝에는 눈이 시릴 만큼 높고 푸른 하늘이 펼쳐져 있었다. 그리고 시선을 천천히 내리자, 고대했던 광경이 눈으로 날아들었다.

왕성에서 보이는 수도 라트나트라야의 거리 풍경은 그야말로 절경이었다. 왕성 주변에는 척 보아도 깔끔하고 비싸 보이는 건조물이 늘어서 있고, 실로 차분한 색조를 띠고 있었다.

하지만 먼 곳으로 시선을 옮기자 거리 풍경이 마치 그라데이션을 이루듯 변화하는 것이 보였다. 밖으로 갈수록 여러 가지 색을 띠어서 전통적이면서도 어쩐지 새로워 보이는 건조물의 비중이 늘어났다.

"그야말로 여왕의 풍경이로구나."

알카이트성에서 보았던 풍경도 상당한 절경이었지만 도시의 규모와 성의 크기가 압도적으로 다른 이곳에서 보이는 전망은 그를 껑충 뛰어넘는 박력이 있었다. 하지만 그는 동시에 이 많은 것들을 짊어지고 있음을 뜻하기도 했다.

여왕 아르마의 눈에도 이곳에서 보이는 풍경이 자신과 같아 보일까…… 따위의 생각을 하기는커녕 미라는 신이 나서 "여기가 특등석이로군!"이라고 소리치더니 잽싸게 의자에 앉아 그 절경을 바라보며 행복한 한 때를 즐겼다.

"오, 저 근처가 투기대회 회장이로군. 이곳에서도 잘 보이는구먼."

요구르트 맛, 초콜릿 맛, 그리고 바나나 맛까지 차례로 아이스크림을 만끽한 미라는 가만히 앉아 먹는 게 심심해졌는지 눈 앞에 펼쳐진 풍경을 보다 상세히 둘러보기 시작했다.

마침 정면 맞은편에는 유달리 컬러풀한 장소, 개최를 앞둔 투기대회의 회장이 펼쳐져 있었다. 시합이 이루어질 투기장을 중심으로 여러 가지 이벤트가 열린 그곳은 멀리서 보니 테마파크 같기도 했다.

"호오, 저러한 노점도 있었군. 다음에 먹어보러 가야겠다!"

회장까지는 몇 킬로미터나 떨어져 있었지만 미라는 그곳을 테라스에서 차분히 관찰하고 있었다. 먼 곳을 보는 기능인 《원시(遠視)》에 새롭게 습득한 무형술 중 하나인 《망원》을 합치자 시야가 50배율 망원경에 가깝게 확장되었다. 한참 멀리 떨어져 있는 회장조차 눈앞에 있는 것처럼 들여다볼 수 있는 것이다.

그것을 활용하여 미라는 맛있어 보이는 음식을 파는 노점을 찾았다. 그러면서 아이스크림을 먹는 것도 잊지 않았다. 《망원》 술식은 손가락과 손가락 사이에 확대의 마나 역장을 발생시키는 것이라 아이스크림을 먹을 때는 해제할 수밖에 없었다.

"오, 저 근처는 분명 요전에 한바탕했던 곳이었지?"

아이스크림을 먹으며 이리저리 시선을 옮기던 미라는 어떤 부분을 바라본 채 그렇게 중얼거렸다. 그곳에는 커다란 저택이 있었다. 바로 암살자들이 은신처로 사용했으며 미라가 요그를 붙잡은 장소였다.

"오호~ 분위기 한 번 살벌하군그래."

현장은 지금 어떻게 되어 있을까. '원시'와 '망원'으로 저택 주변을 살펴보니, 병사들이 그곳을 봉쇄하고 있었다. '이라 무에르테'

라는 조직과 관련이 있을지도 모르는 요그가 거점으로 삼았던 저택이다.

'이라 무에르테'는 수많은 암흑 조직 중에서도 최대의 규모를 자랑했다. 무녀를 호위하는 임무도 이 조직과 연관이 있었다.

아르마가 총력을 기울여 괴멸하고자 하는 상대이기도 하다. 따라서 증거와 단서를 하나라도 놓치지 않고자 구석구석 철저히 조사하려는 것이리라.

(음. 저 여자는…… 세실리아라고 했었지. 흐음, 오호라. 그대로 현장 지휘를 맡게 된 것인가.)

저택의 상태를 둘러보던 미라는 창문 너머로 낯익은 여성의 모습을 발견했다. 세실리아는 여러 가지 의미에서 철벽같은 기사 갑옷 차림으로 시원스럽게 현장을 지휘하고 있는 듯했다. 어쩐지 얼굴에 생기가 도는 것처럼 보이기도 했다.

"오래 기다렸지~ 드디어 끝났어~…… 가만. 마음대로 먹어도 된다고는 했지만 너무 많이 먹었잖아, 할배. 그러다 배탈 난다?"

아르마가 일을 마치고 온 것은 미라가 아이스크림을 먹기 시작하고서 30분이 지난 뒤. 테라스에서 방으로 돌아오고서 5분이 지난 뒤였다. 예정 시간보다 다소 늦게 와보니 테이블 위에 쌓인 일곱 개의 빈 용기와 만족스러운 얼굴로 소파에 드러누운 미라의 모습이 그녀의 눈에 들어왔다.

"무얼~ 괜찮다. 이 정도로 배탈이 날 정도로 약하지는 않으니 말이야!"

미라는 벌떡 일어나 쾌활하게 웃어넘기더니 곧장 "모두 다 최고로 맛있더구나"라고 말을 잇고서 또다시 웃었다.

"나 참, 정말 못 말리는 할배라니까……."

아르마는 어이없어하면서도 못 말리겠다는 듯이 쓴웃음을 지은 후, 그대로 정면에 자리한 소파에 앉았다.

"그래서, 마물 퇴치 부적이니 뭐니 해서 여러 가지 일이 있었던 것 같은데, 자세히 좀 말해줄래?"

당연한 이야기지만 그 일이 궁금했던 모양이다. 좌우간 일주일 정도 전에 단원 1호에게 전언만 부탁하고 연락을 하지 않았기 때문이다.

하지만 과연 여왕이라고 해야 할지. 이곳에서 움직이지 않았음에도 사건의 전말을 절반 정도는 파악한 듯한 눈치였다.

이번 일과 연루된 상인과 헨리 등을 통해 사건의 발단, 마물 퇴치 부적이 어떠한 물건이었는지 등에 관해서는 이미 전해 들은 듯했다.

또한, 한발 먼저 아담스 가문으로 귀환한 메이린을 맛있는 음식으로 낚아서 이런저런 정보를 캐냈다는 모양이다. 발렌틴 일행과 협력했던 일이나 흑악마의 마을을 일소했던 일에 관해서도 이미 알고 있었다.

"흐음~ 그만큼 알고 있다면 이야기할 만한 게 그다지 없을 것 같다만——."

대략적인 사건의 개요를 안다면 처음부터 설명할 필요는 없을 것 같다.

그렇게 판단한 미라는 몇 가지 전문적인 분야와 개인적으로 신경이 쓰였던 점 등에 관해서 이야기했다.

"으~음…… 아니, 뭐라고 해야 할지. 설마 그렇게 일이 커질 줄이야. 잠깐만 정리할 시간 좀 줘……."

미라의 이야기를 끝까지 들은 후, 아르마는 복잡한 얼굴로 침묵했다.

하지만 그럴 만도 했다. 상대는 다름이 아니라 메이린이다. 그녀가 제대로 이야기할 수 있는 분야는 전투 관련뿐일 것이다.

실제로 아르마가 들은 것은 어떠한 적이 나왔는가 하는 것과 전투에 관련된 내용이 대부분이었다.

하지만 그럼에도 역시나 메이린이라고 해야 할지, 레서 데몬의 이변과 마수의 변화 그리고 흑악마의 폭주 등에 관해서는 더 이상 보충 설명이 필요 없을 만큼 꼼꼼하게 이야기를 해둔 듯했다.

그에 반해 미라는 그저 '뭔가 검은 것을 마신 것처럼 보였다'는 발렌틴의 목격 증언을 전달하는 데서 그쳤다.

다만 문제는 마물 퇴치 부적에 사용된 물건의 정체와 미라 일행과 같은 일부 사람들만 아는 악마에 관한 사안. 그리고 이번에 밝혀진 진실이다.

차례로 정리하자면. 우선 진짜 악마는 지금처럼 사악한 존재가 아니었다. 그리고 그 악마가 지금의 사악한 흑악마로 변해버린 원인이 이번에 판명되었다.

이 두 가지는 역사에 묻힌 비밀로, 대국의 여왕인 아르마조차 몰랐던 진실이었다.

그것이 예기치 않게 이번 일로 동시에 밝혀진 것이다.

악마는 인류의 적으로 알려졌다. 그리고 무엇보다 10년 전에 있었던 삼신국 방위전 당시만 해도 온 대륙에 있는 나라들이 피해를 입었었다. 그것은 니르바나도 예외가 아니다.

그녀는 그 참상을 직접 목격했다. 그렇기에 미라가 전한 진실은 그녀의 마음을 더욱 크게 흔들기에 충분했다.

더불어 지금은 흑악마만 있는 것이 아니다. 발렌틴 일행의 활약으로 본래의 상태로 돌아온 백악마까지 있다. 아무리 그녀라도 이만한 정보를 한꺼번에 듣자 머릿속이 복잡한 모양이었다.

"응, 알겠어. 알겠다고. 이 일에 관해서는 우리 쪽에서도 여러모로 대응법을 재검토하기로 하고——."

미라의 상세한 설명 덕분인지 납득한 듯했다. 아르마는 향후 악마 대책에 관해 재검토할 필요가 있을 것 같다고 판단을 내린 모양인지. 조만간 중역 회의를 열겠다고 했다.

그렇게 이번 일에 관한 이야기가 끝나자 아르마는 "그러면 호위 임무 말인데"라면서 다음 화제로 넘어갔다.

그러자 미라도 "흠" 하고 자세를 바로 하고 마주했다. 그렇게 하자 그 자리가 다시금 국가 기밀 회의장으로 탈바꿈했다.

"아마 호위가 바뀌면 얼마 동안 상황을 살피려 할 테니, 그렇게 큰 움직임은 보이지 않을 거야."

미라가 무녀의 호위 임무를 맡게 되면 적은 어떤 반응을 보일까. 처음 며칠 동안은 그것을 파악하는 데 쓸 것이다.

절대불가침의 힘을 지녔음에도 곁에 있을 수 없는 노인에서 곁에 있을 수 있는, 최근 소문이 자자한 일류 모험가 미라로 바뀌었을 때, 저쪽은 어떠한 수단을 사용할까. 이를 기회로 보고 단숨에 무녀를 제거하러 올까. 아니면 미라의 능력을 경계하여 정보수집을 우선할까. 그러한 반응을 살피려는 것이다.

"흠, 그러하냐."

경우에 따라서는 직후에 암살자와 맞붙게 될 것이다. 미라는 어떻게 수비를 굳힐지 생각하며 고개를 끄덕여 답했다.

그 후 계속해서 의논을 해나갔는데, 그 도중에 무녀의 간단한 개인정보도 들을 수 있었다.

우선 무녀의 이름은 이리스. 열네 살 소녀로 무녀라는 직책과 처지에 어울리지 않게 매우 활발한 성격이라고 한다.

"아무튼 오늘 밤에도 힘을 써달라고 부탁해뒀거든. 그러니까 할배가 대신 호위하게 되었다는 것도 그때 말할게."

"음, 알겠다."

이리스가 지닌 특별한 힘. 그것은 물건이나 모발 등, 특정 인물과 깊은 관계가 있는 물건에 접촉하여 그자가 무엇을 하고 있는지, 나아가 무엇을 하려하고 있는지를 읽어내는 것이다.

이 힘의 강점은 시간이 제한적이지 않다는 것이다. 그 물체에 남은 정보가 아니라 그 물체를 기점으로 본인에게 접속하여 현재를 읽어내는 거다.

현시점에서는 그 힘으로 '이라 무에르테'의 최고 간부, '암로(暗路)의 지배자, 유그스트 그라딘'의 행동을 완전히 봉쇄하는 데 성공하고 있었다.

하지만 이 힘에는, 사용하면 무녀측의 정보도 상대에게 흘러간다는 단점도 있었다.

그 때문에 지금은 무녀의 존재를 알아챈 유그스트 측이 암살 부대를 보내오고 있는 상황이다. 더불어 비열한 책략으로 인해 무녀가 남성 공포증에 빠진 결과, 호위를 맡았던 십이사도 중 한 명인 노인이 그 역할을 완벽하게 수행하지 못할 사태에 빠지고 말았다.

그런 상황에 찾아온 것이 노인과 동등한 실력을 지닌 미라였고, 그를 대신해서 임무를 맡게 되었다. 이것이 이번 일의 경위다.

그리고 앞으로 미라가 맡게 될 일은 약속한 대로 무녀의 호위 임무를 맡아 대회 기간 동안 지켜내는 것이다. 그 사이 아르마가 지휘하는 첩보부와 십이사도들이 움직임을 보일 '이라 무에르테'의 구성원을 특정, 그들을 통해 정보를 캐내어 적의 간부를 쫓는다.

향후의 작전을 대략적으로 요약하면 이렇게 될 것이다.

"그나저나 요전에 이 몸이 잡았던 암살자 놈들은 어떠냐? 뭔가 유익한 정보라도 캐냈느냐?"

무녀 호위에 관한 이야기가 대략적으로 끝난 참에 미라는 문득 떠오른 안건에 관해 물어보았다.

이 대회 기간을 기회로 보고 무녀의 상황을 살피려 한 암살자들은 분명 있었다. 미라는 그런 그들을 우연히 발견했고, 끝내는 암살자 집단의 아지트를 괴멸시키기까지 했다. 그리고 그 중에는 '이라 무에르테'에 소속되어 있는 것으로 의심되었던 남자, 요그가 있었다. 조직에 관한 중요한 정보를 알고 있을 가능성이 높은 중요인물이다.

"음~ 그게 있지…… 엄청 입이 무거워서 애를 먹는 중이야."

아르마는 한숨 섞인 투로 그렇게 답했다. 아무리 심문을 해도, 한 마디도 불지 않고 침묵을 지키고 있다는 모양이다. 또한 온갖 자백제를 시험해보기도 했지만 요그는 그러한 약품류에 높은 내성을 지니고 있었다고 한다.

"분명 이렇게 됐을 때를 위해 단련한 거겠지. 우리 쪽에 있는 제일 강한 약을 써도 대담하게 웃기만 하고 아무 말도 안 하더라고. 그래서 좀 더 시간이 걸릴 것 같아."

아르마는 그렇게 말하더니 다른 약을 사용해 자백제에 대한 내성을 낮추는 중이라고 말을 이었다. 철벽과도 같은 내성을 조금씩 깎아내서, 최종적으로는 자백제로 모조리 다 불게 만들려는 것이다.

하지만 위험한 약물인 탓에 조금씩 투여할 수밖에 없어서 요그에게 정보를 캐내려면 두 달 정도는 필요할 것이라고 한다.

"두 달이라, 꽤나 시간이 걸리는구먼."

"가능하면 대회 본선 전에…… 작전 협력자들이 모이기 전에 정보를 얻어서 미리 대비를 하고 싶지만, 다른 방법이 없으니까.”

암살 부대와의 연계를 생각하면 요그가 가지고 있을 정보로 추정되는 것은 잠입 중인 공작원의 인원수, 신상 내역, 투기 대회에서 맡은 역할 등이다. 특히 투기대회에서 어떤 중요 인물을 노릴 셈인가 하는 정보는 우선적으로 입수해두고 싶었다.

또한 그가 과거에 해온 일 중에 간부에 관한 단서로 이어질 만한 것이 있을 가능성도 충분히 있었다. 이 역시 저쪽에서 대책을 세우기 전에 무슨 수를 써서라도 캐내고 싶은 정보다.

하지만 정공법으로는 시간이 걸린다며 아르마는 한탄했다. 금지된 약물이라도 써서 억지로 불게 할까, 라는 소리를 농담처럼 했지만, 그 눈에는 약간의 싸늘한 빛이 감돌고 있는 듯 보였다.

3

"헌데, 이럴 때를 위한 술식 등은 연구하고 있지 않았던 게냐? 그대들 정도의 나라라면 그를 위한 기관이 있을 법도 한데."

약효가 나타나려면 두 달이 걸린다. 하지만 그러한 것에 의존하지 않고도 자백을 이끌어낼 수 있는 술식이 있다면 일이 쉬워질 것이다.

그런 예를 하나 아는 탓에 미라는 니르바나 정도의 규모와 국력이 있으면 연구도 순조롭게 진행되었을 텐데, 라는 생각으로 약간의 부러움을 담아 말했다. 은의 연탑에도 이 나라만큼의 국가 예산이 지원되었다면 포기하지 않아도 됐을 실험과 연구가 많았기 때문이다.

"연구야 했지. 하지만 할배가 그런 소릴 하니까 비아냥거리는 말로만 들리네……. 애초에 그쪽 탑에서도 자유자재로 자백시킬 수 있는 술식이 완성됐다는 소리가 없는데, 우리 쪽에서 완성됐을 리가 없잖아."

은의 연탑은 언제나 술사계의 최첨단을 걷고 있었다. 그리고 그것은 현재도 마찬가지인 모양이다. 아르마의 말에 따르면 니르바나의 술식 연구 기관은 은의 연탑에서 전달된 성과를 토대로 발전, 응용의 폭을 넓히는 데에 중점을 두고 있다는 듯했다. 또한 그들의 연구 성과를 전달받기 위해 상당한 액수의 금액을 지원하고 있다고 한다.

“아닌 게 아니라, 그쪽은 어떤데? 그런 술식의 연구는 진행되고 있어? 실험 단계에 접어든 건 없고? 할배라면 알잖아? 연구 도중인 거라도 좋으니까 좀 알려줘.”

현재 상황이 어지간히도 답답했는지. 이번에는 아르마가 절박한 사람처럼 거듭 물어왔다.

“흠…… 일단은 탑에서도 그런 부류의 술식을 연구 중이기는 하다만, 아직 실용성은 낮아서 말이다. 지금은 극도의 만취 상태로 만드는 정도에 그쳤더랬지. 이건 이것대로 혀 꼬부라지는 상태가 되어서 알아듣는 데 큰 어려움이 있다더구나.”

라스트라다와 아르테시아를 데리고 돌아간 후, 얼마 동안 은의 연탑에서 느긋한 시간을 보내면서 미라는 현재 탑의 상황을 자세히 알기 위해 각 탑을 둘러보러 다니기도 했다.

그때 무형술의 탑에서 이루어진 심문용 술식 실험도 견학했었다.

또한 그 결과는 미라가 말한 바와 같았다. 자백과는 거리가 먼 효과가 나타난 데다, 두뇌 회전까지 둔해져서 알아들을 수 있다 쳐도 잠꼬대 같은 말이 되는 경우가 대부분이었다.

“그랬구나……. 음~…… 하지만 어쩌면 비몽사몽간에 털어놓을 수도……. 아닌 게 아니라 그렇게만 돼도…….”

요그는 상당히 중요한 정보를 쥐고 있을 것으로 추측된다. 하지만 현시점에서는 그것을 캐낼 유용한 수단이 없다. 아르마는 그 사실을 한탄하며 지푸라기라도 잡는 듯한 심정으로 그런 말을 중얼거리기 시작했다.

확실하게 효과가 있다고 보장할 수 없는 자백 술식이라도 우연히 뭔가 캐낼 수 있을지 모른다면서.

"아니, 그것에는 기대하지 않는 게 좋을 게다. 실험에 입회했다만 도무지 알아먹지 못할 대답만 하더구나."

그렇게 미라가 단호하게 말을 하고 나서야 꽤나 문제가 있는 술식이라는 것이 전해진 모양인지. 아르마는 고개를 푹 숙이더니 "그렇구나아……" 하고 투덜댔다.

"뭐, 그런 것보다 효과가 확실한 술식이 있으니. 그쪽에 의지하는 걸 고려해보는 게 좋지 않을까 싶다만."

그런 아르마의 반응을 본 후, 미라는 씨익 웃으며 그렇게 말을 이었다. 무형술의 탑에서 연구 중인 술식보다 훨씬 효과적인 술식을 알고 있다고.

"……뭐? 있어?!"

어두운 얼굴을 하고 있던 아르마는 미라가 입 밖에 낸 가능성에 반응해 환해진 얼굴로 잽싸게 미라에게 달려들었다. 그리고 "어떤 술식인데?! 알려줘! 아이스크림 다 먹어도 돼!"라면서 아주 격한 반응을 보였다.

"알았다, 알았어, 일단 좀 진정하거라."

바짝바짝 얼굴을 들이대다 못해 아주 깔아뭉개는 듯한 자세가 된 아르마를 진정시킨 후, 미라는 "빨리, 빨리" 하고 재촉하는 그녀에게 그 상세 내용을 설명해주었다.

"이 몸이 아는 술식은 음양술인데 말이다——."

은의 연탑에서도 아직 연구 단계인 자백 술식. 그것을 이미 완전한 형태로 실현해버린 이가 한 명 있었다.

효과는 보증되었고 실제로 눈앞에서 확인까지 했다. 그 술식을 사용하면 분명 요그가 아는 정보를 모조리 다 캐낼 수 있을 것이다.

"허나 문제가 하나 있다. 그 술식은 너무도 난이도가 높은 데다 술식에 대한 저항력 등의 영향도 받아서 말이다. 이걸 구사할 수 있는 것은 현재 이 술식의 개발자밖에 없는 상황이다."

언뜻 들으면 아주 편리한 술식처럼 들린다. 하지만 그 효과를 최대로 발휘하게 만들기 위해서는 갖춰야 할 조건이 많았다.

대상을 완전 최면 상태로 만드는 것이 이 술식의 효과다. 하지만 그것을 성공시키려면 복잡한 술식을 구사할 기술과 상대의 술식 저항을 완벽하게 돌파할 수 있을 만큼의 역량이 필요한 것이다.

"요컨대 그 사람을 부르는 수밖에 없다는 거지? 그래서 그 사람은 어디…… 가만. 어라? 할배가 인정했다는 그 음양술사란 건 설마──."

어지간한 음양술사는 이 술식을 완벽하게 다룰 수 없다. 더불어 미라의 말투로 미루어, 어지간한 일류 음양술사라 해도 완벽하게 구사할 가능성은 낮을 듯하다.

그럼 어느 정도의 수준이라면 가능할까. 잠시 생각한 끝에 아르마는 유일하게 가능성이 있는 인물을 떠올렸다.

"──카구라?! 저기, 혹시 카구라도 찾아낸 거야?!"

가능성이 있는 인물은, 카구라뿐이다. 그 답에 도달한 아르마는 환한 미소를 띤 채 행방불명 상태였던 카구라의 소재도 판명된 것이냐고 물었다. 같은 여자 멤버이기도 해서 아르마는 카구라와도 사이가 좋았던 것이다.

"음, 바로 맞혔다. 요전에 척! 하고 찾아냈지."

흥분한 아르마를 앞에 두고 미라는 우쭐거리며 말했다. 실로 의기양양한 얼굴로 아르테시아만 찾아낸 게 아니라는 말도 덧붙였다.

"그랬구나! 그래, 그래, 카구라도 찾았다 이거지이."

30년 동안이나 소재를 알 수 없었던 올케언니뿐 아니라 친구도 발견됐다. 얼마 동안 그 사실을 기뻐한 후, 아르마는 "지금은 귀환을 발표할 타이밍을 살피고 있는 거야? 몰래 데리러 가는 게 좋을까?!" 하고 예정을 세우기 시작했다.

친구와 재회할 수 있다는 것도 기뻤지만, 유일무이한 자백 술식의 사용자인 카구라를 지금 당장에라도 초대하고 싶은 모양이다.

하지만 일이 그렇게 간단하지가 않았다. 아르마는 카구라가 알카이트 왕국에 있다고 생각하고 있는 듯하지만 실제로는 그렇지가 않기 때문이다.

"아~ 그거 말이다만, 살짝 문제가 있어서 말이다. 카구라는 용건이 있어서 아직 돌아오지는 않았다. 게다가 지금은 어디쯤에 있는지도 알 수 없는 상황이라 말이지……."

현재 카구라는 천사인 티리엘과 함께 각지에 있는 봉귀의 관——키메라 클로젠이 만들어진 원인이 된 오니의 묘지에 이상은 없는지 조사하며 돌아다니는 중이다.

그 때문에 상세한 위치는 알 수 없었고 부른다고 와줄 수 있을지도 금방은 알 수 없는 상태였다.

"어? 그래?! 뭐, 그쪽이랑 카구라도 사정이 있을 테니 어쩔 수 없지만……."

그럼 왜 괜한 희망을 품게 한 것이냐는 듯한 눈으로 아르마가 노려보았다. 그에 반해 사실 그런 술식을 알고 있다고 자랑하고 싶었던 것뿐인 미라는 말문이 막혀서 "윽……" 하고 고개를 돌렸다.

하지만 미라는 여기서 사과——를 하거나 포기할 성격이 아니었다.

"아니, 그 뭣이냐. 나라에는 없다만 연락만 취할 수 있다면 어떻게든 될 게다. 다른 사람도 아니고 그 녀석이 아니냐, 현재 상황을 설명하면 분명 힘을 빌려줄 게야!"

악의 대조직 '이라 무에르테'를 괴멸시키기 위해 중요인물에게서 정보를 캐낼 필요가 있다.

카구라는 얼마 전 비슷한 조직인 키메라 클로젠을 상대로 비슷한 일을 했었으니. 아르마의 사정을 헤아려줄 게 분명하다.

더불어 그녀에게는 식신과 위치를 바꾼다는 유일무이한 술식이 있다. 사정만 설명할 수 있다면 말 그대로 날아와 줄 것이다.

그런 확신을 가지고 미라는 단언했다. 그러자 아르마는 기대와 의심이 반반씩 섞인 눈빛을 보내왔다.

"그래서, 연락은 어떻게 취하면 되는데?"

중요한 부분을 묻자 미라는 또다시 시선을 피했다. 애초에 어디에 있는지를 알아야 연락을 취할 수 있기 때문이다.

"으음~ 뭐어, 그게 말이다……."

대답할 말이 궁했지만 미라는 찰나의 영감에 희망을 걸고 방법을 모색했다. 뭔가 방법이 없을까 하고 시선을 돌리던 중, 푸른 하늘이 눈에 들어왔다.

때마침 피스케라도 저기로 날아와 주지 않을까, 따위의 망상을 시작한 순간, 미라의 머릿속에 묘안이 떠올랐다.

카구라에게 직접 연락을 하지는 못해도 카구라에게 소식을 전할 방법은 있었다.

바로 이스즈 연맹의 본거지다.

아무리 키메라 클로젠과 관련된 뒤처리가 모두 끝난 후, 아리오트에게 전권을 양도할 예정이라고는 해도 아직은 카구라가 총수다.

봉귀의 관을 찾아다니는 동안에도 상황을 확인하기 위해 정기적으로 본거지와 연락을 주고받고 있을 터다.

다시 말해서 본거지에 연락을 해두면 그곳을 통해 카구라에게도 전달될 것이다.

상대는 다른 사람도 아니고 카구라다. 사정만 전달되면 분명 이쪽으로 피스케를 보낼 거다.

그렇게 되면 그다음은 간단하다. 바꿔치기 술식으로 카구라 본인을 이쪽으로 불러서 그대로 심문 술식으로 요그에게 모든 정보를 캐내면 된다.

그리고 본거지에 연락하는 것도 간단하다. 본거지 직통 번호를 아니 왜건에 있는 통신 장치를 사용하면 바로 연결되기 때문이다.

또한 카구라에게 연락할 방법이야 이미 이스즈 연맹과 협력 관계에 있는 솔로몬도 알았지만, 미라는 아르마에게 빚을 지워두기 위해 직접 움직이는 쪽을 택했다.

"흠, 그럼 알려주도록 하마――!"

그렇게 가슴을 쫙 펴고 당당하게 말하며 미라는 요란한 동작으로 이스즈 연맹 본거지의 번호를 적어둔 메모를 꺼……내려 했다.

"……음?"

하지만 아이템 박스에는 보이지 않았고, 연구 노트 등이 들어 있는 파우치를 뒤집어 봐도 나오지 않았다.

"왜 그래, 할배? 빨리빨리!"

"아니, 그게 말이다……."

기대감이 가득 담긴 얼굴로 아르마가 재촉하자 자신만만했던 미라는 서서히 초조해지기 시작했다.

그리고 옷에 달린 주머니까지 철저하게 뒤져본 후에 번호 그 자체를 기억해낸다는 최후의 수단에 나섰지만, 미라의 기억은 안개 속에서 멀리 보이는 간판처럼 흐릿하기만 했다.

그러던 중에 미라는 "……앗!" 하고 자신이 치명적인 실수를 저질렀음을 알아챘다.

이스즈 연맹 본거지 직통 번호를 적은 메모. 그것을 마지막으로 사용한 것은 라스트라다와 아르테시아를 발견했을 때였다. 백 명이나 되는 아이들을 이송하기 위해 카구라에게 정령비공선을 보내달라고 요청했던 그때다.

그 후에 메모를 어떻게 했더라? 그날의 일을 돌이켜보던 미라는 분명 그대로 옷 주머니에 집어넣었다는 사실을 기억해 냈다.

그날 입었던 옷은, 여름용 마도 로브 세트 미라 커스텀이다.

하지만 지금 입고 있는 옷은 가을용.

그렇다, 이전에 입었던 옷에 메모를 그대로 넣어두었던 것이다.

(……그러고 보니 마리아나가 책상 위에 놓아두겠다고 했던 것 같기도 하고…….)

미라는 옷을 마리아나에게 빨랫감으로 맡겼던 당시의 기억이 희미하게 떠올라 매우 당황했다. 입을 한일자로 다문 채 어떻게 변명—— 해결해야 할지 방법을 모색했다.

"혹시 뭔가를, 잊어버린 거야?"

뜸을 들이듯 입을 다물더니 서서히 고개를 숙이기 시작한 미라의 모습에 아르마는 미심쩍다는 듯이 물었다.

"아니, 그, 그럴 리가 있나."

얼버무리듯 웃으며 미라는 왜건에서 본거지 직통 번호로 연락을 하는 것을 대신할 방법을 필사적으로 생각했다.

깜박했다고 말하고 창피함을 무릅쓰고 소환술의 탑에 연락해서 마리아나나 크레오스에게 메모를 확인해 달라고 하는 수밖에 없다.

거기까지 생각한 것은 좋았지만, 한 달 동안 이래저래 연구에 몰두했던 탓에 그러한 메모들이 어디로 갔을지 짐작도 안 되었다.

마구 어질러진 서류에서 작은 메모를 찾으라고 하자니 매우 겸연쩍었다.

그렇다고 해서 이대로 모르겠습니다, 라는 말로 때울 때도 아니다. 일이 이렇게 되었으니 공을 양보해야겠지만 솔로몬에게 연락하는 수밖에 없나, 라는 생각도 들었다.

(으~음…… 무슨 수로 본거지에 연락을——…… 응? 본거지에 연락할 방법이라면……!)

이런저런 해결책을 떠올렸다가는 팽개치기를 한참 동안 반복하고서야 훨씬 근본적인 해결책으로 돌아갈 수 있었다.

이스즈 연맹에게는 본거지에 직접 연결할 수단이 또 하나 있었다는 사실이 떠오른 것이다.

"아~ 어흠. 확인차 묻겠는데, 이스즈 연맹이라는 단체를 아느냐?"

미라는 그냥 뜸을 들여본 것뿐이라는 듯한 태도로 그렇게 말했다.

이스즈 연맹은 키메라 클로젠에 대항하기 위해 카구라가 창설한 조직이다. 하지만 그것은 숨겨진 일면으로, 세간에는 정령들이 사는 숲을 지킨다는 목표를 내건 환경보호단체로 알려졌다.

"응, 알아알아. 숲에서 이런저런 일을 하는 사람들 말이지? 어쩐지 요즘 들어 활동이 활발해 진 것 같다고 들은 것 같아. 최근 두 달 동안 동쪽 숲이 2퍼센트 정도 넓어졌다는 보고를 들었던 것도 같고."

아르마는 애써 기억을 떠올리는 시늉도 않고, 알고 있는 게 당연하다는 듯이 답했다. 온 대륙을 무대로 할 정도로 규모가 크다 보니 이스즈 연맹의 표면적인 활동은 상당히 널리 알려져 있는 듯했다.

또한 최근 활발해졌다는 것은 최대의 목표였던 키메라 클로젠의 토벌이 완료되었기 때문일 것이다. 사람과 자산 등, 전투에 할

당했던 몫이 표면적인 활동으로 속속들이 투입되고 있는 것이다.

심지어 아르마가 말한 내용으로 미루어, 이 나라에서도 충분한 활동을 하고 있는 모양이다. 그렇다면 일이 쉬워지겠다. 어딘가에 반드시 있을 거라는 생각에 미라는 다음 질문을 내뱉었다.

"그럼 하나만 더 묻겠다만, 그 이스즈 연맹의 지부가 있을 텐데, 이 나라에는 어느 도시에 있느냐?"

니르바나에 있는 이스즈 연맹의 지부. 그것이 미라가 떠올린 해결책이었다.

카구라에게 들은 이야기에 따르면 각지의 지부에는 본거지와 연락하기 위한 통신장치가 놓여 있을 것이다.

다시 말해서 왜건에 있는 통신 장치로는 무리라도 지부에서 본거지로 연락을 취하면 그만인 것이다.

메모가 없다는 사실에 초조해지기는 했지만 지부가 있다면 어떻게든 될 거다. 게다가 이곳은 대국인 니르바나다.

분명 있을 거란 믿음을 품은 채 미라는 아르마의 대답을 기다렸다.

〈4〉

메모를 두고 온 탓에 왜건에서 이스즈 연맹에 연락을 취할 수 없게 되었다. 하지만 니르바나에 지부가 있다면 가능성은 있다.

아르마는 잠시 생각을 하더니 자아, 어떨까, 하고 긴장하고 있는 미라에게 답했다.

"지부라면 분명…… 동문 근처에 있었나? 가능하면 숲에 가까운 쪽이 좋다고 해서, 마침 있었던 빈집을 저렴하게 소개해줬던 것 같아."

10년 정도 된 일이라 그에 관한 기억이 흐릿한 모양이다. 동문 근처의 어느 부근이었는지까지는 기억이 안 난다며 아르마는 쓴웃음을 지었다.

하지만 그것은 미라에게 충분하고도 남는 정보였다.

"호오! 동문 근처라 했으니 지부는 이 도시에 있다는 뜻이로군. 잘했다!"

이스즈 연맹은 대륙 전토를 무대로 활약하고 있지만 카구라에게 들은 이야기에 따르면 나라에 따라서는 국경에 가까운 변방 도시에 지부가 오도카니 있는 경우도 있다는 듯했다.

하지만 이 니르바나에는 수도에 당당하게 지부가 있는 모양이다. 심지어 미라가 바랐던 바와 거의 가까운 입지에.

실로 관대한 대응이다. 일일이 다른 도시로 가지 않아도 되겠다는 생각에 기분이 좋아진 미라는 아르마를 칭찬했다.

"아, 왜 칭찬을 해? 아니, 근데 이스즈 연맹의 지부가 뭐 어쨌는데? 그보다 카구라랑……——으응?"

오랜만에 칭찬을 받고 잠시 쑥스러워하기는 했지만, 그것과 카구라와 무슨 상관이 있는 걸까 의아해 하던 아르마는 직후에 떠오르는 바가 있었는지 말을 그쳤다. 그리고 "그런데, 우리 정보부가 접수한 소문에 가까운 정보인데——"라고 운을 떼더니 그 소문이라는 것에 관해 상세히 이야기하기 시작했다.

아르마가 말한 소문. 니르바나의 정보부가 독자적인 정보망을 구사해 확보한 그것은 키메라 클로젠과의 싸움의 중심에 있었던 인물에 관한 정보였다.

"세간에 나돌고 있는 건, 잭그레이브 군이나 엘레오노라, 그리고 할배랑 유명한 모험가 길드에 관한 소문뿐이지만 말이야. 그런 사람들을 통솔한 게 '아리오트'라는 사람이라고 들었어."

그렇게 입을 뗀 아르마는 핵심에 가까운 사실을 단숨에 짚어냈다.

듣자하니 이스즈 연맹의 지부를 설치하게 해달라고 부탁하러 온 인물과 그 '아리오트'라는 인물이 똑 닮았더라는 보고가 있었다는 모양이다.

이야기는 거기서 끝이 아니었다. 그 '아리오트' 위에 '우즈메'라는 인물이 있다는 사실까지 정보부는 밝혀냈다.

"이스즈 연맹의 활동 내용은 정령이 사는 숲을 지키는 것, 이었지? 그럼 키메라 클로젠과는 적대 관계였을 테고."

아르마는 그렇게 단언하더니 그렇기에 그 싸움에 관여했어도 이상할 게 없다고 말했다.

"그래서 나는 이 우즈메라는 사람이 이스즈 연맹의 대장일 거라고 생각하는데, 당사자였던 할배라면 뭔가 알고 있지 않아? 게다가 엄청난 실력의 음양술사라고 들었어. 할배가 갑자기 지부가 어쩌니 하는 이야기를 꺼냈다는 건, 다시 말해서 그런 뜻이지?"

아르마는 이야기를 하면서도 여러 정보들을 정리하고 있는 듯했다. 그리고 지금, 그것들을 통합해서 진실에 다다랐다. 이스즈 연맹의 우두머리가 바로 카구라라는 진실에.

"호오, 과연 니르바나의 정보부로군. 그렇게까지 정확한 정보를 확보했었다니."

지부가 있는 곳을 물었을 뿐인데 그것만으로 알아챌 줄이야. 미라는 감탄하며 "바로 맞혔다, 이스즈 연맹의 총수는 카구라다"라는 말로 아르마의 답을 긍정하고서 그 일에 관해 간단히 설명했다.

이전의 카구라는 키메라 클로젠 타도를 목표로 하고 있었지만, 지금의 카구라는 천사 티리엘과 함께 각지를 돌아다니고 있다고. 그녀가 자백 술식과 바꿔치기 술식을 만들어냈다고. 그리고 지부에 본거지 직통 통신 장치가 있다고.

"——그런고로. 지부에서 저쪽에 연락을 해두면 분명 카구라에게 전달될 게다. 그렇게 하면 어지간히 급한 일이 있지 않은 한은 와줄 테지. 적어도 두 달이 걸린다는 약을 쓰는 방법보다는 훨씬 빠를 게다."

상대는 다른 사람도 아니고 카구라다. 시간이 전혀 없는 상태가 아니라면 힘을 빌려줄 것이다. 남은 문제는 어느 정도의 빈도로 본거지와 연락을 주고받고 있는가 하는 것인데, 아무리 그래도 두 달 동안이나 연락을 안 하지는 않을 거라고 미라는 생각했다.

이스즈 연맹은 큰 조직이다. 키메라 클로젠을 토벌한다는 최대의 목표는 달성했지만 그 뒤처리를 위해 지금도 많은 멤버들이 분주히 활동하는 중이다. 하루 동안에도 각지에서의 보고와 카구라의 판단이 필요한 안건들이 본거지로 모여들고 있을 거다.

따라서 아무리 자리를 비운 상태라도 일주일 정도의 간격으로 연락은 하고 있을 것으로 예상되었다.

"아하. 그래서 지부를 찾은 거구나. 그렇게 연락이 잘 돼서 카구라가 와주면…… 응응, 희망이 보이는걸!"

미라가 이야기한 내용을 모두 정리한 아르마는 그렇게 기합을 넣고 일어나더니 "그러면 부탁하러 가볼까!"라는 소리를 내뱉었다. 심지어 이런 일은 책임자인 자신이 이야기하는 게 도리라는 그럴싸한 이유까지 덧붙여가며.

하지만 미라는 알았다. 안다기보다는 익숙했다. 그런 아르마의 태도와 언동이 가끔씩 솔로몬이 보이는 그것과 비슷했기 때문이다.

"아니, 이 몸 혼자 가도 충분하다. 애초에 여왕이 털레털레 거리를 돌아다닐 수는 없는 노릇 아니냐. 그대는 일을 하며 기다리고 있거라."

뭐든 구실을 만들어 정무에서 벗어나려 하는 왕의 행동이다. 그런 낌새를 알아챈 미라는 아르마를 제지하며 자리에서 일어났다.

아르마의 동기는 둘째 치고 곧 무녀 호위 임무를 맡아야 하니 이 타이밍에 연락을 해두는 게 상책일 것이다.

"윽……!"

미라가 예상한 대로 아르마의 속셈은 그것이었던 모양인지. 눈에 띄게 동요해서 아무 말도 하지 못했다. 하지만 그녀의 눈빛은 포기한 사람의 그것이 아니었다. 사고의 밑바닥을 더듬어 뭐든 핑곗거리를 만들려고 아주 혈안이 되어 있었다.

"그리고 지부에 있는 통신 장치는 아무나 쓸 수 있는 게 아니다. 암호를 아는 자만이 그것이 있는 방에 들어갈 수 있게 되어 있지. 여왕이라 해도, 아니, 여왕이기에 더더욱 그러한 규칙을 지켜야 하지 않겠느냐."

타이르듯이, 하지만 어쩐지 의기양양한 투로 미라는 말했다.

지부에 배치된 본거지 직통 통신 장치는 당연하게도 외부인이 함부로 사용할 수 있는 물건이 아니다. 이스즈 연맹의 멤버들만이 사용할 수 있는 중요한 연락 수단인 것이다.

분명 니르바나의 여왕인 아르마라면 억지로 사용할 수도 있을 거다. 다만 권력을 휘둘러 그런 중요한 물건이 있는 장소에 들어가는 것은 옳지 않다. 미라는 그런, 그럴싸한 이유를 늘어놓기 시작했다.

그리고 끝으로 다시금 가슴을 쫙 펴고 의기양양한 얼굴로 "당연히 이 몸은 그 암호를 안다"라고 말했다.

그렇다, 미라는 이전에 그런 통신 장치를 사용하기 위한 암호를 이스즈 연맹의 정예인 히든의 전갈에게서 들었던 것이다. "그러니 지금은 혼자 가는 게 좋겠구나"라는 말로 미라는 계속해서 기회를 엿보고 있는 아르마를 타일렀다.

"아, 하지만 할배는 지부가 어디에 있는지 모르잖아? 안내해 줄게."

좋은 생각이 났다는 듯이 아르마가 그런 소리를 했다. 하지만 미라는 그 거짓말을 그 자리에서 간파해냈다.

"무슨 소리냐. 조금 전에 그대의 입으로 정확히 어디에 있는 지까지는 기억이 안 난다고 하지 않았느냐."

처음에 지부의 위치를 물었을 때, 아르마는 동문에 있는 빈집을 소개해주었다고 말하면서 자세한 위치는 기억이 안 난다는 소리도 했다. 다시 말해서 안내 같은 걸 할 수 있을 리 없는 것이다.

"……네에, 알겠어요~ 고문 같은 서류 작업이나 하면서 기다리면 되잖아요~."

간신히 떠올린 아이디어도 자신이 내뱉은 말로 인해 무효화되고 말았다. 그 결과, 아르마는 설득을 포기한 듯했다. 입술을 삐죽거리며 불만이 가득한 투로 답하더니 쿵쿵 발소리를 내며 집무실로 돌아갔다.

하지만 완전히 포기한 것은 아닌지. 미라가 따라서 집무실로 돌아가자 아르마는 보란 듯이 산더미처럼 쌓인 서류에 손을 얹으며 "하아……" 하고 땅이 꺼지라고 한숨을 내쉬고는 원망 섞인 눈빛을 날려 왔다.

"참으로 고생이 많구나. 나라가 크다 보니 업무량도 장난이 아니로군."

대국인만큼 정무를 분담해주는 대신들도 많았지만, 여왕이 처리해야만 하는 업무도 잔뜩 있었다.

수고가 많다며 미라가 다독이자 아르마의 얼굴에 기대감이 배어났다. 숨 좀 돌릴 겸, 아주 잠시라도 이 일에서 탈출할 수 있게 도와달라는 호소가 들려오는 것만 같았다.

요그를 효과적으로 심문하기 위한 적임자와 직접 교섭을 하고 오겠다고 둘러대면 정식으로 외출 허가를 받을 수 있을 거다. 하지만 그렇게 하려면 그 사정을 알고 있는 미라의 도움이 필요하다.

"천천히 가서, 천천히 돌아오마. 열심히 일하고 있거라."

그렇지만 미라는 가차 없이 그런 기대를 뿌리쳤다. 그리고 "이 심술쟁이 할배애~!"라고 외치는 아르마를 두고 잽싸게 이스즈 연맹의 지부가 있다는 동문으로 향했다.

왕성에서 나온 미라는 페가수스를 타고 하늘을 날아가는 5분 남짓한 시간 동안 발아래로 지나가는 거리 풍경을 구경하다가 수도 라트나트라야의 동쪽에 위치한 대문 앞에 도착했다.

높이가 50미터는 되는 거대한 방벽 사이에 20미터급의 거대한 문이 우뚝 서 있었다. 하지만 그 문은 현재 닫혀 있었고, 이것이 열리는 일은 그리 흔치 않았다.

그럴 만도 했다. 동문 너머에는 광대한 숲이 펼쳐져 있을 뿐, 마을이나 도시 등이 없기 때문이다.

여기서 동쪽으로 가는 자들은 소재와 마물을 노리는 모험가, 사냥꾼 정도뿐이다. 그리고 그러한 자들은 동문 근처에 있는 작은 문으로 출입하다 보니 대문을 열 일이 없었다.

숲에서 행해지는 군사 연습을 위해 군대가 통과했을 때를 제외하면 최근 몇 년 동안 열린 적이 없다. 또한 그런 장소인 탓에 이 동문이 도시에 있는 네 개의 대문 중 가장 조용한 장소이기도 했다.

"그나저나 크기도 하군그래."

페가수스를 치하하고 송환한 후, 동문 앞에 서서 더 높은 곳까지 이어진 방벽을 올려다보았다.

그다지 사용되지 않는 문이기는 하지만 이 근방은 다른 북문, 남문, 서문과 다른 특징이 있었다. 그것은 척 보면 알 수 있듯, 높이였다.

키 큰 나무숲과 밀접해 있다 보니 마물들이 나무를 타고 뛰어넘어오는 일이 있어서 이런 높이가 되어 버린 것이다.

(그러고 보니 이곳에서의 방어전에 참가한 적이 있었더랬지.)

동쪽 숲에 나타난 상위 마수. 그를 토벌하기 위해 십이사도와 함께 싸웠던 일을 떠올리며 미라는 문 옆에 있는 초소로 향했다. 그곳에 있는 문지기라면 분명 동문 부근에 관해 잘 알 것이라 생각했기 때문이다.

그렇다, 이스즈 연맹의 지부의 위치를 모른다면 알 것 같은 누군가에게 물어보면 그만이다.

문지기들이 있는 초소. 그곳은 어쩐지 파출소를 연상케 하는 장소였다. 칼을 찬 병사가 보초처럼 서 있고, 그 근처에 있는 게시판에는 수배범이 그려진 지명수배 벽보가 붙어있다.

지명수배범답게 살인 등의 죄목이 많았다. 그리고 생김새는 척 봐도 그럴 것 같은 얼굴부터 전혀 그렇게 보이지 않는 이까지 폭이 넓었다. 개중에는 엄청난 미녀까지 있었다.

그런 미녀의 죄목은 '절도'. 남자가 지쳐 나가떨어진 새에 돈 될 만한 물건을 모조리 훔쳐 간다는 모양이다.

(피해자도 분명…… 당하기 전까진 좋았겠지.)

얼마 동안 게시판을 훑어보던 미라는 그런 생각을 하며 문지기 앞으로 걸어갔다.

"이봐라, 뭣 좀 물어도 되겠느냐?"

미라가 그렇게 말을 붙이자 문지기는 빙긋 웃는 얼굴로 몸을 돌리면서 입을 열었다.

"응? 왜 그러니, 길 잃었니?"라고.

순간적으로 미라는 '누가 미아라는 게야!'라고 소리치고 싶은 충동을 억누르고 냉정하게 고개를 가로저으며 답했다.

"아니, 그냥 길을 물으려던 것뿐이다. 이 근처에 이스즈 연맹의 지부가 있다고 들었다만, 그게 어디인지 알려줄 수 있겠느냐."

미아 취급을 받는 건 이제 익숙하다. 그렇게 될 확률이 높다는 사실을 받아들이고 흘려 넘기는 기술을 갈고 닦은 미라는 아주 간결하게 용건만 전달했다.

"아하, 심부름하러 가는구나. 거기라면 이 근처야. 저쪽에 있는 잡화점 뒤에 있는 저택이 그 이스즈 연맹의 지부거든."

문지기는 대로 맞은편에 있는 잡화점을 가리키며 상냥하게 알려주었다. 미아 취급이 심부름 나온 아이 취급으로 바뀌었다. 결국 어린애 취급이라는 점에는 변함이 없었지만 어쩔 수 없는 일이다.

"알려주어서 고맙구나."

그런 문지기에게 다소 어른스럽게 감사 인사를 한 후, 미라는 그가 알려준 대로 잡화점으로 향했다. 그런데 그러던 도중.

(가만, 심부름이라?)

이스즈 연맹의 지부를 언급하자 심부름 가냐는 말이 돌아왔다. 그 장소에 심부름을 할 만한 요소가 있었던가 싶어서 미라는 의아해졌다.

세인트폴리에서 찾았던 이스즈 연맹의 지부는 작은 단독 주택으로, 그곳에서는 지부장인 마티가 황야를 숲으로 바꾸는 연구를 하고 있었다. 그때의 일을 생각하면 오히려 그런 곳에는 무슨 일로 가냐는 질문을 할 법도 했다.

하지만 그런 사소한 말을 신경 써봐야 답은 안 나온다. 그렇게 판단을 내린 미라는 잡화점 옆길로 발길을 옮겨, 그 안으로 들어갔다.

〈5〉

문지기가 알려준 길로 얼마간 걸어가자 뒷골목이 나왔다. 보아하니 길의 폭은 아슬아슬하게 2차선이 될까 말까 한 정도였다. 마차가 스쳐 지나갈 때는 고삐를 상당히 신중하게 다룰 필요가 있을 듯한 좁은 길이다.

하지만 이 길을 마차 두 대가 동시에 지나는 건 불가능하리라는 것도 알 수 있었다. 왜냐하면 간판이며 차양이며 사람들의 행렬 등이 곳곳에 보였기 때문이다.

주변을 둘러보니 어쩐지 온기가 느껴지는 그 뒷골목에는 많은 가게들이 늘어서 있었다. 갓 구워진 빵을 가게 앞에 내놓고 파는 가게며 차분한 분위기의 카페, 수상쩍은 술구점에 투박한 무구점까지, 실로 다채로운 분위기를 풍기는 거리였다.

"잡화점 뒤는…… 이곳이, 맞을 터인데 이게 어찌 된 일인지."

그런 뒷골목을 대충 훑어보고 뒤를 돌아본 미라는 그곳에 있는 건물을 보고 고개를 갸웃했다. 이스즈 연맹의 지부라고 들은, 잡화점의 뒷골목에 자리한 저택이라는 것이 아무리 보아도 지부처럼은 보이지 않았기 때문이다.

"각종 허브 및 상급 약초 있습니다……?"

미라는 거기 오도카니 놓인 간판을 읽고서 창문으로 안을 들여다보았다. 그러자 그곳에는 여러 가지 식물이 진열되어 있고 카운터가 있었다.

그렇다, 이스즈 연맹의 지부라고 들은 장소에는 웬 가게가 있었던 것이다.

(어디서 길을 잘못 들었나?)

아무리 봐도 이스즈 연맹의 지부로는 보이지 않는다. 그렇게 느낀 미라는 길 건너편이며 근처에 늘어선 건물들을 모조리 다 훑어보았다.

그 결과, 그럴싸한 저택은 하나도 보이지 않아서 미라는 원래 있던 장소로 돌아왔다.

혹시 조용히 어딘가로 이전이라도 한 걸까. 그런 생각을 하던 중에, 문지기가 했던 말이 문득 미라의 머리를 스쳤다. '심부름'이라는 말이.

"아니, 설마……."

'심부름'이라는 말은 주로 부모의 부탁으로 아이가 물건을 사러 가는 일을 뜻한다. 거기에 지금의 상황을 대입시키자 자연스럽게 정답이 보이기 시작했다.

미라는 다시 한번 그곳에 있던 가게를 확인했다.

'오늘의 추천 상품'이라는 간판이 가장 먼저 눈에 들어왔다. 몇 가지 허브와 약초의 이름이 거기에 적혀 있었다. 종류는 상당히 많았는데, 개중에는 희소한 약초까지 있었다.

"오, 토코페코의 잎이 신선하군."

그것은 고대지하도시에서 만난 요리를 잘하는 모험가에게 들은 고기 요리에 어울리는 허브였다. 간판에는 신선하고 질 좋은 잎이 잔뜩 입고되었다고 적혀 있었다.

그 맛은 혁명적이었다. 그런 생각을 하며 다시 둘러보자 추천 상품이 적힌 것보다 커다란 간판이 눈에 들어왔다.

"흐음…… '에버 포레스트 가든'이라."

과하게 튀지도, 그렇다고 몰개성하지도 않은, 입구 위에 당당하게 걸린 간판. 거기에 큼지막하게 적힌 것이 가게의 이름인 듯했다. 하지만 미라가 주목한 것은 그 가게 이름 끄트머리에 자그마하게 적힌 글씨였다.

소박한 녹색을 띤 간판의 끄트머리에는 놀랍게도 '이스즈 연맹 라트나트라야 지부'라고 적혀 있었던 것이다.

"설마 정말로 이곳이 지부였을 줄이야……."

미라는 이스즈 연맹의 지부는 어디나 세인트폴리에서 보았던 것과 같을 거라고 생각하고 있었다. 하지만 나라에 따라 형태가 다른 모양이다.

새삼스러운 이야기지만 세인트폴리는 이스즈 연맹과 적대하는 키메라 클로젠이 활개를 치던 나라다. 그렇다면 당연히 지부 같은 걸 받아들이고 싶지 않았을 것이다. 하지만 이스즈 연맹은 숲을 보전하는 자선 사업을 전면에 내세우고 있다. 쫓아내면 평판이 나빠질 수밖에 없다. 그래서 세인트폴리 지부는 그런 공업 지대의 벽지에 있었던 것이고, 건물 또한 일반 가정집보다 작았던 거다.

"오오…… 하늘과 땅 차이로군."

지부에 발을 들인 미라는 완전히 점포의 모습을 하고 있는 1층을 둘러보고 그 격차에 쓴웃음을 지었다.

넓고 밝은 가게. 깔끔하게 정리된 상품 선반과 질 좋은 상품들. 게다가 손님도 많아 장사가 잘 되고 있음을 알 수 있는 번듯한 가게였다.

이스즈 연맹에 대한 대우가 세인트폴리의 그것과는 너무도 다르다. 그 지부만 알았던 미라에게 이는 충격적인 일이었다. 언뜻 보고 못 알아챌 만도 했다.

"그나저나 참으로 좋은 냄새가 나는군그래."

우선 목적한 지부를 찾아냈다는 데서 안도감을 느낀 미라는 다시금 가게 안을 둘러보았다.

이곳에는 한마디로 표현하기 어려운 복잡한 향기가 감돌고 있었다. 하지만 잡다하게 뒤섞여 있음에도 불쾌하게 느껴지기는커녕 숲에 있는 꽃밭에라도 온 듯한 느낌이라 마음이 편해졌다.

그런 가게에는 환한 얼굴의 점원과 차분한 분위기를 띤 손님들이 있었다. 다들 어쩐지 고상한 인상을 풍기는 것이, 소란스러워 보이는 이는 한 명도 없었다.

또한 태반이 여성이었는데 메이드며 주부로 보이는 자들은 물론이고 귀한 집안의 아가씨며 부인 같은 분위기를 띤 인물들에 이르기까지 손님층이 넓어 보였다.

(꽤나 장사가 잘 되는군.)

가게 안을 한 바퀴 돌아본 미라는 사람에서 상품으로 시선을 옮겨, 상품 구성을 확인해 나갔다.

거기에는 약초며 허브뿐 아니라 과실과 향신료 같은 것들도 진열되어 있었다.

아무래도 이 가게의 상품은 모두 숲에서 난 것들이나 그것을 가공한 물건들인 듯하다. 그 밖에도 과실이 듬뿍 들어간 디저트며 허브티, 혼합 향신료에 아로마 오일 같은 상품도 진열되어 있었다.

(이건 아무리 봐도, '그것' 같구먼.)

미라가 특히 주목한 것은 혼합 향신료 코너에 있던 고형물이었다. 이곳에 있는 손님 중 절반 이상이 들고 있는 그것은 아무리 보아도 고형 카레였다. 실로 스파이시하고 식욕을 불러일으키는 향이 났다.

그 이름하여 '숲의 은총 카레'. 또한 그 옆에는 고형 카레의 사용법이 적힌 레시피도 붙어있었다.

(이건…… 사야겠구나.)

모험가 요리 하면 캠프 요리. 캠프 요리 하면 역시 카레다. 그런 단순한 생각으로 미라는 '숲의 은총 카레' 하나를 집어 들었다. 그리고 거기서 그치지 않고, 그때의 감동을 다시 한번 맛보고 싶다는 생각으로 토코페코의 잎과 여러 가지 허브를 엄선해서 카운터로 향했다.

(가격도 양심적이로군.)

그럭저럭 많은 양을 샀음에도 다 합쳐서 삼천오백 리프. 심지어 마텔에게 슬그머니 물어보니 모두 다 질이 좋다고 했다. 그럼에도 이 가격인 것이다.

또한 쇼핑을 하는 동안 들려온 손님들의 말을 통해 이 가게의 평판이 어떤지도 어느 정도 파악할 수 있었다.
평판은 아주 좋았다. 그 덕분에 자연스럽게 이스즈 연맹이라는 단체에 대한 신뢰감도 생겨난 듯 보였다. 그걸 노린 것이라면 대성공이라 할 수 있으리라.
"그럼——."
생각지 못하게 좋은 물건들을 샀다. 그런 생각에 만족스러워진 미라는 돌아가려다가 걸음을 멈췄다.
"아니, 이게 아니지!"
쇼핑을 하러 이곳에 온 게 아니다. 분위기에 휩쓸리기 쉬운 자신의 성격에 몸서리를 치던 미라는 그 순간 한 가지 가능성을 떠올렸다.
(분명, 이 향기 때문일 것이야.)
아로마며 향신료 등의 향이 뒤섞인 공간. 이곳에는 분명 목적을 잊고 쇼핑을 하게 만들게 하는 무언가가 은밀히 섞여 있을 것이다.
그런 피해망상에 빠져 덜렁거리는 자신의 성격 탓이 아니라 굳게 믿기로 한 미라는, 그대로 기세를 몰아 주변을 둘러보아 가장 먼저 눈에 들어온 점원에게 다가갔다.
"이봐라, 거기 있는 점원. 이곳의 지부장을 만나고 싶다만, 어디에 있느냐?"
카구라에게 연락을 하러 온 것이라는 목적을 떠올려낸 미라는 점원에게 그렇게 물었다.
목적은 이스즈 연맹의 비밀 통신 장치를 사용하는 것이다. 그렇다면 이 지부의 우두머리와 직접 이야기를 하는 편이 빠를 거다.

“지부장……? 아, 점장님 말씀이시군요. 으음, 지금은 안쪽에 계실 텐데 무슨 용건이신가요?”

웃는 얼굴로 돌아본 점원은 처음에 어라, 하고 고개를 갸웃하더니 점장님이라고 호칭을 고쳐주었다. 가게의 모습에 맞게 바뀌었다고 해야 할지, 이 지부는 점포로서 완전히 정착된 모양이다.

아니면 점원이 이스즈 연맹의 멤버가 아니라 점포 스태프로 고용된 일반인일 가능성도 있으리라. 그렇다면 이스즈 연맹의 숨은 이면에 관해서는 언급하지 않는 게 좋으리라.

“그래, 으음, 뭐, 그게, 뭣이냐. 비밀리에 논의할 필요가 있는 용건이라 말이다. 어쨌든 지부장을 불러주겠느냐.”

본거지에 연락하기 위해 이곳에 있는 통신 장치를 사용하러 왔다. ……라고 할 수는 없는 노릇이고, 어떻게 전달하면 좋을지 고민하던 미라는 우물쭈물한 끝에 비밀이라는 한 마디로 뭉뚱그려서 말한다는 억지스러운 수단을 택했다.

그리고 미라는 이게 다 문을 두드리면 지부장이 나왔던 세인트폴리 지부 때문이라고 속으로 투덜댔다. 이전의 성공 경험이 나중에 발목을 잡는 것은 흔한 일이다.

“으음…… 알겠습니다. 그럼 잠시만 기다려주십시오.”

용건이 명료하지도 않은 데다 비밀이라는 말까지 했으니 수상한 손님으로 보였을 것이다. 하지만 점원은 의아해하면서도 승낙해 주었다. 분명 미라의 외모에 수상쩍은 점이 전혀 없었기 때문이리라.

그렇게 가게 안에서 몇 분을 기다리자. 조금 전에 봤던 점원과 점장으로 추측되는 인물이 다가왔다.

"제가 이곳 지부장입니다만, 비밀리에 논의할 용건이 있다는 게 당신입니까?"

그 남자의 첫인상은, 살인청부업자 같다는 것이었다.

키가 2미터는 되어 보일 만큼 덩치가 좋고, 스킨헤드에 눈은 가늘고 날카롭다. 뒷골목 같은 데서 맞닥뜨리면 쏜살같이 도망치고도 남을 박력을 지니고 있었다.

숲에서 난 수확물을 다루는 이 가게의 책임자로는 도무지 보이지 않는 생김새다.

그런 탓에 안에 있었던 걸까. 그런 생각을 하며 미라는 당당하게 "음, 이 몸이다"라고 답했다.

"그렇습니까. 그럼 비밀이라고 하셨으니, 장소를 바꾸는 게 좋을까요?"

그렇게 묻는 남자의 목소리는 일단 다정하게 들렸지만 눈빛은 여전히 매서웠다. 미라가 '점장'이 아니라 '지부장'을 찾아왔다는 사실을 통해 어느 정도 눈치를 챈 듯했다.

"음, 그렇겠군."

"그렇다면 응접실까지 안내하겠습니다. 따라오시죠."

지부장은 그렇게 말하며 가게 안쪽을 향해 걸어 나갔다. 그러는 도중, 점원에게 "차는 내오지 않아도 돼"라고 말하고서 다시 업무를 보러 가도 된다는 말도 덧붙였다. 그리고 미라는 떠나가는 점원에게 인사를 하고서 지부장의 뒤를 따랐다.

〈6〉

이스즈 연맹 라트나트라야 지부의 응접실. 그곳은 테이블과 의자만 놓인, 실로 단출한 방이었다.

"우선 이스즈 연맹 라트나트라야 지부에 오신 걸 환영합니다. 제가 지부장인 크라우스입니다."

마주보고 앉자마자 지부장인 크라우스가 그렇게 말했다. 어쩐지 인사하는 목소리에 기합이 담겨 있었다.

"이 몸은 미라다. 별 볼 일 없는 모험가지."

정령여왕이라는 호칭이 유행 중이기는 하지만 그런 건 신경 쓰지 않아도 된다는 듯이 미라는 겸손을 떨었다. 명백하게 실력을 숨기고 다니는 고수를 의식한 자기 연출이었다.

"과연…… 그럼 곧장 본론으로 들어가서, 미라 공이 이 지부를 찾아오신 이유인, 비밀리에 논의할 용건이라는 것을 말씀해주시겠습니까?"

과연 크라우스는 미라의 정체를 알아챘을까. 그에 관해서는 확실하게 알 수 없었지만, 자기소개를 마친 후 그의 태도가 조금 전에 비해 조금 달라진 듯했다. 어쩐지 크라우스의 목소리에 기대 같은 것이 담겨 있는 듯 느껴졌다.

하지만 크라우스의 표정은 여전히 날카로워서 속내를 알기가 매우 어려웠다.

"음, 그게…… 숲에―― 아~…… 정령――…… 으으음? 숲에 뭐더라…….”

어찌 되었건 이곳에서 할 일은 하나뿐이다. 미라는 용건을 처리하기 위한 암호를 입 밖에 내려 했다. 하지만 암호가 떠오르지 않아 말문이 막히고 말아서 "잠깐 기다리거라"라고 말하며 메모장을 꺼내 들었다.

"숲과 정령이 뭐 어떻다는 겁니까?"

미라가 하려고 했던 말. 그것을 들은 크라우스의 표정이 어째서인지 밝아졌다. 하지만 미라는 메모장을 확인하느라 "아~ 그게 말이다"라고만 답할 뿐, 그 사실을 알아채지 못했다.

"숲에, 정령……. 혹시 숲에 사는 정령에게 용건이 있으신 겁니까? 아니면――."

크라우스가 여러모로 예상을 하기 시작했다. 그리고 그 얼굴에는 눈에 띄게 기대감이 가득해져 있었다.

그가 미라에게 기대하고 있는 것. 그것은 이스즈 연맹으로서의 활동 요청이었다.

이스즈 연맹 라트나트라야 지부장으로서 이 도시를 찾은 것이 십여 년 전이다. 주민들과의 융화, 정보수집, 이스즈 연맹의 이미지 개혁을 위해 '에버 포레스트 가든'을 개업한지도 8년이 되어간다.

정령들의 협력과 이스즈 연맹에 축적된 숲에 관한 지식 덕분에 가게는 엄청나게 번성했다. 이제 라트나트라야의 동쪽 지구에서 모르는 이가 없을 만큼 '에버 포레스트 가든'은 유명해졌다.

다만 당연히 가게가 번성하다 보니 점포 운영 업무 쪽도 바빠졌다. 결과적으로 크라우스는 점장 업무에 쫓기는 나날을 보내게 되었다.
그리고 현재, 이스즈 연맹으로서의 활동은 협력자로 들어온 부지부장이 통괄하고 있는 형편이다.
크라우스는 내내 신경이 쓰였다. 말이 좋아 이스즈 연맹의 지부장이지, 점장 쪽 일에 더 익숙해져 버렸다는 사실이. 숲과 정령을 우려하여 이스즈 연맹에 참가했음에도 불구하고 그 임무에 관계하지 못하고 있다는 사실이.
그러던 중에 찾아온 것이 바로 미라였다. '에버 포레스트 가든'이 아니라 이스즈 연맹의 지부인 이곳을 찾아와 지부장에게 비밀리에 할 이야기가 있다고 하는 미라를 보자, 크라우스가 오래도록 잊고 있었던 지부장으로서의 책임감이 다시금 불타오르기 시작한 것이다.
"보호 대상인 어린 정령을 발견했다거나── 아니면 새로운 오염 지역이──."
어떤 임무를 맡기려고 온 걸까. 크라우스는 그 가능성을 열거해 나갔지만 그 목소리는 오른쪽 귀로 들어와 왼쪽 귀로 빠져나가서. 미라는 "아니~ 그런 게 아니고 말이지" 하고 흘려 넘기듯 대꾸했다.
하지만 그럼에도 좌절하지 않고 크라우스는 다른 가능성을 더 들어 나갔다.
"오, 찾았다, 찾았어, 이거다!"
그러던 중에 겨우 이전에 적어둔 암호가 적힌 메모를 찾아낸 미라는 진지한 얼굴을 한 채 발랄한 투로 그 말을 입 밖에 냈다.

"숲에 빛, 정령에게 안식, 이다!"

과거 히든의 전갈이 알려준 암호. 그것이 뜻하는 바는 본부와 연결된 통신 장치의 사용 요청이다. 설마 그때의 암호를 또 써먹게 될 줄은 몰랐다는 생각을 하며 미라는 크라우스가 안내해 주기를 기다렸다.

하지만 어째서인지 크라우스의 반응은 예상했던 것과 전혀 달랐다.

크라우스는 이스즈 연맹 지부장에게 주어지는 특별 임무일 수도 있다는 기대를 담아 구체적인 예를 열거하고 있었지만, 미라가 내뱉은 말을 듣더니 갑자기 입을 다물었다.

"……으음, 그게 무슨 의미입니까? 무슨 암호 같은 겁니까?"

얼마간 생각한 끝에 크라우스는 그렇게 답했다. '숲에 빛, 정령에게 안식'. 그것이 암호라는 것조차 모르는 듯한 눈치였다.

"음? 아니, 글쎄…… 숲에 빛, 정령에게 안식……."

뭔가 잘못 말한 것일까. 그런 생각에 미라는 메모를 재확인하고서 다시 한 번 암호를 말했다. 하지만 크라우스는 여전히 무슨 소리냐는 듯한 얼굴을 하고 있었다.

미라와 크라우스는 서로를 바라본 채 고개를 갸웃했다. 한쪽은 암호가 통하지 않자 초조해지기 시작했고, 한쪽은 영문을 알 수가 없어서 당황했다.

"아니 왜, 모르는 게냐?! 암호다, 암호! 세인트폴리에서는 분명 통했었건만!"

결국 미라가 참지 못하고 그렇게 소리쳤다. 세인트폴리의 지부장이었던 마티는 암호에 곧장 반응해 주었건만, 왜 그는 알아듣지 못하는 것이냐고.

그러자——.

"아, 아아! 그런 것이었습니까!"

난감한 얼굴을 하고 있던 크라우스는 그제야 납득이 되었다는 듯한 표정을 지었다.

"오오, 드디어 알아챈 게로군!"

그 반응을 보고 미라는 드디어 통했다며 기뻐했다. 하지만 크라우스가 이어서 한 말은 미라의 자신감을 꺾어놓기에 충분했다.

"그게…… 저희가 사용하는 암호는, 지역에 따라 달라서 말입니다. 세인트폴리와는 지역 분류가 완전히 다릅니다. 그래서 죄송하지만, 무슨 암호인지는……."

"뭣…… 이라고……?"

지역별로 사용되는 암호가 다르다니. 그 사실을 알게 된 미라는 설마 그런 규정이 있을 줄은 몰랐던 탓에 새삼 놀랄 수밖에 없었다.

(그럼…… 어쩌면 좋지?!)

암호를 알고 있기에 자신만만하게 이곳에 온 것이건만, 이대로는 본거지와 연락을 취할 수가 없다.

그토록 큰소리를 쳐놨음에도 목적을 달성하지 못했다. 결국 여왕의 힘을 빌리는 수밖에 없는 건가. 그런 생각을 하던 미라는 그럴 게 아니라 열심히 부탁해서 어떻게든 해볼 방법을 모색하기 시작했다.

자신은 키메라 클로젠과의 결전에서 활약하여 정령여왕이라는 이명이 붙은 당사자다. 그러니 조금은 편의를 봐줄 수 없겠느냐고 해서 크라우스의 재량에 기대하는 방법이다.

"그런데 당신은 우리 멤버가 아닌 듯한데, 그 암호는 누구에게 들으셨습니까?"

이런저런 생각을 하던 참에 미라를 뚫어지게 바라보던 크라우스가 문득 그런 말을 입 밖에 냈다.

미라는 당황했다. 이스즈 연맹의 구성원이라면 암호가 지역별로 다르다는 걸 모를 리가 없다. 그렇다면 그 암호를 어디서 알아낸 것인지 궁금할 수밖에 없다. 그 사실을 알아채고 자신을 의심하고 있다는 것을 깨달은 미라는, 오히려 이건 기회라며 머리를 굴렸다.

"방금 전 건 전갈에게 들었다. 이스즈 연맹의 정예인 히든의 전갈 말이야. 아아, 그때는 뱀도 같이 있었지!"

히든. 그것은 이스즈 연맹에서도 특히 우수한 자들의 총칭이다. 지부장급이라면 그 존재를 알 것이다.

크라우스의 반응을 본 미라는 자신의 정체를 밝히고 전갈과 뱀의 이름을 빌려 여차저차 통신장치를 쓰게 해달라고 교섭할 생각이었다.

하지만 그 계획은 생각지 못한 모양새로 무너져 내렸다.

"과연…… 전갈 씨에게. 게다가 뱀 씨까지 함께 있었다면 결전 직전이었을 텐데. 그 시기에는 아론 씨와 또 한 분인 그분이 행동을 함께 했었다고 들었습니다. 그렇다면 당신이 정령여왕인 미라

씨이시겠군요?"

키메라 클로젠과의 최종 결전. 그와 관련된 상세 정보는 지부장들에게도 공유된 모양이다. 그는 미라가 말하기도 전에 정령여왕이라는 이름을 입 밖에 냈다.

"오오! 그래, 바로 맞췄다!"

이명을 밝히기도 전에 알아맞히자 미라는 다소 놀랐지만 오히려 잘된 일이라는 듯이 몸을 앞으로 내밀었다. 그리고 그를 증명하듯 모험가증을 테이블 위에 척, 하고 내놓았다.

"역시 그랬군요. 이름을 들었을 때 예상은 했습니다만, 확인할 타이밍을 놓쳐서. 하지만 다행입니다. 그렇다면 경계를 풀어도 되겠군요."

모험가증을 통해 진짜 정령여왕이라는 것은 확인했다. 크라우스는 그렇게 답한 후, 웃으며 이제 아무 문제도 없다며 말을 이었다.

"실은 우즈메 님께서 내린 지시가 있는데 말입니다――."

키메라 클로젠과의 싸움이 끝나고 일주일 남짓이 지났을 무렵이었다고 한다. 크라우스의 말에 의하면 모든 지부에 우즈메의 서명이 들어간 지시서가 보내졌다는 모양이다.

거기에는 '정령여왕이 지부를 찾아오면 요청하는 바를 가능한 범위 내에서 들어주도록'이라고 적혀 있었다고 한다.

"허어, 그러한 일이……."

우즈메―― 카구라는 미라가 이렇게 도움을 구해오리라는 것도 예상했던 모양이다. 그리고 일을 매끄럽게 진행할 수 있도록 미리미리 각 지부에 지시를 내려둔 것이다.

정말이지 눈치도 빠르다. 덕분에 전갈이 어쩌니저쩌니하며 그 때의 활약상을 언급하며 설득할 수고를 덜었다.

그런 생각에 기뻐하며 미라는 때는 지금이라는 듯이 부탁을 했다.

"그럼 곧장 본론으로 들어가서, 본부와 연결된 통신 장치를 사용하게 해주겠느냐?!"

"당연히 그래야지요."

미라가 바란 대로 크라우스는 빙긋 웃으며 답하더니 "그럼 안내해 드리겠습니다"라는 말과 함께 일어섰다.

또한 이스즈 연맹의 지부장으로서 큰 임무를 맡게 되리라는 기대감이 어긋난 탓인지 크라우스는 약간 아쉬운 얼굴을 하고 있었다.

암호는 불발로 끝났지만 어찌어찌 본거지 직통 통신 장치는 사용할 수 있게 되었다.

미라는 크라우스의 안내에 따라 응접실을 나서 복도를 걸어 여러 방을 지나 지부 안쪽으로 들어갔다.

그렇게 비밀문 건너편에 들어서자 익숙한 광경이 눈에 들어왔다. 하얀 방과 중앙에 놓인 검은 통신 장치다.

"그럼 저는 복도로 나가 맞은편에 있는 사무실에서 작업을 하고 있을 테니 용건이 끝나시면 말씀해주십시오."

"음, 알겠다. 안내해줘서 고맙구나."

고개 숙여 인사하고 다시 일을 하러 돌아가는 크라우스에게 고맙다는 말을 한 후, 미라는 통신 장치 앞에 서서 세인트폴리에서 처음 사용했을 때의 일을 떠올렸다.

통신 장치는 아주 옛날에 사용되었다는 검은 전화기와 비슷한 모습을 하고 있었다. 하지만 전화와 달리 수화기를 들기만 해도 상대측…… 이 경우에는 본거지로 연결되도록 되어 있다.

그러한 원리를 또렷하게 기억해낸 미라는 처음에 사용했을 때와 같은 실수는 하지 않겠노라고 다짐하며 수화기를 집어 들었다.

"여보세요~ 누구 없느냐~. 이 몸이다~ 미라다~."

수화기를 귀에 대자마자 곧장 그렇게 상대를 불러보았다. 지난번에는 카구라에게 직접 연결되었지만 그녀는 지금 천사 티리엘과 봉귀의 관을 찾으러 다니고 있을 터다. 그렇다면 이번에는 누가 받을까.

역시 이스즈 연맹의 두뇌를 담당하고 있던 아리오트일까. 하지만 잠시 후 수화기에서 들려온 것은 다소 불안해지는 소리였다.

『~에…… 네에네…… 지——.』

어쩐지 멀리서 다가오는 듯한 그 목소리는 여성의 것이었다. 또한 카구라의 목소리도 아니었다. 심지어 목소리만 들린 것이 아니다. 우다다다, 꽤나 소란스럽고도 힘찬 소리가 다가오고 있다는 것을, 수화기를 통해서도 알 수 있었다.

대체 저쪽에서 무슨 일이 벌어지고 있는 걸까. 게다가 중간에 넘어지기라도 한 것인지 쿠당, 하는 소리에 이어 『아야앗~!』이라는 비명까지 들려왔다.

하지만 그 목소리의 주인공은 좌절하지 않았는지. 더욱 소란스러운 발소리가 나더니 상대편에서 드디어 답변이 돌아왔다.

『후우…… 됐다. 네, 여기는 본부입니다. 소속과 코드네임을 말씀해주세요.』

아무래도 이 통신 담당은 상당히 둔한 덜렁이인 모양이다. 불과 몇 초 만에 그렇게 짐작한 미라는 카구라에게 실수 없이 말을 잘 전달할 수 있을까 불안해하며 답했다.

"이 몸은, 미라다. 소속은 없고. 하지만 뭐, 최근에는 정령여왕이라고 불리는 일이 많구나."

입장상 자신은 외부인이니 그대로 전달해 봐야 상대가 당황스러워할 것 같다. 그렇게 생각한 미라는 이스즈 연맹과의 접점이라 할 수 있는 정령여왕이라는 이름을 함께 언급했다.

『어…… 네에?! 정령여왕님?! 정령여왕님이신가요?! 와아! 세상에! 정말로 연락을 하셨어!』

그러자 조금 전까지의, 어쩐지 무리해서 차분한 척하는 듯한 목소리와 같은 사람이 맞나 싶을 정도의, 더없이 들뜬 목소리가 수화기에서 들려왔다. 또한 정말 연락을 했다, 따위의 말로 미루어 지부장뿐 아니라 그녀에게도 어느 정도의 설명은 해둔 듯했다.

"자아자, 잘은 모르겠지만 진정하거라."

미라가 그렇게 말하자 상대가 『아……!』 하고 입을 다물었다. 그리고 몇 초의 침묵 후, 통신 담당은 『저기, 정말로 정령여왕님이십니까?』라고 다시 한번 확인을 했다.

"음, 정말이다. 이 통신 장치도 라트나트라야의 지부장에게 그렇게 말해서 사용하고 있는 참이지.”

미라는 상황을 간단하게 요약해서 답했다. 그러자 또다시 수화기에서 환희의 목소리가 들려왔다.

『이야기를 나누게 되어 영광이에요——!』

그런 말을 시작으로 한동안 통신 담당의 자기 얘기가 이어졌다.

듣자 하니 그녀는 소환술사라는 듯했다. 그리고 그렇기에 동경하고 있노라고 흥분해서 말했고, 어쩌면 정령여왕이 연락을 해올지도 모른다는 이야기를 들어서 통신 담당으로 입후보한 것이라고 쉼 없이 이야기했다. 또한 미라의 실력 등에 관한 이야기는 아론에게 들었다는 모양이다.

“흠, 그래, 그렇단 말이지! 그대도 소환술사로구나! 좋아, 소환술에 관해 모르는 게 있거든 이 몸에게 말하거라.”

소환술사는 모두 형제라는 투로 미라가 말하자 통신 담당은『감사합니다!』라고 말하더니, 곧바로 자신의 고민을 털어놓았다. 그리고 미라는 정성껏 조언을 해주었다.

〈7〉

『감사합니다! 이제 어떻게든 할 수 있을 것 같아요!』

"음, 인내가 중요하다. 끈기 있게 노력하거라!"

통신을 시작하고서 한 시간 남짓이 지났을 즈음. 미라 선생님의 통신 수업이 끝났다.

또한 학생인 여성의 이름은 스텔라였는데, 그녀가 밝힌 그 이름은 코드네임이 아니라 본명이었다.

심지어 스텔라는 히든의 견습생이라는 듯했다. 둔하고 덜렁이이기는 해도 실력은 제법인지 상급 소환의 등용문이라 할 수 있는 '원환 시리즈'도 여럿 계약해 두었다고 한다.

그런 스텔라의 고민을 시원하게 해결해 보인 후, 미라는 마지막으로 응원의 말을 해주고서 수화기를…… 내려놓기 직전에 겨우 멈췄다.

"가만, 용건을 깜박했지 않으냐!"

『――아, 그랬네요!』

아무래도 스텔라도 미라의 수업을 들었다는 사실에 만족해서 중요한 부분을 잊고 있었던 모양이다.

『으음~ 어흠.』

그녀는 마음을 다잡듯이 헛기침을 하더니 『용건을 말씀해주세요!』라고 말을 이었다.

"음, 그럼 뭐 하나 물어보려 한다만――."

미라는 그렇게 운을 떼고서 만약을 위해 질문을 먼저 던졌다. 그 내용은 지금도 이리저리 날아다니고 있는 카구라—— 아니, 우즈메에게 말을 전달할 방법은 있느냐는 것이었다.

『……네, 그거라면 문제없어요!』

잠시 생각을 하듯 침묵하더니 스텔라는 문제없다고 답했다. 그녀의 말에 따르면 지금은 사흘에 한 번 간격으로 정기 연락이 와서 그때 용건 등을 전할 수 있다는 듯했다. 그리고 이전 정기 연락이 마침 사흘 전이었으니 지금 전언을 부탁하면 오늘 밤에라도 전달할 수 있을 거라고 했다.

"오오, 그러하냐. 그렇다면 말을 좀 전해다오."

저래 봬도 카구라는 여러모로 용의주도하다. 이로써 며칠 안에는 요그에게서 정보를 캐낼 수 있을 것이다.

하지만 이 의뢰는 '이라 무에르테'와 연관된 중요한 안건이다. 미라는 도청 등을 경계해서 상세 내용까지는 말하지 않고 아르마가 도움을 구하고 있으니 조속히 니르바나까지 와달라는 취지의 전언을 스텔라에게 부탁했다.

이스즈 연맹의 본거지에 연락한 결과, 무사히 전언을 부탁할 수 있었다.

용건을 마친 미라는 통신실을 뒤로 하고 크라우스가 말한 대로 복도 맞은편에 위치한 사무실을 찾았다.

"—— 그런고로, 며칠 후에 주작 무신이 이곳에 올 것이야. 그때

이 몸에게 알려주겠느냐. 아마 왕성에 있을 터이니. 기별을 주면 데리러 오도록 하마."

카구라에게 전달해달라고 부탁한 말의 내용은 아르마가 도움을 구하고 있으니 조속히 니르바나까지 와달라는 것과 라트나트라야 지부로 식신을 보내주면 마중을 오겠다는 것이었다. 방범 관계상 왕성으로 직접 들이기는 어려울 듯해서 그런 형식을 취하기로 한 거다.

"알겠습니다. 다만 용건이 그뿐이시다면 제 쪽에서 왕성으로 모시고 갈까요?"

며칠 후에 미라의 일을 돕기 위해 우즈메의 식신이 올 것이다. 그렇게 이해한 크라우스는 승낙함과 동시에 그렇게 말했다. 굳이 지부로 마중을 올 게 아니라, 자신이 식신을 왕성으로 데려가는 편이 빠를 것이라고.

"오오, 그래 주면 고맙기야 하겠지만, 괜찮겠느냐?"

실로 고마운 제안에 미라가 되묻자 크라우스는 쓴웃음을 지으며 답했다.

"네에, 괜찮습니다. 오히려 손님들이 무서워한다는 이유로 거의 밖으로 나갈 수가 없어서 말이죠. 이런 기회가 아니면 계속 이곳에서 사무 처리나 하고 있어야 하거든요."

오히려 당당하게 외출할 수 있게 되었다며 크라우스는 기뻐했다.

"그러했나…… 그렇다면 부탁하도록 하지."

경비와 호위 같은 역할이라면 저 무서운 얼굴이 도움이 될 것이다. 하지만 접객업에서는 오히려 해가 될 뿐이다. 미라는 그의 처지를 동정하며 크라우스의 제안을 흔쾌히 받아들였다.

정신을 차려보니 오후가 되어 있었다. 스텔라를 위해 소환술 강좌를 했더니 생각했던 것보다 시간이 많이 지나버린 것이다.

그런 탓에 배가 고파진 미라는 왕성으로 돌아가기 전에 뭐라도 먹고 갈까 생각하며 동쪽 대로를 걸어 나갔다.

"이거 뭘 골라야 할지 모르겠구나!"

점심시간이라서인지. 어쩐지 한산했던 동문 앞과 달리 동쪽 대로는 사람으로 붐비고 있었다.

아무래도 시간이 시간이다 보니 음식점으로 가는 이들이 많았고, 노점과 호객꾼들도 대로 이곳저곳에 있었다.

그런 대로를 느긋하게 거닐며 미라는 지금의 기분에 딱 맞는 점심 메뉴를 찾아다녔다. 그러는 동안에도 활기찬 사람들의 목소리가 여기저기서 들려왔다.

어디의 행사는 좋았다느니, 누가 우승할 것이라느니, 유명 길드를 봤다드니. 여러 가지 화제가 오가고 있었지만 태반은 투기 대회에 관한 것이었다.

아직 준비 단계임에도 불구하고 이렇게나 열기가 뜨겁다. 메인인 투기대회의 예산이라도 시작되면 사람들은 더욱 늘어날 것이다.

그렇게 생각하면 이 대회는 이미 성공했다 해도 과언이 아닌 상태였다.

(아주 난리법석이 났군그래. ……하지만 이 이면에 있는 목적을 생각하면, 이제부터가 진짜 시작이지.)

투기대회의 이면에서 진행 중인 작전. 아르마의 말을 듣고 협력하게 된 그것의 내용은 악의 조직 '이라 무에르테'를 끌어내어 괴멸시키는 것이었다. 그 작전의 일환으로 미라는 앞으로 호위를 맡기로 했다.

축제 분위기로 들썩거리는 도시의 이면에서 그 밖에도 많은 작전이 진행 중인 것이다. 이 투기대회가 끝나고 나면 분명 세계의 정세가 크게 움직일 거다.

(메이린을 찾고 나면 대회 관전이나 즐기려 했지만, 세상 참 정신없이 돌아가는군그래.)

이번에는 일 10퍼센트, 관광 90퍼센트의 비율로 무게를 두고 거의 즐기기 위해 니르바나로 왔었다. 하지만 정신을 차려 보니 사회의 이면에서 진행 중이던 흑악마의 계획을 방해하고 흑악마의 기원을 해명해냈다. 더불어 무녀의 호위 임무를 의뢰받고 '이라 무에르테'라는 악의 조직을 괴멸시키기 위한 싸움에 말려들었다.

(아니…… 혹, 원래부터…….)

이왕 온 김에, 라는 모양새로 의뢰를 받기는 했지만 잘 생각해 보니 미라는 투기대회의 해설자로 초대를 받았었다. 알고 보니 휘말려든 게 아니라 원래부터 계획된 것은 아니었을까.

"뭐어, 아무렴 어때."

그런 가능성을 알아채기는 했지만 무녀가 위험한 상황에 놓여 있다는 것은 사실이다. 따라서 미라는 이 일이 끝나면 보수나 잔뜩 뜯어내자고 생각하며 대담한 미소를 지었다.

그런 생각을 하며 점심 식사 메뉴를 고르던 그때. 대로를 느긋하게 달리던 마차가 미라의 바로 옆에서 갑자기 멈췄다.

길거리 한복판에서 대체 왜 멈춘 걸까. 미라가 그런 의문을 품은 직후였다.

"'레스토랑 페리블랑슈' 투기대회 기념 임시 출장 판매점입니다~! 살짝 사치스럽고 저렴한 한 끼를 맛보세요~!"

대체 어떤 장치가 되어 있었던 것인지. 마차에서 두 남녀가 씩씩하게 내려서더니 그 마차의 왜건 부분이 활짝 열렸다. 그리고 두 사람이 추가로 그곳에서 뛰쳐나오더니 기둥이며 간판 같은 것을 능숙한 솜씨로 설치해 나가, 눈 깜짝할 새에 노점을 완성하고 말았다. 다들 손이 엄청나게 빨랐다.

(호오, '레스토랑 페리블랑슈'라는 이름은 분명 본 적이 있었지.)

완성된 노점 윗부분에서 '레스토랑 페리블랑슈'라 적힌 간판이 눈부시게 빛났다. 미라는 그 이름을 잘 알고 있었다. 이 니르바나에 오기 전에 관광 안내서에서 체크했던 것이다. 그것은 라트나트라야에서 가장 맛있고 가장 비싸다고 알려진 고급 레스토랑이었다.

자세히 보니 그 노점에서 판매 중인 것은 두 종류의 도시락이었다. 하나는 어패류를, 또 하나는 고기를 듬뿍 사용한 도시락인 듯했다. 앞에 놓인 샘플이 눈에 들어온 순간, 미라는 고기 도시락에 마음을 빼앗겼다.

하지만 그곳은 고급 레스토랑이다. 또한 한 달 이상은 체류해야 하는 지금 상황에서 돈을 막 쓸 수는 없는 일이다. 그런 생각으로 지갑 끈을 바짝 조여 맨 직후에 미라는 알아챘다.

놀랍게도 도시락 하나의 가격이 삼천 리프라는 것을.

(뭣, 이라고……?!)

점심 한 끼에 삼천 리프라고 생각하면 비싸다고 느껴질 만도 하다. 하지만 '레스토랑 페리블랑슈'는 제일 싸고 작은 접시에 담긴 음식이라도 육천 리프는 하는 고급점이다. 그리고 샘플로 미루어 볼 때, 도시락에는 그런 가게의 요리가 듬뿍 담겨 있었다. 다시 말해서 가격표에 0이 하나 덜 붙은 게 아닐까 의심될 정도의 가격 설정이었다.

그것을 본 미라는 순간적으로 잘못 본 건가 싶어서 자신의 눈을 의심했다. 하지만 잘못 본 것이 아니었다. 미라가 놀라고 있는 동안, 어느새가 손님들이 속속들이 '레스토랑 페리블랑슈'의 노점으로 쇄도하여 삼천 리프를 내고 도시락을 사갔다.

갑작스럽게 나타난 노점임에도 손님들을 끌어당기는 힘이 엄청났다. 다른 노점들과 비교하면 삼천 리프라는 가격은 상당히 고가다. 하지만 손님들은 전혀 망설이지 않고 도시락을 집어 들었다.

그 때문인지 판매를 시작한 지 얼마 되지 않았음에도 불구하고 진열되었던 도시락이 절반 이하로 줄어들어 있었다.

"이…… 이 몸도…… 이 몸도~!"

눈 깜짝할 새에 인파에 삼켜져 북새통에 시달리던 미라는 겨우 정신을 차리고 더는 뒤쳐질 수 없다는 듯이 앞으로 나아갔다.

"후우…… 사고 말았구먼."

마치 폭풍과도 같은 사건이었다. 마차가 멈추고서 5분도 채 지나지 않아 '레스토랑 페리블랑슈'의 도시락은 품절되었고, 왔던 때만큼이나 빠른 속도로 철수했다.

폭풍이 지나가고 난 대로에 멀거니 선 미라의 손에는 봉투 하나가 들려 있었다. 그 북새통 속에서도 어찌어찌 '레스토랑 페리블랑슈'의 도시락을 획득하는 데 성공했던 것이다. 심지어 두 종류 모두.

"……아니, 왜 사버린 것이야."

순식간에 난리법석이 벌어지는가 싶더니 소란스러움이 썰물처럼 가셔서 안정을 되찾은 대로 한복판에서 미라는 어라, 하고 고개를 갸웃했다.

생각해 보니 아직 점심 식사로는 무엇을 먹을까 고민하던 중이었다. 정확히 뭘 먹자고 정하지도 않은 상황이었다. 그럼에도 불구하고 정신을 차려보니 하나에 삼천 리프나 하는 고가의 도시락을 두 개나 사 버렸다.

미라는 인파에 집어삼켜졌을 뿐이 아니라 분위기와 집단 심리에도 집어삼켜졌던 것이다.

가격만 보면 비싸게 느껴지지만 내용물을 보면 이득인 듯한 도시락. 그것이 눈앞에서 날개 돋친 듯 팔려 나가서 눈 깜짝할 새에 바닥나려 하는 모습을 목격한 미라는 거의 반사적으로 그 행렬에 참가했던 것이다.

그리고 정신을 차려보니 주변 분위기에 휩쓸려 통 크게도 한 세트를 사버렸다.

(하지만…… 신기하게도 후회가 되지는 않는군.)

미라는 봉투 안에 든 도시락을 바라보며 흐뭇한 미소를 지었다. 거기에 든 것은 도시락치고는 비싸지만 '레스토랑 페리블랑슈'의 요리라고 생각하면 파격적으로 저렴하다고 해도 과언이 아닌, 최고급 도시락이었기 때문이다.

손득으로 따지자면 압도적으로 이득인 쇼핑이었다. 완전히 주변 분위기에 휩쓸려 돈 낭비를 한 모양새가 되기는 했지만, 나쁘지 않은 쇼핑이었다는 생각이 들어 만족스러웠다.

또한 미라가 그렇게 생각한 이유는 가격 말고도 또 있었다.

그것은 바로 희소성이다. '레스토랑 페리블랑슈'가 낸 투기대회 기념 임시 출장 판매점. 판매원의 말대로 조금 전 보았던 노점은 투기대회에서만 볼 수 있는 특별한 노점이다.

나아가 미라는 잔뜩 밀려든 손님들이 나누던 몇몇 이야기를 주워듣기도 했다. 그 내용으로 미루어 볼 때, 임시 출장 판매점은 라트나트라야의 어딘가에서 조금 전처럼 기습적으로 개점한다는 모양이다.

때문에 돈이 있다고 살 수 있는 것도, 기다린다고 어떻게 할 수 있는 물건도 아니었다. 현재로서는 길가에서 마주치면 대박, 살 수 있으면 초대박인 대회 이벤트처럼 인식되고 있었고, 그래서 개점하자마자 그토록 손님들이 쇄도했던 것이다.

그러한 도시락 소동이 끝나고 1분이 정도가 지난 지금. 대로에는 임시 출장 판매점이 출현했다는 정보를 듣고 달려온 듯한 이들이 여기저기 있었다. 그들은 주변을 둘러보더니 "한발 늦었나~!"

하고 한탄했다. 그만큼 경쟁률이 높았고, 그 때문에 희소성도 나날이 높아지고 있는 상황이었다.

(자아, 귀한 도시락을 샀으니. 빨리 돌아가서 느긋하게 즐겨보도록 할까!)

그런 광경이 펼쳐진 가운데 미라는 도시락을 아이템박스에 집어넣고, 간발의 차로 사지 못한 그들을 곁눈질하고는 페가수스에 올라타 약간의 우월감을 느끼며 씩씩하게 날아올랐다.

"어서 와! 배고파 죽는 줄 알았잖아!"

앞뒤가 맞지 않는 아르마의 말이 왕성의 집무실로 돌아온 미라를 맞이했다.

"음? 무어냐, 안 먹었던 게냐?"

점심시간이 지난 지 한참이다. 아무리 여왕의 업무가 바쁘다 해도 식사 시간까지 압수할 만큼 독한 신하는 없을 것이다. 그런 생각에 의아해하던 중, 예상치 못한 답이 돌아왔다.

"오늘은 이리스와 처음으로 대면하는 날이니까, 빨리 친목을 다졌으면 하는 마음에 같이 점심을 먹으려고 준비해뒀단 말이야! 할배가 돌아오면 이리스의 방으로 가서 공들여 준비한 점심을 먹으며 맛있다~ 같은 말도 주고받으면서 자연스럽게 친해지게 해서, 할배는 위험하지 않다는 걸 알려줄 생각이었다고! 그래서 아직 안 먹었어!"

아르마가 거친 파도와 같은 기세로 이유를 설명했다. 아무래도 그녀는 호위를 맡을 미라와 무녀인 이리스가 함께 식사를 해서 빨리 친해지게 할 계획이었던 모양이다.

하지만 미라는 점심시간이 지나도 돌아오지 않았고, 그렇다고 준비했던 친목 작전을 중지할 수도 없어서, 결과적으로 아르마는 배고픔을 얼버무리기 위해 업무에 몰두하며 그녀가 돌아오기를 기다렸다고 한다.

또한 그것은 이리스도 마찬가지라는 모양이다. 분명 지금쯤 올 낌새가 없는 새로운 호위를 기다리며 배를 곯고 있을 거라고 아르마는 말했다.

"그럴 예정이었다면 나가기 전에 말을 할 것이지……."

아마도 분명 그 이야기를 들었다면 조금 더 빨리 돌아왔을 것이다. ……돌아올 수 있었을 것이다. 미라는 통신 도중부터 소환술 강의를 했던 일을 떠올리며, 사전에 알려주지 그랬느냐고 말했다.

"하지만, 이렇게 시간이 걸릴 줄은 몰랐단 말야."

아르마는 토라진 듯 입술을 삐죽 내밀고 고개를 홱 돌렸다. 이스즈 연맹의 지부에 있는 통신장치를 사용해서 카구라를 부른다. 말로 표현하면 간단하지만 이래저래 확인 조치를 거친 탓에 미라가 늦은 것이라고 아르마는 생각하는 듯했다.

순간, 미라의 뇌세포가 급속도로 활성화되었다.

"아~ 그랬구나. 미안하다, 미안해. 아무래도 왜, 저쪽 수장과 연락을 취하려는 것이다 보니. 이래저래 절차가 있어서 말이다."

미라는 그렇게 있지도 않은 일을 만들어 사실처럼 둘러댔다. 실제로 이렇게까지 늦게 돌아오게 된 원인은 90퍼센트 정도가 소환술 강의 때문이었다. 용건 자체는 5분 정도 만에 모두 해치웠다. 따라서 곧장 자리를 떴으면 한 시간은 일찍 돌아올 수 있었을 거다. 그리고 지금쯤은 배불리 먹고 화기애애하게 시간을 보내고 있었을 것이다.

“뭐어, 그렇다면 어쩔 수 없지. ……그래서, 어땠어? 카구라는 와줄 것 같아?”

이번에는 미라의 인맥 덕분에 새로운 가능성이 생겼다. 그래서 아르마는 배를 곯게 한 것에 관해서는 그 이상 언급하지 않고 결과를 물었다. 요그를 심문해줄 것 같느냐고.

“음, 괜찮을 것 같더구나. 사흘 간격으로 연락을 주고받고 있다고 들었는데. 오늘밤 정시 연락 때 전달해달라고 부탁해두었다. 이르면 내일 당장에라도 움직임이 있겠지.”

카구라가 수락해준다면 금방 피스케를 이쪽으로 보내올 것이다. 그리고 연락 직후에 그렇게 해준다면 내일 중에는 라트나트라야에 도착할 거다.

게다가 이번 일을 부탁한 것은 아르마다. 분명 빠르게 반응할 것이라고 확신하며 미라는 그렇게 되었을 때의 대응에 관해서도 설명했다. 이스즈 연맹 라트나트라야 지부의 지부장이 주작인 피스케를 데리고 성으로 올 것이라고, 그 지부장이 엄청 험악하게 생겼다는 점을 특히 강조해서.

“그런고로 문지기나 위병들에게 전달해두거라. 크라우스라는 인물이 찾아오면 경계하지 말고 이 몸을 불러 달라고 말이야.”

확인을 겸해 피스케는 자신이 수령하겠다는 말도 덧붙였다. 그 사이에는 무녀의 곁을 비우게 되겠지만 미라는 다름이 아니라 대륙 최강의 소환술사다. 본인이 없어도 호위를 유지할 만큼의 전력은 언제든 준비할 수 있다.

"그럼 피스케 군이 오면 그대로 이리로 데려와. 카구라한테는 그때 내가 다시 부탁할 테니까."

아르마도 무슨 말인지 이해했는지. 안심한 투로 말을 이으며 타악, 하고 서류에 도장을 찍고서 "좋아, 끝났다!" 하고 일어났다. 그러고서 "덕분에 일을 꽤 많이 해버렸잖아!" 라고 투덜대는 것도 잊지 않았다.

미라가 늦게 돌아오는 바람에 쌓여 있던 서류 업무가 상당 부분 정리된 모양인지, 아르마는 한껏 기지개를 켜며 상쾌한 미소를 지어 보였다.

하지만 다음 순간, 배 속에서 꼬르륵 소리가 나서 부끄러운 표정을 짓더니 화풀이를 하듯 미라를 노려보았다.

미라는 자연스럽게 시선을 피하며 그럼 빨리 가자고 재촉이라도 하듯 먼저 집무실을 나섰다. 그리고 동시에 생각했다. 돌아오는 길에 도시락을 샀다는 건 이대로 비밀로 해두자고.

처음에 미라는 귀한 물건을 획득했다고 자랑할 생각이었다. 하지만 배고픈 상태로 기다리게 해놓고 호화스러운 한정 도시락을 샀다는 사실을 알게 된다면……. 그야말로 불을 보듯 뻔한 사태가 벌어질 것이기 때문이다.

8

집무실을 나서서 5분 남짓 동안 아르마를 따라갔다. 과연 플레이어 국가 2위의 왕성답게 광대했다. 무녀의 방은 집 앞 편의점에 가는 감각으로 가기에는 다소 먼 곳에 있는 모양이다.

마도식 엘리베이터를 타고 윗층으로 가서 몇몇 위병이 쉬고 있는 작은 휴게실을 지나 계속해서 복도를 걸었다.

그렇게 복도 안쪽에 있는 문을 지나자 무녀의 방을 지키는 핵심인물이라 할 수 있는 호위병의 모습이 보였다.

"노인 군, 수고가 많아."

"오오, 여기에 있었나. 오랜만이로군."

약간 넓은 복도 같은 직사각형 공간. 조촐한 로비처럼 만들어진 그곳에 낯익은 인물이 있었다.

무장은 간소해도 범상치 않은 존재감이 넘쳐나고 있는 그 인물은 소파에서 우아하게 티타임을 즐기는 모습이 그럴싸했다. 큰 키에 긴 금발 머리를 말끔하게 묶은 탓에 어쩐지 재수 없는 미남 같은 느낌이 감돌았다.

아르마는 그런 남자에게 노고를 치하하는 말을 건넸고, 미라는 가볍게 손을 흔들었다.

그렇다, 그가 바로 현재 무녀를 호위하고 있는 십이사도의 일원, 노인이었다.

"아, 아르마 씨……랑, 너는, 혹시 천사니? 가만, 아니 넌……!"

아르마의 모습을 보고 마치 충견처럼 일어난 노인은 이어서 미라의 모습을 보자마자 귀공자 같은 미소를 지었다. 하지만 직후, 그 모든 것을 팽개치고 괴로움에 얼굴을 구겼다.

"내숭 떠는 버릇은 여전하구나. 그 설정은 안 어울린다고 했건만."

"맞구나! 아아, 살짝 설레고 만 나를 용서할 수가 없어……!"

미라의 반응과 그 말을 통해 노인은 그곳에 나타난 은발 미소녀의 정체를 알아챈 모양인지, 후회하듯 하늘을 올려다보았다. 하지만 다시 미라에게 흘끔 시선을 돌려 뭔가를 참는 듯한 얼굴로 바라본 직후, 또다시 하늘을 올려다보았다.

"이 최악의 조합은 뭐람……."

노인은 그렇게 투덜거렸지만 마음은 갈등으로 격하게 흔들리고 있었다. 미라의 외모가 그의 취향에 완벽하게 부합했기 때문이다. 하지만 그 본성은 소환술 무한 지옥이라는 전법으로 기사회생의 일격이라 할 것이 없는 탱커를 야금야금 궁지로 몰아붙이는 악마 같은 소환술사(경험에서 비롯된 노인의 감상)다.

과거 덤블프와의 전투로 트라우마 같은 것을 맛본 노인은 그때의 일이 떠올라 경직된 미소를 지었다. 하지만 그런 과거는 둘째치고 외모 자체는 눈길을 끌기에 충분해서 노인은 갈등하지 않을 수 없었다.

(이거 참, 재미있을 것 같군그래…….)

여성을 이성적으로 좋아하는 루미나리아와 달리, 노인은 모성이며 다정함을 추구하는 타입의 호색한(好色漢)이었다. 더불어 거

기에 반전 매력이 있을수록 좋아하는 경향이 있었다. 고양이를 좋아하는 불량소녀라든지, 평소에는 쌀쌀맞은데 아플 때는 다정하게 대해주는 여성 등이 그 예다.

그런 그가 보인 망설임을 미라는 놓치지 않았다. 그리고 동시에 생각했다. 반응을 보아하니, 좋은 장난감이 될 것 같다고.

"자아, 노인 군. 오늘까지 수고 많았어. 전에 얘기했던 대로, 이대로 할배한테 호위를 맡길 테니까 노인 군은 내일부터 다음 작전에 참가해 주겠어?"

노인은 무녀가 남성 공포증에 빠지고 나서도 이렇게 최대한 가까이서 호위를 하고 있었다. 그 임무를 해제하겠다는 취지의 말을 아르마가 하자 그는 다소 복잡한 눈빛으로 미라를 바라보았다.

"알겠습니다…… 근데, 대체 인력이 저 소환 영감탱이라는 게, 좀 납득이……."

무녀가 남성 공포증에 빠지기 전에는 같은 방에서 호위할 수 있었다. 그리고 호위를 하려면 당연히 그 정도로 가까운 거리에 있는 편이 좋다. 때문에 이렇게 입구에서 호위를 할 수밖에 없게 된 노인보다 방에 들어갈 수 있는 미라 쪽이 호위로는 우수하다고 할 수 있었다. 더불어 그 실력도 동급이라 볼 수 있으니 다른 동료들도 그 선택을 정답이라 할 것이다.

하지만 오랫동안 호위를 맡았던 노인은 어쩐지 납득이 안 된다는 듯이 얼굴을 찌푸렸다. 분명 미라는 흠 잡을 데가 없는 미소녀지만 타고난 것은 아니다. 노인이 보기에는 호위가 남자에서 어린 외모의 남자로 바뀌는 것뿐이었다. 그럼에도 불구하고 미라는 노인과 달리 방 안에서 호위를 할 수 있다. 까놓고 말해서, 그 점이 치사하다고 그는 느끼고 있었다.

"무슨 소릴 하는 게야. 이곳에서 이 몸보다 나은 적임자는 없지 않으냐? 그러니 뒷일은 이 몸에게 맡겨두거라!"

그런 노인의 심정을 아는지 모르는지……. 아니, 거의 알면서 미라는 씨익 웃어 보였다.

그에 반해 노인은 눈살을 찌푸리며 "이 자식이……" 하고 미라를 쏘아보았다. 하지만 다음 순간, 미라가 다가와서 그 어깨에 턱, 하고 손을 얹으며 "수고 많았다"라면서 상냥한 미소를 날리자 그 험악했던 표정은 어딘가로 사라져버리더니――.

노인은 배실배실 웃으며 "응"이라고 답했다. 속으로는 알지만 그 미소에서 모성을 느끼고 만 모양이다. 정말이지 고분고분한 답변이었다.

"노인 군도 참……."

그 모습을 본 아르마는 어이없다는 표정을 지을 따름이었다. 그리고 미라 역시 생각했던 것보다 쉽게 농락당한 노인을 보고 당황해서 "효과 참 좋구먼……"이라고 중얼거렸다.

하지만 다음 순간, 그는 자신이 반사적으로 반응하고 말았다는 사실을 깨달았다.

"아아! 어째서~!"

노인은 머리를 싸쥐고 괴로워하더니 "겉만번지르르한거야겉만…"이라고 주문처럼 중얼거리며 테이블에 놓인 찻잔을 집었다. 그리고 평정심을 되찾기 위해 허브티를 단숨에 들이켰다.

"후우……."

산뜻한 허브향이 머리를 맑게 해주었는지 노인은 조금은 진정이 되었다는 듯이 소파에 앉았다.

그때, 한 인물이 그에게 슬그머니 다가갔다.

"자아, 한 잔 더 하겠느냐?"

"응, 고마워."

미라가 다정하면서도 음흉한 미소를 띤 채 티 포트를 기울이자 노인은 거의 반사적으로 찻잔을 내밀었다. 그는 생각했다, 이런 미소녀가 다정하게 차를 따라주니 행복하기 그지없다고.

"아니, 이러면 안 된다니까!"

미라가 너무나도 취향에 딱 맞아서 분위기에 휩쓸릴 뻔했지만 노인은 아슬아슬하게 자제하는 데 성공했다. 하지만 머리가 아니라 본능이 모성을 원하는 탓에 몸에 큰 부담이 갔다.

결과적으로 노인은 미라가 따른 허브티를 단숨에 비운 후, 지칠 대로 지친 얼굴로 소파에 엎어졌다.

"할배…… 그쯤 해 둬. 저래 봬도 우리 최고 전력이니까……."

이번에는 특히나 반응이 심각했다. 미라의 외모가 몹시도 그의 취향인 듯하다는 사실을 알아챈 아르마는 쓴웃음을 지으며 미라의 어깨를 잡고 떼어냈다.

"흠…… 어쩔 수 없지."

노인에게는 소환 무한 지옥의 덤블프가 극악의 상대였지만, 사실 미라에게도 비슷했다. 방어가 너무 튼튼해서 시간을 버는 것 말고는 손쓸 방도가 없었기 때문이다.

그렇기에 이렇게 되갚아준 것이었는데, 아르마가 제지하고 나섰으니 이쯤 해둬야 할 것 같다.

"어이쿠, 이건 제자리에 둬야지."

제지를 당하기는 했지만 티 포트는 여전히 들고 있었다. 미라는 그걸 돌려놓기 위해 다가가 테이블에 내려놓으면서, 슬그머니 노인에게 시선을 돌렸다.

그러자 눈이 딱 마주쳤다. 머리로는 알아도 눈이 멋대로 좇고 마는 모양이다. 노인은 축 쳐진 채로도 미라를 보고 있었다.

미라는 그런 그에게 찡긋 윙크를 해 보였다. 본의 아니게 지금의 모습이 된 것이기는 하지만 남을 놀리는 데 도움이 된다면 온 힘을 다해 활용한다. 그것이 미라의 방식이었다.

그러자 극적인 반응이 일어나 노인의 표정이 순식간에 흐물흐물해졌다. 그리고 다음 순간, 후회에 사로잡혀 다시 한번 머리를 싸쥐고 신음하기 시작했다.

"나 참, 그만 좀 하래도, 할배……!"

아르마 쪽에서는 미라의 윙크가 보이지 않았지만 노인의 반응을 통해 무슨 짓을 했다는 것은 알아챈 모양이다. 그녀는 어이가 없다는 얼굴로 미라를 뒤쪽에서 안아 올려 "자, 이쪽이야!"라면서 강제로 안으로 끌고 갔다.

또한 미라는 아르마의 품 안에서 의기양양한 미소를 짓고 있었다.

그렇게 노인이 지키고 있던 방의 맞은편에 아주 심상치 않은 문이 자리해 있었다.

"이거 참, 터무니없는 문이로군그래."

"지금은 나보다 중요인물이니까."

괴물이라도 봉인되어 있는 게 아닐까 싶을 정도로 술식이 둘러쳐진 문. 그 앞에 선 미라가 어이가 없다는 투로 말하자 아르마는 겸연쩍게 대꾸했다.

무녀 이리스는 대륙 최대급 악의 조직인 '이라 무에르테'의 표적이 되었다. 때문에 현재 그녀는 니르바나의 여왕보다 커다란 영향력을 가지고 있다고 할 수 있었다. 경계가 엄중한 성내에서도 방심할 수 없을 정도로 말이다.

또한 이 문은 은의 연탑의 협력을 받아 실현시킨 특별한 물건이라는 모양이다. 십이사도급이 몇 명 모여야 뚫을 수 있을 만큼 강고한 결계로 보호되고 있다고 한다.

"호오, 그것참 대단하구먼!"

은의 연탑 운운보다 십이사도급 몇 명이라는 이야기를 듣자마자 미라는 흥미롭다는 표정을 지었다. 그러자 아르마가 곧장 충고를 날렸다.

"미리 말해두겠는데, 시험해보고 그러기 없기야? 알겠지? 응?"

못을 박듯 확인을 하는 바람에 미라는 눈을 이리저리 굴릴 수밖에 없었다.

"아…… 알다마다. 시험해볼 리가 없지 않으냐."

정말 그렇게까지 강고할까. 자신이 혼자서 깬다면, 그 말인 즉

소환술이 최강이라는 뜻이 되지 않겠는가. 오히려 여차할 때에 대비해 괜찮은지 어떤지 시험해보는 게 좋지 않을까.

형태 있는 물건은 모두 부서지기 마련이다. 그런 생각을 하던 미라는 아르마가 한발 먼저 못을 박자 허둥지둥 답할 수밖에 없었다. 그런 생각은 추호도 한 적이 없다는 듯이.

그리고 답함과 동시에 한편으로는 아쉽기도 해서 속으로 한숨을 내쉬었다.

그런 대화 후에 아르마가 꺼낸 것은 커다란 열쇠였다. 문에 대체 얼마나 많은 술식이 걸려 있는 것인지. 그에 대응하는 열쇠는 울툭불툭하고 장엄한 모양새를 하고 있어서, 의식용 단검으로 보일 지경이었다.

아르마가 그 열쇠를 문의 열쇠 구멍에 꽂자, 시각화될 정도로 활성화되어 있던 술식이 사라지고 문이 열렸다. 하지만 그걸 지난 곳에 있던 작은 방에서 미라는 또 하나의 문과 맞닥뜨리게 되었다.

이 역시 장엄한 문으로 몹시도 엄중하게 만들어진 듯했다. 거기에는 열쇠 구멍이 두 개나 있었다.

놀랍게도 무녀의 방은 안 그래도 철벽같은 문을 이중으로 달아 보호하고 있었던 것이다.

"엄중하기도 하군."

"당연하지, 무슨 일이 생기고 나서는 늦으니까. 온 힘을 다해 이리스를 보호하기로 정하기도 했고 말이야."

아르마는 그렇게 자신만만하게 단언하더니 조금 전과는 다른 열쇠…… 아니, 허리에 달고 있던 짧은 지팡이를 집었다. 그리고 성호를 긋듯 휘두르고서 탁탁, 지팡이 끄트머리로 문을 두드렸다.

그러자 놀랍게도 정면 문에 있던 술식이 사라지는 것이 아닌가.

"오오? 열쇠를 사용하지 않는 게로군."

첫 번째 문과 달리 두 번째 문은 열쇠를 사용하지 않고 지팡이만 휘둘렀는데 열렸다. 그 모습을 보고 미라가 놀라자 아르마는 웃으면서 "굉장하지?"라고 하더니 그 원리를 알려주었다.

놀랍게도 이 두 번째 문의 열쇠 구멍은 함정이라고 한다. 거기에 무언가를 하려고 하면 그 즉시 이 문은 완전히 봉쇄된다는 것이다. 여는 방법은 전용 지팡이를 정해진 수순에 따라 휘두르거나 무녀의 방 안쪽에서 해제하는 것뿐이라고 한다.

"공이 많이 든 장치로구먼."

설령 적이 침입해서 어찌어찌 첫 번째 문을 연다 해도 이 장치를 모르고 열쇠 구멍에 손을 대면 그 시점에서 상황이 끝나는 것이다. 상당히 교활한 '모르면 죽어야지'식의 함정이라는 생각을 함과 동시에 미라는 그 방범성에 감탄했다.

그렇게 열린 문을 지난 곳에는 짧은 복도가 있었다. 여기에도 역시 방범을 위한 장치가 되어 있었는데, 누군가가 이곳을 통과하면 알 수 있게끔 되어 있다고 한다.

"호오, 전혀 모르겠던데."

언뜻 보면 그것은 평범한 복도로만 보여서 장치 같은 것이 있었는지 전혀 알 수가 없었다.

"그치그치? 하지만 자, 이걸 봐."

하지만 그것은 제대로 작동하고 있는지, 아르마는 조금 전에 봤던 짧은 지팡이를 보란 듯이 들이밀었다.

자세히 보니 지팡이 끄트머리에 '2'라는 글씨가 떠올라 있었다. 그것은 이 복도에 있는 인원수를 뜻한다는 모양이다. 누군가가 이곳에 들어왔을 경우, 이 지팡이와 이리스가 지닌 팔찌에 이런 식으로 통지가 되도록 되어 있다는 것이다.

이 정도면 이 몸은, 필요 없지 않나……?)

철저한 방범 장치를 확인하고 나자 미라는 문득 의문스러워졌다. 향후 예정된 투기대회 관람 일정에는 필요하겠지만, 이곳에 있는 한은 안심해도 되지 않나?

미라가 그런 생각을 하는 동안에도 계속 걸음을 옮겨, 드디어 복도를 지나 무녀의 방에 도착했다. 그리고 직후, 미라는 그곳에 펼쳐진 광경을 보고 눈이 휘둥그레졌다.

"이건…… 무녀란 자는 터무니없는 방에서 살고 있군그래."

그곳은 당연히 성 안일 터였다. 하지만 눈앞에는 산뜻한 녹음이 펼쳐져 있고, 시냇물 흐르는 소리마저 들려왔다.

대체 무엇을 어떻게 하면 이런 구조의 방이 되는 것일까. 게다가 시선을 들어보니 푸른 하늘까지 펼쳐져 있었다.

"뭐어, 상황상 외출 같은 걸 거의 못 하게 됐잖아? 그래서 최대한 바깥이랑 비슷하게 만들다 보니, 이렇게 됐어."

약간 슬픈 듯한 투가 섞여 있기는 했지만, 아르마는 엄청난 기술력 아니냐는 듯이 의기양양하게 말했다.

대륙 최대라 일컬어지기도 하는 악의 조직과 싸우고 있는 니르바나. 그중에서도 상대의 주축인 최고 간부 중 한 명을 완전히 봉쇄하고 있는 무녀의 역할은 각별하다 해도 과언이 아니었다.

하지만 그런 만큼 가장 먼저 목숨이 위태로워질 수밖에 없었다. 미라가 제압한 요그를 비롯한 암살자들도 애초에 무녀 한 사람을 죽이기 위해 보내진 자객이었다. 그리고 거리에는 그들이 보낸 녀석들이 아직 잠복하고 있을지도 모른다.

따라서 현재, 무녀는 마음 편히 외출할 수 없는 상황인 것이다.

"그나저나 재미있는 하늘이로군. 전용 술구라도 만든 게냐?"

미라는 다시금 성 안에 펼쳐진 푸른 하늘을 올려다보며 그렇게 중얼거렸다. 언뜻 보면 완전히 푸른 하늘 같았지만, 미라는 그것이 결계 계열 술식으로 만든 환영이라는 것을 꿰뚫어 본 것이다.

"응, 정답이야."

아르마는 고개를 끄덕이며 답하고서 말을 이었다. 이 환영은 저녁놀과 밤까지 재현할 수 있는 특수한 것이라고.

그녀의 말에 따르면 조금이라도 폐쇄감을 경감하기 위해 개발된 술구라는 듯했다. 다만 처음에는 이리스를 위해 만든 것이었지만 관계자들의 평가가 생각보다 좋았던 덕에 지금은 상품화를 목표로 개발이 계속되고 있다고 한다.

또한, 그 밖에도 실내에서 식물을 생육하기 위한 조명이나 물의 정화 순환 기구 등, 무녀의 방을 쾌적하게 만들기 위해 고안된 여러 기술도 기술자들에게 각광을 받고 있다는 모양이다.

이곳에는 마도공학의 정수가 모여 있다. 때문에 무녀의 방은 일부 관계자들에게 '제1실험장'이라 불리기도 한다는 듯했다.

"참으로 납득이 가는 호칭이로군."

얼핏 보면 평범한 정원이지만 성 안에 야외와 다름없는 정원을 유지하는 것은 쉬운 일이 아니다. 이곳에는 무녀에 대한 배려와 니르바나의 기술력이 모두 담겨 있었다.

이것 참 재미있다는 생각을 하던 미라는 정신을 차려보니 정원을 둘러보고 있었다. 그리고 아르마는 "지적할 만한 게 있으면 팍팍 말해줘"라고 하며 뒤를 따랐다. 술구 등을 비롯해 술식 관련에 있어 은의 연탑보다 나은 연구 기관은 없다. 굳이 말하자면 현재 상황은 그 탑의 우두머리 중 한 명이 시찰을 온 것이나 다름이 없었다.

아르마는 이 기회에 그 지식을 뜯어낼 속셈이었다.

"흐음, 이 부분은 살짝 군더더기가 많구나."

미라는 그런 그녀의 기대에 답해주듯…… 아니, 살짝 의기양양한 투로 신경 쓰이는 부분을 지적해 나갔다.

9

"고마워, 할배. 좋은 공부가 됐어!"

개선 사항을 메모장에 꼼꼼히 기입한 후, 아르마는 진심 어린 감사 인사를 했다.

"이 정도쯤이야."

미라는 쾌활하게 답한 직후에 대담한 미소를 지어 보이며 "하나 빚 진 거다?"라고 말했다. 중간부터 아르마의 의도를 알아챈 것이다. 그래서 일부러 끝까지 꼼꼼히 알려주고 빚 하나를 떠안긴 거다.

"윽……."

아홉 현자의 두뇌를 빌린 대가는 만만치 않을 것이다. 그 빚의 무게에 아르마는 말문이 막혔지만 후회는 없는지. "알겠어……" 라고 답해 그 말을 받아들였다.

그렇게 정원을 한 바퀴 둘러본 미라 일행은 드디어 무녀가 사는 주거 방면으로 향하기 시작했다.

무녀의 방은 개인의 방이라는 게 믿기지 않을 만큼 넓었다. 천장까지의 높이는 20미터, 가로폭은 100미터, 그리고 안길이는 50미터. 그중 면적의 60퍼센트가 정원으로 이루어져 있고, 30퍼센트가 무녀 이리스가 생활하는 주거. 나머지 10퍼센트는 그 중간 지대로 벤치 등이 놓인 휴식 공간이었다.

"이것 참…… 놀라운 구조로구나."

숲 같은 정원을 지난 곳에 자리한 휴식 공간. 그곳에 발을 들이자 개인의 방이 아니라 집단 주택을 방불케 하는 주거공간이 나타났다.

마치 4층짜리 아파트를 박아 넣고 베란다가 있는 벽 부분만 도려낸 듯한 구조다. 이곳이 밖이 아니라 방 안이기에 가능한 대담한 구조다. 굳이 말하자면 무녀의 주거공간은 이 정원과 휴식 공간을 위에서 내려다볼 수 있는 구조로 조성되어 있었다.

"여기서 보이는 것만 해도 방이 일곱 개는 되는군……."

천장이 탁 트여 있는 탓에 몇몇 방이 눈에 들어왔다. 덕분에 최소한 일곱 개의 방이, 그것도 아주 커다란 방이 있다는 사실을 알 수 있었다.

그 어떤 대부호도 이렇게 많은 방을 혼자 다 사용하지는 않을 것이다. 생각지 못했던 규모에 미라는 어쩐지 어이가 없다는 듯 웃으며 그런 감상을 늘어놓았다.

"굉장하지~?"

아르마는 어째서인지 자랑스러워 보였다. 듣자 하니 이 방의 모든 요소는 아르마의 생각에서 비롯된 것이라는 모양이다. 심지어 아르마가 사재를 털어 만든 것이라고 한다.

방에서 나올 수 없게 된 이리스를 위해 마음을 달랠 여러 요소를 담아 넣은 공간. 그것이 이 궁극의 은둔실이었다.

"이토록 훌륭한 방을 만들어낸 게 용하군그래."

니르바나라는 대국가이기에 가능한 일이다. 알카이트의 몇 배는 되는 왕성이기에 이만한 방을 실현할 수 있었던 것이리라. 미라는 무녀 한 사람을 위해 이렇게까지 본격적인 방을 준비한 아르마에게 감탄하며 문득 생각난 바를 입 밖에 냈다.

"그나저나 이쯤 되니 그대의 방보다 호화스러운 것 같다만?"

미라가 느낀 솔직한 감상이었다.

처음에 찾았던 다다미 열 장 너비 정도의 원룸은 둘째 치고 다음으로 방문한 집무실 안쪽에 자리한, 화려한 방. 여왕에게 걸맞는 사치스러운 방이기는 했지만 이 무녀의 방에 비하면 별 것 아니라는 생각이 절로 들 만큼, 이곳은 차원이 달랐다.

"이야아, 정신을 차리고 보니 이렇게 되어 있더라고~."

사람이 좋은 건지, 정도라는 말을 모르는 건지. 보다 스트레스 없이 살 수 있는 환경을 만들고자 궁리한 결과, 이러한 방이 되고 말았다며 아르마는 웃었다. 하지만 그 얼굴에서는 후회하는 듯한 기색을 전혀 찾아볼 수 없었다. 오히려 만족스러워 보이기까지 했다.

미라는 그런 그녀를 다시 보았다고 칭찬하고서 그 거주 공간을 향해 걸어 나갔다. 아르마가 심혈을 쏟아 만든 방은 대체 어떨까 기대하며.

무녀의 방 주거 공간. 그 1층에 해당하는 장소는 얼핏 보면 호텔의 로비 같았다. 탁 트인 공간에는 테이블과 의자가 놓여 있고, 안쪽에는 호화 저택의 홀에나 있을 법한 큰 계단이 있다.

하지만 자세히 보니 로비와는 다소 다르다는 사실을 알 수 있었다. 접수 카운터처럼 배치된 장소에 뒤에 수많은 병이 놓여 있었던 것이다.

그렇다, 1층은 바였던 것이다. 하지만 바 특유의 분위기가 전혀 느껴지지 않는 디자인인 탓에 호텔 로비 같은 인상을 받고 만 것이다.

이 또한 무녀의 방일 텐데 이상한 공간을 다 만들었다. 열네 살 소녀인 이리스가 술을 위안거리로 삼을 리가 없지 않은가. 미라는 그런 생각에 의아해졌지만, 카운터 뒤편에 놓인 병을 보고 납득했다.

"흠, 팔 오레는 또 처음 보는군그래."

그렇다, 거기 진열된 병들의 내용물은 팔 오레라는 신종을 비롯한 여러 가지 주스류였던 것이다. 게다가 알고 보니 고급스러워 보이는 유리문 달린 냉장 케이스에 보관되어 있기까지 했다. 과연 여왕의 방조차도 능가하는 무녀의 방이다.

"그건 우리 요리사 특제 음료거든. 화과자를 좋아하는 에스메랄다 씨가 요청한 건데 이리스도 마음에 들어 해서 상비하고 있어."

아르마는 그렇게 말하며 냉장 케이스를 흘끔 들여다보고 남은 양을 확인하더니 "아, 슬슬 보충해야겠네"라고 중얼거리고서 그대로 아이템박스를 열었다.

"무어냐, 소모품 관리도 그대가 하는 거냐?"

어쩐지 익숙해 보이는 솜씨로 아르마는 냉장 케이스에 든 병을 교체해 나갔다. 그 모습을 보고 미라가 그렇게 물었다.

그러자 아르마는 그렇다고 답했다. 그녀의 말에 따르면 이곳에 자유롭게 출입할 수 있는 것은 아르마를 제외하면 여차할 때 달려올 십이사도들뿐이라는 듯했다. 다만 지금은 대회 기간 중인데다 수면 아래서 진행 중인 작전도 있어서 십이사도는 바쁘다. 더불어 무녀 이리스는 남성 공포증이다. 그 결과, 마찬가지로 바쁘기는 하지만 대부분의 일은 성 안에서 할 수 있는 아르마가 그러한 잡일을 맡아서 하고 있다는 모양이다.

"수고가 많구나……."

그렇게 치하하는 말을 던지던 미라는 문득 유리잔 등이 진열된 선반을 보고 뭐라 말할 수 없는 위화감을 느꼈다.

선반에는 파티라도 할 수 있을 만큼 많은 잔이 늘어서 있었다. 그뿐만이 아니었다. 거기에는 아닌 게 아니라 바처럼 와인잔이나 샷 글라스, 맥주잔, 크고 작은 일본식 술잔 등. 주스와는 상관이 없을 듯한 잔도 준비되어 있었기 때문이다.

명백하게 무녀 이외의 사람도 이용하고 있다. 그렇게 직감한 미라는 즐거운 듯이 "이쪽도 보충해둬야지"라고 중얼거리는 아르마를 흘끔 흘겨보았다.

아르마는 그런 미라의 의심 어린 시선을 알아채지도 못하고 냉장 케이스 안에 있는 자물쇠 달린 선반을 확인했다. 그리고 "슬슬 얼음을 보충해둬야겠네"라고 중얼거렸다.

이리스를 위해 준비된 방, 그리고 설비였지만 모든 게 다 그런 것은 아닌 건가. 미라의 마음에 떠오른 그런 의문을 뒤로 하고 두 사람은 큰 계단 앞까지 걸어갔다.

"이리스~. 새로운 호위를 데려왔어~."

큰 계단에서 위쪽을 향해 아르마가 소리쳤다. 이미 방 안이었지만 구조가 구조이다 보니 이리스가 완전히 사적으로 사용하는 공간은 2층부터인 듯했다. 때문에 여왕 아르마도 곧장 위로 올라가지 않고 상대를 부른 것이다.

하지만. 5초, 10초가 지나도 위에서는 아무 대답이 없었다.

"어라? 뭔가 이상한데?"

아르마가 당황스러운 얼굴로 고개를 갸웃했다. 평소에는 금방 대답을 하고서 오도도도 뛰어내려오고는 했다고 한다. 그런데 이번에는 아무리 기다려도 그런 낌새가 느껴지지 않았다.

아르마가 다시 한번 무녀를 불렀지만 결과는 같아서, 위층은 잠잠하기만 했다.

"기다리다 지쳐 잠들어버린 것은 아니냐?"

잘 생각해 보니 예정보다 늦어지고 말았다. 점심시간이 한참 지나서 간식 시간이다. 잠기운이 몰려올 시간대이기도 하다.

"아니, 무슨 일이 생긴 걸지도 몰라!"

생명의 위협을 받고 있다지만 엄중한 경계하에 있는 방이다. 자객이 들어왔을 가능성은 낮다. 하지만 모종의 사고나 급성 질병에 걸렸을 가능성은 충분히 있다. 그런 사태가 염려되었는지 아르마는 몸을 날려 계단을 뛰어 올라갔다.

"흐음……."

미라는 낮잠이라도 자고 있는 게 아닐까 했지만, 정말 혹시 모를 일이니 아르마의 뒤를 따랐다. 그리고 큰 계단을 올라가 2층 좌측에 있는 방에 도착했다.

아르마가 문을 열어젖히고 안으로 뛰어들었다. 미라는 조금 늦게 얼굴을 내밀며 "있더냐~?"라면서 방을 둘러보았다.

2층 좌측 방은 물건들이 많기는 했지만 이상적이라 할 수 있는 거실이었다.

침대로도 쓸 수 있을 듯한 소파. 넓은 테이블에 간단한 싱크대와 냉장 케이스가 있는 것이 보였다.

또한 벽에는 책장이 늘어서 있었는데, 그중 하나에 꽂혀 있는 것은 책이 아니라 레코드판이었다. 자세히 보니 역시나 고급스러워 보이는 축음기도 그곳에 있었다.

하지만 거기서 끝이 아니었다. 통신 장치가 있기도 하고, 벽에는 그림이 걸려 있고 바퀴 달린 커다란 나무 상자도 놓여 있는 등, 이 거실은 온갖 물건들로 가득했다.

(뭐라고 해야 할지…… 그게, 꼭 은둔형 외톨이의 방 같군…….)

상황상 어쩔 수 없다는 사실은 알지만 방을 보자마자 그런 감상이 미라의 머릿속에 떠올랐다. 여기에 TV와 인터넷 공유기, 그리고 게임기라도 있으면 분명 현대의 아이들도 만족할 만한 방이 될 것이다.

미라가 그런 분석을 하던 중에 "할배, 이리스가 없어……"라고 하는 아르마의 절망 섞인 목소리가 들려왔다.

그녀의 말에 따르면 뭔가 특별한 일이 있을 때가 아니면 이리스는 대부분 이 방에 있다는 모양이다. 하지만 그녀의 지정석인 소파나 축음기 앞 안락의자에도 없다며 걱정스러운 표정을 지어 보였다.

"그럼 다른 방에 있겠지."

아직 여러 개의 방 중 하나를 확인했을 뿐이다. 대부분은 그럴지 몰라도 그렇지 않은 날도 있기 마련이다. 그렇게 당연한 소리를 하며 미라는 생각했다. 지금의 아르마는 꼭 과보호를 하는 어머니 같다고.

그만큼 무녀를 아끼고 있다는 뜻일까. 그래서인지 유난히 당황해 머릿속이 엉망이 된 듯 보였다.

"흐음……── 아르마여, 이곳보다 한 층 위에 있는 듯하구나."

진정하라는 듯이 아르마의 어깨를 다독여주며 재빨리 《생체감지》로 주변을 확인했다. 그리고 이리스의 것으로 추측되는 반응을 감지하고 그 위치를 알려주었다. 정확히 지금 있는 방의 위에 있었다.

"위…… 그렇구나, 알겠어!"

위층에는 뭐가 있을까. 미라는 몰랐지만 당연히 아는 아르마는 그 말을 듣고서 납득을 했는지, 곧장 방에서 뛰쳐나갔다.

"정신없구먼."

걱정이 좀 과한 게 아닐까 싶어 쓴웃음을 지으며 미라도 그 뒤를 따라 위층으로 향했다. 그리고 계단을 올라가던 도중.

"아아, 이리스!"

어쩐지 비명 같은 아르마의 외침이 들려왔다.

"흠? 무슨 일이냐?"

설마 정말로 무슨 일이 있었던 걸까. 그렇지만 《생체감지》로 느낀 반응에 따르면 딱히 약해진 건 아닌 듯했다. 하지만 혹시 모를 일이니 미라는 다시 달려 나갔다.

3층 좌측에 위치한 방은 식당 같은 구조로 되어 있었다. 들어가서 오른쪽에는 본격적인 조리장이, 왼쪽에는 커다란 테이블과 의자가 늘어서 있다. 20명 정도 되는 인원이 마음껏 먹고 마시고 놀 수 있는 공간이다.

그런 방의 한구석에서 아르마가 금발 머리 소녀를 품에 안고 있었다. 그 소녀가 바로 이리스인 듯했다. 하지만 어째서인지 움직일 낌새가 없다.

설마 정말로 사고가 일어나거나 갑자기 병이 난 걸까. 여차하면 치유의 전문가인 백사, 아스클레피오스를 소환해야겠다고 생각하며 미라는 두 사람에게 달려갔다.

"대체 무슨 일이냐?"

이리스는 약간 괴로운 듯한 표정을 짓고 있었다. 외상은 없다. 그렇다면 병에 걸린 걸까. 지병이라도 있었던 걸까. 겉모습만 보고는 판단할 수가 없어 아르마에게 물어보았지만 지병 같은 것은 없었다고 한다.

이제 아스클레피오스에게 진단을 맡기는 수밖에 없다. 그렇게 생각하며 소환하려던 그때.

이리스가 천천히 눈을 떴다.

"이리스! 무슨 일이 있었던 거야, 이리스?!"

아르마가 필사적으로 말을 걸었다. 그러자 이리스는 그런 아르마를 바라본 채 살며시 입을 열었다.

"배⋯⋯ 고파⋯⋯."

목소리에는 힘이 하나도 없었지만 있는 힘을 쥐어짜서 말했다. 이리스는 몹시도 배가 고파 보였다.

이리스는 배가 고파 쓰러진 것뿐이었다. 하지만 미라가 가지고 있던 애플 믹스 오레를 준 덕분에 위기는 넘긴 듯했다. 이리스는 쑥스러운 탓에 몸을 꼼지락거렸다.

"자아, 오늘부터 호위를 맡게 된 미라다. 이 몸이 왔으니 악당 놈들은 손가락 하나 못 댈 게다. 안심하거라!"

테이블을 사이에 두고 마주 앉은 상태로 미라는 자신만만하게 자기소개를 했다. 앞으로 맡을 임무는 이리스의 목숨을 책임지는 일이다. 때문에 미라는 상대가 불안해하지 않도록 평소보다 더욱 자신만만한 얼굴을 하고서 단언했다.

"이리스예요! 잘 부탁드릴게요!"

겉모습만 보면 미라는 이리스보다 어려 보였다. 그럼에도 여유롭다는 것이 느껴질 만큼 당당하게 큰소리를 치는 모습이 이리스에게는 믿음직해 보인 모양이다. 그녀는 시원스럽게 자기소개를 하고서 잘 부탁드린다고 고개를 숙였다. 그리고 고개를 들며 "⋯⋯저기, 그리고 좀 전에는 소란을 피워서 죄송해요"라고 말을 잇고서 다시 수줍어했다.

"아니, 신경 쓸 것 없다. 이 몸이 살짝 늦게 돌아온 탓이니 말이야."

실제로 이스즈 연맹의 통신 장치로 한참 동안 강의를 한 탓에 늦어진 것이었다. 하지만 미라는 그런 말은 않고 본거지와 연락을 취하려면 여러모로 시간이 걸린다는 식으로 둘러대서 지금에 이른 것이다. 또한 진실을 밝힐 생각은 눈곱만큼도 없었다.

“아닌 게 아니라 이 모든 건 저 녀석이 점심 식사 예정을 말하지 않은 탓이지.”

미라는 그렇게 완전히 책임을 전가하며 부엌 쪽으로 시선을 옮겼다. 그곳에는 점심 식사 준비를 하는 아르마의 모습이 있었다. 처음 얼굴을 보는 오늘 이 자리에서 단숨에 친목을 다지기 위한 특별 메뉴라고 했는데, 여왕이 직접 요리를 마무리하고 있는 것이다.

무엇을 준비했는지는 비밀이라면서 아르마는 미라 일행에게 보이지 않게끔 준비를 하고 있었다.

“에스메랄다 씨도 그랬어요~. 아르마 언니는 아무한테도 말을 안 하고 파티나 식사 모임을 추진할 때가 있다고요. 그래서 전에 갑자기 초대를 받고 따라가 보니 십이사도 결성 30년 축하 파티 회장이었던 적이 있었대요. 엄청나게 많은 요리가 준비되어 있었다는데, 저녁식사를 하고난 뒤라 거의 먹질 못했다고…….”

“다들 고생이 많군그래…….”

아르마는 서프라이즈 같은 걸 좋아하는 모양이다. 하지만 중요한 부분에서 엇갈려서 타이밍이 맞지 않을 때가 많다고 한다.

그 파티에 비하자면 그냥 늦어진 것뿐인 오늘은 그나마 나은 편이 아닐까. 미라는 그런 생각을 하며 기대감이 담긴 투로 “자아,

이번에는 무엇을 준비해뒀으려나"라고 중얼거렸다.

"엄청 기대돼요~!"

쓰러질 만큼 기다린 탓인지, 배고픈 무녀의 기대감은 그 이상인 듯했다.

〈10〉

"오래 기다렸어!"

드디어 점심 식사 준비가 끝난 모양이다. 부엌에서 분주하게 움직이던 아르마가 밥통을 들고 왔다. 그리고 의기양양한 얼굴로 그것을 테이블에 내려놓았다.

"무어냐? 그냥 밥이 아니냐."

밥통만 있고 안에는 쌀밥이 들었다. 어떤 진수성찬이 나올까 기대했던 미라는 곧장 난색을 표하며 아르마를 쏘아보았다. 하지만 쌀밥만 든 밥통을 보고도 반짝반짝 빛나고 있던 이리스의 눈에서는 기대감이 가시지 않았다. 오히려 "밥그릇이 필요하겠어요!"라면서 일어섰다.

"아니, 밥그릇은 괜찮아. 필요 없어. 지금부터가 진짜니까."

아르마는 진정하라는 듯이 이리스를 다시 한번 자리에 앉혔다. 그리고 미라를 보고 기대했던 반응이라는 듯이 미소를 짓더니 다시 부엌으로 돌아갔다.

"오늘 점심은, 파티야!"

아르마는 그렇게 말하며 다 합쳐서 여섯 개나 되는 큰 그릇을 테이블에 늘어놓기 시작했다. 거기에는 잘게 썰린 채소와 식재료, 그리고 요리 등이 담겨 있고 큼지막한 김이 잔뜩 준비되어 있었다.

그것을 보고서야 미라는 아르마의 의도를 알아챘다.

"호오, 그런 것인가. 이건 테마키즈시 파티로군!"

테마키즈시는 좋아하는 재료와 배합초로 버무린 밥을 넣고 김에 싸 먹는 음식이다. 그 맛은 재료 조합에 따라 정해지기에 정답이 있는가 하면 꽝도 있다. 때문에 선택하는 센스가 필요하지만, 최고의 맛을 만들어낸 자는 한때의 영웅이 되기도 한다. 그것이 테마키즈시 파티다.

생각보다 준비에 품이 들지만 이렇게 하면 맛있다, 저렇게 하면 훨씬 맛있다, 라는 식의 대화가 오가기 일쑤라 친목을 다진다는 목적에는 딱 맞는 선택이라 할 수 있을 듯했다.

"와아, 한번 해보고 싶었어요~!"

그렇게 말한 이리스의 눈은 유달리 빛나고 있었다.

테마키즈시는 처음인 모양이다. 꿈에 그리던 광경이라는 듯이 큰 그릇에 담긴 재료들을 둘러보고 있다.

"그러면 배도 고프니까 빨리 시작하자! 마음 가는 대로 먹어봐!"

마지막으로 여러 가지 조미료를 턱 하고 내려놓은 후, 아르마가 테마키즈시 파티의 개시를 선언했다. 직후, 기다렸다는 듯이 움직인 사람은 역시나 배고픈 이리스였다. 재료가 차려진 순간부터 머릿속으로 어떤 것을 고를지 생각을 해뒀는지. 그 손은 일체의 망설임도 없이 이리저리 움직여 눈 깜짝할 새에 첫 번째 초밥을 완성시켰다.

"맛있어요~!"

테마키즈시가 처음이기도 해서인지 이리스가 만든 그것은 빈말로도 깔끔하다고 할 수 없었다. 하지만 그것을 베어 무는 모습은 실로 행복해 보였다.

"이거 고민되는군그래."

"자아, 궁극의 테마키즈시를 완성할 사람은 과연 누구일까."

이리스의 미소를 흐뭇한 얼굴로 지켜보며 미라와 아르마도 재료를 고르기 시작했다. 그렇게 세 사람은 저마다 재료를 김에 싸서 그 맛에 일희일비했다.

무녀의 방에서 시작된 테마키즈시 파티. 처음에는 각자 즐기고 있었지만 어쩌다가 그렇게 된 것인지. 언젠가부터 제일 맛있는 테마키즈시를 만든 사람이 승자, 라는 승부가 벌어지고 있었다.

"테리야키 마요네즈 치킨을 이길 조합은 흔치 않을 게다."

미라는 테리야키 마요네즈 치킨 등의 정석적인 조합으로 승부에 나섰다.

"아까부터 정석적인 맛만 만들고 있는데……. 모험가라면 좀 더 도전적이어야지."

그런 소리를 하는 아르마 또한 참치 마요네즈 옥수수라는 정석적인 메뉴만 만들고 있었다.

그러한 것들의 심사원은 이리스였다. 다만 모두 다 먹고 모두 다 맛있다고 하는 바람에 좀처럼 승부가 나지 않았다.

"이거 끝이 안 나겠군."

"그러게 말이야……."

그렇게 의견을 모은 두 사람은 완전 오리지널 레시피를 통한 승부로 전환했다.

미라는 여러 개의 시험작을 만들어보고 이걸로는 부족하다며 다시 만들었다.

아르마 또한 시식을 해보고는 납득이 안 된다며 다음 것을 만들기 시작했다.

그러기를 얼마 동안 반복한 끝에 먼저 최고 걸작을 완성시킨 것은 아르마였다.

"완성! 이게 나의 궁극 조합이야!"

왕도에 기대지 않고 독자적으로 만들어낸 아르마의 작품. 그것은 기본을 충실하게 지켜서 재료와 특제 소스와 초밥을 넣은 것이었다. 실로 많은 고뇌를 엿볼 수 있는 조합이었다.

하지만 무엇보다도 큰 차이점이 있었다.

"뭣……이라고?! 그렇게 하면…… 그건 반칙이 아니냐!"

평범한 테마키즈시와는 명백하게 다른, 한눈에 알 수 있는 차이점. 그것은 들어간 식재료였다. 김으로 재료와 초밥을 싼 것이 아니라 얇게 썬 큼지막한 고기로 싼 것이다.

테마키즈시 업계에서 고기말이는 반칙의 영역에 있었다. 그것은 본래 건더기로 쓰여야 할 것이기 때문이다. 심지어 고기말이는 경우에 따라서 왕도가 되기도 하는 조합이었다.

아르마는 그런 아슬아슬한 선을 크게 넘어선 것이다. 그녀의 가슴속에는 승부욕이 그야말로 활활 타오르고 있었다.

하지만 미라가 격하게 항의한 것은 그 고기의 출처 때문이었다. 다름이 아니라 그것은 테이블 위에 없는 재료였던 것이다.

그렇다, 아르마는 아이템박스에 상비하고 있던 최상의 안주를 이 자리에서 꺼내서 사용했다.

당연히 배고픈 심사원의 반응은 오늘 중 가장 좋았다.

"여왕이기에 손에 넣을 수 있는 최상의 식재료…… 그걸 이용한다는 작전에는 그야말로 허를 찔렸다. 그걸 능가할 식재료를 가진 자는, 흔치 않겠지. 하지만 상대가 좋지 않았구나!"

하지만 미라도 지고만 있지 않았다. 그런 수를 쓰겠다면 봐주지 않겠다는 듯이 최고의 채소말이 초밥을 조합하며 대담한 미소를 지어 보였다.

"이것은, 평범한 채소가 아니다. 타의 추종을 불허하는…… 아니, 같은 무대에 서는 것조차 불가능한, 차원이 다른 채소니 말이야!"

미라가 덮어놓고 절찬한 채소. 그것은 바로 식물의 시조정령인 마텔에게 받은 특제 채소였다.

"후와아, 맛있어요~!"

그것을 먹은 심사원은 채소밖에 없음에도 불구하고 최상급 고기말이에 필적하는 반응을 보였다.

"제법이네……."

"쉽게 이길 생각은 말거라."

이번 승부는 비겼다.

그렇다면 다음에야말로 결판을 내겠다며 두 사람은 다음 준비 작업에 들어갔다.

그렇게 또다시 양쪽 모두 최상의 식재료를 준비하고 있던 그때.

"오래 기다리셨습니다아~."

그런 속 편하고 밝은 목소리가 들려오더니 이리스가 아르마와 미라의 앞에 접시를 내려놓았다.

아무래도 이리스 역시 두 사람처럼 오리지널 테마키즈시를 만든 모양이다. 익숙지 않은 탓에 모양은 볼품없었지만 그렇기에 이리스가 성의가 담겨 있는 듯 보였다.

겉만 봐서는 속에 뭐가 들었는지 알 수가 없었다. 하지만 테이블에 있는 식재료에 섞으면 위험할 듯한 부류의 것은 없다.

"그럼 먹어보도록 하지."

"잘 먹을게, 이리스."

테마키즈시 초심자인 이리스가 만든 첫 오리지널 초밥. 미라와 아르마는 기특하다는 생각에 미소를 지은 채, 승부는 잠깐 휴전이라는 뜻을 담아 눈빛을 주고받았다.

(분명 좋아하는 것을 여러 가지 집어넣고 있었지. 생각해 보니, 이 몸에게도 그런 시기가 있었더랬어.)

아르마와 승부를 하던 도중. 이리스가 재료를 살피는 모습을 보았던 미라는, 그 모습에서 과거 자신의 모습을 발견했더랬다.

오로지 좋아하는 것만 넣어서 스페셜 테마키즈시라고 외쳐댔던 모습을.

아르마는 어쩐지 어머니 같은 미소를 짓고 있었다. 그녀에게도 테마키즈시에 얽힌 이런저런 추억이 있는 모양이다.

그렇게 여러 가지 추억이 교차하는 식탁에서 미라와 아르마는 이리스가 만든 테마키즈시를 입에 댔다.

김 안에 있는 초밥을 지나자, 그 안에 잠들어 있던 미지의 재료들이 두 사람의 입 안에서 해방되었다. ──그 순간.

"으음……?!"

"아앗……!"

미라와 아르마는 동시에 신음하더니 눈을 부릅뜨고 몸을 떨었다. 그 맛에 충격을 받았기 때문이다.

(뭣……이라고……? 이것이…… 이것이 초짜가 만들어낸 맛이라는 건가?!)

미라가 전율한 충격적인 맛. 그것은 미라가 알지 못하는 맛이었다.

대체 무엇을 어떻게 조합한 것일까. 그저 좋아하는 것을 넣었을 뿐으로만 보였던 그것은 그야말로 새로운 왕도의 탄생을 예감케 할 정도의 완성도를 지니고 있었다.

초심자의 행운일까, 아니면 천재적인 감각일까.

테마키즈시가 처음이라고 했는데, 설마 초심자가 이만한 물건을 만들어낼 줄은 몰랐던 탓에 미라는 경악하여 뻣뻣하게 굳어버렸다.

그와 동시에 깨달았다. 이리스가 만든 이 테마키즈시는 아르마의 테마키즈시에 필적할 만큼의 잠재성을 지니고 있다는 사실을.

그렇다면 그 테마키즈시와 맞서고 있던 미라의 특제 채소말이 초밥에도 버금갈 정도로 맛있다고 할 수 있으리라.

(설마…… 이곳에 있는 재료만으로 이걸 완성한 것인가……!)

미라는 다시금 전율했다. 궁극의 고기를 꺼낸 아르마와 최고의 채소를 꺼낸 미라. 그런 반칙이나 다름없는 수단을 사용한 두 사람과 달리, 이리스는 테이블 위에 있는 재료만 사용했기 때문이다.

그리고 아르마 역시 그 사실을 알아챈 것인지. 테이블 위에 놓인 식재료를 쳐다보더니 어쩐지 둥지를 떠나는 아기 새를 배웅하는 듯한 눈으로 미소를 지었다.

"이건, 인정해야겠군……."

"응, 그러게……."

미라와 아르마는 서로 마주 보고서 그렇게 말을 나누고 고개를 끄덕였다. 그리고 설레는 얼굴로 감상을 기다리는 이리스를 보고 입을 모아 답했다.

"졌습니다."

이리스의 승리로 끝난 테마키즈시 승부 후, 미라 일행은 계속해서 테마키즈시 파티를 즐겼다.

"여기서 간장을 살짝 치면――."

"마요네즈지, 마요네즈."

"된장, 맛있어요~."

여러 가지 식재료와 조미료를 조합하여 맛있게, 즐겁게 먹고 의견을 주고받고, 다음 테마키즈시 파티는 어떻게 할까 등의 이야기를 신나게 나누었다.

이리스는 또 하자는 이야기에 크게 기뻐했다.

그렇게 시간은 눈 깜짝할 새에 흘러서 배불리 먹은 미라 일행은――.

"살짝…… 과식을 했구나……."
"아으…… 못 움직이겠어……."
"배불러요~."
식사 자리가 즐거우면 자신도 모르게 과식을 하게 되는 법이다. 한계를 넘어선 세 사람은 만족스러운 얼굴로 소파에 몸을 기대고 만복감에 젖어들었다.
"다음에는 다른 사람들도 불러서 저녁 식사 때 이렇게 하자. 뭐어, 한참 나중이 될 것 같지만."
아르마가 그렇게 말하자 이리스 역시 "기대돼요~"라고 답했다.
다른 사람들이란 십이사도들을 말하는 것이다. 그 십이사도는 현재 임무다 뭐다 해서 바쁜 상태다. 그렇다면 다음 파티를 여는 건 분명 모든 것이 끝난 뒤가 될 것이다.
그 무렵에는 알카이트 왕국으로 돌아가 있을지도 모른다.
미라는 그런 생각과 동시에 이렇게나 배가 부른데 다음 식사에 관한 이야기를 하는 게 용하다 싶어서 쓴웃음을 지었다.
그때.
"할배도, 알겠지?"
아르마가 그렇게 물어왔다.
투기대회, 그리고 '이라 무에르테'와의 싸움이 모두 끝나는 그날에는 축승회(祝勝會)라는 이름의 테마키즈시 파티를 개최할 테니 당연히 미라도 참가하라는 거다.
"……음, 그러마."
이거 귀가가 좀 늦어질 것 같다. 옅은 미소를 띤 채 그렇게 대답한 후, 미라는 다음 파티가 기대된다고 말을 이었다.
하지만 두 사람은 하잘것없는 그런 대화 속에서 한 가지 실수를 했다는 사실을 알지 못했다.
그리고 이리스는 그것을 놓치지 않고 순수한 호기심을 담아 입 밖에 냈다.
"할배? 왜 할배인가요?"
그렇다, 아르마는 미라를 평소처럼 '할배'라고 부르고 만 것이다.
애칭치고는 미라의 이름과 겹치는 부분이 하나도 없고, 그 단어에서 느껴지는 인상 또한 누가 보아도 완벽한 미소녀로만 보이는 미라와는 거리가 멀었다.
아닌 게 아니라 지금의 미라에게 사용할 경우, 옛날부터 알고 지낸 사이가 아니면 위화감만 느낄 호칭이었다.
"……."
이리스가 물은 순간, 아르마는 사고를 친 사람처럼 굳어버렸다. 표정은 겨우 유지하고 있지만 속으로는 상당히 초조해하고 있다는 것을 분위기로 알 수 있었다.
(대체 뭐 하는 게야…….)
자신도 별 생각 없이 대답했으면서 미라는 실언을 한 아르마를 보고 어이없어했다.
당연한 이야기지만 사실 아홉 현자의 일원인 덤블프라고 말할 수는 없는 일이다. 그 진실은 일단 국가기밀로 취급되고 있기 때문이다.
또한 이리스는 남성공포증이다. 미라의 겉모습은 미소녀지만 속은…… 그런 사실을 알게 되면 어떤 반응을 보일지 짐작도 안 되었다. 경우에 따라서는 이 자리에서 거절당할 가능성도 있었다.

따라서 아르마는 그 자리에서 변명을 지어내기로 한 듯했다.

"사실은 미라의 스승님이랑 아는 사이거든. 그 스승님을 예전부터 '할배'라고 불렀어. 그리고 그 제자인 미라는 너도 들었다시피 말투 같은 게 여자애 같지 않잖아? 아무래도 스승님의 말투가 옮아버린 모양이야. 그래서 저 말투를 듣다 보니, 자꾸 스승님 얼굴이 떠올라서 아~주 가끔씩 이렇게 말이 잘못 나오지 뭐야."

변명을 하는 데는 도가 텄는지, 아르마는 그것이 진실이라는 듯이 술술 말을 늘어놓았다.

내용 자체는 상당히 억지스러웠지만, 이리스는 생각보다 단순—— 순진한 아이 같았다.

"그렇군요~."

아르마의 변명을 듣고 납득한 눈치였다.

그 후, 미라 일행은 하잘것없는 잡담을 즐기며 움직일 수 있게 될 때까지 느긋한 시간을 보냈다.

화제는 맛있는 음식이며 유명한 모험가, 비공선에 대륙 철도, 최신 생활용 마도공학 제품 등, 장르와 방향성이 정말이지 쉴 새 없이 바뀌었다.

아무리 부족할 게 없는 환경에 있다고는 해도 이리스의 생활권은 이 방뿐인 탓인지. 바깥세상에 있는 많은 것들에 몹시 흥미가 많은 모양이다.

미라 역시 그런 심정을 헤아려 이리스의 호기심에 답해주고자 이런저런 이야기를 해주었다.

다만. 지금 거리에서 유행하고 있다는 연애담 같은 화제가 튀어 나왔을 때는 그럴 수가 없었다.

아르마와 이리스가 신이 나서 대화하는 동안, 전혀 모르겠는데다 관심도 없는 미라는 가만히 침묵하고 있었다. 머릿속에 울리는, 잔뜩 신이 난 마텔의 목소리를 흘려들으며.

〈11〉

"타 본 적이 있으세요?! 굉장해요~!"

"음, 터무니없이 크더구나."

아르마와 이리스의 이야깃거리는 여러 차례 바뀌다가 다시 대륙철도로 돌아왔다. 미라는 그거라면 안다며 입을 열었다.

그렇게 미라와 이리스는 화기애애하게 대화를 나눴다.

이번 테마키즈시 파티의 목적은 앞으로 당분간 함께 있게 될 두 사람의 우호 관계를 원활하게 만드는 것이었는데, 그럭저럭 성공한 듯했다.

오늘 처음 만난 사이임에도 미라를 대하는 이리스의 태도는 지극히 우호적인 데다 동경심 비슷한 무언가까지 느껴졌다.

대화를 하며 시간을 보내다 보니 어느 정도 뱃속 상태도 진정이 되었다.

간신히 움직일 수 있게 되자 세 사람은 뒷정리를 시작했다. 하지만 도중에 "이건 나한테 맡겨"라고 아르마가 말했다.

정리는 해둘 테니 두 사람은 쉬라는 것이다.

바깥세상 이야기를 이리스에게 들려주었으면 한다는 게 아르마의 뜻인 듯했다.

"음, 그대가 그렇다면야."

그렇게 답한 후, 미라는 아르마의 말대로 이리스가 듣고 싶어 하는 이야기를 해주었다.

그것은 온 대륙을 둘러보고 다닌 여행기 같은 이야기였다.

고대신전이며 프라이멀 포레스트 같은 던전뿐 아니라 방문했던 도시와 여러 장소 등. 많은 곳을 둘러보고 다녔기에 그 내용에는 끝이 없었고 이리스는 이야기에 푹 빠져들어서 귀 기울여 들었다.

그러던 도중. 띠링, 하프를 켠 듯한 소리가 어디선가 들려왔다.

"음? 방금 그건 무슨 소리냐?"

이 장소에 있는 것은 미라와 아르마, 그리고 이리스까지 세 명뿐이다. 그리고 세 명 모두 그러한 소리는 내지 않았다.

그럼 무엇일까, 하고 미라가 궁금해 하자 이리스가 곧장 의미를 알려주었다.

"방금 그건 십이사도 중 누군가가 왔다는 신호예요~."

이곳에 오는 동안 아르마와 지났던 문. 그걸 열면 사용된 열쇠에 대응하는 소리가 울리도록 되어 있다고 한다.

하프 같은 소리는 십이사도의 것이라는 모양이다. 또한 아르마의 것은 피아노 같은 소리가 난다고 한다.

"호오, 그러한 장치도 있었군. 처음 듣는 이야기다만."

과연, 하고 고개를 끄덕이면서도 미라는 아르마를 째릿 노려보았다. 호위를 하기로 했으니 방범 관련 장치에 관해서는 사전에 알려주었어야 하지 않았냐는 것이다.

하지만 아르마는 그런 미라의 잔소리에 답할 상황이 아닌 듯했다.

"으아…… 직접 오다니……."

그런 소리를 중얼거리며 엄청나게 꼼꼼한 손놀림으로 설거지를 하기 시작했다.

대체 무슨 일일까. 그 답은 잠시 후에 판명되었다.

"잘 지냈니, 이리스. 그리고 미라 씨, 저번에도 말했지만 호위를 맡아줘서 고마워."

등장하자마자 우아하게 감사 인사를 한 것은 에스메랄다였다. 그녀는 아무래도 한참이 지나도 돌아오질 않는 아르마를 데리러 온 듯했다.

"역시 여기 있었구나."

부엌에서 설거지를 하는 아르마를 발견한 에스메랄다는 어이가 없다는 듯이 한숨을 내쉬었다.

"아직 정무가 남아 있어."

그리고 다가가서 조용히 말했다. 심지어 차분한 말투인데도 반박은 허락지 않겠다는 듯한 박력이 담긴 목소리로.

"하지만 왜, 아직 설거지할 게 남았잖아."

그러자 아르마는 그런 변명을 늘어놓기 시작했다.

그렇다, 아르마가 설거지를 도맡아 하기로 한 것은 조금이라도 오랫동안 이곳에 머물기 위해서였다. 정무를 땡땡이치기 위해서였던 것이다.

"그렇다면 빨리 끝내도록 하자."

아르마의 변명에는 이골이 난 것인지 에스메랄다는 안색 하나 바꾸지 않고 부엌에 서서 엄청난 속도로 설거짓감을 처리해 나갔다.

그에 반해 아르마는 여러모로 작업을 지연시키기 위한 꼼수를 부렸다.
하지만 결과적으로 불과 3분 남짓 만에 아르마가 이곳에 머무를 이유는 사라지고 말았다.

"그럼 미라 씨. 뒷일을 부탁할게."
에스메랄다는 그렇게 말하더니 체념한 듯 보이는 아르마의 손을 꼭 붙들고 데려갔다.
하지만 미라는 잊어버리기 전에 조금 전부터 궁금했던 일에 관해 물어보기로 했다. "그 전에, 이곳의 방범 기능이 어떻게 되어 있는지 알려주겠느냐"라고.
"혹시, 여태 설명도 안 했던 거야?"
순간, 에스메랄다의 얼굴에 험악한 빛이 감돌았다.
"저기, 일이 좀 있어서 그만……."
아르마는 눈도 못 마주치고 고개를 홱 돌리며 답했다. 당초에는 그에 관한 설명을 먼저 해둘 예정이었다고 한다.
하지만 이리스가 배고픔에 못 이겨 쓰러지기도 해서 느지막한 점심식사를 먼저 하게 되었다. 그러다가 깜박한 것이라고 아르마는 변명했다.
"흠…… 이 몸이 조금 늦어진 것도 원인일지 모르겠군. 너무 꾸짖지 말거라."
따지고 보면 통신 장치로 소환술 강좌 같은 걸 하느라 한참 늦게 돌아와 버린 게 원인이라 할 수 있었다. 때문에 미라는 약간 죄책감이 들어서 아르마를 옹호했다.

그러자 제3자의 말이 먹혀든 것인지 에스메랄다는 "알겠어"라는 말을 끝으로 잔소리를 하지 않았다.

"미안해, 미라 씨. 지금은 기다리는 사람들이 많아서 느긋하게 설명을 할 수가 없어. 하지만 설명서는 준비해뒀거든——."

에스메랄다는 그렇게 말을 잇더니 재촉을 하듯이 아르마를 쿡쿡 찔렀다.

"아아, 그게, 상세 내용은 여기 정리되어 있으니까 확인해 줘. 그리고 이리스도 어느 정도는 알아."

그렇게 말하며 아르마가 꺼내든 것은 '초중요기밀'이라 적힌 소책자 크기의 종이 다발이었다. 거기에 무녀의 방에 설치된 방범 장치에 관한 내용이 적혀 있는 모양이다.

"음, 알겠다."

소책자를 받아든 미라는 그대로 연행되어 가는 아르마와 연행하는 에스메랄다를 배웅했다.

"자아, 그럼 곧바로——."

아르마가 일을 하러 돌아가자 방에는 미라와 이리스만 남았다.

미라는 지금부터가 본격적인 호위 임무라는 생각에 마음을 다잡으며 아르마에게 받은 소책자를—— 펼치려던 참에 어떠한 것을 알아챘다. 이리스가 열의가 넘치는 눈을 하고서 의욕을 불사르고 있다는 사실을.

(아무래도 꽤나 기합이 들어가 있는 것 같다만…….)

대체 왜 저러는 것일까. 저 기합은 대체 무엇일까, 따위의 의문이 떠올랐지만 미라는 이리스와 눈을 마주쳤다.

그러자 이리스는 지금이 기회라는 듯이 말했다.

"그러면 미라 씨, 가요! 안내할게요!"

아르마가 '이리스도 어느 정도는 안다'는 말을 남긴 탓이리라. 아무래도 이리스는 이 방과 방범용 장치에 관해 설명을 해줄 생각인 듯했다. 그래서 저렇게 기합을 바짝 넣은 것이다.

어쨌든 한 가지 분명한 것은, 소책자를 보는 것보다 이곳에 사는 사람의 설명을 듣는 편이 빠를 것 같다는 사실이다.

"음, 잘 부탁하마."

미라가 그렇게 답하자 이리스는 만면에 미소를 띤 채 "맡겨만 주세요~!" 라고 답하며 방에서 뛰쳐나갔다.

그리고 직후에 자신이 너무 서둘렀다는 사실을 알아챘는지 문으로 빼꼼 고개를 내밀었다. 하지만 반성을 하지는 않은 눈치였다.

"우선 1층부터 순서대로 안내할게요!"

그렇게 말하더니 '빨리빨리'라는 말을 얼굴에 써 붙이고 환한 표정을 짓고 있었기 때문이다. 진정하기는커녕 더 흥분했다.

무녀라는 입장에 방범 관계상 이곳에 들어올 수 있는 자는 극소수에 불과하다. 아르마와 십이사도 중에서도 여성진뿐이다.

분명 그래서 미라가 새로 왔다는 사실이 몹시도 기쁜 것이리라. 처음으로 친구가 집에 놀러 오기라도 한 것처럼 한껏 신이 나 있다.

하지만 그것만으로 이렇게까지 기뻐할 만큼 친구가 적다는 뜻이기도 했다.

"천천히 하자꾸나, 천천히."

미라는 소책자를 아이템박스에 넣은 뒤 마음껏 어울려 주마, 하고 이리스를 따라갔다.

이리스가 사는 거주부의 구조는 비교적 간단했다.

조감도로 그렸을 때 각 층이 앞뒤로 두 줄, 좌우로 세 줄, 여섯 블록으로 이루어져 있다고 생각하면 될 듯했다.

그리고 중앙 안쪽 블록에 계단이 있다.

이리스는 순서대로 각 층을 안내할 생각인 듯했다. 처음으로 찾은 것은 1층에 있던 로비 겸 바로 된 방이었다.

이곳은 계단 부분을 빼고 모든 블록이 한 방으로 만들어진 장소다.

"여기에는 맛있는 음료수가 잔뜩 있어요. 목욕을 마치고 나서 마시면 최고예요~."

그렇게 말하더니 어떤 게 맛있다고 소개하던 참에. 이리스는 문득 생각이 났다는 투로 "아, 오늘은 아직 안 마셨네요"라고 하더니 병 하나를 집었다. 그리고 유리잔에 따라 단숨에 들이켰다.

"흐으이이……."

잔을 비운 후, 이리스는 소녀답지 않은 얼굴로 신음했다.

대체 무엇을 마신 것이냐고 묻자 여러 가지 약초가 배합된 특제 약초차라는 듯했다. 건강을 위해 매일 마시라고 아르마가 시켰다고 한다.

"이건…… 꽤나 강렬하군그래……."

살짝 냄새를 맡아본 미라는 그 풋내와 쓸데없이 강렬한 허브류의 향기에 얼굴을 찌푸렸다.

하지만 이상하게도 몸에는 좋을 것 같은 냄새이기는 했다.

다음으로 안내를 받은 곳은 2층 좌측에 있는 방이었다. 블록 2개를 차지하고 있는 그곳은 이리스를 찾을 때에도 확인했던 거실이었다.

"이 의자에 앉아 있으면 금방 졸음이 와요――. 이 레코드라고 하는 원판을 얹어놓으면 여러 가지 음악을 들을 수 있어요――."

이리스는 아주 즐거운 투로 세세한 부분까지 설명해주었다.

그러던 중에 "이 중에서도 최고는, 이거예요~"라면서 자신만만하게 보여준 것은, 조금 전에도 슬쩍 보았던 바퀴 달린 커다란 상자였다.

"호오, 그것참 기대되는군."

겉모습은 살짝 세련된 상자처럼 생겼는데, 이리스는 이 상자가 최고라고 했다.

여왕 아르마가 이만큼 공을 들인 방에 있는 것들 중 물건이니, 분명 굉장할 것이라며 미라는 한껏 기대했다.

"보세요~!"

이리스가 상자의 덮개를 벗기자 그 안에는 한층 작은 상자가 있었다. 높이는 50센티미터 정도 되고, 가로와 세로의 길이가 70센티미터 정도 되었다.

하지만 자세히 보니 평범한 상자가 아니라는 것을 알 수 있었다. 어째서인지 정면에만 유리가 대어져 있었기 때문이다.

"흐~음…… 이건……. 뭔가 복잡한 장치 같다만……."

한쪽 면만 유리가 대어진 상자. 하지만 유리 안쪽은 검기만 하고 깊지도 않아서 무언가를 넣고 감상하는 케이스로는 보이지 않았다.

게다가 측면에는 스위치 같은 것이 몇 개나 붙어있어서, 마도공학으로 만든 모종의 기기라는 것을 알 수 있었다.

스위치와 유리를 보고 미라는 이 의문의 상자의 정체가 무엇일지 추리하기 시작했다.

하지만 이리스는 얼른 소개하고 싶었던 모양이다. "놀랍게도, 이건 말이죠──"라고 의기양양하게 말하며 스위치를 켰다.

얼마쯤 시간이 지나자 상자가 기동했다.

그 순간, 그것을 본 미라는 "설마, 이건……!" 하고 놀란 투로 말했다.

미라가 목격한 것은 상자의 유리면에 비친 이곳과 전혀 다른 장소의 광경이었다.

심지어 영상뿐이 아니다. 상자 측면에 뚫린 구멍에서 소리까지 들려온 것이다.

그렇다, 요컨대 이 상자는 TV였던 것이다.

"마도 TV라고 해요~. 멀리 있는 것을 볼 수 있는, 굉장한 마도 기기예요!"

이리스는 그야말로 그늘 하나 없는 미소를 띤 채 말하더니, 다른 것도 볼 수 있다면서 스위치를 조작하기 시작했다.
그렇게 하자 연극무대며 투기대회가 열릴 투기장, 그리고 회장 쪽에서 열리고 있는 몇몇 이벤트 무대가 표시되었다.
이리스의 말에 따르면 마도 텔레코프라는 것을 설치하면 그 정면에 자리한 풍경을 마도 TV로 볼 수 있게 된다고 한다.
또한 동시에 마도 마이크를 설치하면 이렇게 소리도 들을 수 있다는 듯했다.
다만 기술력의 한계인지, 아니면 원래 그렇게 되어 있는 것인지. 영상과 소리가 약간 맞지 않았다. 하지만 표시된 영상은 선명했다.
(이 정도 수준까지 완성됐을 줄이야.)
미라는 마도 TV 앞에서 감탄했다.
몇 개월 정도 전. 소울하울에게 히노모토 위원회에서 TV와 TV용 카메라를 만드는 자들이 있다는 이야기를 들었다.
이게 그것인지, 아니면 니르바나가 독자적으로 개발한 것인지는 모르겠지만 문명의 파도는 확실하게 앞으로 나아가고 있는 모양이다.
"확실히 이건 굉장하구나."
미라가 그렇게 진심을 담아 동의하자 이리스는 더더욱 기쁜 듯한 미소를 지으며 대꾸했다.
"그쵸, 그쵸?!"
지금까지 만날 수 있었던 사람은 다들 연상이었던 데다 제한된 소수의 인물뿐이었다. 심지어 그들 모두가 나라에서 매우 중요한 지위에 있었다.

때문에 만날 수 있는 것도 짧은 시간뿐이었다.

그렇기에 기쁨을, 그리고 즐거운 일과 시간을 공유할 수 있는 미라를 만난 것이 이리스는 상당히 기뻤던 모양이다.

"놀랍게도 여기 보이는 장소는 말이에요——."

미라가 관심을 보이자 이리스의 가슴 속에 있는 무언가에 불이 붙은 것인지. 아주 자신만만한 얼굴로 마도 TV에 관해 설명하기 시작했다.

그 이야기에 따르면 아무래도 마도 TV에 보이는 것은 라이브 영상이라는 듯했다.

현재는 라트나트라야에 있는 두 개의 대극장과 대회 회장에 있는 두 개의 이벤트 무대, 그리고 예선용 투기장에는 두 개의 마도 텔레코프가 설치되어 있다고 한다.

대회가 시작되고부터는 TV를 보는 게 낙이 되었는데, 내일 있을 이벤트 무대는 반드시 볼 것이라고 이리스는 단단히 벼르고 있었다.

(이것도 어쩔 수 없는 일이려나.)

미라는 그 모습을 보고 일말의 불안을 느꼈다. 이리스가 이대로 TV를 끼고 사는 아이가 되지 않을까 싶었기 때문이다.

하지만 지금은 어쩔 수 없다. 위험한 조직이 목숨을 노리고 있으니.

미라는 언젠가 이리스가 자유롭게 밖에 나갈 수 있게 하려면, 더 많은 사람들과 만날 수 있게 하려면 호위 말고도 할 수 있는 일이 무엇이 있을까 생각에 잠겼다.

〈12〉

나중에 같이 TV를 보자고 약속하고서 거실을 나선 두 사람은 그대로 2층 우측에 있는 방을 찾았다.

이곳에는 수도 관련 시설이 갖춰져 있다는데, 화장실 말고도 세탁소와 목욕탕이 있었다.

"이것 참 넓구나……."

"언제든 씻을 수 있게끔 되어 있으니 미라 씨도 언제든 사용해 주세요."

화장실과 세탁소가 반 블록. 그리고 나머지 1.5블록은 통째로 목욕탕이 차지하고 있었다.

욕조와 몸을 씻기 위한 넓은 공간에는 따뜻한 물이 넘실대고 있다. 게다가 탁 트인 정원 쪽으로 싱싱한 꽃들과 녹음을 감상할 수 있었다.

(여기서 한잔하면 최고일 것 같군그래.)

참으로 사치스러운 광경을 앞에 두고 미라는 벌써부터 목욕 시간이 기대된다며 웃었다.

그러고 나서는 중앙의 정원 쪽에 있는 블록도 견학했다.

그곳은 이리스가 무녀 일을 하는 방이라는 듯했다.

이리스는 현재 정기적으로 '이라 무에르테'의 최고 간부인 유그스트의 동향을 감시, 견제하고 있다.

그 일을 통해 그가 지배하고 있던 암흑 통상로와 암거래 일정을 모두 알아내 제압하는 데 성공했고, 수천억 리프에 이르는 손해를 입혔다.

나아가 유그스트는 앞으로 거래에 관계할 수가 없게 되었다. 그는 손해를 보전할 수단까지 봉쇄당한 셈이다.

이리스의 활약으로 '이라 무에르테'는 중요한 자금 조달 수단을 잃었다. 그리고 이리스의 능력으로 감시하는 한, 유그스트는 숨겨진 비밀 루트를 사용할 수가 없다.

이리스에게 호위가 필요할 수밖에 없는 상황이다.

또한 오늘은 일을 하는 날이라 밤 9시가 되면 유그스트가 나쁜 짓을 꾸미고 있지 않은지 확인할 것이라고 한다.

2층 안내가 끝나자 그대로 3층으로 올라갔다.

계단을 올라간 곳에 있는 좌측의 두 블록은 테마키즈시 파티를 했던 식당이다.

"어떤 요리든 만들 수 있어요!"

이리스가 조금 전에는 거의 보지 못했던 부엌 부분을 소개했다.

그곳에는 조리 기구뿐 아니라 오븐과 같은 설비도 갖춰져 있어서 이리스의 말대로 어지간한 요리는 만들 수 있을 듯했다.

또한 이리스는 먹는 것뿐 아니라 만드는 쪽도 잘한다고 한다. 기합이 잔뜩 들어가서 오늘은 놀랄 만한 저녁 식사를 만들어주겠다고 말하기도 했다.

다음은 식당에서 3층 중앙의 정원측 블록을 지나 우측으로 이

동했다.

또한 중앙 블록은 베란다였는데, 이곳에서도 예쁜 정원의 풍경을 일망할 수 있었다.

우측은 침실이었다. 옅은 색으로 통일된 내부는 귀엽게 꾸며져 있다.

잘 때 외로운 탓인지 중앙에 자리한 커다란 침대에는 인형이 잔뜩 놓여 있었다.

"미라 씨는 이쪽을 써 주세요."

침실에는 커다란 침대가 하나 더 있었다. 디자인은 심플했지만 이리스의 침대에 뒤지지 않을 만큼 번듯했다.

"음…… 알겠다."

호위를 맡았으니 잘 때도 같은 방에서 자자는 뜻 같다.

한창 나이대의 소녀와 같은 방에서 잔다는 사실을 마리아나가 알게 되면 난리가 날 거다. 그런 생각이 들었지만 이건 호위 임무니 어쩔 수 없다며 미라는 고개를 주억거렸다.

3층을 모두 둘러본 미라 일행은 4층을 찾았다.

"이곳도 참, 터무니없군그래."

계단을 올라간 직후. 미라는 4층을 둘러보고 놀란 투로 말했다.

놀랍게도 4층은 전체가 서고였기 때문이다.

도서관을 방불케 할 만큼 책장이 잔뜩 늘어서 있는 데다 그 책장에는 책이 빽빽하게 꽂혀 있었다. 얼핏 보아도 만 단위에 달하지 않을까 싶을 만큼 장서가 많았다.

심플한 흰색 벽에 결이 선명하게 보이는 나무 바닥. 그리고 온기가 느껴지는 조명. 여러모로 호화스럽고 사치스러웠던 이전 층들에 비해 이곳은 차분한 분위기를 풍기고 있었다.

이런 장소에서 느긋하게 독서를 하는 것도 나쁘지 않겠다. 그런 생각이 절로 드는 매력으로 가득한 서고다.

"심심하지 않게끔 아르마 언니가 만들어줬어요. 재미있는 책이 잔뜩 있어요~. 미라 씨도 마음껏 읽으세요!"

이리스는 그렇게 설명하고서 정말이지 기쁜 얼굴로 달려가더니 어느 책장 앞에 멈춰서 "최근에는 여기 있는, 만화라는 책을 재미있게 보고 있어요~"라고 말을 이었다.

아무래도 이 서고에는 만화책까지 갖춰져 있는 모양이다.

어디 보자, 하고 다가가서 확인해 보니 그곳에는 미라도 모르는 작품들이 잔뜩 꽂혀 있었다.

"이거 많이도 모아놨군."

서점보다 많은 작품을 보고 놀란 미라는 그것들을 몇 권 확인하고서 그 이유를 알아챘다.

이 책장에는 상업적으로 유통되지 않는 책들도 놓여 있었던 것이다.

요컨대 동인지 말이다.

미라는 잡담 중에 솔로몬에게 들었던 적이 있었다. 만화라는 문화를 플레이어 출신자들이 들여와서 퍼뜨리기 시작한 것은 20여 년 전의 일이었다고.

그 정도 시간이 흘렀으니 플레이어 말고도 만화를 그리기 시작한 이가 나타날 만도 하다.

그리고 동인지라는 문화가 퍼진 것도 당연한 귀결이라 할 수 있는 것이다.

언젠가 이 세계에서도 그 축제가 열리게 될까…… 아니면 이미……. 그런 상상을 하던 미라는 아홉 현자를 주제로 한 시리즈의 동인 만화가 있다는 사실을 알아채고 쓴웃음을 지었다.

(그나저나 샤르위나가 보면 뛸 듯이 기뻐하겠군그래.)

서고에는 만화는 물론이고 그 이외의 책들도 많았다. 발키리 일곱 자매 중 넷째인 샤르위나는 상당한 독서가다. 그러니 그녀의 눈에 이곳은 낙원으로 보일 것이다.

미라가 그런 생각을 하는 동안, 이리스는 또 다른 책장으로 달려갔다. 그리고 이런저런 책에 대한 추억과 감상을 늘어놓기 시작했다.

"이건, 노인 오빠가 추천해준 책이에요~. 세계에 잠든 다섯 개의 비보를 찾아내는 이야기인데, 엄청난 모험이었어요!"

스포일러를 피하려고 조심스럽게 말한 것일지도 모르겠지만, 그게 아니라 해도 이리스는 설명을 잘하지 못하는 듯했다.

하지만 이렇게 이야기할 수 있는 상대가 있어서 무척 기쁜 것인지. 몇 번이고 표정을 바꿔가며 이야기하는 그녀는 아주 즐거워 보였다. 게다가 희한하게도 이야기를 듣고 있으니 얼마나 재미있는 책인지 알 것도 같았다.

미라는 즐거운 듯한 이리스의 영향으로 이쪽도 기대된다는 생각을 하며 서고를 한 바퀴 돌아보았다.

서고 구경을 끝으로 이리스의 주거 안내는 끝났다. 그리고 그 후에는 거실에서 둘이 함께 마도 TV를 감상했다.

대회 회장 안에 설치된 이벤트 무대에서는 매일 여러 가지 이벤트가 열리고 있는 듯했는데, 저녁 다섯 시가 지난 지금은 음악 대결이 이루어지고 있었다.

음유시인이며 악단, 가수, 거리공연가 등. 음악을 하는 사람이라면 누구든 참가할 수 있는, 정말이지 시끌벅적한 이벤트였다.

다만 그렇기에 축제라는 느낌이 강해서 재미있다는 생각이 절로 드는, 매력 넘치는 무대였다.

그렇게 시간은 눈 깜짝할 새에 흘러, 어느샌가 저녁 시간이 되었다.

약속한 대로 이리스가 부엌에 서서 저녁 식사를 만들었다.

메뉴는 볶음밥. 채소 등의 재료는 모두 미리 준비해둔 덕에 이제 볶고 조미료를 넣기만 하면 된다.

"강불로 단숨에 수분을 날리는 게 맛있게 만드는 요령이지만, 일반적인 열원으로는 그렇게 큰 화력을 내지 못해요. 하지만 그럴 때는, 약불로 천천히 볶으면 그만이에요!"

이리스는 마치 능력 있는 여자라도 되는 듯이 으스대며 볶음밥을 만들었다.

실제로 완성된 볶음밥은 맛있었다.

저녁 식사가 끝나고 다시 얼마 동안 둘이서 TV를 감상하다 보니 여덟 시가 지났다.

이제 일을 할 시간이라면서 이리스는 업무용 방으로 향했고, 미라는 그 방 앞에서 호위를 시작했다.

이리스가 능력을 발휘하려면 매우 높은 집중력이 필요한 탓에 이때만은 따로 대기해야 한다는 모양이다.

(자아, 슬슬 이쪽도 확인을 해야지.)

안내니 저녁 식사니 TV 감상 등을 하다 보니 시간이 나지 않았다. 하지만 이제야 확인할 시간이 생겼다며 미라는 그것을 꺼냈다.

아르마에게 받은 이 방에 설치된 장치에 관한 서류다.

"어디 보자——."

미라는 이리스의 업무용 방 앞에 소파의 가구 정령을 소환하여 거기 느긋하게 앉아 서류를 훑어보았다.

맨 앞에 적혀 있는 사항은——.

이리스는 이 장치의 구조며 상세 내용 등을 절반 정도밖에 모른다는 것이었다.

무녀의 방에는 방문자가 왔음을 알리기 위한 알람 말고도 방에 있는 사람의 소재 등을 명확하게 알 수 있게 해주는 장치가 곳곳에 설치되어 있다고 한다.

다만 안전성을 고려해 공격적인 장치로는 만들지 않아, 격퇴보다는 재빨리 알아채기 위한 것임을 알 수 있었다.

또한 이리스 본인은 감지 대상으로 설정되어 있지 않다는 모양이다. 또한 이리스가 아는 것은 그러한 장치가 반응했을 때 확인하는 방법과 대응법뿐이라고 적혀 있었다.

(오호라. 능력이 능력이니 말이지. 자세히 알면 의미가 없어지겠지.)

무녀인 이리스가 가진 능력은 특정 상대의 사고를 읽어내는 것이다. 다만 거기에는 결점도 있었다. 깊이 동조하기에 상대측에게도 이쪽의 정보가 어느 정도 유출되고 마는 것이다.

그렇기에 소책자 곳곳에는 '이리스에게는 비밀'이라는 주의가 적혀 있었다.

(그나저나 이거, 최신기술의 종합선물세트로군그래.)

강력한 방범 기술은 물론이고 정원에서 아르마가 말했던 실험장이라는 단어에서 짐작할 수 있듯, 이곳에는 일반화되지 않은 기술 제품이 잔뜩 사용된 듯했다.

또한 서류에는 그 이외의 것들에 관한 기록도 있었다.

바로 이리스가 좋아하는 것이나 싫어하는 것, 평소 기상과 취침 시간 등이었다.

그러한 부분을 통해서도 아르마가 얼마나 이리스를 과보호하고 있는지를 엿볼 수 있었다.

방범 설비가 즐비한 무녀의 방은 마치 함정이 잔뜩 깔린 던전과도 같았다.

때문에 미라는 던전을 공략하는 기분으로 개요를 파악해 나갔다.

치사성 함정이 없는 만큼 만만해 보이기는 했다. 하지만 공들여 배치한 만큼 들키지 않고 침입하는 것은 그야말로 워즈랑베르 정도의 힘이 있어야 가능할 것이라는 게 미라의 감상이었다.

다만 침입자를 가차 없이 처리하는 함정이 없기에 여러 명이 앞뒤를 가리지 않고 몸을 던져 침입할 경우에는 약간 허무하게 무너질 듯했다.

이곳에 설치된 것은 시간벌이용 결계 장치 정도다.

하지만 이제 그런 수법은 통하지 않는다. 그를 보완하기 위해 호위를 붙인 것이니 말이다. 미라의 임무는 희생을 무릅쓰고, 목숨을 걸고 쳐들어오는 자들로부터 이리스를 보호하고 침입자를 때려잡는 것이다.

(자아…… 이제 어떻게 나올는지.)

서류를 아이템박스에 다시 넣은 후, 미라는 이리스의 업무용 방을 흘끔 쳐다보며 생각했다.

이번에 이리스가 능력을 사용함으로 인해 유그스트의 현재 상황을 알 수 있게 됨과 동시에 이쪽의 정보도 저쪽에 알려지게 되었다.

그중 가장 큰 정보는 호위가 교체되었다는 것이리라.

지금까지 무녀를 호위하고 있던 것은 니르바나가 자랑하는 최고 전력, 십이사도의 일원인 '백뢰(白牢)의 노인'이었다.

그 방어를 돌파할 수 있는 자는 없었고, 그를 증명하는 일화도 많은 탓에 그는 가장 **단단한** 성기사로 온 대륙에 알려진 영웅이었다.

하지만 그런 그의 호위는 무녀의 능력을 역이용한 유그스트의 책략 때문에 완벽하다고 할 수 없게 되었다.

이리스가 남성공포증에 빠져버린 것이다.

그러한 경위에 유그스트의 책략이 성공한 것처럼 보이게 한다는 의미에서 이번에 미라에게 호위 임무를 인계한 것이다.

아르마의 말에 따르면 이번 호위 교체는 상당히 급하게 이루어진 것처럼 연출했다고 한다.

전혀 문제가 없는 것처럼 보이게 하되, 이리스에게는 뭔가 서두른 듯 느껴지게끔 연출했다는 것이다.

분명 이리스는 복잡한 상황 속에서 겨우 호위를 찾은 것이라 여기고 있을 것이다.

상대측에 전해지는 것은 진실이 아니라 이리스의 주관적인 정보다.

이번에 호위가 교체되었다는 사실을 알게 된 유그스트는 분명 이를 기회로 볼 거다.

무녀의 호위병이 난공불락의 철벽이라 알려진 니르바나의 영웅에서 최근 화제가 되고 있는 민완 미소녀 모험가로 바뀌었다.

아무리 실력이 좋아도 화제에 오른지 얼마 되지 않은 모험가, 그것도 여자다. 더불어 급하게 교체된 만큼 수준이 떨어졌을 거라 생각할 게 분명하다.

하지만 실제로는 그렇지가 않다.

최근 화제가 되고 있는 실력 좋은 미소녀 모험가는 표면적인 모습일 뿐. 그 정체는 십이사도와 어깨를 나란히 하는 아홉 현자다. 심지어 노인의 마음을 꺾은 적이 있다는 전적까지 있는 자다.

(누군가를 보내온다면, 가볍게 잡아서 카구라에게 정보를 캐내어 달라고 할 수 있겠군.)

서류에 있던 장치 배치도를 참고로 곳곳에 보초를 세울 계획을 짜며 미라는 이리스가 일을 마치기를 기다렸다.

〈13〉

"오래 기다리셨죠~?"

업무용 방에 들어가고서 한 시간 남짓이 경과했을 즈음, 이리스가 방에서 나왔다.

"흐음, 괜찮은 게냐?"

지친 것인지. 다소 안색이 안 좋다는 사실을 알아채고 미라가 물었다. 그러자 이리스는 억지웃음을 지어보이더니 곧장 혐오감을 온몸으로 표현하며 "그 사람은 변태예요~!" 라고 외쳤다.

아무래도 이리스를 남성혐오증에 빠뜨린 유그스트의 작전은 아직도 계속되고 있는 모양이다.

아주 에로한 내용의 계획을 억지로 알게 되었다며 이리스는 씩씩거렸다. 하지만 그럼에도 일은 무사히 마친 듯했다.

"애 많이 썼다. 기특하구나."

미라는 그렇게 짓궂은 짓을 당하고도 일을 끝까지 완수한 이리스를 칭찬했다.

"……네!"

겉보기에는 자신보다 어려 보이지만 미라에게 이렇게 칭찬을 받은 게 기뻤는지 이리스는 수줍은 미소를 지어 보였다.

그런 대화를 나눈 후, 두 사람은 거실로 돌아왔다. 이번 일의 결과를 이곳에 있는 통신장치로 보고하기 위해서다.

『수고했어, 이리스. 괜찮았어?』

보고 상대는 아르마인 듯했다. 통신장치를 기동하자마자 연락을 받은 아르마는 걱정스러운 투로 그렇게 말했다.

그에 반해 이리스는 미라를 흘끔 쳐다보더니 "네, 미라 씨가 있으니 괜찮아요~!"라고 활기차게 답했다.

변태 같은 추행을 당하고서도 이리스는 의연한 미소를 지은 채 또렷하게 오늘 일의 결과를 보고해 나갔다.

예상대로 어떠한 흉계를 꾸민들 이리스에게 정보가 흘러가고 만다는 상황에 상당히 고생을 하고 있는 듯했다.

지금의 유그스트는 지금까지 쌓아올린 경험과 인맥에 기댈 수가 없는 데다 기껏 개척해둔 암흑 통상로며 비장의 수도 사용할 수 없는 상태였다.

그가 아니면 움직일 수 없는 일들이나, 그가 아니면 알 수 없는 것들이 아직 숨겨져 있기도 했다.

그것을 사용할 궁리를 하는 즉시 그 정보를 이리스가 모두 읽어내서 니르바나가 모든 걸 짓밟고자 움직일 것이다.

따라서 유그스트는 비장의 수가 있음에도 할 수 있는 것은 추행뿐인 것이다.

정보는 얻을 수 없지만 견제는 된다. 그것이 현재 이리스가 맡고 있는 주된 임무였다.

『고마워, 이리스. 그럼 오늘은 푹 쉬어. 그리고 미라도 고마워. 이리스를 잘 부탁해.』

이리스의 보고가 끝나자 아르마가 그러한 말을 해왔다. 그 목소리에는 이리스에 대한 격려와 어쩐지 안심한 듯한 낌새 같은 것이 담겨 있었다.

밤 열한 시가 조금 못 된 시간이 되어서야 보고가 끝났다.

이제 잠을 자는 일만 남았는데, 무녀 일을 하는 날은 늘 이 타이밍에 목욕을 한다는 듯했다. 여러 가지 일들을 싹 씻어내기 위해서라고 한다.

"미라 씨도 같이 씻어요~!"

이리스는 실로 반짝반짝 빛나는 미소를 띤 채 그렇게 제안해왔다. 실제로 이곳에 있는 욕조는, 두 명은 물론이고 너댓 명이 한꺼번에 들어갈 수 있을 만큼 넓었다. 오히려 함께 몸을 담그는 편이 효율적이라 할 수 있었다.

하지만 미라는 일단 고개를 가로저었다.

"아~ 아니…… 이 몸은 할 일이 좀 있어서 말이다. 나중에 씻도록 하마."

평소 같았으면 군말 없이 그러자고 했을 것이다. 하지만 이번에는 그렇게 하지 않았다.

그 이유는 단순명쾌했다. 이곳에는 미라의 정체를 아는 이가 너무 많기 때문이다.

아르마도 그렇고 에스메랄다도 그렇다. 또한 상황으로 미루어 십이사도들은 모두 미라가 덤블프라는 사실을 알 것으로 추측되었다.

지금은 미라라는 미소녀의 모습을 하고 있으니 이리스와 함께 욕조에 몸을 담가도 표면적으로는 문제가 없다.

다만 아르마 일행의 눈에는 어떻게 보일까. 지금의 모습을 구실로 한창 나이대 소녀가 목욕하는 모습을 당당하게 엿보는 변태라고 생각할지도 모른다. 그것이 미라가 걱정하는 바였다.

때문에 매력적인 제안을 받았음에도 이를 악물고 거절한 것이다.

"아쉬워요~."

방긋방긋 웃던 이리스가 풀이 죽어 축 늘어졌다.

계속 이 방에서 대부분의 시간을 혼자 보낸 탓에 누군가와 사이좋게 목욕을 하는 것에 대한 동경이 있었던 것이다.

때문에 곧장 거짓 웃음을 지은 이리스의 얼굴에는 심상치 않은 애수가 감돌고 있었다.

"아~ 그 뭣이냐, 그래! 용건은 오늘 중에 끝나니까 말이다. 내일은 분명 괜찮을 게다!"

혼자 있는 슬픔을 견디는 데는 익숙하다. 그런 마음이 이리스의 얼굴에서 절절하게 느껴져서 괴로워진 미라는 엉겁결에 그렇게 말하고 말았다.

유혹은 견뎌냈지만 양심의 가책에는 엄청나게 약했던 것이다.

하지만 그 말 덕분인지 이리스의 미소에 빛이 돌아왔다. 그녀는 몹시도 기쁜 얼굴을 한 채 "약속한 거예요~"라면서 깽깽이걸음을 하며 목욕탕으로 향했다.

(흐음, 피해를 최소한으로 억제하려면 어떻게 하면 좋을꼬…….)

미라는 이리스와 함께 목욕을 했다는 사실이 알려졌을 때를 상상하며 변명거리를 궁리하기 시작했다.

호위를 하기 위해서는 그러는 편이 효율적이라고 주장하는, 어디까지나 업무적인 변명.

처음에는 거절했지만 너무 실망하기에 어쩔 수 없었다고 주장하는, 양심에 호소하는 변명.

당당하게 딸과 함께 목욕하는 것과 다를 게 없다고, 전혀 이성으로 의식하지 않았다고 주장하는 변명.

미라는 이것도 아니고, 저것도 아니고, 라면서 계속 머리를 굴렸다.

그러던 도중, 미라의 머릿속에 마리아나의 얼굴이 떠올랐다.

이러한 장소에서 다른 여자애와 단둘이 지낸 데다, 목욕까지 같이 했다는 사실이 알려지면 어떻게 변명을 해야 할까.

그 결과, 미라의 머리는 한계를 넘어서서 생각하기를 멈췄다.

그리고 이제 될 대로 되라는 듯이 웃어넘기고는 기분을 전환하기 위해 임무에 몰두하기로 했다.

"우선은~ 이 베란다 부분부터 시작해야겠구나~."

이리스의 제안을 거절할 때 했던 할 일이 있다는 말은 사실 거짓말이 아니었다.

미라의 머릿속에는 이 방의 방범을 보다 완벽하게 만들기 위한 작전이 구축되어 있었던 것이다.

미라는 모든 것을 잊으려는 듯이 무녀의 방을 뛰어다녔다.

아르마에게 받은 서류에는 이 방의 설계도도 들어 있었다. 그걸 확인한 미라는 방범을 보다 완벽하게 만들기 위한 작전을 실행해 나갔다.

우선 정원 곳곳에 다크나이트를 설치해, 침입자를 견제한다.

그다음은 중요 장소의 방어다. 이 방에서 가장 중요한 장소는 아무래도 거주 구역이다.

하지만 정원 구역과 거주 구역의 경계에 자리한 천장은 탁 트여 있다. 때문에 경계까지 침공하는 데 성공하기만 하면 그대로 간단히 거주 구역에 도달할 수 있다.

그래서 미라는 그곳에 보초를 세우기로 했다. 1층부터 4층까지의 경계에 해당하는 베란다에 홀리나이트를 소환한 것이다.

그것도 평범한 홀리나이트가 아니다. 정적의 정령 워즈랑베르의 힘을 정령왕의 가호로 융합시킨 광학미채 사양의 홀리나이트다.

"음, 이렇게 하면 방해되지 않겠지."

정원 쪽에서 거주 구역을 바라보며 미라는 문제가 없는지를 확인했다.

이번에 홀리나이트를 광학미채 사양으로 소환한 데에는 두 가지 이유가 있다.

하나는 이리스에 대한 배려다.

홀리나이트에게는 성별이 없지만 겉모습에서 느껴지는 위압감은 우락부락한 남자 못지않기 때문이다. 남성 공포증인 이리스가 그걸 어떻게 느낄지 모를 일이다.

또 하나의 이유는 비밀로 하기 위해서다.

이리스의 능력을 통해 이 보초의 존재가 적들에게 전달되면 그 방범 효과도 반감될 수밖에 없다.

때문에 이리스가 목욕을 하느라 혼자 남게 된 지금 몰래 호위를 강화하고 있는 것이다.

미라는 그런 식으로 부족하다고 생각한 부분을 소환술로 보강해 나갔다.

하지만 이 무녀의 방이 있는 장소는 그 유명한 대국 니르바나의 왕성이다. 당연히도 경비는 지극히 엄중하다.

그 심부(深部)에 있는 데다 아르마가 특별히 준비한 방범 기구가 잔뜩 채용된 곳이 이 방이다.

초일류 공작원이라 해도 침입할 수 있을지 어떨지 모르는, 철벽같은 난이도를 자랑하는 곳이다.

더불어 미라가 경비망을 추가하기도 했다. 이제 파고들 틈조차 없다 해도 과언이 아닐 거다.

"우선은 이렇게 해놓고 상황을 살펴야겠군."

미라는 어디로 침입해 오건 이리스에게는 손가락 하나 대지 못하게 하겠다고 다짐하며 침실로 향했다. 마무리 작업을 하기 위해서.

잘 때만큼 무방비 상태에 놓이는 시간은 없다. 볼일을 볼 때보다 더 무방비해질 것이다.

그래서 미라는 이 침실에 특별한 호위병을 소환했다.

실력은 A랭크에 필적하는 데다 24시간 근무가 가능하고 휴식도 필요 없는, 최강의 불침번.

그렇다, 잿빛기사다. 심지어 이쪽도 광학미채 사양이었다.

"음, 이러면 완벽하겠지!"

그곳에 있는지는 알 수 없지만, 분명 그곳에 있다. 이로써 사각은 없어졌다.

그런 생각에 만족하며 미라는 이어서 정원으로 향했다. 하지만 그 이유는 방범 대책을 세우기 위해서가 아니었다. 미라가 다음으로 취한 행동은 그곳에 왜건을 꺼내놓는 것이었다.

바로 왜건에 비치된 통신 장치를 사용하기 위해서다. 어떤 상황인지 궁금해하고 있을 솔로몬에게 보고하려는 것이다.

『네, 여기는 알카이트성의 솔로몬입니다.』

"아~ 이 몸이다~."

『아아, 너구나. 그래서, 어땠어? 그 애는 찾아냈어?』

"그야 뭐, 이 몸의 감이 제대로 맞아 들어서 말이다——."

평소와 같은 분위기로 솔로몬에게 보고를 해나간다.

미라는 아르마 일행의 협력 덕분에 무사히 메이린을 발견할 수 있었다고 말했다. 그리고 그녀가 니르바나의 기사 가문인 아담스가에서 신세를 지고 있다는 점과 그곳의 메이드가 변장을 도와주기로 약속했다는 사실도 말했다.

"——그런고로 이제 걱정할 필요는 없을 게다. 예선을 비롯해서 그 아이가 출전하는 시합은 모두 알려달라고 부탁해두기도 했으니 말이야. 그날이 되면 이 몸도 확인하마."

아르마에게 부탁하여 메이린이 출전하는 시합은 사전에 알려달라고 해두었다. 메이드와 미라 본인이 이중으로 확인을 하려는 것이다. 어지간한 일이 생기지 않는 한, 메이린이라는 것을 특정할 만한 빌미를 주는 사태로 번지지는 않을 것이다.

"아아, 그리고 말이다——."

메이린 건에 대한 보고를 마친 후, 마물 퇴치 부적에서 비롯된 일련의 사건에 관해서도 언급했다. 그리고 끝으로 "자세한 이야기는 발렌틴에게 물어보거라"라는 말을 덧붙여 이야기를 매듭지었다.

마물 퇴치 부적에는 마물을 다스리는 신의 검 조각이 사용되어 있었다. 그렇게만 설명하고 나머지는 발렌틴에게 떠맡기기로 한 것이다.

『흑악마가 된 원인이라……. 어쩌다 보니 터무니없는 일에 얽혀버린 것 같네.』

메이린을 찾으러 왔다가 세계의 비밀을 발견했다. 그런 미라의 상황에 놀란 듯하기는 했지만 솔로몬의 목소리는 어쩐지 즐거운 듯 들렸다.

그리고 이어서 미라는 무녀 호위 임무에 관해서도 이야기했다. 아르마와 에스메랄다의 부탁으로 오늘부터 무녀를 호위하게 되었다고.

그러자 솔로몬은 『――응응, 아무래도 그러는 게 제일 좋겠지』라고 답했다.

듣자하니 솔로몬은 요전에 아르마와 통신 장치로 이야기를 했다는 모양이었다. 남성 공포증에 걸린 이리스를 어떻게 호위하면 좋겠느냐는 이야기를.

그때 솔로몬은, 지금 있는 선택지 중 제일은 미라일 것이라 조언했다고 한다. 그렇다, 현재의 상황을 만들어낸 것은 솔로몬의 귀띔이었던 것이다.

『호위 열심히 해. 무녀랑 친해져 두면 좋은 일이 있을지도 몰라.』

"나 원, 그대도 참……."

무녀와 인연이 생기면 여차할 때 그 힘을 빌릴 수 있을지도 모른다. 그런 타산적인 생각이 엿보이는 솔로몬의 말에 미라는 어이가 없다는 듯이 쓴웃음을 지었다.

그렇게 솔로몬에게 보고를 마친 미라는 냉큼 왜건을 정리하고 방으로 돌아갔다.

〈14〉

“하~ 천국이 따로 없구나아.”

이리스가 목욕을 마친 후, 교대하듯이 욕실에 들어간 미라가 목욕을 시작했다.

과보호를 하는 경향이 있는 아르마가 이리스를 위해 준비한 목욕탕답게 만듦새는 고급 숙소의 그것을 훌쩍 뛰어넘을 정도였다.

미라는 예상치 못했던 기포 마사지탕에 앉아 황홀경에 젖기도 했다.

그렇게 실컷 목욕을 즐기고서 침실로 돌아왔다. 이미 밤 열한 시가 지났다. 착한 아이는 꿈나라에 가 있을 시간이다.

그렇다면 이리스도 자고 있을 것이라 생각하며 미라는 침실 문을 살며시 열었다.

“무어냐, 아직 안 자고 있었던 게야?”

방의 조명은 켜져 있었다. 책을 읽고 있던 이리스는 미라가 오자마자 그것을 덮고 기다리고 있었다는 듯이 환한 미소를 지어 보였다.

“아직 자기에는 아깝잖아요~.”

그렇게 답하는 이리스는 기운이 넘쳤다. 그리고 그 원인은 미라인 듯했다.

“미라 씨, 미라 씨. 저, 모험가분들에 관한 이야기를 더 많이 듣고 싶어요. 모험가분들은 어떤 일을 하고, 어떤 생활을 하나요?”

그런 소리를 하는 이리스가 들고 있던 책. 좀 전까지 읽고 있던 그것은 모험가용 교본이었다.

아무래도 미라와 만나 미라의 여행 이야기를 듣다 보니 모험가에 대한 동경심이 부풀어 오른 모양이다.

하지만 모험가가 하는 일이나 생활에 관한 이야기를 더 듣고 싶다고 하는 걸 보면, 꽤나 신중한 성격인 듯했다. 꿈만 좇는 자들과 달리 이리스는 차분하게 현실도 살필 줄 알았다.

그 사실에 미라는 감탄했지만 그건 그거고. 미라에게 그 질문은 아주 어려운 것이었다.

이리스가 말하는 모험가란 분명 지금 각지에서 활약하고 있는 모험가를 가리키는 것이리라.

하지만 미라로 말하자면——.

솔로몬의 소개장 덕분에 처음부터 C랭크였다. 그리고 키메라 클로젠과의 싸움에 공헌한 덕분에 그대로 A랭크로 승격되었다.

미라는 모험가 종합 조합에서 발행되고 있는 정식 의뢰를 수행하기는커녕 받은 적조차 없는 것이다.

더불어 평범한 모험가의 생활과도 다소 거리가 멀었다.

솔로몬에게 받은 용돈—— 아니, 군자금으로 호화로운 생활을 하고, 그 흔한 캠프를 할 때도 저택 정령을 소환해서 쾌적하게 지내고는 했다.

돌이켜볼수록 미라 또한 일반적인 모험가 생활을 동경하면서도 그와 거리가 먼 행동을 하고 있었다는 것이 새삼 실감되었다. 랭크 사기꾼이라고 해도 할 말이 없다.

그런 상태이기에 이리스에게 말해줄 만한 경험이 미라에게는 없었다.

하지만 그런 사실은 꿈에도 모른 채 이리스는 기대감으로 가득한 눈을 반짝반짝 빛내고 있었다.

"흐음…… 우선 모험가로 돈을 버는 방법에는 몇 가지가 있는데――."

잔뜩 기대한 이리스 앞에서 차마 경험이 없어 모르겠다고 할 수는 없는 노릇이라, 미라는 조심스럽게 모험가들의 요즘 세태에 관해 이야기하기 시작했다.

그것은 엉터리 같은 이야기도, 망상의 산물도 아니었다. 모험가들의 현재 세태가 정확하게 반영된 내용이었다.

"때로는 현지에서 그룹을 이루는 경우도 있지. 이 경우에는 랭크가 높은 이가 리더 역할을 맡는 일이 많은데 말이다――."

미라는 지금까지 만나온 모험가들을 참고하여 이야기를 해나갔다.

확실히 미라는 A랭크임에도 가짜 모험가라 해도 과언이 아니었다.

하지만 지금까지 여행길에서 많은 모험가들과 만나, 함께 모험을 한 경험이 있었다. 그 덕에 모험가에 관한 사정을 전혀 모르지는 않았다.

더불어 이번에 이리스가 입 밖에 낸 '모험가분들은 어떤 일을 하고, 어떤 생활을 하고 있나요'라는 부분으로 미루어 볼 때, 질문의 범위는 모험가에 한정되어 있다고 볼 수 있었다.

다시 말해서 미라가 어떤 일을 해왔고, 어떤 생활을 하고 있는지를 물은 게 아닌 것이다.

그 점을 알아챈 미라는 다양한 경험을 해온 베테랑이라도 되는 양, 모험가에 관한 사정을 거들먹거리며 떠들어댔다.

또한 몇 번인가 술사 조합에 갔을 때 본 의뢰 게시판에 관해서도 덧붙여 말했다. 대충 훑어본 것뿐이지만 모험가에게 들어오는 의뢰에는 이러한 것이 있노라고, 마치 수행한 적이 있는 사람처럼 의기양양한 얼굴로.

또한 그 의뢰들은 낮은 랭크의 것들뿐이었지만 이리스는 알지 못하는 세계이다 보니, 이리스는 한껏 들떠서 굉장하다는 말을 연발했다.

"——뭐어 대충 이러하다. 벌이가 좋은 만큼 위험성도 큰 세계지."

화려하게 보이는 부분도 있지만 그건 극히 일부뿐. 모험가란 살아가기 위해 되는 것이 아니라 삶의 보람을 찾기 위해 되는 것이다.

모험가 업계에 관해 아는 바를 모두 털어놓은 미라는 마지막으로 그런 지론을 덧붙여 이야기를 끝맺었다.

"엄청 멋있어요~."

동료들이 들었다면 네가 할 말이냐고 딴죽을 걸었겠지만, 이곳에는 미라를 A랭크 모험가로 존경하고 있는 이리스밖에 없다.

때문에 그녀는 미라의 말에 큰 감명을 받은 모양인지. 반짝반짝 빛나는 미소를 띤 채 약간 진지한 투의 목소리로 "저도, 발견할 수 있을까요"라고 자그마하게 중얼거렸다.

그렇게 한참 동안 이야기를 하다 보니 어느샌가 자정이 지나 있었다. 미라는 밀려드는 잠기운에 자신도 모르게 입을 크게 벌리고 하품을 하고 말았다.

그에 반해 이리스는 아직도 기운이 넘치는 듯했다.

"이번엔 지금까지 싸웠던 것 중 제일 강했던 마물 이야기를 듣고 싶어요~."

여전히 기대감으로 가득한 얼굴로 그런 소리를 한 것이다.

(이리스를 잠재우려고 이야기를 시작한 것인데, 설마 이 몸이 먼저 졸음이 올 줄이야.)

잘 생각해 보니 소녀의 모습이 되고서 잠에 드는 시간이 빨라졌다. 미라는 그런 생각을 하며 "아니, 오늘은 시간이 늦었지 않으냐. 다음에 이어서 하자꾸나"라고 하면서 방의 불을 껐다. 그리고 어둠 속에서 또다시 늘어져라 하품을 한 후, 그대로 침대로 들어갔다.

"알겠어요~……."

어지간히도 미라가 해준 모험가 이야기가 즐거웠던 것인지. 이리스는 아직 부족하다는 투였다.

미라도 이야기를 더 해주고 싶기는 했지만 밀려드는 잠기운을 당해낼 수 있을 것 같지가 않았다.

"오늘뿐 아니라 내일도, 모래도 있지 않으냐. 이제부터는 이 몸이 호위를 맡을 것이니 말이야."

이야기할 기회는 앞으로 얼마든지 있다. 오늘로 끝이 아니다. 미라가 그렇게 말하자 이리스는 기쁨으로 가득한 목소리로 "그랬네요. 내일도 기대돼요~!"라고 답했다.

"그러면 빨리 일어나기 위해서 빨리 잘게요!"

그렇게 기합을 넣고 침대로 들어가는 소리가 들려왔다. 얌전히 자기로 한 모양이다.

(앞으로 얼마 동안은 고생깨나 하겠구나.)

어디 보자, 앞으로 어떤 이야기를 해줄까. 그런 생각을 하며 눈을 감은 미라는 이리스보다 훨씬 빨리 잠에 들었다.

어느 장소에 있는 작은 방. 그곳에 한 남자가 있었다.

고급스러운 의자에 대담하게 앉아 있는 그 남자의 이름은 유그스트. '이라 무에르테'의 최고 간부 중 한 명이었다.

『그래서 할 말이란 게 대체 뭐지? 지금 어떤 상황에 처해 있는지 모르지는 않을 텐데?』

『안 그래도 트루리 녀석이 사고를 쳐서 정신이 없는데 말이에요. 시답잖은 일로 부른 거라면 가만두지 않겠어요.』

테이블 위에 놓인 통신 장치에서 들려오는 두 사람의 목소리에는 짜증이 섞여 있었다.

그 이유는 한 사람이 언급한 트루리라는 인물 때문이다.

"그래, 알지. 알고말고. 그 녀석이 밖으로 나가야만 하게 된 건, 내가 니르바나 무녀의 함정에 빠졌기 때문이다. 그 점은 사과하도록 하지.”

유그스트는 담담하게 사과했지만 그 얼굴에는 옅은 미소가 떠올라 있었다.

그들이 말하는 트루리라는 인물 역시 ‘이라 무에르테’의 최고 간부 중 한 명이다.

트루리는 주로 생명체의 매매를 좌우하고 있는데, 유그스트의 실수로 중요한 판로가 괴멸되었다. 상품들을 팔 수 있는 기한이 제한되어 있는 탓에 트루리는 독자적으로 판로를 확보하기 위해 움직여야만 하게 되었다.

그리고 안전한 아지트에서 나가 익숙지 않은 일을 하다가 꼬리를 잡혀 붙잡히고 만 것이다.

『너는 어디까지 알고 있었지? 조사해 보니 용의주도하게 함정을 파놓고 기다리고 있었던 것 같던데. ——설마 너한테서 정보가 새어나간 건 아니겠지?』

“그건 아닐 걸. 당신도 알 텐데. 조직의 일에는 일절 관여하지 않았다는 걸. 그리고 당신들도 나한테 아무 말도 하지 않았고. 트루리 녀석도 마찬가지야. 판로를 개척하는 일에 관해서는 한마디도 안 했어.”

자신을 의심하는 말에도 유그스트는 냉정한 태도로 답했다. 트루리가 무엇을 하려고 했건, 일체 관여하지 않았다고.

그리고 몰랐으니 유그스트를 통해 니르바나의 무녀에게 정보가 새어나갔을 리는 없는 것이다.

“그런데도 선수를 맞았다면 어디 다른 곳에서 새어나갔다는 뜻이겠지. 뭐어, 최근 사정에 어두운 나로서는 당연히 짐작도 안 되지만 말이야."

다시 말해서 매복에 당한 것은 트루리 본인이 정보 관리를 어설프게 했기 때문이라는 것이 유그스트의 주장이었다.

『그것도 다 네가 초래한 일 아닌가. 니르바나에게 꼬리를 잡히지만 않았어도 이런 사태는 일어나지 않았을 텐데.』

『맞아요. 이쪽도 당신에게 꽤 많이 협력했는데, 그게 다 수포로 돌아가는 바람에 얼마나 고생을 했는데요.』

"알았다니까. 미안하다고 했을 텐데. 애초에 그런 능력이 있다는 것 자체가 반칙 아닌가. 미리 알고 있었다면 이렇게 되지 않았을 걸."

틈만 나면 잡아먹지 못해서 안달인 두 사람에게 유그스트는 미안한 투로 답했다. 하지만 그 얼굴에는 아주 넌더리가 난다는 표정이 떠올라 있었다.

"아무튼 그건 그렇고. 이번에 너희에게 연락한 데에는 이유가 있다. 어쩌면 지금의 내 상황을 해결할 수 있을지도 모르거든——."

또 두 사람이 툴툴대기 전에 유그스트는 냉큼 용건을 말하기 시작했다.

지금의 유그스트는 무녀의 능력으로 인해 어떤 계획을 세우든 정보가 새어나가고 만다. 그런 그가 두 사람에게 전한 내용은 무녀의 능력의 반작용으로 얻어낸 니르바나측의 정보였다.

"——그런고로 내 작전이 먹혀든 결과, 무녀의 호위가 변경됐다. 그 '백뢰'에서 '정령여왕'이라는 신진기예 모험가로."

유그스트는 말했다. 십이사도 같은 괴물을 상대하는 것보다는 이제 막 유명해졌을 뿐인 모험가가 압도적으로 무너뜨리기 쉬울 거라고. 이건 절호의 기회라고.

여러 모로 공세를 펼친 결과, 무녀 측에 생겨난 빈틈이다. 이걸 놓쳐서는 안 된다고 유그스트는 말을 쏟아냈다. 겨우 만들어낸 기회를 이용하기 위해서. 그리고 자신의 실수로부터 관심이 멀어지게 하기 위해서.

『이거이거, 그래, 그렇게 됐군요. 설마 그 변태 같은 작전이 먹혀들 줄이야. 심지어 십이사도에서 평범한 모험가로 교체되다니. 우선 바빠 죽겠는데 호출한 일은 용서해드리죠.』

난공불락인 정도가 아니라 비집고 들어갈 틈새조차 보이지 않았던 타깃에 빈틈이 생겨났다. 그것은 확실히 좋은 소식이라고 남자는 칭찬했다. 그 역시 유그스트와 같은 생각에 다다른 듯했다.

“어때, 이 정도면 승산이 보이지? 안 그런가, 갈로바?”

어찌어찌 화제를 다른 데로 돌리는 데 성공했다. 그렇게 생각한 유그스트는 때는 지금이라는 듯이 또 한 사람에게 말을 붙였다.

갈로바. ‘이라 무에르테’를 구성하는 주축 중 한 명으로 잠입 공작과 암살 등을 담당하는 부분의 우두머리였다.

『정령여왕이라……. 분명 키메라 사건으로 이름을 떨친 모험가였지. 뭐어, 적어도 이전보다는 가능성이 있겠군.』

짧은 침묵 후에 신중한 목소리가 들려왔다. 갈로바 역시 십이사도에서 일개 모험가로 바뀌었다면, 그건 충분히 기회라고 볼 수 있다고 판단한 모양이다.

"그렇지? 그런고로 평소대로 이 정보로 어떻게 할지는 그쪽에서 정해줘. 무녀를 어떻게 해주기만 하면 지금까지 억지로 쉬었던 만큼 실컷 일해줄 테니."

호위가 교체되었다. 이 정보로 어떠한 작전을 세울지. 그에 관한 이야기가 시작되려던 참에 유그스트는 자리를 떴다. 이대로 작전회의장에 있으면 그 작전이 무녀 측으로 새어나갈 것이기 때문이다.

정보만 전달하고 뒷일은 맡긴다. 이것이 지금의 유그스트가 할 수 있는 전부였다.

"그럼 이만, 무슨 일이 생기면 연락하지."

유그스트는 그렇게 말하고서 방을 뒤로 했다. 하지만 통신은 끊기지 않았다. 오로지 최고 간부 회의를 위해 준비된 그것은 늘 연결된 상태로 유지되게끔 되어 있었다.

때문에 유그스트가 떠나간 후에도 나머지 두 사람의 이야기 소리가 울렸다.

『그럼 어떻게 할까요. 호위에 구멍이 뚫렸다고는 해도 아직 무녀의 소재를 특정하지도 못했는데 말이죠.』

『그래, 그것도 문제지만 신경 쓰이는 게 하나 있다.』

『어라, 그게 뭐죠?』

『정령여왕이다. 그자는 정말로 평범한 모험가인가? 아무리 실력이 좋아도 별다른 이유도 없이 십이사도의 대체 인력으로 발탁했을 리는 없을 텐데.』

니르바나의 최고 전력인 십이사도에서 최근 화제가 되고 있다고는 해도 일개 모험가인 정령여왕으로 교체한 이유는 무엇일까.
갈로바는 그 점이 신경 쓰이는 모양이다.
『듣고 보니 그렇군요. 음~…… 분명 정령왕과 이어져 있다는 이야기를 듣기는 했지만, 그런 이유가 아닐까요? 어쩌면 많은 정령들의 협력을 얻을 수 있다는 이점이 있을지도 모르죠.』
남자가 아는 '정령여왕'에 관한 정보는 소문으로 들은 것이 다였다.
모종의 활약으로 인해 이름을 떨치는 모험가는 그렇게 보기 드물지도 않다. '정령여왕' 역시 정령왕이라는 임팩트 있는 요소 때문에 이름이 과하게 알려졌을 가능성도 충분히 있었다.
하지만 정말 정령왕이 뒤에 있다면 십이사도의 대역을 맡긴 것도 납득이 된다. 남자는 그렇게 예상했다.
하지만 갈로바는 아직도 뭔가가 마음에 걸리는 모양이다.
『정령왕이라……. 분명 정령들이 적으로 돌아서면 귀찮기는 하겠지. 하지만 어쩐지 납득이 안 가는군.』
그렇게 말하고서 마음에 걸리는 점을 추가로 언급했다.
바로 정령왕이 어쩌니저쩌니하는 이야기를 그 이후 한 번도 들은 적이 없다는 것이다.
『과연…… 듣고 보니 그런 소문이 퍼진 건 세인트폴리 사건 때뿐이었네요. 그 후로 '정령여왕'이 정령왕의 힘으로 뭔가를 했다는 이야기는 들어본 적이 없어요.』
두 사람의 말대로 정령왕이 세간에 모습을 보인 것은 그때뿐이었다.

때문에 '정령여왕'은 사실 정령왕을 소환한 적이 없는 게 아닐까, 라는 전제로 여러 가지 억측이 난무하고 있는 것이 현재의 상황이었다.

억측 중 하나로 그냥 연출이었다는 설이 있었다. 그 정령왕은 그곳에 있던 정령들이 만들어낸 허상이라는 것이다.

정말로 그냥 인연만 있는 사이였지만 특별히 모습을 보여준 것이라는 설도 있었다.

『그렇다 쳐도 불확정 요소가 많군. 우선 '정령여왕'이라는 자에 관해 조사해 보는 게 좋을 것 같아.』

세간에 도는 소문이라면 당연히 니르바나 여왕의 귀에도 들어갔을 것이다.

그럼에도 '정령여왕'이 호위로 발탁된 이유. 갈로바는 그게 무척 마음에 걸리는 모양이다.

대체 '정령여왕'은 어떠한 모험자인가. 실력은 어느 정도인가. 정령왕과는 어떠한 관계인가.

갈로바는 우선 그 부분을 조사할 필요가 있다고 말했다. 그리고 『무녀를 칠 계획은 그 다음에 논의하지』라고 말을 잇고서는 『그래도 되겠지?』라고 하여 이야기를 매듭지었다.

『네에, 그래도 상관없습니다. 상대는 그 나라의 여왕이니까요. 뭔가 꿍꿍이가 있을지도 모를 일이죠. 일단은 신중하게 일을 진행하는 게 좋겠어요.』

남자는 그렇게 답하더니 『그럼 평소처럼 뒤를 캐보겠습니다』라고 말하고서 자리를 떴다. 이어서 멀어지는 발소리와 문이 닫히는 작은 소리가 들렸다.

『이상입니다. 그럼 실례하겠습니다.』

남자가 퇴실한 후, 아무도 듣고 있지 않을 터인 통신 장치에서 갈로바의 공손한 말소리가 들려왔다.

하지만 그 말에 대한 답변은 들려오지 않았고, 갈로바가 방을 나서는 발소리만이 들려올 따름이었다.

〈15〉

“자자~ 할배. 언제까지 잘 거야? 벌써 아침이야.”

무녀 이리스 호위 임무를 맡은 이튿날 아침. 그런 말과 함께 누군가가 몸을 흔드는 바람에 미라는 “끄으응……” 하고 잠에 취한 눈으로 목소리의 주인공을 바라보았다.

“무어냐, 아르마냐. 음~…… 좋은 아침이다.”

느긋한 동작으로 한껏 기지개를 켠 후, 미라는 졸음이 가득한 얼굴로 인사를 하고서 그대로 가만히 눈을 감았다.

“그래, 좋은 아침. 아니, 그만 일어나라니까.”

아르마는 그 즉시 이불을 빼앗고 다시 누우려 하는 미라를 일으켜 세웠다.

“자, 샤워하고 얼른 정신 차리자~.”

그런 말과 함께 미라는 침실에서 욕실로 연행되었다.

“그럼 끝나면 어제 식사했던 방으로 와. 아침밥 준비하고 있으니까.”

아르마는 그렇게 말하며 미라를 탈의실에 던져 넣고 떠났다. 아침부터 정말이지 정신이 없다.

“끄응…….”

미라는 늦게 잠든 탓인지 아직 잠에서 덜 깬 머리로 어찌어찌 시킨 대로 행동하여 순순히 샤워를 했다.

눈 뜨자마자 따뜻한 물로 샤워를 하니 더없이 개운했다.

"아~ 벌써 아침이로군."

그제야 잠이 깬 미라는 익숙한 솜씨로 몸단장을 해나갔다.

아르마, 이리스와 함께 식당에서 아침 식사를 하고서 식후 티타임을 가졌다.

이때, 셋이서 여러 가지 이야기를 했다.

정말이지 하잘것없는 대화였다. 하지만 그렇기에 더욱 소중한 시간이라 할 수 있으리라. 특히 대화를 나누는 아르마와 이리스의 모습은 평안함으로 가득해 보였다.

하지만 그런 시간도 계속 이어지지는 않았다. 10분 정도가 지나자 어제 봤던 것과 같은 광경이 펼쳐졌기 때문이다.

그렇다, 빨리 일을 하라며 데리러 온 에스메랄다가 아르마를 연행해 가는 광경 말이다.

"아침부터 참으로 정신이 없군그래."

아르마를 배웅하며 미라는 생각했다. 얼핏 보면 아르마는 농땡이를 피우러 온 것처럼 보이지만, 사실은 이리스를 만나러 온 것이 아닐까.

이리스의 표정을 보면 더더욱 그렇게 생각할 수밖에 없었다.

무녀로서 맡은 일도 일이지만 이리스는 이런 장소에 틀어박혀 있어야만 하는 상황이다. 그런 상황에서 계속 혼자 있었다면 분명 이만큼 밝게 웃지는 못했을 것이다.

그렇게 되지 않은 것은 분명 아르마 덕분이리라.

또한 어제와 오늘 일로 미루어, 아르마는 상당한 빈도로 이곳을 출입하고 있는 듯했다.

미라는 그런 아르마의 마음과 이리스의 미소를 지키기 위해 다시금 기합을 넣었다.

하지만 지금 당장 무슨 일이 일어나지는 않을 것이다.

일전에 발견한 암살자들의 상태로 미루어 볼 때, 적들은 아직 이리스의 소재조차 파악하지 못한 게 분명했다. 이 방까지 침입할 일은 거의 없을 거라 보아도 될 것이다.

게다가 이 방은 아르마가 설치한 엄중한 감시 설비도 있는 데다 소환술에 의한 경비로 만반의 태세를 갖췄다. 방에 있는 한 이리스는 안전하다.

따라서 본격적으로 나서려면 조금 더 있어야 할 것이다.

미라가 노인과 교체된 가장 큰 이유는 투기대회 본선 기간 중에 호위를 하기 위해서다.

이리스는 투기대회 본선을 회장에서 구경할 날을 기대하고 있었다. 하지만 남성공포증에 걸리는 바람에 노인으로는 완벽하게 호위할 수 없게 되고 말았다.

그런 상태로 이 방을 나서는 건 너무 위험하다. 따라서 회장에서의 견학을 포기할 수밖에 없게 되었다.

그런 상황에서 어슬렁어슬렁 미라가 나타난 것이다.

이번 일에는 그러한 여러 가지 사정이 얽혀 있었는데, 아르마 덕분인지 이리스는 실로 건강해 보였다.

"아, 곧 이벤트가 시작될 시간이네요~."

이리스는 시간을 확인하더니 "미라 씨도 같이 봐요~"라고 말하며 오도도도 식당에서 뛰쳐나갔다.

"이쪽은 이쪽대로 아침부터 기운이 넘치는구나."

그렇게 중얼거린 후, 미라는 대체 무슨 이벤트를 말하는 걸까, 하고 물음표를 띄우며 뒤를 따랐다.

이리스가 말한 이벤트란 대회장 곳곳에서 이루어지는 스포츠 이벤트였다.

이번 대회의 메인이벤트인 투기대회 예선은 아직 시작되지 않았지만, 그럼에도 이만큼 도시가 들썩이고 있는 것은 오프닝 액트라는 이벤트가 충실하게 열리고 있기 때문이리라.

이리스는 그런 이벤트를 거실에 있는 마도 TV로 매일 즐기고 있다는 듯했다.

심지어 누군가와 함께 TV를 보는 건 처음인지, 아주 의기양양하게 준비를 하고 있었다.

실로 익숙한 솜씨로 마도 TV를 세팅한 후, 이리스는 겸사겸사 간식과 음료를 테이블에 늘어놓았다.

그렇게 완전하고도 완벽한 감상 환경이 완성되었다.

(이러고 있으니 그 무렵의 휴일이 생각나는군그래…….)

현대에 있었을 적의 휴일에는 이런 식으로 영화 등을 감상하기도 했었다며 미라는 추억에 젖었다.

또한 동시에 당시의 최선이라 할 수 있었던 것에 가까운 환경을 눈 깜짝할 새 만들어낸 이리스를 보고 앞날이 두려워지는 무언가를 느끼기도 했다.

(한시라도 빨리 '이라 무에르테'를 어떻게든 해서 이리스가 햇님 아래를 당당하게 걸어 다닐 수 있게 해주어야겠군…….)

이대로 가면 이리스가 TV 앞 은둔형 외톨이가 되고 말 거다. 그 편린을 엿본 미라는 '이라 무에르테'와의 싸움에 빨리 종지부를 찍을 수 있게 되기를 바랐다.

"미라 씨, 미라 씨, 여기 앉으세요~!"

미라가 이런저런 생각으로 불안해진 가운데, 이리스가 소파에 앉아 그 옆자리를 가리키며 미라를 불렀다.

자세히 보니 그곳에는 미라 몫의 간식과 음료도 가지런히 준비되어 있었다. 이리스는 누군가와 함께 마도 TV를 감상하게 된 것이 몹시도 기쁜 모양이었다.

"음."

미라는 그렇게 답하며 이리스의 옆자리에 앉아, 그대로 소파에 몸을 기대었다.

고급스러운 소파에 고급스러운 과자와 음료. 이보다 우아한 TV 감상회가 또 있을까.

미라가 그런 생각을 하던 도중, 이리스가 켜둔 마도 TV에 이벤트 무대가 비치더니 인사말이 흘러나왔다.

"흠…… 이건…… 뭔가가 시작되려는 건가."

화면에는 출전자로 보이는 서른두 명과 내레이터로 추측되는 여성만 보였다.

다소 멀리서 찍은 영상이라 얼굴 등은 잘 보이지 않았지만 그 서른두 명은, 성별은 물론이고 나이도 제각각이란 것을 알 수 있었다. 어린이와 어른이 뒤섞여 있는 것이다.

그리고 그 뒤에는 커다란 토너먼트표가 있었다. 지금부터 모종의 시합이 시작되려는 모양이다.

보아하니 어린이와 어른이 뒤섞인 상태로 하는 시합인 것 같았다.

대체 무슨 이벤트일까.

그 광경을 보자마자 미라는 궁금해졌다. 그러던 중에 이리스가 TV보다 먼저 답을 해주었다.

“오늘 메인 무대 이벤트는 레전드 오브 아스테리아의 결승 토너먼트예요. 기대돼요~.”

그렇게 말하더니 이리스는 누가 우승할 것이라고 예상을 하기 시작했다.

듣자하니 그녀는 회장 안에서 이루어지는 이벤트 일정을 모두 파악하고 있다는 듯했다.

미라는 그것 참 대단하다고 감탄함과 동시에 놀라서 “호오, 결승전은 여기서 하는 것이었나”라고 중얼거렸다.

레전드 오브 아스테리아. 그것은 온 대륙에서 유행 중인 카드 게임의 이름이다.

언제였던가. 미라는 커다란 대회의 출전권을 건 예선 시합을 본 적이 있었다. 덤블프 카드를 사용하는 여성이 승리했던 시합이다.

그 여성은 출전했을까. 몹시 궁금했지만 이미 1회전 준비 화면으로 넘어간 뒤라 서른두 명의 출전자를 확인할 수는 없었다.

또한 이리스도 이 레전드 오브 아스테리아에 푹 빠져 있다는 모양이다. 아르마, 에스메랄다와 함께 자주 플레이했다고 한다.

다음에 승부할 덱을 만드는 데 참고하겠다며 감상을 하기 전부터 기합이 바짝 들어 있었다.

참고로 에스메랄다는 견실한 카드로 구성된 덱을 주로 사용하고 아르마는 돈으로 패는 것만 같은 고가 카드로 덱을 구성한다고 한다.

그렇게 레전드 오브 아스테리아 결승 토너먼트가 시작되었다.

시합 중에는 안쪽에 걸린 토너먼트표에 스크린이 덧씌워져 거기에 게임판이 투영되게끔 되어 있었다. 따라서 마도 TV의 화면으로도 충분히 시합의 흐름을 파악할 수 있었다.

지금은 제3시합으로, 성기사 덱을 사용하는 선수와 암흑기사 덱을 사용하는 선수가 붙은 명경기에 이리스도 잔뜩 흥분해 있었다.

"굉장해요~. 이런 식으로 사용할 수도 있었다니."

"오오, 또 역전했군그래. 정말이지 한 치 앞도 알 수 없는 승부로구나."

정신을 차리고 보니 이리스뿐 아니라 미라도 일진일퇴의 접전이 펼쳐지고 있는 게임판에 시선이 못 박혀 있었다.

그날의 예선전을 계기로 기본적인 규칙만이라도 확인해둔 덕에 미라도 최소한의 시합 전개는 파악할 수 있었다.

그러나 카드 효과니 뭐니 하는 부분에 관해서는 지식이 부족했다.

하지만 "방금 전에는 무얼 한 게냐?"라고 물어보면 이리스가 완벽하게 답을 해주었다. 그것도 아주 수다스럽게.

"어이쿠, 이거 결판이 난 것 같군."

"이대로 가면 힘들겠어요~. 하지만 그 카드를 뽑기만 하면, 어떻게 될지 몰라요~."

성기사 덱 사용자가 결국 궁지에 몰렸다. 미라는 이 궁지를 벗어나기는 어려울 것이라고 말했지만 이리스는 아직 가능성이 남아 있다고 말했다.

성기사 덱에는 이 상황을 뒤집을 수 있는 필수급 카드가 있는 모양이다.

카드 더미에서 카드를 뽑는다. 그리고 생각에 잠긴다. 아직까지 그 카드는 뽑지 못한 듯했다.

하지만 거기서부터 노도와도 같은 카드 운용이 시작되었다. 여러 가지의 카드 효과와 유닛 능력을 활용하여 이리스가 말했던 카드를 보기 좋게 뽑아낸 것이다.

"오호! 막판에 와서 또다시 역전인가!"

"굉장해요, 굉장해요~! 저런 방법으로 뽑아버리다니~!"

이게 결승전이 아닐까 싶을 정도의 대격전에 회장 전체가 들썩거렸다. 미라와 이리스 역시 크게 흥분했다.

그렇게 해서 얼마쯤 지나자 승부가 났다. 결국 그 역전의 카드가 결정타가 되어서 성전사 덱 사용자의 승리로 끝이 났다. 회장은 두 선수의 건투를 칭찬하는 박수 소리로 떠나갈 듯했다.

"첫 번째, 두 번째 시합도 상당했다만 이 시합은 특히나 격렬했던 것 같구나."

"대책에 대한 대책이 저런 식으로 먹혀드는 건 처음 봤어요~."

다음 시합이 준비되는 동안 두 사람은 그렇게 감상을 주고받았다. 이리스는 둘째 치고 미라도 다음에 덱이라도 짜볼까 생각할 만큼 완전히 매료되고 말았다.

그러던 중. 문득 띠링띠링, 풍령 같은 소리가 어디선가 들려왔다.

"음? 무슨 소리지?"

베란다 쪽을 보았지만 풍령 같은 것은 없었다. 그 이전에 이곳은 실내라 애초에 풍령이 바람에 흔들릴 리도 없었다.

그럼 무슨 소리일까 싶었지만, 금방 그 정체가 판명되었다.

"네에네~."

마치 초인종에 답하기라도 하듯 이리스가 일어나더니 그대로 방구석에 설치되어 있는 통신 장치로 달려갔다.

그렇다, 풍령 같은 소리는 통신 장치의 착신음이었던 것이다.

아무래도 이곳에 놓여 있는 통신 장치는 미라의 왜건에 설치된 것과는 다른 의미로 특별한 물건인 모양이다. 뭔가 까다로워 보이는 스위치 같은 것들이 잔뜩 달려 있다. 하지만 그것을 조작하는 이리스의 손놀림은 실로 익숙해 보였다.

"이리스예요~."

이런저런 것들을 조작한 후, 이리스는 끝으로 레버를 당기고서 응답했다.

『네에, 아르마예요~. 그래, 이리스. 지금 미라는 근처에 있어?』

통신장치에 달린 스피커에서 아르마의 목소리가 들려왔다. 그 말로 미루어 볼 때, 아무래도 미라에게 용건이 있어서 연락을 한 듯했다.

흐음, 무슨 일일까. 혹시 어제 그 일 때문일까. 미라는 그렇게 물으려 했지만 이리스가 한 발 빨랐다.

"네~. 같이 아스테리아컵을 보고 있었어요~!"

미라와 함께 TV를 보는 게 어지간히도 즐거웠는지. 그렇게 답하는 이리스의 목소리는 무척 신이 나 있었다.

『아, 그래? 그러고 보니 오늘이었지?』

그제야 생각이 났다는 투로 아르마가 말했다. 그녀 역시 카드 게임을 즐기는 사람이라서인지 이번 대회의 승패에 관심이 많은 듯했다. 궁금해 죽겠다는 투로 『지금 몇 번째 시합까지 했어? 프리데 군은 나왔어?』라고 묻는 목소리를 통해서도 그러리라는 것을 짐작할 수 있었다.

"마침 세 번째 시합이 끝난 참이에요~. 프리데 씨는, 다다음 시합이에요~."

『그래애~? 프리데 군은 아직이구나. 그 사람은 니르바나의 대표 같은 거니까 꼭 우승했으면 좋겠어!』

"그랬으면 좋겠어요~!"

두 사람은 카드 대회 얘기로 이야기꽃을 피우기 시작했다. 카드 게임에 빠져 있다는 이유도 있겠지만, 니르바나 일대의 대표라 할 수 있는 프리데라는 인물이 결승 리그까지 올라갔다는 것이 그 열기를 한층 더 끌어올리고 있는 듯했다.

아르마와 이리스는 지인이나 친구라도 되는 양, 프리데라는 인물의 주력 덱이나 전술 등에 관해 잘 알고 있었다.

그 대화의 내용으로 미루어, 그는 예선 리그 시점부터 두각을 나타냈던 모양이다. 게다가 이리스는 예선 당시부터 마도 TV로 관전을 했었다고 한다.

『그나저나 아직 세 번째 시합인가. 시간상 다섯 시합쯤은 치렀을 것 같았는데.』

프리데라는 인물에 관해 한참 동안 수다를 떤 후, 아르마가 그런 소리를 했다.

레전드 오브 아스테리아의 게임 시간은 평균적으로 30분 정도다. 하지만 이미 결승 리그가 시작되고서 두 시간 이상이 지나 있었다.

"그게, 세 번째 시합이 엄청난 격전이었거든요~. 정말로 굉장했어요~."

『이리스가 그렇게까지 말할 정도면 엄청났겠네. 어떤 시합이었어?』

"그야말로 역전에 역전이 거듭된 시합이었어요~. 저 카드를 저런 식으로 사용할 수 있었다니, 라는 생각이 들어서 깜짝 놀랐어요."

『어, 그게 무슨 소리야? 어떤 카드? 어떤 식으로 썼는데?!』

"후후후~ 그건 비밀이에요~. 다음에 대전할 때 써먹어야 하니까요~."

『아아, 치사해~!』

대화가 일단락되었다 싶었더니 아르마와 이리스는 다시 신이 나서 수다를 떨었다.

공통된 취미를 갖는 건 커뮤니케이션의 기초라더니, 두 사람의 이야기는 끝날 줄을 몰랐다.

"이봐라~ 이 몸을 잊은 건 아니냐~? 이 몸에게 볼 일이 있었을 텐데~."

다음에 대전할 때면 재미있는 덱이 몇 개나 만들어져 있을 것이다. 신종 카드팩 발매일이 결정되었다. 슬슬 세실리아를 카드의 세계로 끌어들일 수 있을 것 같다. 등등, 끝날 기미가 없는 두 사람의 대화에 끼어드는 모양새로 미라는 외쳤다. 볼일이 있어서 연락한 것이 아니냐고.

『……아, 맞다!』

이리스와의 대화를 즐기느라 여념이 없었던 아르마는 화들짝 놀라며 정신을 차렸다. 그녀는 나중에 또 이야기하자고 이리스에게 말하고서 연락을 한 이유를 말하기 시작했다.

『아~ 어흠. 어제 이야기했던 일 말인데, 엄청 빠르네. 벌써 온 것 같아. 대합실에서 기다리라고 했으니까 수령하고 확인 좀 해줄래?』

아르마는 통신 장치를 통해 그렇게 말했다. 목적이 목적인만큼 이리스의 능력으로 적에게 정보가 전달되지 않도록 중요한 부분에 관한 언급을 피했지만, 그 말을 들은 미라는 곧장 이해할 수 있었다.

(과연 대단하군. 벌써 보낸 겐가.)
어제 이야기했던 일과 수령 확인. 그 말이 의미하는 바는, 요컨대 피스케가 벌써 이스즈 연맹의 지부에 도착하여 지부장인 크라우스가 그것을 전달하러 왔다는 것이다.
"음, 알겠다."
미라가 답하자 어쩐지 속 편한 사람 같은 목소리로 아르마가『부탁 좀 할게~』라고 말했다. 마치 택배를 대신 받아달라는 말 만큼이나 가볍게 들렸다.
그 역시 이리스가 중요한 안건이라고 생각하지 않도록 하기 위한 요령이리라.
『그럼 이리스. 이따 저녁 때 봐. 시합 결과는 그때 알려줘.』
"알았어요~."
아르마와 이리스의 그런 대화를 끝으로 통신은 끊겼다. 그러자마도 TV의 음성이 자연스럽게 귀로 들어왔다.
준비 시간이 끝나 곧 네 번째 시합이 시작될 모양이다.
멀리서 찍어서 얼굴까지는 구분할 수 없었지만 체격 차가 터무니없이 많이 난다는 것은 알 수 있었다.
대전자는 소년과 우락부락한 남자다. 치고받는 시합이었다면 1초 만에 결판이 날 듯한 구도였지만, 저곳은 카드 게임장이다. 두 사람은 대등한 입장인 것이다.
다만 이런 시합에서는 이상하게도 소년 쪽을 응원하고 싶어지기 마련이다.
하지만 미라에게는 그 시합을 보고 있을 시간이 없었다.

〈16〉

"그럼, 다녀와 보실까."

시합 결과는 돌아와서 이리스에게 듣자. 아르마와 같은 생각을 하며 미라는 자리에서 일어났다. 그러자 이리스는 환한 목소리로 "다녀오세요~"라고 답했다.

하지만 그 직전에 이리스가 문득 쓸쓸한 표정을 짓는 것을 미라는 놓치지 않았다.

(그러고 보니 이 몸이 나가면 또 혼자가 되고 말겠군…….)

이리스는 함께 TV를 감상하는 시간이 오기를 진심으로 기대하고 있었다. 그러한 심정은 해설을 하던 목소리를 통해서도 숱하게 전해져 왔다. 하지만 지금은 그 마음을 감추고 보내주려 하고 있다.

분명 괜히 마음을 쓰지 않게 하기 위해서이리라.

그렇듯 마음씨 착한 이리스의 쓸쓸함을 덜어줄 방법은 없을까. 잠시 고민하던 미라는 한 가지 방법을 생각해 냈다.

"그러고 보니 호위인 이 몸이 이대로 자리를 비울 수는 없으니 말이다. 대신 이 녀석을 호위로 두고 가도록 하마."

호위라면 이미 여러 기의 홀리나이트와 다크나이트에 잿빛기사까지 배치해 두었다. 그야말로 철벽이나 다름없는 경비 상황이었지만 미라는 그렇게 핑계를 대고 이리스의 쓸쓸함을 덜어주기 위한 소환술을 행사했다.

순간적으로 마법진이 떠올랐다. 그 반짝이는 빛 속에서 캐트시인 단원 1호가 거물이라도 되는 듯한 걸음걸이로 나타났다. 소환술의 대표라고 주장하는 듯한, 실로 당당한 등장이었다.

"떠돌이 보디가드 등장입니다냥. 소생을 고용할 생각입니까냥? 비싸게 먹힐 겁니다냥."

평소와 달리 단원 1호는 어쩐지 쿨한 태도로 말했다. 하지만 어울리지 않는다는 생각이 절로 드는 검은 신사복과 사이즈가 안 맞는 선글라스 차림인 탓에 전혀 위엄이 없었다.

그런 그의 등 뒤에는 [안심과 안전의 냥콤]이라 적힌 손 팻말도 있었다. 아무래도 보디가드 겸 경비원을 자칭하려는 모양이다.

"옜다, 보수는 선불로 주마."

미라는 그렇게 말하며 아이템박스에서 산다랑어 토막을 던져 주었다.

"냐호우! 말은 하고 볼 일입니다냥~!"

보수를 요구하기는 했지만 기대는 안 했던 것인지. 단원 1호는 두 눈을 빛내며 선불로 던져준 산다랑어 토막에 달려들었다. 그리고 행복한 얼굴로 먹어치운 후, 기합이 팍 들어간 목소리로 "소생이 온 이상, 손가락 하나 못 대게 하겠습니다냥"이라고 선언했다.

"말하는 고양이님이에요, 귀여워요~!"

단원 1호는 쿨한 이미지로 밀고 나가려 했던 것 같지만, 그가 바란 대로 보아줄 사람은 없을 듯했다. 실제로 이리스는 귀여운 것을 보았을 때의 눈빛을 하고 있었다.

"만져도 봐도 될까요?"

기대로 가득한 얼굴로 단원 1호에게 다가간 이리스는 두 손을 꼼지락거리며 물었다.

그러자 쿨한 척을 하던 단원 1호는 그 직설적인 요구에 약간 움찔하더니, 얼마쯤 지나 무언가를 포기한 듯 어깨를 으쓱하고서 "조금만이라면, 괜찮습니다냥"이라고 답했다.

쿨한 이미지를 유지할 것인가, 이리스의 기대에 응할 것인가. 그 둘 중 단원 1호는 후자를 택하기로 한 듯했다.

"귀여워요~! 폭신폭신해요~!"

허가가 떨어지자 이리스는 곧장 행동에 나섰다. 눈으로 좇기도 벅찬 속도로 단원 1호를 마구 쓰다듬기 시작했다.

작은 동물을 싫어하는 소녀는 없다. 그런 생각에서 비롯된 작전은 이리스의 반응으로 미루어 대성공이라 해도 될 듯했다. 그늘 없는 미소를 띤 이리스의 얼굴을 보고 미라도 살며시 미소를 지었다.

"그럼 단원 1호여. 호위 임무를 열심히 수행하거라."

이렇게 해두면 외로워하지 않으리라고 확신한 미라는 다시 한번 말했다. 만일 무슨 일이 생기더라도 단원 1호의 실력이라면 충분히 시간을 벌 수 있을 것이다. 수라장을 헤쳐 나온 경험을 무시해서는 안 된다. 미라가 돌아올 때까지 이리스를 지켜내고도 남을 거다.

"맡겨만 주십시오냥!"

단원 1호는 자신만만하게 답했지만 이리스에게 안겨 있는 탓에 좀처럼 폼이 나지 않았다.

이리스와 단원 1호의 배웅을 받으며 무녀의 방을 뒤로 한 미라는 곧장 크라우스가 기다리는 대합실로 향했다.

"어라, 미라 공, 어디 가십니까?"

"여왕에게 부탁받은 게 좀 있어서 말이다."

그러던 도중, 무녀의 방으로 이어진 복도 입구에 자리한 휴게실에서 쉬던 위병과도 말을 나누었다.

하지만 그자는 평범한 위병이 아니다. 아르마에게 받은 소책자에는 이 휴게실에 관한 기술도 있었다.

그에 따르면 이 휴게소는 형식적인 것이고 실제로는 무녀의 방으로 드나드는 인원을 감시하기 위한 것이라고 한다.

얼핏 보면 몇 명의 위병이 휴식을 하고 있는 것으로만 보인다. 하지만 그 사실을 알고 자세히 보면 이곳에 있는 위병이 보통내기가 아님을 알 수 있다.

소책자에 적힌 바에 따르면 이곳에 배치된 위병은 최소 단장급 실력자라고 한다. 다시 말해서 모험가 랭크로 따지면 A랭크 이상의 전력이 휴식하는 척을 하며 상주하고 있는 상황인 것이다.

"잠시 나갔다 올 테니 수고들 하거라."

현재, 방에는 세 명의 위병이 대기하고 있다. 그들 모두가 휴식을 취하고 있는 척을 하고 있지만 언제든 칼을 뽑을 수 있는 태세를 갖추고 있다. 양심에 찔리는 일이 없어도 저절로 몸이 뻣뻣해질 것만 같은 기척이 이곳에는 감돌고 있었다.

이곳의 경비 상황 역시 감탄이 나올 정도인 것이다.

그럼에도 미라는 아주 당당하게 그런 세 사람을 타이르듯 눈짓을 했다.

"그러십니까. 다녀오십시오."

한 사람이 답하자 나머지 두 사람도 살며시 고개를 끄덕여 답했다.

미라는 그런 세 사람의 배웅을 받으며 휴게소를 뒤로 하여 대합실로 걸음을 옮겼다.

"……길을 잃었구먼."

무녀의 방을 나서서 니르바나 성을 15분 정도 거닐었을 즈음.

여기구나, 싶었던 방이 대합실이 아니라 알현 대기실이었던 탓에 미라는 광대한 성내에서 미아가 되고 말았다.

잘못 찾아왔다는 걸 안 시점에 근처에 있던 사람에게 대합실의 위치를 물었다면 이렇게까지 시간 낭비를 하지는 않았을 것이다.

하지만 어중간하게 알고 있는 탓에 이쪽이었던 것 같은데, 저쪽이었던 것 같은데, 하고 애매한 기억에 의지하다가 미궁에 빠지는 일은 의외로 자주 일어나기 마련이다.

실제로 미라는 그러한 상태에 빠져 있었다. 자신만만했던 걸음걸이도 서서히 기세를 잃어서, 마치 아버지가 깜박한 물건을 가져다주러 회사에 오기는 했지만 아버지가 어디에 있는지 알 수가 없어 떠돌아다니는 소녀의 그것과 비슷한 심정이 되었다.

그 때문인지 당당한 행동거지와 달리 불안해하고 있다는 사실을 꿰뚫어 본 여기사가 말을 걸어왔다. 아무튼 결과적으로 미라는 무사히 대합실로 안내를 받을 수 있었다.

"시간을 빼앗아 미안하구나. 덕분에 살았다."

"이곳은 넓으니까요. 익숙해지기 전까지는 어쩔 수 없죠."

여기사와 그런 대화를 나누고서 감사 인사를 한 후, 미라는 오래 기다리게 하고 말았다는 생각에 서둘러 대합실로 들어갔다.

그러자――.

"체리 로즈는 건조 단계가 가장 중요해서 말이죠. 온도와 습도에 따라 맛과 풍미가 크게 달라집니다."

"그랬군요. 어쩐지 전부 완성도가 다르다 했더니."

대합실에는 크라우스와 성에서 일하는 급사로 보이는 여성이 있었다.

(한창 이야기 중이었나 보군.)

자세히 보니 테이블 위에는 손님에게 내기 위한 것치고는 너무도 많은 찻잔이 늘어서 있었다. 그리고 두 사람의 이야기로 미루어 볼 때, 아무래도 그 찻잔에 든 허브티가 대화의 중심인 듯했다.

두 사람은 미라가 왔음에도 알아채지 못할 만큼, 그리고 즐겁게 허브에 관한 대화로 이야기꽃을 피우고 있었다.

(이것 봐라, 꽤나 분위기가 좋군그래!)

한쪽은 눈만 마주쳐도 상대가 도망칠 만큼 험상궂게 생긴 남자, 크라우스.

한쪽은 곁에 있기만 해도 마음이 차분해지는, 나긋한 분위기의 미인.

그 광경에 엿보고 싶은 심리가 싹튼 미라는 소리 없이 잽싸게 움직여 옆에 있던 선반 뒤에 몸을 숨기고 상황을 지켜보기로 했다.

"여기 있는 옐로 라인 그라스는 훌륭하군요. 이 색을 내기는 아주 어려운데."

"그쪽은 할머니께 배운 대로 만든 것이거든요. 사실은 가장 자신 있는 물건이었답니다. 고맙습니다."

크라우스가 절찬하자 여성 급사는 아주 기뻐하며 수줍은 미소를 지었다. 성에 있는 병사 중 험상궂게 생긴 이도 많은 탓인지, 그녀는 크라우스를 보고도 전혀 겁을 먹지 않고 대화하고 있었다.

그리고 그 사실이 기뻤는지 크라우스도 수줍은 미소를 짓고 있었다.

(이거 혹시, 운명의 만남 현장인 겐가?! 딱 봐도 잘 풀릴 것 같군그래!)

매끄러운 대화와 두 사람의 표정도 그렇고. 양쪽 모두 서로를 호의적으로 대해서, 둘 사이에 생겨난 분위기는 아주 좋았다. 그리고 그러한 분위기를 뒷받침해주기라도 하듯, 머릿속에 신이 난 마텔의 목소리가 울리고 있었다.

두 사람의 이야기로 미루어 볼 때, 아무래도 접객용으로 내온 허브티를 계기로 대화를 하게 된 듯했다.

이스즈 연맹의 지부장인 동시에 숲에서 나는 물건들을 취급하는 '에버 포레스트 가든'의 점장이기도 한 크라우스는 업무상 허브를 취급하는 일에도 능하다.

그 지식을 활용해 여성 급사의 상담을 들어주어 지금의 상황에 다다랐으리라는 것을 짐작할 수 있었다.

(이것도 다 이 몸이 길을 잃—— 조금 멀리 돌아온 덕분이로군.)

금방 대합실에 도착했다면 두 사람은 이렇게까지 열띤 대화를 나누지 못했을 것이다.

그렇게 확신한 미라는 마치 사랑의 큐피드라도 된 양 슬그머니 대합실에서 나갔다. 그리고 큰소리로 문을 두드리고 얼마쯤 있다가 다시 안에 들어갔다.

"늦어서 미안하구나. 대합실의 위치를 잘못 알았던 탓에, 살짝 멀리 돌아와 버렸지 뭐냐."

조용히 물러서는 여성 급사와 어쩐지 어색하게 일어나는 크라우스를 보고 미라는 지금 막 온 사람처럼 말을 붙였다.

"아뇨아뇨, 성이 이토록 크니 어쩔 수 없죠."

크라우스가 다가오며 답하는 가운데, 여성 급사가 조용히 테이블 위에 늘어놓았던 찻잔들을 정리하기 시작했다.

미라는 그걸 보고도 못 본 척하며 "생각보다 복잡하니 말이다. 그대도 돌아갈 때는 조심하거라. 뭣하면 저기 있는 자에게 안내를 부탁해 보든가"라고 권유했다.

큐피드 노릇을 하려다 보니 다소 억지스러운 제안이 된 듯한 감도 있기는 했지만 듣기 좋은 말은 다소 억지스럽더라도 통하기 마련이다.

"그럴, 까요. 성에 온 건 처음이다 보니 신기해서 구경을 하느라 정신이 없었는지, 어딜 어떻게 왔는지 모르겠군요. 돌아가는 길에도 안내를 부탁드리겠습니다."

듣고 보니 일리가 있다는 듯이 돌아갈 때 길을 헤맬 것 같다고 강조한 후, 크라우스는 듣던 중 반가운 소리라는 듯한 얼굴로 미라의 제안을 덥석 받아들였다.

"알겠습니다. 그럼 돌아가실 때도 안내해 드리겠습니다."

두 사람의 이야기에 귀를 기울이고 있었는지. 여성 급사는 그렇게 승낙한 후, "그럼 느긋한 시간 보내십시오"라고 말을 잇고서 테이블에 미라와 크라우스 몫의 찻잔을 남겨두고 퇴실했다. 일 처리가 빠르다. 더불어 어쩐지 발걸음도 가벼워 보였다.

(이렇게 배려심 있는 이가 또 있을까, 이 몸도 제법 큐피드로서 소질이 있는 것 같군그래!!)

"그래서, 물건은?"

자연스럽게 두 사람을 붙여놓는 작전이 성공하자 미라는 그렇게 속으로 자화자찬을 하며 아무 것도 모른다는 듯한 태도로 본론을 꺼냈다.

"여기 있습니다——."

여성 급사를 잠시 눈으로 좇던 크라우스는 다소 허둥대며 의자 옆에 놓아두었던 가방을 집어, 그 안에서 커다란 상자를 꺼냈다.

"이것 참 놀랐습니다. 이렇게 하는 게 운반하기 편할 거라고 말씀하시더니 이렇게나 작아지지 뭡니까."

크라우스는 카구라의 식신인 피스케가 도착했을 당시의 일을 떠올리며 진심으로 놀랐다는 투로 말했다. 갑자기 식신이 말을 한 것도 모자라 다음 순간에는 작은 참새처럼 변했다고.

"오냐, 오냐~ 참으로 오랜만이구나."

상자 안에서 "삐약" 하고 나온 참새, 피스케는 파닥파닥 힘차게 날갯짓을 해서 이곳이 자신의 자리라는 듯이 미라의 머리에 앉았다.

"흠, 확실히 수령했다. 그나저나 뭐어, 힘들게 오게 해서 미안하구나."

"아뇨, 그렇지 않습니다. 당당하게 밖에 나올 구실이 되기도 했으니 말이죠."

미라의 말에 크라우스는 그렇게 답하더니 오히려 고마울 정도라며 웃었다.

손님이 겁낼지도 모른다는 이유로 되도록 가게에 나가지도 못하고 매일 같이 사무 업무만 처리하던 가운데 외출할 기회가 생겨서 좋은 기분 전환이 되었다는 것이다.

다만 그가 그렇게 생각하게 된 이유는 그뿐이 아닐 거다. 분명 그녀와의 만남도 그 이유에 포함되어 있으리라.

"흠, 그렇다니 다행이로군."

두 사람의 사이를 이어주었을 뿐 아니라 애초에 만남의 계기를 제공한 것도 자신이었다. 미라는 더더욱 의기양양해졌지만 따뜻한 눈빛으로 크라우스를 바라보며 마음속으로 응원만 하기로 했다.

"자아. 이 몸은 돌아갈까 하는데, 그대는 어렵게 나온 것이라 했으니. 조금 천천히 돌아가는 것도 나쁘지 않을 것 같구나 다소 늦기는 했지만 점심시간이 아니냐. 느긋하게 식사를 하고 가는 것도 나쁘지 않을 것 같다만."

미라는 자기 몫의 허브티를 비우고서 후우, 하고 한숨을 내쉬고는 등을 밀어주듯 그런 말을 입 밖에 냈다. 그녀와 함께 식사라도 하고 가는 게 어떠냐는 의미를 담아서.

"그렇, 군요. 이왕 나왔으니."

과연 미라의 뜻이 통한 것인지 아닌지. 확실하게는 알 수 없었지만, 어쩐지 크라우스의 표정에 기합이 들어간 듯 보였다.

어쨌든 이다음은 그가 하기에 달렸다. "그럼 가마"라는 말을 끝으로 미라는 대합실을 나섰다.

그리고 문 앞에서 대기하고 있던 조금 전의 여성 급사에게 "크라우스 공을 잘 부탁하마"라고 의미심장한 말을 한 후, 아르마가 기다리는 집무실로 향했다.

〈17〉

"오래 기다리게 했구나, 아르마여. 피스케를 데려왔다."

아르마의 집무실에 도착하자마자 미라는 그렇게 말하며 소파에 앉았다.

목이 빠져라 기다리고 있었는지, 아르마는 서류를 내팽개치고 달려왔다.

"수고했어, 할배. 그래서…… 피스케 군은…… 어디 있는데?"

마중을 나온 아르마는 이어서 어라, 하고 고개를 갸웃했다.

카구라의 피스케는 아주 우아하고 눈부시며 품격 있는 주작이었다. 음양술사로서의 격을 한눈에 알 수 있는, 그런 주작이었던 것이다.

데려왔다면 바로 알아볼 수 있었을 텐데, 미라의 옆에는 피스케로 보이는 것이 없었다.

잠시 당황했던 아르마의 시선이 자연스럽게 미라의 머리 위로 올라갔다.

"어? 혹시……."

아침에는 없었지만, 피스케를 데리러 갔다가 돌아온 지금은 있는 것. 그것은 바로 미라의 머리에 올라탄 작고 둥그스름한 체형의 붉은 참새였다.

아르마가 설마, 하고 다가간 그때.

머리 위에 있던 피스케가『아르마 씨, 오랜만이에요!』라고 입을 열었다.

그 순간, "으햐악!" 하고 괴상한 소리를 지르며 아르마가 펄쩍 뛰었다. 갑자기 말을 할 줄은 몰랐던 탓에 몹시 놀란 눈치였다.

"그런고로, 이게 피스케와 피스케를 통해 이야기하는 카구라다."

의기양양하게 웃으며 미라는 피스케를 소파에 내려놓았다. 그러자 피스케는 파르르 떨더니 본래 모습인 주작으로 돌아갔다.

"우와아, 깜짝이야아……. 음양술로 이런 것도 할 수 있었구나."

몰라볼 정도로 바뀐 카구라의 피스케를 보고 아르마는 감탄한 투로 말했다. 참새였을 때와 지금의 모습은 그야말로 딴 사람? 이라고 해도 될 정도로 달랐다. 처음 보았으니 놀라는 것도 무리는 아니었다.

하지만 놀라기에는 아직 일렀다. 피스케가 또다시 빛나기 시작한 것이다.

"어? 이번엔 또 뭐야?!"

아르마는 그 모습을 놀라움과 기대가 섞인 눈으로 바라보았다.

피스케가 유달리 눈부시게 빛난 직후. 이때를 기다렸다는 듯이 득의양양한 얼굴로 카구라가 "짜잔~"이라고 하며 나타났다.

"아, 카구라! 만나고 싶었어~!"

그 특별한 술식에 놀라기도 했지만, 그보다는 오랜만에 카구라를 만났다는 사실에 가슴이 벅차올랐는지. 아르마가 있는 힘껏 달려들었다.

"엑?! 잠깐만요!"

그 결과, 아르마와 카구라는 소파 위에 요란하게 넘어졌다. 하지만 아르마는 전혀 개의치 않고 계속해서 열렬하게 끌어안았다.

처음에는 카구라도 저항했지만 아르마에게 주도권을 빼앗기는 바람에 손쓸 방법이 없었는지 이내 포기한 듯 손을 멈추고 받아들였다.

"음음…… 좋구나, 좋아."

소녀들의 스킨십은 참으로 보기 좋다는 생각을 하며 미라는 재회를 기뻐하는 두 사람의 모습을, 미소를 띤 채 지켜보았다.

"――그런고로 카구라의 힘을 빌려줬으면 해. 그래 줄 수 있을까?"

진정한 후, 아르마는 카구라에게 사건의 개요를 차근차근 설명해 나갔다.

대범죄조직 '이라 무에르테'에 관한 상세 내용과 그 조직과 연루된 요그라는 남자를 구속하는 데 성공했던 일. 그리고 이 남자의 끈질김과 한시라도 빨리 가능한 많은 정보를 캐내고 싶다는 속내를 남김없이 털어놓았다.

"할아버지의 전언을 들었을 때는 무슨 일인가 했는데, 그런 일이었군요. 게다가 '이라 무에르테'라면, 키메라 관련으로 우리 쪽 정보망에서도 종종 이름이 언급되었던 일대 범죄조직이었던 것 같은데요."

아르마의 이야기를 끝까지 들은 카구라는 놀라면서도 흥미롭다는 듯한 표정을 지은 채 말을 이었다.

"설마 아르마 씨네가 그렇게 깊이 얽혀 있었을 줄이야. 최근 들어 '이라 무에르테'가 분주한 움직임을 보인 건 그런 이유 때문이었군요."

과연 온 대륙을 무대로 활약하고 있는 이스즈 연맹이라고 해야 할지. 카구라는 '이라 무에르테'의 존재뿐 아니라 그 움직임도 어느 정도 파악하고 있는 듯했다.

그리고 그렇기에 사회에 어느 정도의 피해를 입히고 있는지도 알아서, 이번 일을 기회라고 판단한 모양이었다.

"알겠어요. 기꺼이 협력하겠어요. 우리 쪽에서 입수한 정보도 도움이 될지 모르니까 따로 정리해 둘게요."

카구라는 납득했다는 듯이 고개를 끄덕이더니 당연하다는 얼굴로 답했다. 게다가 그 말은 이번 심문뿐 아니라 전면적으로 협력하겠다는 뜻인 듯했다.

카구라의 정의감 때문이기도 하겠지만 '이라 무에르테'와 키메라 클로젠의 관계성이 결정적인 이유가 된 모양이다.

이스즈 연맹은 현재 키메라 클로젠에 관계했던 자와 조직의 숨통을 끊고 있는 중이다.

하지만 개중에서도 '이라 무에르테'는 강대해서 좀처럼 돌파구가 보이지 않는 상대였다.

그런 상황에 이번 이야기가 날아든 것이다. 카구라에게도 이번 일은 하늘에서 내려온 동아줄 같은 것이었다.

"고마워, 카구라!"

사정이야 어찌 되었건 카구라의 답에 아르마는 또다시 기쁨을 온몸으로 표현하듯 카구라를 밀쳐 넘어뜨렸다.

미라는 그런 두 사람을 다시금 바라보며 조용히 의기양양한 미소를 지었다.

(이로써 이 몸이 또 한 번 공적을 세운 셈이 되겠군.)

요그를 붙잡은 일과 카구라를 부른 일.

미라가 해낸 두 가지 일을 계기로 대국 니르바나와 온 대륙에 영향력을 행사하는 이스즈 연맹이 협력 관계가 되었다.

미라는 이로써 큰 빚을 지울 수 있지 않을까 생각했다. 그리고 이를 이용해 투기대회의 열기가 한껏 달아올랐을 때 소환술 시연회 같은 걸 하게 해달라고 부탁할 수 없을까 궁리하기 시작했다.

카구라의 도움을 받아 요그에게서 모든 정보를 캐내기 전에, 미라를 비롯한 세 사람은 왕성 안에 위치한 다과실을 찾았다.

"오래 기다렸지, 노인 군?"

그곳에는 노인이 있었다. 테이블에 차와 화과자를 차려놓고 손에는 만화책을 들고 있다. 무녀 호위 임무에서 빠지게 된 그는 다음 임무가 시작될 때까지 상당히 한가한 모양이었다.

"아, 아르마 씨, 수고 많으십니다."

그렇게 답하며 뒤를 돌아본 노인은 미라의 모습을 발견하자마자 복잡한 표정을 지었다. 하지만 다음 순간, 그 옆에 선 카구라의 모습을 확인하자마자 "우왁! 어, 카구라?!" 하고 놀란 얼굴로 벌떡 일어났다.

"오랜만이에요, 노인 씨."

카구라가 그렇게 답하자 노인은 어쩐지 안도한 듯한 미소를 지어 보였다.

"응, 오랜만이야. 다시 만나서 기뻐."

이쪽도 30년 만의 재회였다. 변함없는 카구라의 모습을 보고 그리움과 기쁨을 담아 그렇게 답한 후, 노인은 긴장을 풀면 미라에게 끌려가려는 시선을 필사적으로 제어했다.

그렇게 노인까지 네 사람이 된 미라 일행은 드디어 본래의 목적지로 향했다.

또한 이 타이밍에 노인과 합류한 데에는 이유가 있었다.

그것은 지금부터 갈 곳이 특별한 감옥이기 때문이다.

그러다 보니 여왕인 아르마라 해도…… 아니, 여왕이기에 호위 없이는 들어가지 못하도록 되어 있었다. 그래서 호위 겸 감옥의 열쇠를 지닌 노인과 합류한 것이다.

"이 멤버라면 내가 필요할 일은 없을 것 같은데 말이야……."

노인은 아르마의 뒤를 따르며 미라와 카구라를 흘끔 쳐다보았다. 호위로서 수행하고는 있지만, 아홉 현자 중 둘이 모여 있는데 호위가 필요하겠느냐는 것이다.

하지만 그것은 노인의 주관적인 견해에 불과하다. 얼핏 보면 아녀자 세 사람의 조합인 데다, 그녀들끼리 감옥에 들어가려 한다면 말도 안 되는 소리 말라며 쫓아낼 게 뻔했다.

그래서 십이사도인 노인이 동행하기로 한 것이다.

특별 감옥은 니르바나성 1층의 중앙에서 다소 북쪽에 위치한 경비실 안쪽에 있다. 다시 말해서 반드시 경비실을 통과할 필요가 있는데, 이때 경비실장의 체크를 거쳐야 한다.

아르마의 동행인 미라와 카구라를 본 경비실장은 정말로 감옥으로 들어갈 생각이냐며 걱정스러운 표정을 지었지만, 노인이 있는 걸 확인하고는 허가를 내렸다.

그렇게 미라는 문제없이 특별 감옥의 입구에 도착했다.

"그럼 노인 군. 부탁 좀 할게."

"OK입니다."

눈앞에는 금속으로 된 중후한 문이 있다. 일부 인원이 지닌 열쇠로만 열리는 문이다.

노인이 그 문을 열자 그 앞에는 아래로 이어진 기나긴 계단이 있었다. 그렇다, 특별 감옥은 니르바나성의 지하 깊숙한 곳에 있었던 것이다.

그곳은 신분이 높은 죄인 말고도 정치적, 혹은 군사적으로 중요한 인물 등을 수감할 때 사용되었다.

온통 검은 타일이 깔린 바닥에는 특별한 술식이 사용되어서 그 위를 걷는 이의 족적(足跡)을 경비실에서 확인할 수 있게끔 되어 있다고 한다.

또한 벽과 천장은 흰색을 띠고 있고 수용실은 격자로 되어 있어서 사생활이란 건 있을 수가 없을 듯했다.

지하임에도 조명은 밝아서 한참 앞까지 내다보였다. 격자만 없었다면 이곳이 감옥이라는 사실을 잊을 것만 같은 분위기다.

"이거이거, 생각보다 떠들썩하구나."

감옥 안은 소란스럽다고 할 정도는 아니었지만 곳곳에서 이야기 소리가 끊임없이 들려왔다.

이 감옥은 그 용도상 평소에는 그렇게까지 자주 쓰이는 장소가 아닐 터다. 하지만 지금은 수용실이 그럭저럭 채워져 있었다.

"두 사람 덕분에 성황을 이루고 있어."

수용실 앞을 지날 때마다 욕설에 용서를 구하는 말 등이 들려오는 가운데, 아르마는 장난스러운 미소를 띤 채 그 이유를 말해주었다.

듣자하니 이곳에 수감된 자 중 절반은 키메라 클로젠과 관련된 죄인이라고 한다. 좌우간 권력과 돈이 있던 자들인 탓에 면회를 하려 해도 엄중한 심사가 필요한 이 감옥에 수용한 것이라는 모양이다.

그리고 남은 이들 중 대부분은 며칠 전에 미라가 붙잡은 암살자들이라는 듯했다. 신원을 알 수 없는 이들을 한꺼번에 잡아들인 탓에 평범한 감옥이 아니라 이곳에 가둔 것이라고 아르마는 설명했다.

"여기에도 이렇게 많이 퍼져 있었군요."

카구라가 키메라 클로젠에 관여한 죄인들을 노려보았다. 그로부터 다소 시간이 흘렀음에도 카구라의 가슴 속에 자리한 감정은 전혀 수그러들지 않은 모양이었다.

"감옥이 성황을 이루고 있다니 뭔가 느낌이 묘하구나……."

그만큼 치안 유지가 잘 되고 있다고 보아야 할지, 그만큼 범죄가 만연하고 있다고 보아야 할지. 어쨌든 미라는 성황을 이루고 있는 광경 중 이토록 마음이 복잡해지는 것은 찾기 어려울 것이라며 쓴웃음을 지었다.

그런 이야기를 하며 미라 일행은 감옥 깊은 곳으로 나아갔다.

그렇게 해서 지나온 곳보다 한층 더 특별해 보이는 구획에 도착했다.

너비는 3평 정도. 튼튼한 석조 방에는 다섯 개의 금속제 문이 달렸다. 그 외에 보이는 것이라고는 천장에 설치된 조명뿐이었다.

아르마가 방에 들어서자마자 문 중 하나의 앞에 서서, 저 안에 요그가 수감되어 있다고 말했다.

"그럼 열겠습니다."

노인은 그렇게 말하더니 자물쇠를 해제하고 문을 열었다. 그러고 나자 이 감옥이 얼마나 특별한 것인지 알 수 있었다.

"이것 참 엄중하기도 하구나."

마치 복도 같은 공간이 눈에 들어왔다. 내부 공간의 가로폭은 두 사람이 나란히 설 정도밖에 되지 않았지만, 길이는 10미터 정도 될 듯했다.

그리고 제일 안쪽까지 가려면 쇠창살로 된 문을 세 개나 지나야만 했다.

"그 아이가 있는 방만큼은 아니지만."

아르마는 장난스럽게 웃더니 이 감옥에서 탈출하는 건 거의 불가능할 것이라고 자신만만하게 말했다.

벽은 특수 금속으로 되어 있어 구멍을 뚫는 건 불가능하다. 쇠창살도 마찬가지라 레이드급 마수라도 이걸 돌파하기는 어려울 거라고 아르마는 말했다.

또한 쇠창살을 열려면 각각 다른 열쇠가 필요하다는 듯했다. 노인이 첫 번째와 두 번째 쇠창살을 열자, 미라 일행은 그 뒤를 따랐다.

그렇게 마지막 쇠창살 앞에 도달하자 이곳에 온 목적인 요그의 모습이 눈에 들어왔다.

요그는 구속복을 입은 상태로 중앙에 자리한 침대에 눕혀져 있었다. 게다가 눈가리개에 귀마개, 재갈, 거기에 링거까지 꽂아 철저하게 구속된 상태였다.

하지만 이 방의 특징은 그뿐만이 아니었다. 가장 안쪽에 있는 방을 둘러싼 벽과 천장에 바닥, 그 모든 것에 본 적이 있는 도형이 새겨져 있었던 것이다.

"벽 같은 데에 있는 문양은, 포박포의 그것인가?"

구속된 대상의 능력을 감소시키는 포박포. 미라는 도형이 그것과 비슷하다는 사실을 깨달았다. 이 경우, 구속복에 사용하는 게 맞지 않을까 싶었지만 그 역시 특별 제작된 것이라는 듯했다.

"응, 정답이야."

아르마는 바로 보았다고 답해주고 여러모로 시험해본 끝에 이 형태로 안착되었다고 말을 이었다.

듣자하니 이 감옥은 들어가기만 해도 포박포로 둘둘 휘감았을 때와 같은 상태가 된다고 한다. 또한 감옥 열쇠를 가진 자는 그 영향을 받지 않는다고도 했다.

그 말을 증명하듯 열쇠를 가진 노인은 마지막 쇠창살을 열더니 그대로 안으로 들어갔다. 그리고 요그를 눕혀둔 침대를 쇠창살 옆까지 옮겨왔다. 카구라의 술식 효과 범위에 들어오도록.

그때, 무슨 짓을 하리라는 것을 알아챈 것인지 요그가 신음하며 날뛰기 시작했다. 구속복이 삐걱대고 침대가 소리를 내며 흔들렸다.

순간, 미라와 아르마는 살짝 어깨를 움찔했다. 하지만 노인은 둘째 치더라도 카구라 역시 동요한 듯한 낌새가 전혀 없었다.

이스즈 연맹의 총수로서, 또한 자백술의 사용자로서 이러한 광경을 몇 번이고 보아온 탓이리라. 그녀는 아무렇지도 않게 쇠창살을 사이에 두고 요그와 마주했다.

아르마는 태연한 척 말없이 고개를 끄덕였다. 그 요청에 응하듯 고갯짓으로 답한 후, 카구라는 식부(式符)를 들고 자백 최면의 술식을 행사했다.

〈18〉

훈련을 거듭하여 자신을 단련한 요그. 그는 온갖 심문을 견뎌낼 만큼 강인한 정신력을 지녔지만 카구라의 술식에 저항하기란 불가능했다.

요그는 신음하며 날뛰었으나 카구라가 술식을 발동함과 동시에 얌전해졌고, 이어진 아르마의 질문에 전혀 거스르지 않고 답하기 시작했다.

요그에 대한 심문은 아르마가 하고, 카구라는 최면 상태를 조정했다.

몇몇 간단한 질문을 던져, 요그가 완전히 최면에 빠졌는지를 확인하고서 중요한 부분에 관해 물었다. 그러자 요그의 입에서 이런저런 중요한 정보가 쏟아져 나왔다.

"굉장한데, 이거……?"

"암, 그렇고말고."

절대로 입을 열지 않았던 요그가 아무 저항도 하지 못하고 정보를 토해내고 있다. 그 상황에 노인은 소름이 돋는다는 표정이었다. 그에 반해 미라는 자신이 공이라도 세운 것처럼 으스대고 있었다. 아홉 현자 동료로서 자랑스러운 것이다.

그러는 동안에도 아르마는 노트를 손에 들고 중요한 정보를 차례로 캐내었다.

다방면에 걸친 정보를 털어놓을 때마다 세계에 만연한 온갖 어둠이 백일하에 드러났다.

“이라 무에르테라는 조직에서 당신과 관련이 있는 사람의 소속국과 이름, 직업을 모두 말해.”

“조직…… 내가, 아는…… 건――.”

아르마의 질문에 반응해 요그가 답변한다.

가장 먼저 얻어낸 것은 조직과 연루된 인물의 이름이었다. 여러 분야에서 ‘이라 무에르테’에 협력하고 있는 자들의 이름이 언급되었다.

그리고 그가 언급한 이름을 들은 아르마와 노인은 놀라움을 감추지 못했다.

귀족에 모험가에 용병은 물론이고 대장장이에 무구상점, 약방에 술구점과 특정 가게 점주의 이름이 호명되었고, 나아가 수많은 상인과 대규모 상회의 이름까지 거론되었다.

그러한 상인 중에 아르마와 노인이 아는 인물도 있었던 모양이다. 어지간히도 감쪽같이 선량한 상인인 척을 했던 것인지, ‘설마 그 사람이’라는 생각에 두 사람의 얼굴에 비장한 빛이 퍼져 나갔다.

하지만 카구라의 술식으로 캐낸 정보는 그뿐만이 아니었다.

“조직이 당신에게 맡긴 임무에 관해서, 모두 말해.”

“임무…… 왕창, 죽였, 다――.”

요그는 암흑가에서 암살자로서 이름을 날렸다. 그런 그가 조직에게 받은 임무. 조직에 방해가 된다고 판단된 인물. 그러한 정보가 본인의 입에서 흘러나왔다.

한 명, 두 명, 세 명. 요그가 암살한 인물의 이름과 그 수법이 공개되었다.

요그는 그야말로 프로페셔널한 암살 수단만을 구사했던 것 같다. 날붙이를 사용하기는커녕 직접 손을 쓰지도 않았다. 사고나 병으로 위장해 살해당했다는 사실조차 모르도록 제거한 것이다.

조직은 그런 그를 총애했고 희생자의 수는 열 명, 스무 명, 그 이상으로 늘어났다.

그렇게 언급된 희생자의 수가 서른 명을 넘겼을 때.

"그래, 역시 그 애는 병에 걸린 게 아니었구나."

"그래…… 그렇군, 네놈이……!"

다음으로 요그가 입 밖에 낸 '소피아 템필드'라는 이름을 들은 직후, 아르마와 노인의 표정에 커다란 변화가 나타났다. 거기에 담긴 감정은 분노였다.

"이번엔 내가 죽여——."

"——노인 군!"

그 이상 참지 못하고 악귀와도 같은 얼굴로 달려들려던 노인을 아르마가 제지했다. 하지만 아르마 역시 이를 악물고 주먹을 움켜쥔 채 바르르 떨고 있었다.

'소피아 템필드'라는 인물이 두 사람에게 특별한 존재였던 것이리라. 그런 그녀가 병에 걸린 듯한 모양새로 살해당했다.

그 진실을 알게 된 두 사람의 마음이 어떨지는 감히 상상할 수도 없었다.

이토록 분노로 가득한 두 사람의 얼굴은 본 적이 없다. 미라는 그런 생각에 놀랐지만 그렇기에 냉정하게 상황을 살폈다. 화를 다스리지 못해 불상사를 일으키지 않도록.

간신히 노인을 진정시킨 후, 아르마는 질문을 이어 나갔다.

그 결과, 조직의 명령으로 암살된 인물은 쉰다섯 명에 이른다는 사실이 판명되었다.

실로 안타깝기는 했지만 그자들이 왜 표적이 되었는지 조사해보면 조직으로 이어지는 단서를 얻을 수 있을지도 모르는, 귀중한 정보였다.

더불어 이 조직이 사용하는 연락 수단이 무엇인지도 확인되었다.

놀랍게도 링커라 불리는 전속 전령이 있어서, 조직의 지시는 물론이고 현장에서의 보고도 이 링커를 통해서 하고 있다는 듯했다.

요컨대 링커에게는 조직에 관한 정보가 모여든다는 뜻이다. 어떻게든 이를 확보할 수 있다면 단숨에 조직 깊숙한 곳까지 파고들 수 있을지도 모르는 것이다.

"좋아, 그럼 일단 정보 정리부터 시작할까."

요그를 심문하기 시작하고서 두 시간 남짓이 지났을 즈음. 알고 싶은 것을 모두 알아낸 미라 일행은 아르마의 방에 모여 있었다.

요그에게 얻어낸 정보를 정밀 검토하기 위해서.

또한 중간에 에스메랄다도 합류했다. 그때 카구라는 또다시 애정 공세를 받았는데, 에스메랄다가 가진 모성 때문인지 카구라도 싫은 눈치는 아니었다.

그렇게 정보 정리와 작전 회의가 시작되었다. 아르마는 캐낸 정보가 담긴 노트를 테이블에 내려놓고 첫 번째 페이지를 펼쳤다.

요그가 가지고 있던 정보는 막대했다. 이를 이용하면 분명 조직의 중추로 이어진 길을 발견해낼 수 있을 것이다.

하지만 아직은 정확하게 확인되지 않은 상태의 정보가 많다. 검증을 거쳐 그 정보의 정확성을 높일 필요가 있었다.

"역시 나라가 크다 보니 고생이 많군그래."

대국에게는 불가피한 일이라고 해야 할지. 니르바나를 거점으로 하고 있는 모험가들 중에서도 조직에 연루된 자들은 많았다.

광대한 면적을 지닌 니르바나에는 모험가의 일감과 사냥터도 많다. 그렇기에 사람들이 모여들고, 그렇기에 좋지 못한 놈들도 모여든 것이라 이는 불가피한 문제라 할 수 있었다.

"이 일은 조합장과 상의하는 게 좋을 것 같네."

"듣고 보니 그러네. 그럼 그렇게 진행하자."

기본적으로 모험가는 떠돌이다. 모험가 종합 조합과 상의해 확인하는 게 빠를 것이다. 에스메랄다가 제안하자 아르마도 그게 좋겠다며 동의했다.

"아, 이 이름은 우리 쪽 자료에도 있었던 것 같아. ——……응, 이 인간은 유죄야."

상인들의 리스트를 보고 있던 카구라는 문득 아이템박스에서 서류를 꺼내 확인하더니 그렇게 단언했다.

아무래도 조직과 연루된 상인들 중 키메라 클로젠과도 관계되어 있던 자가 있었던 모양이다.

"나이스, 카구라. 그러면 이 녀석은 키메라 건으로 잡아들여서 조직에 관해 추궁해보자."

아르마는 반색하며 말하더니 또 리스트가 겹치는 이는 없는지 카구라와 함께 찾기 시작했다.

현재, 그 업계는 키메라 클로젠 관련으로 큰 난리를 겪고 있다. 매일같이 체포자가 속출하고 있는 상황이기 때문이다.

그에 반해 조직에 관한 증거는 현시점에서 요그의 증언뿐이다. 체포, 구류하기에는 다소 약하다.

때문에 아르마는 키메라 클로젠 사건 관련으로 당당하게 별건 체포할 생각인 듯했다.

더불어 키메라 클로젠 사건 관련으로 구류하면 '이라 무에르테'를 노리고 한 일이란 걸 알아챌 확률도 낮아질 것이다.

"아, 찾았다! 이 녀석도 괜찮을 것 같아!"

악덕 상인은 여러 악행에 손을 뻗치기 마련인 걸까. 아르마는 양쪽 리스트에 모두 실린 상인을 한 사람씩 차례로 집어냈다.

그렇게 미라 일행은 정보를 정리해 나갔다.

조직과 연루된 인물의 조사. 암살당한 자들의 관계성. 링커라 불리는 자의 수색 등. 일일이 정보를 분석하여 정보기관에 넘길 자료를 정리해 나간다.

그렇게 어느 정도 의견을 주고받던 중에.

"이거 쓸만하겠네."

아르마는 그렇게 말하더니 리스트에 실린 한 인물을 지목했다.

그 자는 상인이었다. 지극히 평범한 상인이다. 하지만 남자에게는 비밀이 있었다.

요그의 입에서 나온 비밀. 그것은 이 남자가 링커 겸 비합법적인 물질을 조달하는 데 능한 암거래상이라는 것이다.

"이 사람한테 도와달라고 하자."

아무래도 작전이 떠오른 모양이다. 아르마는 묘안이라는 듯이 득의양양한 미소를 지은 채 그 내용을 입 밖에 냈다. 그 눈에 차디찬 광채를 머금은 채.

(미끼라……. 뭐어, 효과적이기는 할 테니 말이지.)

정보 정리와 이후의 방침에 관해 이야기를 마친 미라는 무녀의 방으로 돌아가는 도중이었다.

해산 후, 아르마 일행은 그대로 나라의 높은 사람들을 모아 긴급회의를 하러 갔다. 정리한 정보를 토대로 어떻게 조사를 해나갈지 의논하기 위해서다.

심문을 마친 카구라는 티리엘이 기다리는 숙소로 돌아갔다. 또한 언제든 또 협력하겠다며 백호인 가우타를 남겨놓았다.

그 가우타는 새끼 고양이 같은 모습으로 아르마와 함께 있었다. 호출하면 언제든 카구라가 응답할 수 있도록.

"음~ 이렇게 하는 것이었던가?"

무녀의 방으로 이어진 엄중한 문 앞에서 미라는 아르마에게 받은 열쇠를 사용해, 메모한 대로 조작해서 문을 열어 나갔다.

그렇게 방에 들어섬과 동시에 뒤숭숭한 마음을 다잡고 이리스가 기다리는 거실로 향했다.

"큰일입니다냥……. 배수의 진입니다냥. 하지만 소생은 지금껏 그러한 상황에서 활로를 찾아내 왔습니다냥!"

"와, 굉장해요! 끝이라고 생각했었는데! 하지만 시간문제예요~."

거실 앞에 도착해 보니 어쩐지 소란스러운 목소리가 들려왔다.

단원 1호와 이리스의 목소리다. 대체 무엇을 하고 있는지 꽤나 즐거운 듯했다.

"이거 시끌벅적하구나."

어쨌든 이리스가 즐거워 하니 다행이라 생각하며 거실로 고개를 내밀자, 이리스는 희색이 가득한 얼굴로 돌아보며 "어서오세요~"라고 말했다.

"음, 다녀왔다."

그 미소를 보고 엉겁결에 미소로 답한 후, 미라는 그녀가 손에 든 물건을 보고 두 사람이 흥분해 있던 이유를 알아챘다.

이리스와 단원 1호는 카드를 손에 들고 있었다. 그리고 테이블 위에도 카드가 놓여 있다.

그렇다, 두 사람은 카드 게임인 '레전드 오브 아스테리아'로 대전하고 있었던 것이다. 분명 아침부터 대회 결승 토너먼트를 보고 영향을 받은 것이리라.

두 사람은 상당히 뜨거운 싸움을 벌이고 있었는지, 단원 1호의 팻말에는 지금까지의 전적이 기록되어 있었다.

거기에는 단원 1호의 연패 기록이 빼곡하게 새겨져 있었는데, 그럭저럭 선전을 펼친 게임도 몇 판은 있었던 것 같지만 진 건 진 거다.

"이상 없었습니다냥!"

단원 1호는 미라를 맞이하듯 일어서더니 호위 임무는 빈틈없이 수행하고 있었다는 듯이 경례를 했다.

"음, 고생했다."

평화 그 자체라 할 수 있는 광경을 본 미라는 고개를 끄덕여 답하고서 그대로 다가가 테이블 위를 훑어보았다.

이리스 대 단원 1호의 승부는, 다음 순간에 결판이 났다.

"이걸로 제 승리예요~."

"또 졌습니다냥~!"

이리스가 낸 카드가 마지막 일격이 된 모양이다. 단원 1호는 혼자서 공격을 당하고 요란하게 허공을 날아가는 시늉을 했다. 하지만 곧장 일어나서 "경험의 차이가 너무 큽니다냐앙"이라고 패자의 변명을 입 밖에 냈다.

하지만 거기서 끝이 아니었다. "더 좋은 카드가 있을 겁니다냥!"이라면서 카드 더미를 뒤지기 시작했다.

자세히 보니 테이블 끄트머리에 아침에는 없었던 커다란 상자가 놓여 있었다. 그 주변에는 카드가 잔뜩 있었는데, 분명 이리스의 것이리라.

단원 1호는 그 카드를 빌려 카드덱을 만들고 있는 모양이다.

그에 반해 이리스는 완성된 덱이 들어있는 것으로 보이는 케이스를 몇 개나 가지고 있었다.

다시 말해서 이리스는 연구 끝에 만든 덱으로, 단원 1호는 급조한 덱으로 승부하고 있었던 것이다. 연패를 할 수밖에 없는 상황이었던 거다.

미라는 그렇게 상황을 파악하고 납득했다. 하지만 그때, 이리스가 슬그머니 폭탄을 투하했다.

"그렇지 않아요~. 단원 1호씨는 대단해요. 처음인데 이만큼 싸울 수 있다니. 분명 노인 씨보다 강할 거예요~. 문제가 있다면 덱의 메인이에요. 하다못해 '현자 대행 크레오스'나 '바다의 왕 딥씨 아발란치'가 있으면 좀 더 나아질 텐데 귀한 카드라 못 모았거든요~."

실제로 대전을 해본 결과, 이리스는 단원 1호의 카드 배틀 센스를 칭찬했다. 듣자 하니 재능을 타고나지 않았다면 처음인 데다 급조한 덱을 사용해서 이렇게까지 싸우지는 못했을 것이라고 한다.

하지만 문제는 그다음 말이었다.

"뭣……이라고……?"

현실과 마찬가지로 카드 게임에서도 소환술사들의 취급은 그리 좋지 않은 모양이다.

실제로 '레전드 오브 아스테리아'는 현실을 참고로 해서 조정하기에 별 볼 일 없는 소환술사들은 카드 게임 세계에서도 그대로 그러한 취급을 받는 것이다.

미라가 현실 앞에서 망연자실한 가운데, 단원 1호의 실력으로 마술사 덱을 쓰면 당장에라도 좋은 승부를 할 수 있을 거라고 이리스는 열변을 토했다.

그러자 그 말에 귀가 솔깃했는지 단원 1호는 전에 없이 의욕적으로 입을 열었다.

"어쩔 수 없습니다냥. 다음에는 다른 덱을 짜보겠습니다냥!"

단원 1호는 그렇게 말하더니 소환술사 덱을 버리고 새로운 덱을 만들기 시작했다.

미라는 버려진 덱을 살며시 주워들었다. 그리고 카드를 들여다보며 소환술이 얼마나 대단한지를 몸소 깨닫게 해주기 위해——알려주기 위해 이 카드 게임을 만들고 있는 본사로 쳐들어갈까, 라는 생각을 반쯤 진지하게 하기 시작했다.

〈19〉

카드 게임으로 신이 난 이리스와 단원 1호의 영향으로 미라 역시 중간부터 그 대전에 끼었다.

사용한 덱은 자신의 센스를 총동원해 새로 만들어낸 소환술사 덱이다. 오기와 자존심을 걸고 승부에 나선 것이다.

하지만 그 결과, 기록으로도 남길 수 없을 만큼 크게 패하고 말았다. 이리스뿐 아니라 약간 접대성이 있었던 단원 1호에게조차 자폭이나 다름없는 모양새로 지고 만 것이다.

"손쓸 방법이 없군……."

"소환 유닛의 취사 선택이 중요해요~."

실의에 빠진 미라에게 이리스가 조언했다. 듣자 하니 소환술사 덱의 운용은 특수하고 어렵다고 한다.

그렇게 시간은 흘러서 미라의 카드 배틀 센스가 괴멸적이라는 사실을 새삼 알게 되었을 즈음 아르마가 찾아왔다. 저녁 식사를 함께 하기 위해서다.

저녁 시간에는 TV로 관전했던 카드 게임 대회 얘기로 이야기꽃을 피웠다.

또한 니르바나의 대표도 순조롭게 이기고 있다는 듯했다.

"헤에, 이리스가 저렇게까지 말하다니. 그럼 단원 1호군, 다음에 나랑도 해보자!"

"기꺼이 상대해드리겠습니다냥!"

화제는 중간부터 이리스와 단원 1호의 대전에 관한 것으로 바뀌었다.

아르마는 전패했다지만 오늘 처음인 데도 이리스를 상대로 선전을 펼친 단원 1호에게 관심이 생긴 듯했는데. 어느샌가 조만간 대전해 보자는 약속까지 하고 있었다.

참고로, 마찬가지로 오늘 처음으로 게임을 해본 미라에 관한 이야기는 전혀 나오지 않았다.

그렇게 저녁식사를 마치고 에스메랄다가 와서 아르마를 후다닥 데리고 돌아간 후. 미라 일행은 마도 TV로 밤부터 시작된다는 나이트 라이브를 감상했다.

이리스의 말로는 최근 파죽지세로 인기를 모으고 있는 '메이든 할로우'라는 밴드 말고도 세계적으로 유명한 가수가 잔뜩 출연하기로 해서 주목을 모으고 있는 라이브라고 한다.

"멋있어요~."

"이거, 가슴이 다 두근두근합니다냥!"

"설마 록과 팝이 이렇게까지 널리 퍼져 있었을 줄이야……."

이세계라는 이미지와는 거리가 멀게 느껴지는 음악이 지금은 당연하다는 듯이 연주되고 있다.

하지만 그러면서 연주에 사용되고 있는 악기는 클래식해 보인다는 점이 재미있었다.

미라는 문화 침투가 상당히 진행된 모습을 보고 쓴웃음을 지었지만, 동시에 이세계 특유의 정서가 느껴지기도 하는 이세계 록을 한참 동안 즐겼다.

성황을 이룬 나이트 라이브는 밤 아홉 시에 끝났다.

오늘도 저녁 식사 때 한 아르마의 의뢰로 이리스는 무녀로서의 임무를 수행하기 위해 업무용 방에 들어갔다.

호위가 교체된 일을 유그스트가 어떻게 전달했고 어떻게 생각하고 있는지를 알아보기 위해서다.

그렇게 이리스가 일을 하는 동안, 미라는 한발 먼저 목욕을 하고 있었다.

호위 쪽은 이미 방 여기저기에 홀리나이트를 배치해 두었으니 문제는 없다. 더불어 단원 1호가 지금도 딱 붙어서 호위 중이다.

나아가 무녀의 방의 경비는 철통같아서, 현시점에서 미라가 직접 나설 일은 없었다.

"자아, 어떻게 될는지……."

요그에게 정보를 얻은 지금, '이라 무에르테' 공략은 어떤 식으로 진행될까. 아르마의 작전은 어떠한 결과를 초래할까.

그리고 앞으로 다가올 최종 결전에 대비해 미라 자신은 어떤 전술을 준비해 두어야 할까. 지금까지 떠오른 여러 생각들을 더욱 구체적으로 빚어나갔다.

그렇게 이런저런 실험 계획—— 전략을 짜는 일에 집중하고 있던 그때.

"오늘이야말로, 미라 씨랑 같이 목욕할 거예요~!"

무녀 일을 마친 이리스가 그러한 말과 함께 목욕탕에 난입했다. 이번에는 읽어낼 범위가 한정적이었던 덕에 평소보다 훨씬 빨리 끝난 것이다.

"……뭣이라고?!"

한껏 팔다리를 뻗고 욕조에 몸을 담근 채 머리를 굴리고 있던 미라는 그 목소리에 화들짝 놀라 현실로 돌아옴과 동시에 알몸이 된 이리스를 보고 전율했다.

이리스는 그야말로 금지옥엽 같은 대우를 받고 있었다. 아르마와 에스메랄다, 그리고 노인을 비롯해서 미라의 정체를 아는 자가 현재의 상황을 안다면 어떻게 될까.

분명 입장이 난처해질 것이라고 미라는 직감했다.

하지만 당연히 미라가 걱정하는 바를 모르는 이리스는 다른 사람과 함께 목욕을 하는 건 오랜만이라면서 아주 신이 나 있었다.

더불어 미라가 무엇을 걱정하는 바를 전혀 알아채지 못한 단원 1호는 덩달아 신나서 "단장님, 등을 밀어드리겠습니다냥~!"이라는 소리나 했다.

"……아니, 이 몸은 먼저 나갈 터이니. 둘이서 느긋하게 씻거라."

위기감을 느낀 미라는 순간적으로 그렇게 답했다. 그러자 다음 순간, 반짝반짝 빛나던 이리스의 얼굴에 순식간에 쓸쓸한 표정이 떠올랐다.

하지만 이리스는 함께 씻자고 물고 늘어지지 않고 "아쉬워요~……"라면서 미라의 말을 순순히 받아들였다.

그 모습을 본 미라는 또다시 이유 모를 죄책감에 사로잡혔다.

그러던 그때.

"단장님, 그런 말씀 마시고, 소생이 등을 밀어드리게 해주십시오냥!"

단원 1호가 의욕을 활활 불사르며 타월을 손에 든 채 [지금이라면 프로의 기술이 무료!] 라고 적힌 팻말을 내밀었다. 무엇의 프로인지는 모르겠지만 정말이지 자신만만한 표정이었다.

"——……흐음. 뭐어, 정 그렇다면 부탁하도록 할까. 게다가 가끔은 다 같이 목욕하는 것도 나쁘지 않을 것 같구나."

잠시 생각한 끝에 미라는 이리스의 미소를 우선시하고자 단원 1호의 말에 져주는 모양새로 목욕탕에 머무르는 쪽을 선택했다. 에이, 될 대로 되라는 듯이.

그 후, 미라는 미소를 되찾은 이리스와 함께 느긋하면서도 때때로 떠들썩한 목욕 타임을 보냈다.

단원 1호도 자신이 말한 대로 프로의 기술을 선보이며 미라뿐 아니라 이리스의 등도 밀어주었다.

TV로 본 것에 관한 이야기며 카드 게임 이야기 등을 셋이서 즐겁게 하기도 했다.

또한 카드 게임 대회의 우승자는 내일 결정된다는 모양이다.

이리스는 아주 들뜬 얼굴로 같이 보자고 말했다. 단원 1호도 기합이 잔뜩 들어가서 [내일 시합은 절대 놓칠 수 없습니다냥!]이라는 팻말을 들어 보였다.

"흠, 그러자꾸나. 벌써부터 기대되는구나."

대체 결승전에 진출한 이들은 얼마나 강할까.

조금뿐이라지만 실제로 경험한 적이 있는지라 미라도 시합 결과가 궁금해지기 시작했다.

그것은 대륙 어딘가에 있는 저택의 한구석. 숨겨진 문 안쪽에 자리한 비밀의 방이었다.

혼자서 그곳을 찾은 남자는 방의 중앙에 놓인 통신 장치 앞에 앉아 손에 든 시계를 흘끔 쳐다보았다.

자정이 조금 못 된 시각이다.

『――흠, 시간이 되었군. 이그나츠, 있나?』

정확히 자정이 되자 통신 장치에서 목소리가 들려왔다. 어딘가 냉혹하게 느껴지는, 조용한 목소리다.

"네, 갈로바 씨. 있고말고요. 자, 시작해 볼까요."

그러자 남자―― 이그나츠라 불린 자는 부드러운 말씨로 답했다. 다만 그럼에도 얼굴에는 친밀함이랄 것이 전혀 담겨 있지 않았다.

『그럼 내가 조사한 것을――.』

갈로바가 그렇게 입을 연 순간.

『어이쿠, 미안하지만 먼저 내 이야기를 들어주겠나?』

두 사람의 대화에 세 번째 인물의 목소리가 끼어들었다.

『유그스트. 네놈, 뭐 하자는 짓이지?』

현재 상황에서 이 대화에 낄 수 있는 인물, 목소리의 주인공으로 추정할 수 있는 인물은 한 명밖에 없다. 명목상 동료인 것으로 되어 있는 유그스트다.

유그스트가 대화 내용을 알면 니르바나의 무녀의 능력으로 인해 모든 정보가 저쪽으로 새어나가고 만다. 그렇기에 현재 중요한 회의는 이그나츠와 갈로바, 둘이서 하고 있었다.

때문에 그 자리에 유그스트가 갑자기 나타나자 갈로바는 분노를 감추지 않은 것이다.

『아아, 미안미안. 또 긴급 호출을 할까 했는데 이틀 연속으로 그러면 너희가 보나 마나 언짢아할 것 같아서. 그러다 오늘이 정기 보고회가 있는 날이란 게 생각났거든. 그래서 잠시 자리를 빌리기로 했지.』

아주 당당하게 그렇게 말하더니 유그스트는 두 사람이 쓴소리를 하기 전에『아무튼――』하고 용건을 말하기 시작했다.

유그스트가 굳이 정기 보고회에 얼굴을 내민 이유. 그것은 무녀의 호위에 관한 추가 정보가 들어왔기 때문이었다.

무녀를 통해 알게 된 정령여왕의 정보를 정리하자면.

우선 무녀가 정령여왕에게 들은 모험담은 모두 다 특별할 게 없는, 흔하디흔한 모험가와 다를 바 없는 것들이었다.

또한 정령여왕이 소환술을 사용해 무녀에게 붙인 호위는 캐트시 한 마리뿐이다.

그리고 마지막으로, 무녀는 정령여왕이 소환 유닛을 다루는 게 미숙하다고 느끼고 있다. 유그스트는 그렇게 요약하여 전달했다.

『어째 정령왕의 위엄이 소문에 소문을 낳고 있는 것 같은 감이 있달까. 내 예상에 소환술사로서의 실력은 끽해야 중상권이 아닐까 싶은데. 정령여왕이라는 거창한 이름으로 불리고는 있다지만 실제로는 별 것 아닐지도 몰라.』

유그스트는 그렇게 말하더니 끝으로 『정령왕이 얼마나 행동에 관여하고 있는지가 관건인 것 같지만. 뭐어, 너희라면 문제없겠지』라고 해서 말을 끝맺었다.

『과연. 그런 거였나.』

“정령왕에 관한 게 신경 쓰이기는 하지만, 뭐 대충 알겠습니다.”

갈로바가 납득했다는 투로 말했다. 그리고 이그나츠 역시 유그스트의 이야기를 듣고서 납득이 됐다는 투로 답하더니 득의양양한 미소를 지었다.

『그런고로 잘들 해 보라고. 그럼 이만, 실례가 많았다.』

할 말을 마친 유그스트는 그대로 냉큼 퇴실했다. 통신 장치에서 문이 닫히는 소리가 들려왔다.

그렇게 회의장에는 다시 갈로바와 이그나츠만 남게 되었다.

그 다음부터는 평소와 같이 회의가 진행되어서, 이야기의 흐름은 다시 둘이서 정보를 교환하고 다음 작전을 확정하는 방향으로 돌아왔다.

『자아, 우선 내가 조사해 온 걸 말하도록 하지. 조합에 있는 정보를 대충 뒤져봤다만――.』

갈로바는 그렇게 입을 열더니 유그스트가 가져온 정보에 덧붙이는 모양새로 하루 동안 조사한 정령여왕에 관한 정보를 털어놓았다.

『우선 조합에는 의뢰를 달성한 기록은커녕 수리한 이력조차 없더군. 아무래도 정령여왕이라는 녀석은 모험가이면서 조합에서 의뢰를 받은 적이 없는 모양이다——.』

그렇게 운을 뗀 갈로바는 이어서 랭크에 관해 언급했다.

모험가 종합 조합에서 인정하는 모험가로서의 랭크. 그것을 올리려면 조합에서 발행한 임무를 수행해 자신의 능력을 증명할 필요가 있다.

하지만 거기에는 몇 가지 예외가 있는데, 정령여왕은 그 특별한 수단 중 하나를 이용해 지금의 랭크를 얻은 것이라고 갈로바는 이야기했다.

『자세히 조사해 보니, 아무래도 권력을 써서 랭크를 격상시킨 듯한 흔적이 있더군. 권력자가 누구인지까지는 알아내지 못했지만, 자료에 남아 있는 흔적으로 미루어 남작 이상의 귀족이거나 그에 필적하는 영향력을 지닌 자가 관계한 게 분명해.』

갈로바는 그렇게 단정하더니 한 가지 사례를 덧붙여 말했다.

그것은 키메라 클로젠과 관련된 사안이었다. 그 사건 당시 무엇을 했는지는 알 수 없지만, 정령여왕은 이 일에 관여했다는 이유만으로 랭크가 두 단계나 오르는 특별 대우를 받았다. 그 결과, 의뢰를 한 건도 받지 않고 A랭크까지 등급이 올라간 것이다.

"과연……. 꽤나 우대를 받고 있군요. 그것도 정령왕이라는 뒷배가 있었기 때문일까요."

갈로바가 얻은 정보를 끝까지 들은 이그나츠는 어쩐지 짜증스러운 투로 거칠게 말했다.

이그나츠는 권력을 등에 업고 특별 대우를 받는 부류를 매우 싫어하는 모양이다.

『그래, 그렇게 생각하는 게 타당할지도 모르지. 유그스트가 한 말이 사실이라면, 정령여왕의 실력은 일반적인 A랭크에 비해 떨어질 거다. 게다가 정령여왕은 의뢰를 받은 이력이 없음에도 불구하고 모험담을 떠벌여댔다지? 요컨대 그건 그럴싸하게 자신을 포장하기 위해 어디서 들은 정도의 이야기를 자신의 체험담처럼 꾸며낸 것일 가능성이 있다. 그렇다면 실제 실력은 그에 훨씬 못 미칠지도 모르지. 그런 녀석이 어떻게 저 니르바나의 여왕의 눈에 든 것인지는 모르겠지만, 정보를 검토하면 할수록 정령왕의 위광 말고는 아무것도 없는 것처럼 보이는군.』

갈로바는 수중에 있는 정보를 토대로 정령여왕이라는 인물상을 그려냈다.

대륙에서 가장 큰 힘을 가진 삼신교에서도 정령왕이라는 존재는 중요하게 여겨지고 있다. 어떤 관계인지는 알 수 없지만 그 정령왕과 이어져 있기에 이토록 특별 취급을 받고 있는 것이리라.

그것이 갈로바가 내린 결론이었다.

"네, 저도 동감입니다."

이그나츠는 그렇게 답한 후, 거기에 덧붙이는 모양새로 따로 조사한 정령여왕에 관한 정보를 공개했다.

"이쪽도 여러모로 조사해 보았지만, 정령여왕은 수정령의 힘으로 물을 마음껏 쓸 수 있다거나, 어디서든 오두막이나 소파를 소환할 수 있다는 등의 소문만 돌아다니는 것 같더군요. 전투 이외의 분야에서 소환술을 활용하는 방법, 모험 생활을 편하게 만드는 방법에 관해 열변을 토했다는 모양입니다. 이건 저의 주관적인 생각이지만 정령여왕 본인의 전투 능력은 별 볼 일 없는 게 아닐까 싶더군요. 그렇기에 그 이외의 분야에서 어필할 수밖에 없는 게 아닐까요."

이그나츠는 마지막으로 감상을 덧붙이고 이야기를 마쳤다.

모험가 업계에서 돌고 있는 소문과 목격 증언을 모아본 결과, 전투와 관련된 정보는 거의 없고 소환술을 편리하게 사용하는 법만 입에서 입으로 전해지고 있었다. 그러한 소문들을 들은 그는 정령여왕이라는 인물에 관해 그렇게 느꼈다고 한다.

『흠, 그건 낭보로군. 생활환경을 좋게 할 수 있을지는 몰라도 호위로는 실력이 모자라다는 건가.』

"그런 것 같습니다. 파고들 틈은 얼마든지 있을 것 같군요."

갈로바와 이그나츠는 말을 나누며 대담한 미소를 주고받았다.

모든 이야기를 종합한 결과, 정령여왕은 실력이 부족하다는 사실이 부각되었다.

두 사람은 노인이라는 철벽같은 호위에서 그러한 인물로 교체되었다는 사실에 감사하며, 때는 지금이라는 듯이 작전을 세우기 시작했다.

〈20〉

무녀의 방에서 맞은 세 번째 날.

어제와 마찬가지로 아르마에 의해 잠에서 깬 미라는 그대로 함께 아침 식사를 마쳤다. 그리고 아침 커피 타임을 즐기다가 에스메랄다에게 끌려가는 아르마를 배웅했다.

그러한 정신없는 아침의 단막극이 끝나자, 곧장 다음 소란의 막이 올랐다.

바로 카드 게임 대회 결승 관전 준비다. 오늘 있을 결승전을 마음껏 즐기기로 한 세 사람은 간식이며 음료 등을 잔뜩 준비해 완벽한 태세를 갖춰놓고 관전에 임할 생각이었다.

"음, 이 정도면 되겠지."

"네, 다 됐어요~."

"완벽합니다냥."

차가운 음료가 담긴 아이스박스에 동서양을 아우르는 과자들. 나아가 시합을 참고삼아 덱을 편집할 수 있도록 카드더미도 배치했다.

그야말로 이 이상 완벽할 수는 없다 싶은 완성도의 관전석이었다.

『지금부터 준준결승전 제1시합을 개시하겠습니다——.』

준비를 마치자 마침 대회도 시작되었다.

미라 일행은 설레는 마음으로 소파에 앉아 음료를 한 손에 들고 선수들의 뜨거운 공방을 지켜보았다.

고작 카드 게임이라 할지 모르지만 그럼에도 마음을 울리는 무언가가 있다. 진지하게 시합에 임하는 이들의 열의는 화면 너머에서도 전해져서 세 사람은 일진일퇴의 배틀에서 눈을 떼지 못했다.

결승 토너먼트는 5전 3승제로 진행되었다.

시합은 순조롭게 치러져서 제2시합도 끝났다. 그리고 아르마가 신경을 썼던 니르바나 대표인 프리데가 제3시합에서 3 대 1로 승리를 거둬서 위로 올라갔다.

그 후 준비 시간을 거쳐 준준결승 최종 시합이 시작되었다.

"흠…… 이 소년은, 어디서 본 것 같은데……."

무대에 오른 두 선수 중 한 명인 소년의 모습을 보고 미라는 이전에 만났던 것 같다는 생각을 하며 화면을 쳐다보았다.

"그런가요? 혹시 아는 사이에요?"

이리스는 설마 지인인가, 하고 들여다보는 미라에게 반응해, 계속해서 소년에 관한 정보를 입 밖에 냈다.

"이 애는 아리스파리우스의 대표인데, 마리안 씨래요."

이리스가 말한 소년의 정보. 그것을 듣고서야 미라는 그를 만났던 당시의 일이 떠올랐다.

"오오, 그래, 마리안! 호오, 이렇게 큰 대회에 나올 만큼 강했던 게로군!"

아리스파리우스의 수도 리델의 카드숍에서 만난 소년 마리안. '영회의 발렌틴' 카드를 가지고 있던 그는 다른 아이들도 인정할 만큼의 실력자 같았다.

그런 그가 대륙 제일을 결정짓는 대회의 준준결승까지 올라온 것이다.

미라는 당시의 일을 떠올리며 설마 이 정도의 실력자였을 줄은 몰랐다는 생각에 놀람과 동시에 마음 한구석으로 기뻐했다.

"결승 토너먼트의 랭커랑 지인이라니 굉장해요~! 미라 씨는, 어떻게 알게 됐어요?!"

이리스에게 강한 카드 게이머는 유명한 A랭크 모험가와 비슷한 존재인지, 어떻게 만났는지가 무척 궁금한 눈치였다.

"아~ 그게 말이다――."

흥분 속에 준준결승 최종 시합이 시작되자 미라는 당연하다는 듯이 마리안을 응원하며 그와 어떻게 만났는지를 이야기해주었다.

미라의 응원 덕분인지 마리안은 보기 좋게 준준결승에서 승리를 거뒀다.

그리고 다시 시합은 진행되어 준결승 최종전 차례가 되었는데. 여기서 아르마가 응원하는 니르바나 대표 프리데와 미라가 응원하는 아리스파리우스 대표 마리안이 붙었다.

"이거, 둘 다 응원하고 싶어지네요!"

미라와의 만남 이야기를 듣고 나자 마리안에게 애착이 생긴 모양인지. 최종적으로 이리스는 둘 다 힘내라며 성원을 보내기 시작했다.

"옳지~ 잘한다. 바로 그거다."

미라는 유리잔과 컵케이크를 든 채 계속해서 마리안을 응원하며 시합을 지켜보았다.

그렇게 시합은 진행되어 종반에 다다랐다. 양쪽 모두 온 신경을 집중해서 팽팽한 시합을 펼친 끝에, 결국 승패를 좌우할 결정타가 작렬했다.

"이건…… 훌륭해요~!"

보기 좋게 결정타를 가한 것은 마리안이었다. 실수가 용납되지 않는 공방 끝에 전황을 크게 뒤흔들고, 그 빈틈을 누벼 작은 구멍을 뚫은 것이다.

그것이 결정타가 되어 프리데는 패배를 인정했고, 마리안의 결승 진출이 확정되었다.

"음, 멋진 전술이었지!"

미라는 그런 소리를 했지만 사실 뭐가 어떻게 돌아가서 그렇게 된 것인지는 몰랐다. 그만큼 치밀한 전술이었던 것이다.

하지만 내용은 몰라도 승자가 마리안이라는 건 알 수 있었다.

마치 자신이 이기기라도 한 것처럼 기뻐하며 미라는 이대로 우승하는 게 아닐까 하고 더 큰 기대를 품기 시작했다.

준결승이 끝나자 15분 정도의 준비 시간을 두고서 3위 결정전이 치러졌다.

거기에서 승리한 것은 프리데로, 마리안에게는 졌지만 니르바나 대표는 결국 단상에 오르게 되었다. 우승은 못했지만 분명 아르마도 좋아할 거라며 이리스도 기뻐했다.

그로부터 5분 후. 드디어 결승전이 시작되었다.

그리고 이 결승전은 이전과 달리 단판 승부였다. 결승전이라는 단어답게 이 마지막 한 판으로 승패가 결정되는 것이다.

마리안의 상대는 아틀란티스 대표인 토키츠네. 속성 중시 전사 덱을 다루는 강자다.

그에 반해 마리안은 어떠한 덱이 상대라도 올라운드로 싸울 수 있는 성기사와 암흑기사의 혼합 덱을 주로 다루었다.

하지만 시합 개시와 동시에 회장이 술렁거리기 시작했다.

처음에는 양측 모두 게임판에 유닛을 한 장 뒤집어 배치하고 개시 신호와 함께 앞면으로 뒤집는데, 놀랍게도 마리안의 필드에 나와 있는 것이 성기사도 암흑기사도 아닌 소환술사, 그것도 '군세의 덤블프' 카드였기 때문이다.

『이럴 수가. 마리안 선수, 이 결승전에서 새로운 덱으로 승부에 나섰습니다!』

『지금까지 마리안 선수는 성기사와 암흑기사로 견실하게 승리를 거둬왔는데, 여기서 새로운 덱을 사용하다니 놀랍군요. 하지만 가장 놀란 건 아무래도 토키츠네 선수겠죠.』

『그야 당연하죠. 대책으로 시작부터 '기사 사냥꾼 새뮤'를 필드에 내놓았는데 첫수로 소환술사를 내놓는 바람에 능력을 절반 봉인당한 거나 다름이 없어졌으니까요.』

『시작하자마자 이런 강수를 두다니. 이것이 결승전, 이것이 대륙 왕자 결승전입니다! 앞으로 펼쳐질 전개에서 눈을 뗄 수 없겠군요!』

그런 뜨거운 실황 중계가 흐르는 가운데, 미라 일행 역시 크게 놀랄 수밖에 없었다.

"허어! 그때는 없었는데, 그 사이에 손에 넣은 겐가?! 게다가 그걸, 이 시합에서 내다니…… 장하구나, 마리안!"

레전드 레어를 입수하는 것은 그리 쉬운 일이 아니다. 그럼에도 덤블프 카드를 입수한 것도 모자라 결승전이라는 가장 눈에 띄는 무대에서 내놓은 마리안을 미라는 진심으로 칭찬했다.

그리고 현실뿐 아니라 카드 게임 업계에서도 불쌍한 취급을 받고 있는 소환술사 덱이 지닌 진정한 힘을 보여주라며 응원했다.

"결승전에서 덱을 크게 바꾸다니, 깜짝 놀랐어요~!"

이리스는 단숨에 시합 전개를 예상할 수 없게 되었다며 몹시 흥분해서 안으로 들어갈 기세로 마도 TV에 집중하기 시작했다.

"세상에, 정말 강합니다냥!"

단원 1호는 덤블프 카드를 보고 놀람과 동시에 그 성능에도 놀랐다. 그리고 알아챘다. 소환술사 덱에서는 강력한 술사 유닛이 중요하다는 사실을.

소환 유닛이 필드를 채우게 되기에 다른 술사 덱처럼 술사 유닛을 많이 배치하면 전력이 떨어지고 마는 것이다.

그렇게 셋은 저마다 다른 생각을 하며 시합 전개를 지켜보았다.

결승전은 준결승 때보다도 훨씬 분위기가 뜨겁게 달아올랐다.

첫수로 덤블프를 낸 것은 상당히 위험한 선택이라 할 수 있었다. 레전드 레어인 탓에 코스트가 매우 크기 때문이다.

막 시작되어 벽이 되어줄 유닛이 하나도 없는 상태에서 내는 것은 승부를 버린 것으로 보일 수도 있는 행위다.

하지만 마리안은 이때를 위해 상당히 많은 준비를 해온 것인지. 완벽하다고 할 수 있는 덱 운용으로 첫 턴을 완료했다.

토키츠네는 보기 좋게 허를 찔렸다. 다만 이곳까지 올라온 실력자답게 곧장 태세를 정비하고 초반의 실수를 만회하기 시작했다.

마리안은 착실하게 소환 유닛을 배치해 전력을 강화하는 동시에 덤블프가 선술도 사용할 수 있다는 이점을 살려 대미지를 최소한으로 억제했다.

일진일퇴의 싸움이 이어졌지만, 양측 모두 공세를 늦추지 않고 성공하기만 하면 결판이 날 큰 기술을 내질렀고, 이를 보란 듯이 막아냈다.

"오오…… 굉장하군그래. 소환술사는, 이런 식으로 써야 하는 것인가."

역시 실전과 카드 게임은 다르다. 미라는 마리안의 덱 운용에 감탄했다.

"깜짝 놀랐어요~. 이런 식으로 싸울 수도 있었네요오."

상당히 푹 빠져 있는 이리스조차 마리안의 전술은 생각도 못 했다고 한다. 그래서 참고하려는 것인지 메모까지 하기 시작했다.

두 사람이 마리안에게 주목한 가운데, 단원 1호는 대전 상대인 토키츠네를 물끄러미 관찰했다. 이번에 만들 예정인 전사 덱에 참고하려는 것 같다.

그렇게 시합이 진행되어 돌입한 최종 국면. 분명 대회의 역사에 남을 격전이 펼쳐졌지만 결국 마지막 순간이 찾아오고야 말았다.

『성공했습니다~! 이 기세는 그 무엇도 막을 수 없을 것 같군요!』

『아주 훌륭한 일격입니다!』

양보하지 않고 맹렬하게 서로를 소모시킨 끝에 마지막으로 치명적인 일격을 가한 것은――.

『승자, 토키츠네 선수!』

그렇게 승자의 이름이 선포되었다.

니르바나에서 행해진 '레전드 오브 아스테리아' 제1회 대륙 왕자 결정전의 우승자가 토키츠네로 결정된 것이다.

"누오아아~!"

누가 먼저 결정타를 가하느냐로 승패가 갈린 아슬아슬한 시합이었다. 하지만 아쉽게도 마리안이 결정타를 맞고 만 것이다.

손에 땀을 쥐고 있던 미라는 그 순간 비명을 지르며 하늘을 올려다보았다.

"아아~ 아깝게 됐어요~."

미라가 응원하는 것을 보고 이리스도 덩달아 마리안 쪽으로 마음이 기울었던 모양인지. 승패가 갈리자마자 미라와 마찬가지로 아쉬워했다.

"이건, 결승전에 걸맞은 일전이었습니다냥."

단원 1호는 무슨 평론가라도 되는 양 말했다. 동시에 그는 카드더미에서 이번에 토키츠네가 사용했던 키 카드를 부지런히 골라냈다.

그러는 동안에도 대회는 진행되어서 표창식을 준비하고 있었다.

『이야아, 역시 전사 덱은 필드에 진형이 갖춰지면 무시무시하군요.』

『네에, 그러게 말입니다. 하지만 그걸 몇 번이나 견뎌내 보인 마리안 선수의 전술도 감탄스러울 따름이죠.』

『이런 식으로 말하기는 좀 그렇지만……. 설마 소환술사가 저렇게까지 잘 싸울 줄은 몰랐습니다.』

『사실 저도 놀랐습니다. 어쩌면 이를 계기로 소환술사 관련 카드가 재평가될지도 모르겠군요. 실제로 저는 지금 마리안 선수의 덱 구성을 확인하고 싶어서 몸이 근질근질합니다.』

준비 시간 동안 두 해설자가 결승전을 돌아보며 토크를 나누었다.

토키츠네와 마리안. 두 선수의 건투를 칭찬하는 해설자들의 토크에 회장의 관중들도 화답하듯 훌륭했다고 외쳐댔다.

카드 게임의 세계의 일이기는 해도 소환술사가 인정받은 순간이었다.

"마리안이여. 정말 잘 해주었다!"

미라는 감개무량하다는 투로 마리안의 공적을 칭찬했다. 그리고 기쁜 마음으로, 다음에 만나면 크게 칭찬해주리라고 다짐했다.

아스테리아 대회의 표창식에서는 우승 상금 삼천만 리프와 원하는 카드 세트 증정이 이루어졌다.

또 하나의 부상으로는 신작 카드의 모델 지정권이 있었다.

이것이 실현될지는 모델 본인에게 달린 일이지만, 레전드 오브 아스테리아를 만들어낸 '그리모어 컴퍼니'가 총력을 기울여 교섭에 임할 것이라고 한다.

또한 토키츠네가 원한 것은 A랭크 모험가인 '월광십자 엘레오노라'였다.

모험가는 물론이고 일반인들에게도 널리 알려져 있을 만큼 유명한 길드, 백월(白月)기사단의 단장이다. 또한 온 대륙에 알려질 만큼 빼어난 미모를 지닌 절세의 미녀였다.

그러나 카드화 교섭은 난항을 겪고 있어서 아직 카드로는 등장하지 않은 상황이다.

그런 만큼 엘레오노라의 카드를 원하는 이는 아주 많았다. 토키츠네가 그 이름을 거론한 순간, '말 한번 잘했다'라고 하듯이 회장 전체가 들썩거렸다.

이어서 2위인 마리안에게도 상금과 부상이 증정되었다.

일천만 리프라는 거금이 주어지자 마리안은 어안이 벙벙한 듯 보였지만, 이어서 부상 이야기로 넘어가자 긴장한 빛이 역력해졌다.

2위의 부상은 좋아하는 카드 세트나 모델 지정권 중 하나다.

『저기, 그게…….』

마리안이 택한 것은 모델 지정권이었다. 하지만 누구를 지정할 것인지를 묻자 긴장── 아니, 부끄러운 듯이 말을 머뭇거렸다.

하지만 몇 초 후, 마리안은 결심을 굳힌 듯 고개를 들고 그 이름을 입 밖에 냈다.

『정령여왕인 미라 누나요!』

"이 몸이라고?!"

부모 같은 마음으로 힘내라고 응원하며 지켜보고 있던 미라는 그 순간 놀라서 소리쳤다. 설마 이 상황에 자신의 이름이 튀어나올 줄은 몰랐던 것이다.

"와와! 굉장해요, 미라 씨! 카드가 나올지도 몰라요!"

이리스에게 카드로 만들어지는 모험가들은 모두 동경의 대상이었다. 그런데 거기에 미라가 추가될지도 모르는 상황이 되자 아주 흥분한 듯했다.

그 옆에서 단원 1호는 어째서인지 세련된 의상으로 갈아입고 포즈를 취하고 있었다. 아무래도 미라의 마스코트 같은 존재로써 함께 일러스트에 실리려는 속셈 같았다.

그렇게 미라 일행 쪽에서도 흥분해서 떠들어대던 참에, 모종의 자료를 건네받은 해설자 중 한 명이 뜻밖의 진실을 밝혔다.

『어이쿠, 지금 막 극비 정보가 들어왔습니다! 놀랍게도 마리안 선수가 요청하신 '정령여왕 미라' 씨는 이미 확장팩으로 등장할 예정이라고 합니다!』

그렇다, 모델로 지정하고 말 것도 없이 카드화 이야기는 진행 중이었던 것이다. 미라 본인은 직접 교섭한 적이 없지만, 그 일은 마리아나에게 맡겨둔 상태였다.

그쪽을 통해 계속 진행되고 있던 것이다.

"그랬어요?!"

그 사실에 마리안이 놀란 가운데, 이리스 역시 또다시 흥분해서 바짝 다가오는 바람에 미라는 믿을 수 있는 자에게 교섭을 맡겨두었다고 간단하게 설명했다.

"굉장해요~!"

이리스의 눈빛에는 이제 동경이 아니라 존경심에 가까운 것이

담겨 있었다.

그렇게 두 사람이 대화를 나누는 동안, 마리안 쪽에서도 이야기가 진행되었다.

부상으로 선택한 모델 지명권은 이미 대상의 카드화가 결정된 상태라 무효. 하지만 마리안에게는 달리 지명하고 싶은 사람이 없는 상황이다.

그러자 대회측에서 통 큰 결단을 내렸다.

특별히 본인의 사진판을 포함한 별도 일러스트의 『정령여왕 카드 세트』를 준비할 수 있도록 교섭을 진행해 보겠다고 한 것이다.

심지어 그것은 마리안만을 위한 카드 세트라는 모양이다.

『——이렇게 하면 어떨까요, 마리안 선수.』

『아, 네, 잘 부탁드립니다!』

마리안은 이전보다 더 쑥스러워 했지만, 그보다 기쁨이 더 큰 듯했다.

"흐음…… 포즈 연습이라도 해두어야 하려나."

저렇게 말했으니 분명 조만간 사진판용 사진을 찍으러 올 것이다.

그때에 대비해 미라는 카드에 들어가면 좋을 듯한 멋진 포즈를 취해 보았다. 그리고 단원 1호도 은근슬쩍 프레임 안에 들어가서 멋스러운 포즈를 취했다.

"둘 다 귀여워요~."

어떤 포즈를 취해도 귀여움이라는 요소는 떨쳐낼 수가 없는 것인지. 미라는 이리스의 칭찬에 오히려 좌절했다.

하지만 마리안을 위한 일이다. 촬영 당일까지 멋짐이라는 요소를 획득하기 위해 미라는 포즈 연구를 계속하기로 했다.

그렇게 회장뿐 아니라 무녀의 방에서도 큰 성황을 이룬 '레전드 오브 아스테리아 대륙 제일 결정전 아스테리아컵'은 무사히 막을 내렸다.

〈21〉

카드 게임 대회를 한껏 즐긴 세 사람은 그 후, 카드 게임을 하며 놀거나 TV로 다른 이벤트를 구경하며 지냈다.

그렇게 또 하룻밤이 지나 미라가 호위를 시작한 지 나흘째 되는 날. 드디어 이 축제의 메인 이벤트인 투기대회의 예선이 시작되었다.

당연하게도 그 모습은 마도 TV로도 관전할 수 있게끔 준비가 되어서 이리스와 단원 1호는 아침부터 잔뜩 들떠 있었다.

미라는 예선전을 보면서도 자신의 임무를 빈틈없이 수행하고 있었다.

대륙 전체에서 실력을 뽐내고 싶은 이들이 모여든, 대륙 제일의 투기대회인 만큼 예선전이 시작되었을 뿐인데도 난리법석이 났다.

지금까지도 충분히 활기가 넘쳤지만 눈에 띄게 더 소란스러워졌다. 경비원들도 고생이 많을 듯했다.

(정말이지 사람이 넘쳐나는구나…….)

미라는 현재 대회장의 상황은 어떤지 살피기 위해 구구와이즈를 하늘에 띄워 '의식동조'를 사용해서 시찰 중이었다.

이리스가 관전하기 위한 동선과 호위를 할 때 어떻게 움직여야 할지를 확인하기 위해서다.

또한 그러기 전에 먼저 아담스가에 보내서 메이린의 상황도 확인했다. 분부한 대로 잘하고 있는지를 확인하기 위해서.

결과만 말하자면 분부를 아주 잘 지키고 있었다. 아무래도 아담스가의 메이드인 바네사가 약속한 대로 잘 돌봐주고 있는 모양이다. 왈가닥 같은 메이린답지 않게 머리카락은 깔끔하게 물들였고, 변장용 의상도 잘 갖춰 입었다.

또한 겸사겸사 브루스 쪽 상황도 살피려고 찾아보았지만, 넘쳐나는 참가자들 때문에 찾기 어려울 듯했다. 겉모습이 그다지 튀지 않아서 완전히 묻혀버린 것 같다.

(이거…… 하늘로 가는 것도 방법일 것 같구나.)

특히 무차별급 예선전이 치러지는 메인 투기장 주변은 관전객들로 붐비고 있었다.

예선전인데도 안내 스태프들이 쩔쩔매고 있다. 지금도 이런데 본선이 되면 얼마나 많은 인파가 몰려들지 상상도 안 된다는 생각에 미라는 쓴웃음을 지었다.

미라는 평소처럼 워즈랑베르의 힘을 빌려서 이리스를 몰래 데리고 가려고 했다. 하지만 저렇게나 사람들이 많은 곳에서 모습을 감춰봐야 금방 누군가와 부딪히고 말 것이다.

(그렇다면 히포그리프가 나서야겠군. 그쪽에 이리스와 워즈랑베르를 태우고 이 몸이 페가수스를 타고 달리면 분명 안전하게 회장에 들어갈 수 있을 게야.)

그 이외에도 미라는 여러 방법을 모색해 나갔다.

가장 큰 난점은 무녀인 이리스의 능력이었다. 대회 중이라고는 해도 감시를 소홀히 할 수는 없기 때문이다.

그리고 능력을 사용한 후에는 이리스가 회장을 들락거린 방법도 전해질 것이다.

다시 말해서 능력을 행사한 다음 날부터는 다른 방법으로 투기장까지 데려가야만 하는 것이다.

다만 문제가 되는 것은 그 부분뿐이라 그 능력의 대상인 유그스트만 먼저 어떻게 해버리면 상황이 확 달라진다. 만약 가능하다면 그게 가장 안전할 것이다.

(분명 예선전에만 한 달 정도가 걸릴 거라 했었지.)

아침식사 때 아르마에게 투기대회에 관한 이야기를 들었던 미라는 그때 나눈 이야기를 돌이켜보며 향후의 예정을 세웠다.

대회의 메인이벤트인 무차별급의 예선전. 그 첫 시합은 열 명 단위로 치러지는 배틀로얄 경기였다.

이 배틀로얄은 투기장의 무대를 4분할해서 치러지며 제한시간은 15분이다.

그 후, 배틀로얄에서 살아남은 자들끼리 예선 토너먼트를 치러서 거기서 4연승한 자가 본선에 출전하게 되는 것이다.

본선 출전자가 결정되려면 한 달 정도가 걸린다. 하지만 이리스는 예선 토너먼트부터 관람석에서 관전하고 싶다고 한다.

아르마의 예상에 따르면 배틀로얄 형식은 2주 정도면 끝날 것이라는 모양이다.

다시 말해서 2주 후부터 본선이 끝날 때까지 이리스를 수행해야 하는 것이다.

(이거 실력 발휘 좀 해야겠군.)

아르마는 힘든 일이겠지만 이리스가 그 사실을 모르게 해달라는 부탁도 했다.

투기대회를 관람석에서 관전할 날을 이리스는 학수고대하고 있다. 하지만 그게 얼마나 힘든 일인지 그녀가 알게 되면 분명 마음을 접을 것이다.

그렇기에 이리스로 하여금 쉽게 회장을 오고갈 수 있다고 생각하게끔 할 필요가 있는 것이다.

그리고 미라에게는 실제로 그것을 가능케 할 만한 동료들이 잔뜩 있었다.

다음에 그들을 불러서 이동과 호위에 관해 의논해 두기로 할까. 차라리 유그스트의 소재를 알 수 있다면 얼마나 좋을까, 따위의 생각을 하며 미라도 이리스 일행과 함께 TV로 예선전인 배틀로얄 경기를 마음껏 즐겼다.

니르바나가 투기대회의 예선전으로 들썩이는 가운데, 어느 저택의 어두운 방에서 오늘도 밀담이 이루어지고 있었다.

"——보아하니 오히려 정령여왕은 그 이름이 퍼진 세인트폴리보다 다른 장소에서 활약한 일이 많은 것 같군요."

며칠에 걸쳐 추가로 입수한 정령여왕에 관한 정보. 그것을 동료들에게 전달한 것은 '이라 무에르테'에서 무구 매매를 담당하고 있는 최고 간부 중 한 명인 이그나츠였다.

『현자의 제자라……. 그게 사실이라면 일이 성가셔지겠지만, 실제로는 어떻지? 그렇게 자칭하는 놈들은 수도 없이 본 것 같은데.』

어쩐지 짜증 섞인 목소리로 물은 것은 조직에서 더러운 일을 담당하는 팀의 수장이자 최고 간부 중 한 명인 갈로바였다.

정령여왕에 관해 더 깊이 조사하자 웬 소문이 튀어나왔는데, 그 내용은 바로 그녀가 아홉 현자인 덤블프의 제자라는 것이었다.

하지만 갈로바는 그 소문을 수상쩍게 여기는 눈치였다.

다만 그럴 만도 했다. 덤블프는 아직 행방이 묘연한 데다 대놓고 현자의 제자를 자칭하는 자들은 발에 채일 만큼 많았기 때문이다.

이번에야말로 진짜가 아닐까, 하고 화제가 된 적도 있었지만 그런 일도 약 20년 전을 경계로 종적을 감췄다.

아닌 게 아니라 지금은 아홉 현자에 관한 이야기며 구전, 여러 가지 일화 등을 참고로 술식 공부에 힘썼던 자들이 제자를 자칭하는 시대인 것이다.

『그보다 그 괴도란 녀석은 어떻지? 강한가?』

정령여왕의 활약에 관한 소문 중 가장 최근의 것은 괴도 퍼지다이스에게서 귀한 보물을 되찾았다는 것이었다.

지금까지 그 누구도 해내지 못한 위업이라 그 일대에서는 화제가 됐었다.

"상당히 강하다고 말할 수밖에 없겠군요. 그도 그럴 게, 맞선 자들은 눈 깜짝할 새에 잠들어서 전투조차 일어나지 않았다고 하니까요. 더불어 정령여왕과 괴도가 싸우는 모습을 목격한 자는 없고, 경비병이 도착했을 때는 이미 결판이 나서 괴도는 보물을 되찾기를 포기하고 떠나갔다고 합니다."

『정말이지 참고가 안 되는 상황이군…….』

추가 정보 덕분에 정령여왕의 실력이 어느 정도인지 대충은 짐작할 수 있었다. 하지만 결국 확정에 다다르기에는 부족했다.

『게다가 그 보물이란 걸 고아원을 위해 교회에 기부했다며. 그리고 그 괴도란 놈도 훔친 돈을 고아원에 뿌리고 다녔다고 하고. 결과적으로 정령여왕의 평가는 좋아지고 괴도도 손해를 보지 않았어. 내가 보기에는 둘이 입을 맞춘 것 같다만.』

"확실히 수상하기는 하죠. 하지만 접점은 찾지 못했습니다. 이거 영 가늠하기가 어렵군요."

두 사람은 결과적으로 그랬을 가능성도 충분히 있다는 답에 도달했고, 그 때문에 정령여왕의 실력이 결국 어느 정도일지 판단을 내릴 수가 없었다.

다만 그들이 믿고 있는 바가 하나 있었다.

그것은――.

"그래도 십이사도의 노인보다는 훨씬 낫겠죠."

『뭐어, 그렇지. 그 철벽을 깨뜨리는 것보다 어려울 리가 없어.』

바로 그러한 추측이었다.

『그건 둘째 치고. 그 일은 어떻게 되고 있지? 요그 녀석이 붙잡혔다고 들은 지 한참 된 것 같은데.』

"네에, 보고에 따르면 갖은 심문에도 불구하고 아직 입을 열지 않았다고 합니다. 역시 요그 씨네요."

이어서 두 사람은 갑자기 날벼락처럼 발생한 문제 중 하나에 관해 이야기했다.

대체 무슨 일이 일어나서 그렇게 된 것인지. 잠입시켜 두었던 암살자들이 느닷없이 은신처와 함께 괴멸하는 사태가 벌어진 것이다.

이그나츠는 그에 관해 자세히 조사함과 동시에 그 은신처에 있던 부하 중 한 명인 요그의 행방을 찾고 있었다.

그가 입수한 정보는 요그가 니르바나 성 깊은 곳에 있는 특별한 감옥에 갇혀 있다는 것과 그곳의 경비가 이상할 정도로 엄중해서 탈옥하거나 밖에서 탈옥을 돕는 것 자체가 불가능하다는 것.

그리고 그가 갖은 심문에도 결코 입을 열지 않고 한 조각의 정보도 니르바나측에 발설하지 않았다는 것이었다.

『그렇군. 녀석은 맹약을 끝까지 지키고 있나 보군.』

이그나츠의 설명을 끝까지 들은 갈로바는 어쩐지 침통한 목소리로 그렇게 답했다.

"분명 그는 당신의 제자로 들어갔었죠? 그렇다면 마음 아픈 소식을 하나 더 말씀드려야겠군요."

그렇게 말한 후 이그나츠는 "사실 좀 전에 스텐달에게서 연락이 왔는데——"라고 운을 떼더니 업무 연락이라도 하는 듯한 투로 정보를 전달했다.

그것은 이그나츠와 인연이 있는 상인에게 들은 이야기였다.

그 상인. 스텐달은, 표면적으로는 아주 평범하고 일반적인 상인 행세를 하고 있지만, 사실 뒤로는 비합법적인 약품과 주물(呪物) 등을 전문적으로 취급하는 암거래상이기도 했다.

그런 그는 지금 투기대회로 들썩이고 있는 니르바나의 수도, 라트나트라야에서 장사를 하고 있다.

다만 그때는 정상적인 상인처럼 사람들이 모이는 곳에서 필요할 법한 물건을 팔아치우고 있었다.

"이 세계에서 그는 유명하니까요. 그래서 소문이라도 났는지, 요전에 어느 인물이 접촉해 왔다고 합니다."

이그나츠는 "지금부터 말씀드릴 것은 스텐달의 주관적인 생각이지만"이라고 운을 떼더니 그 인물에 관해 이야기했다.

그자는 챙 넓은 모자를 깊숙이 눌러쓰고 두꺼운 외투를 두르고 있었다. 더불어 겨울도 아닌데 머플러를 둘러 입가를 가리고, 목소리도 술구류로 변조한 상태였다고 한다.

"그때 스텐달은 위화감을 느꼈다고 합니다. 그에게 뒤가 구린 일을 부탁하는 자들은 다들 뒤가 구린 족속들이라 처음 만날 때는 약간의 변장을 하기도 한답니다. 하지만 그의 말에 따르면 다소 과한 감이 있었다더군요."

스텐달에게 뒷거래를 의뢰할 때, 경계심에 정체를 숨기는 것은 그 세계에서 일반적인 일이었다.

하지만 스텐달이 말한 이번 손님은 그 정도가 매우 과했다는 모양이다. 그래서 절대로 정체를 들켜서는 안 된다고 생각하고 있다는 게 너무 티가 났다고 한다.

"그는 신경이 쓰여서 교섭을 하면서도 상대를 구석구석 관찰했고, 어느 특징을 통해 그 인물의 정체를 알아챘다고 합니다."

이그나츠가 거기까지 말한 순간, 갈로바가 『핵심만 말해라. 그 이야기와 녀석이 무슨 상관이지?』라고 말하며 끼어들었다.

스텐달이라는 암거래상과 감옥에 갇힌 요그. 지금까지 들은 바를 통해서는 그 둘의 접점을 전혀 짐작할 수가 없어서 갈로바는 짜증이 난 듯했다.

"나 참, 성질도 급하시군요. 이왕 이야기하는 김에 그의 활약상을 말씀드리려던 것뿐인데. 뭐어, 알겠습니다."

이그나츠는 쓴웃음을 지은 채 어깨를 으쓱한 후, 간결하게 요약해서 말했다.

"주변을 경계할 때 시선을 움직이는 패턴이며 몸을 돌릴 때의 움직임, 그리고 무엇보다도 조용하고도 재빠른 특징적인 걸음걸이로 미루어, 그 손님은 아무래도 군에 속한 것 같았더랍니다."

이 부분이 핵심이라는 듯이 이그나츠가 힘주어 말했다.

뒤가 구린 상품을 취급하는 스텐달에게 몰래 접촉해온 게 놀랍게도 군인이었다는 것이다.

『군인이라고? 목적이 뭐지?』

갑자기 공통점이 튀어나오자 갈로바가 반응했다.

그 말을 들은 이그나츠는 만족스러운 미소를 지은 채 이야기의 핵심을 언급했다.

군인은 스텐달에게 어떤 비합법적인 약을 조달해달라고 의뢰하러 온 것이었다고.

"그 약은 '망령의 속삭임'이라는 이름으로 불리고 있죠. 어떤가요, 갈로바 씨. 당신이라면 어떠한 약인지 아시지 않습니까? 그리고 이 일련의 움직임이 무엇을 뜻하는지도."

떠보듯이, 그러면서 안다는 것을 확신하고 있는 듯한 투로 이그나츠는 물었다.

『……아아, 그렇군. 그렇게 된 건가. 설마 니르바나가 그렇게까지……. 아니, 그래서인가.』

이야기의 흐름을 통해 갈로바는 확실하게 알아챈 듯했다. 이그나츠가 하려는 말이 무엇인지, 그리고 그가 바라는 것이 무엇인지도.

『그렇다면 내가 가지. 큰 실수를 저지르기는 했지만 그래 봬도 내 제자니 말이야. 그 뒷수습은 내가 해야지.』

모든 것을 알아챈 갈로바는 그렇게 각오의 말을 입 밖에 냈다.

갈로바는 알았다. '망령의 속삭임'이라는 것이 어떠한 약인지를.

그것은 뇌에 커다란 장해를 일으키는 비합법 자백제였다.

죽음도 불사하겠다는 각오를 한 자도 저항하지 못하고, 그 어떤 비정한 고문에도 입을 열지 않는 자라 해도 아는 바를 모조리 다 자백하게 되는 몹시도 강력한 약이다.

하지만 그 때문에 이를 투약 당한 자는 시체나 다름없는 상태가 되는 금단의 자백제이기도 했다.

갈로바는 알았다. 제아무리 요그라 해도 이 약을 투약 당하면 조직에 관한 정보를 모두 니르바나측에 털어놓고 말리라는 것을.

"되도록 빨리 부탁드리죠. 스텐달도 의심을 사고 싶지는 않아서 입수하려면 시간이 걸리니 조금 기다려달라고 했다고 하는데, 그것도 일주일이 한계일 거랍니다."

그쪽 방면에서 스텐달의 실력을 의심하는 자는 없을 정도다.

그럼에도 금지된 약 하나를 조달하는 데 지나치게 많은 시간이 걸리면 시간벌이를 하고 있는 게 아닌가, 하는 의심을 살 수밖에 없다.

그렇다고 그를 처리해봐야 의미가 없다. 그렇게 되면 다른 암거래상에게 알아보러 갈 테고, 그 상대가 조직과 인연이 없는 자라면 거기서 정보가 끊기고 말 것이기 때문이다.

그런 상황을 만들 바에는 기한을 파악할 수 있는 현재의 상황이 차라리 낫다.

『그래, 알겠다. 당장 출발하지.』

그러한 사정까지도 알기에 갈로바는 빠르게 행동에 나섰다.

갈로바의 제자인 요그는 니르바나성 지하에 있는 특별한 감옥에 붙잡혀 있다. 매우 견고하여 그곳에서 탈옥시키는 것은 불가능하다고 일컬어지는 감옥이다.

하지만 침입만을 목적으로 하자면 그나마 파고들 틈은 있었다.

그렇기에 갈로바는 각오를 가슴에 품고 니르바나로 향했다.

뛰어난 암살 기술로써 제자인 요그의 입을 막기 위해.

〈22〉

투기대회 예선전이 시작되고서 며칠이 지났지만, 미라 일행은 지극히 평화로운 일상을 보내고 있었다.

아침에 눈을 뜨면 부랴부랴 준비를 하고 셋이서 마도 TV 앞에 진을 치고서 투기대회의 예선전을 실컷 관전한다.

게다가 이곳에는 수많은 싸움을 경험한 자가 있어서 평범한 관전과는 다른 차원의 것을 경험할 수 있었다.

"와와! 굉장해요~! 무슨 일이 벌어진 건지 안 보였어요!"

이리스가 그런 소리를 하면――.

"방금 그건 마술 중 하나인 《전신(戰迅)의 바람》이구나. 아주 짧은 시간동안 맹렬한 바람을 일으키는 술식이지. 심지어 그 바람으로 자신의 망토를 휘날리게 해서 시야를 차단하다니, 머리 좀 썼군."

이런 식으로 일반 사람들은 알지 못할 부분을 미라가 해설해주어서, 이리스는 투기대회에 누구보다도 깊이 몰입할 수 있었다.

더불어 이 예선전을 위해 아르마가 지시를 내린 담당자가 상당히 분발한 결과인지, 예선전을 찍는 마도 카메라의 숫자도 많아 여러 각도와 거리에서 관전할 수도 있었다.

어쩌면 현지에서 보는 것보다 낫지 않을까 싶을 정도로 충실한 설비다.

그리고 마도 TV의 채널을 다루는 분야에서 이리스는 이미 달인의 영역에 있었다. 눈여겨 볼만한 장면을 재빨리 감지해서 채널을 돌리고 있는 것이다.

"우와아…… 이 분, 엄청나게 강해요. 게다가 귀여워요~!"

뜨겁게 달아오른 예선 배틀로얄을 관전하던 도중. 전에 없이 뛰어난 실력을 내보이는 자가 있었다.

개시하자마자 대전 상대인 아홉 명을 쓰러뜨린 이는 귀여운 의상을 입은 소녀로, 미라가 잘 아는 인물이었다.

"그러게 말이다, 말도 안 되게 강하구나."

예상한 대로 메이린이 예선전부터 두각을 드러냈다. 저래봬도 힘을 조절하고 있는지 한 발로 서서 왼손만 사용하고 있음에도 불구하고 마치 마술이나 최면술에 당하기라도 한 듯 대전 상대가 차례로 쓰러져 나갔다.

그렇게 계속 관전하고 있자 여기저기서 격이 다른 실력을 갖춘 강자들이 나타나기 시작했다.

"와아! 굉장해요! 발자그 씨예요!"

그 날도 견줄 자가 없을 정도의 실력을 뽐내는 자가 있었다.

발자그. A랭크 모험가였던 그는 다른 모험가들뿐 아니라 일반인들조차도 인정할 정도의 인물이었다.

해결한 의뢰의 숫자는 헤아릴 수 없고. 그가 구해낸 자의 숫자도 헤아릴 수 없고. 처리한 악당의 숫자도 헤아릴 수 없다.

모험가 종합 조합에 막대한 공헌을 한 그는 지금 그 조합에서 후진을 양성하기 위한 교관으로 활약하고 있었다. 그 유명한 A랭크 모험가인 '일도용단 잭그레이브'역시 그의 제자였다.

또한 카드로 제작되기도 해서 이리스가 유독 뜨거운 시선을 보냈다.

실력을 시험해보려는 것인지, 아니면 유망한 제자라도 찾으려는 것인지. 언젠가부터 발자그가 싸우는 무대는 배틀로얄 경기장이 아니라 훈련장처럼 되어 있었다.

나름대로 실력에 자신이 있던 자들이 발자그 앞에서 가볍게 나뒹굴었다. 그럼에도 다시 일어나 덤비는 모습은 그야말로 열혈 만화의 한 장면 같았다.

하지만 그런 무대 위에서 발자그에게 덤비지 않고 서 있는 한 남자가 있었다.

"느닷없이 클라이맥스예요~!"

그 남자는 여덟 명이 전투불능 상태에 빠지고서야 움직였다. 이리스의 말에 따르면 그는 최근 활약 중인 A랭크 모험가라고 한다.

그렇다, 놀랍게도 배틀로얄 무대에 전직 A랭크 모험가와 현역 A랭크 모험가가 동시에 올라가 있었던 것이다.

이리스의 말대로 두 사람의 전투는 매우 치열했다.

예선전 첫 시합이라는 게 믿기지 않을 만큼 격렬한 기술이 오갔다. 그리고 숙련된 기술에 의한 날카로운 공격과 유연한 발상에 의한 반격이 이어졌다. 이러한 무대가 아니면 구경조차 하지 못할, 진짜 힘과 힘의 격돌이다.

그 싸움은 모든 관객의 시선을 앗아갔다. 이리스 역시 눈을 떼지 못했다.

하지만 그럴 수밖에 없었다. 그것은 분명 대회의 역사에 남을 명승부였기 때문이다.

그런 승부가 펼쳐지는 가운데…….

(괜찮다, 괜찮아. 이 몸은…… 이 몸은 다~아 지켜보았다! 그대의 용감한 모습을, 이 몸은 보고 있었다, 브루스!)

예선 회장에 있는 모든 이의 시선이 발자그 일행의 시합에 주목된 가운데, 한쪽 구석에서 조용히 결판이 난 시합이 있었다.

브루스의 첫 시합이다. 전사 클래스의 상대들을 브루스는 훌륭한 소환술 솜씨로 꺾었다. 심지어 압도적인 실력 차이가 느껴질 정도의 내용으로.

모든 이가 소환술이 지닌 힘에 놀라고도 남았을 시합이었다.

하지만 그 시합을 보고 있는 관객은 한 명도 없었다. 그만큼 발자그의 시합은 큰 주목을 모았다.

다만 미라만은 보고 있었다. 격전이 펼쳐지고 있는 TV 화면 끄트머리에서 그가 활약하는 모습을.

터벅터벅 화면 밖으로 걸어간 브루스를 보고, 미라는 잘했다며 아낌없는 칭찬을 보냈다.

대회 예선전에서는 매일 수많은 드라마와 명승부가 펼쳐졌다. 그리고 그런 예선이 절반쯤 진행되었을 즈음.

평소처럼 간식과 주스를 늘어놓고 예선전을 관전하던 중에, 통신 장치에 달린 초인종이 울렸다.

"이리스예요~."

이리스가 벌떡 일어나 응답했다. 그러자 평소처럼 『네에, 아르마예요~』라는 답이 돌아왔다. 다만 그다음에는 다소 분위기가 다른 말이 이어졌다.

『미라, 거기 있지? 손님이 왔으니까, 이쪽으로 좀 와줄래~?』

평소와 같은 호출이었지만 알 수 없는 긴장감이 섞여 있었다.

그리고 미라는 그 말에 비밀 암호가 담겨 있다는 사실을 알아채고 반응했다.

“음, 알겠다. 금방 가마.”

미라가 그렇게 답하자 아르마는 평소와 같은 말투로 『그럼 기다릴게~. 아, 이리스. 오늘은 좋은 고기를 사갈 테니 기대하고 있어』라고 하고서 통신을 끊었다.

“어디 보자, 누가 왔으려나.”

약간 시치미를 떼듯 중얼거리며 미라는 일어섰다. 그러자 신이 난 투로 “오늘 밤은 고기 파티예요~”라고 하던 이리스가 잠시 생각하는 시늉을 하더니 기대가 가득 담긴, 반짝반짝 빛나는 얼굴로 말을 이었다.

“어쩌면, ‘그리모어 컴퍼니’ 사람일지도 몰라요~! 분명 특별한 카드에 쓸 사진을 찍으러 온 걸 거예요!”

이리스는 확신에 찬 투로 말하더니 “저도 갖고 싶었는데~” 하고 부러워하고는 즐거운 듯한 미소를 띤 채 미라를 배웅했다.

이리스의 방을 나서자 세실리아가 와 있었다. 제압부대의 대장을 맡고 있는 그녀는 미라를 안내하기 위해 기다리고 있었던 모양이다.

그렇게 미라는 5분 남짓 동안 세실리아를 따라간 끝에, 성에 인접한 탑에 도착했다.

세실리아에게 고맙다는 인사를 하고 안에 들어가, 알려준 대로 계단을 따라 지하로 내려갔다. 그렇게 도착한 막다른 길에 있는 문을 열자, 아르마와 에스메랄다가 있었다.

"해서, 상황은 어떠하냐? 잘 되었느냐?"

미라가 그렇게 묻자 아르마는 뒤를 돌아보며 "예상대로 보기 좋게 그물에 걸렸어"라고 말하고는 재촉하듯이 방 안으로 다시 시선을 돌렸다.

따라서 보니 그 방은 누가 보아도 심문실이었다.

눈앞에는 커다란 유리창이 있다. 하지만 이 방의 분위기상 창문은 분명 매직미러처럼 되어 있을 듯했다.

그리고 그 창문 너머로는 중후한 의자에 구속된 남자와 그 옆에 선 노인이 보였다.

"자아, 저 남자는 어떤 비밀을 알려줄까."

"기대되네, 정말로."

에스메랄다는 차가운 미소를 띤 채, 아르마는 무자비한 눈빛으로 남자를 쳐다보며 말했다.

미라는 살짝 무서운 분위기를 풍기는 두 사람에게서 슬쩍 거리를 벌리며 사지와 입을 구속당한 남자의 모습을 살폈다.

(흐음…… 척 보아도 악당처럼 생겨먹었군그래.)

사람을 사람으로 여기지 않을 듯한 눈빛을 지닌 남자는 옆에 선 노인에게 무언가를 호소하듯 신음소리를 내고 있었다.

그 남자는 이 성에 침입하려던 괴한이었다. 지하 감옥까지 잠입하는 데는 성공했지만 중간에 완벽하게 설치해둔 함정에 빠진 불운한 남자이기도 했다.

(그나저나 생각보다 일이 잘 풀렸구먼.)

미라는 예정대로 된 상황을 확인하고 감탄했다.

그것은 카구라의 술식으로 요그에게서 중요한 정보를 모두 캐낸 날의 일이었다.

미라 일행은 그 정보들을 토대로 회의한 끝에 덫을 놓았다.

우선 요그의 심문에 관한 정보를 조작했다. 카구라의 술식에 관해서는 완전히 은폐하고 '요그는 몹시도 입이 무거워서 도무지 정보를 캐낼 수가 없다'는 가짜 소문을 흘린 것이다.

거기에 추가로 한 가지 덫을 더 놓았다.

바로 요그에게서 캐낸 조직과 인연이 있는 암거래상 스텐달에게 접촉한 것이다.

아르마는 기사단 부단장에게 지시해서 스텐달에게 비합법 자백제를 입수해달라는 의뢰를 했다. 그리고 그러면서 은근슬쩍 신원을 알 수 있도록 움직이라고 했다.

아무리 입이 무거워도 저항할 수 없게 되는 자백제를 국가 소속의 인물이 주문했다.

아르마는 예상했다. 그 정보가 반드시 스텐달의 입을 통해 조직으로 전달되리라는 것을. 그리고 반드시 정보 누출을 저지하기 위해 조직이 움직이리라는 것을.

그 예상은 보기 좋게 적중했다. 다른 방법으로 방해 공작을 펼칠 가능성도 있었지만, 조직은 정보 누출을 막기 위해 요그를 암살한다는 가장 확실한 방법을 택한 듯했다.

창문을 사이에 두고 이쪽에 가까운 곳에 놓인 작은 선반에는 구속된 남자의 소지품으로 보이는 도구들이 나열되어 있었다. 날카로운 날붙이는 물론이고 독극물도 준비되어 있었다.

(그 남자는 조직에게 버림받은 건가. 그나저나…… 포로를 미끼로 삼다니, 꽤나 독한 작전을 생각해냈군그래.)

요그에게서는 정보를 모두 캐냈지만 그는 이미 재판 후, 사형에 처해질 것이 확정된 상태다. 그만큼 잔인무도한 짓을 저질러 왔기 때문이다.

아르마는 그런 요그의 목숨을 미끼로 사용했다. 형벌에 처할 것인가, 동료의 손으로 죽이게 할 것인가의 차이는 있어도 죽인다는 판단에는 한 치의 흔들림도 없었다.

사람으로서, 그리고 여왕으로서 많은 일을 경험해온 것이리라. 과거의 아르마였다면 생각도 못했을 작전이라 미라는 그 강한 의지를 존중하고 따르기로 했다.

그 결과, 이렇게 중점적으로 그물을 치고 기다리고 있자 감쪽같이 속은 암살자가 침입해온 것이다.

남은 문제는 남자에게서 얼마나 많은 정보를 얻을 수 있을 것인가 하는 거다.

"이봐라~ 카구라~. 이쪽으로 좀 와주겠느냐~."

미라는 아르마의 어깨에 올라타 있던 가우타를 내려놓고서 그렇게 카구라를 불렀다.

그러자 그로부터 몇 초 후, 가우타가 빛에 휩싸이더니 카구라가 교대라도 하듯 그 자리에 내려섰다.

"잘 부탁해, 카구라!"

도착하기 무섭게 아르마가 맹렬한 기세로 달려들었다. 그러자 카구라는 예상했던 것인지 그걸 휙 피하고 재빨리 에스메랄다의 옆에 자리를 잡았다. 아르마를 제지하는 역할이기도 한 에스메랄다의 옆이야말로 가장 안전한 자리라는 것을 알아채고 신속하게 대처한 것이다.

에스메랄다가 매섭게 쏘아보자 기가 죽은 아르마는 어흠, 하고 분위기를 다잡듯 헛기침을 하고서 용건을 말했다.

"카구라, 또 그 술식을 써 줘. 저 남자가 아는 모든 정보를 캐내고 싶어."

아르마가 그렇게 부탁하자 카구라는 곧장 "알겠어요"라고 답했다. 하지만 나중에 꼭 끌어안게 해달라는 요청은 가차 없이 거절했다.

〈23〉

탑의 지하에 위치한 심문실에서 카구라의 특기인 자백술을 통한 심문이 시작되었다.

대상은 조직에서 보낸 것으로 추측되는 남자 암살자. 목적은 보다 상세한 조직의 정보를 얻어내는 것이다.

미라와 아르마, 에스메랄다에 노인까지 지켜보는 가운데, 카구라의 술식은 문제없이 먹혀들어서 남자 암살자는 완전한 최면 상태에 빠졌다.

그 후, 카구라가 간단한 확인을 한 하고서 교대한 아르마가 필요한 정보를 캐내기 위해 남자 암살자에게 질문을 던지기 시작했다.

조직에 관해서, 간부에 관해서, 관계자에 관해서. 다방면에 걸친 여러 가지 질문을 입 밖에 냈다.

하지만 하나의 답을 듣고서 질문을 거듭할수록 장내에는 이상한 분위기가 흐르기 시작했다.

"다시 한번 묻겠어. 당신이 소속된 조직과 그 간부는 누구야?"

아르마는 다시 한번 물었다. 하지만 그 질문에 대한 답은 변하지 않았다.

암살자는 답했다. 어디에도 속해 있지 않으며, 그렇기에 간부도 없다고.

그렇다, 정보를 캐내면 캐낼수록 이 남자 암살자가 조직과는 관련이 없다는 사실이 판명된 것이다.

"이게, 어떻게 된 거지……?"

붙잡혔던 당시의 정황상 조직이 보낸 암살자라는 것은 자명한 사실이었다. 하지만 본인은 조직에 관해서는 아는 바가 없다고 하고 있다.

그 말은 거짓이 아니다. 카구라의 술식에 저항하고 있는 흔적이 전혀 없었기 때문이다.

다시 말해서 남자 암살자는 정말로 조직과 무관한 것이다.

그렇다면 그의 정체는 대체 무엇일까.

아르마는 질문을 바꿨다. 그가 조직의 관계자라는 것을 전제로 한 질문에서 이 남자의 신원을 추궁하기 위한 것으로.

"당신의 직업은?"

"해결사다."

"해결사라니, 구체적으로는 무슨 일을 하는데?"

"애 봐주기부터 살인까지, 뭐든지."

"그럼, 암살도?"

"그래."

그렇게 질문과 대답이 반복된 결과, 이번 일에 관한 여러 가지 사안이 판명되었다.

이 남자는 자신이 해결사라고 했지만, 그 업무 내용은 공공연히 말할 수 없을 만한 것들에 치중되어 있는 듯했다.

살인뿐 아니라 시체 처리며 비합법적인 물건의 조달, 강도에 대한 정보 제공 등. 그 내용은 끝이 없었다.

그리고 문제인 이번 일에 관해서도 남자는 모두 자백했다.

아무래도 익명으로 받은 의뢰였던 모양이다. 내용은 니르바나성의 특별 감옥에 붙잡혀 있는 어떤 죄인을 죽여 달라는 것이었다.

남자의 말에 의하면 의뢰인은 그 죄인의 손에 가족을 잃어, 그를 죽이고 싶을 정도로 원망하고 있었다고 한다.

게다가 선금으로 삼천만 리프, 성공보수로 삼천만 리프를 약속받았으며 중간까지의 침입 경로 등이 기재된 겨냥도까지 준비해주어서 망설임 없이 수락했다는 모양이다. 만약 붙잡힌다 해도 표적은 극악한 죄인인 데다 가엾은 가족을 위한 범행이었다고 하면 다소의 감형은 기대해볼 수 있지 않을까, 하는 계산도 그런 판단을 내리는 데 큰 영향을 미쳤다고 한다.

"그러면 그 의뢰인에 관해 아는 바는?"

그토록 힘들고 슬픈 일을 당한 이가 의뢰인일 줄이야. 하지만 아르마는 담담한 투로 그 의뢰인에 관해 물었다.

"아무것도 몰라."

남자는 그렇게만 답했다.

그리고. 남자가 답한 직후, 바닥 쪽에서 작은 소리가 울렸다.

시선을 돌려보니 그곳에는 깨진 반지가 나뒹굴고 있었다.

"흠…… 아무래도 술식이 새겨져 있었던 것 같군."

완전히 깨져서 어떤 효과가 있었는지는 알 수 없지만 그 반지는 술구의 일종인 듯했다.

그리고 소유자는 미라 일행이 아니다. 다시 말해서 남자 해결사의 물건인 것이다.

대체 어떤 술식이 새겨진 반지였느냐고 아르마가 묻자, 남자는 기척을 죽일 수 있는 물건이라고 답했다.

더 자세히 물어보니, 겨냥도와 함께 두 개의 술구를 받았다는 모양이다.

나머지 하나는 도주할 때 깨뜨려서 추적자의 시야를 차단하는 연기를 발생시키는 물건이라는 듯했다.

또한 그것으로 추정되는 물건은 불발이었다고 추적자인 노인이 증언했다. 남자는 도주 중에 무언가를 바닥에 내동댕이쳤지만 아무 일도 일어나지 않아 당황한 눈치였다고.

그 후, 의뢰인에 관해 상세히 물었지만 딱히 단서가 될 만한 정보는 나오지 않았다.

의뢰는 가방 하나로 이루어졌다고 한다. 선금과 겨냥도와 술구, 그리고 의뢰내용이 적힌 종이와 어째서 의뢰를 한 것인지가 적힌 탄원서. 이것들이 들어 있는 가방이 사무소 앞에 놓여 있었다는 것이다.

"흐음~ 수상쩍군그래."

"응, 수상하네."

남자 해결사가 말하는 경위를 듣고 있던 미라와 카구라는 나란히 물음표를 띄웠다.

이 남자는 속은 게 아닐까.

"뭐어, 말도 안 되는 얘기이긴 하네."

"그래, 보나 마나 거짓말이었겠지."

아르마와 에스메랄다도 남자가 말한 의뢰내용은 거짓일 것이라고 단언했다.

남자가 받았다는 겨냥도를 보니 그것은 분명 지하 감옥의 것이었다.

의뢰인이라는 작자는 이토록 상세한 지도를 무슨 수로 마련한 것일까. 그런 의문이 들 만큼 상세한 겨냥도였다.

또한 표적이라는 표시가 되어 있는 것은 요그가 수감되어 있는 곳이 분명했다.

다만 이곳에 요그가 있다는 사실을 아는 것은 극소수뿐이고, 아르마는 그자들의 신상 내역을 모두 파악하고 있었다.

그렇기에 그 안에 이러한 암살 의뢰를 할 만한 자가 없다는 사실을 아는 것이다.

다시 말해서 남자에게 암살 의뢰를 한 것은 요그가 구속되어 있다는 것을 아는 조직에 속한 누군가가 분명하다는 뜻이다.

"그나저나 꽤나 허술한 계획이었군요. 붙잡히더라도 꼬리를 잡힐 일이 없는 인물을 고른 거겠죠. 설치해두었던 함정 몇 개를 돌파한 실력은 인정하지만요."

노인은 남자를 바라본 채 반쯤 감탄한 투로 중얼거렸다.

자백제를 맞고 모든 것을 불기 전에 요그를 처리한다. 하지만 그를 위해 보낸 조직의 암살자가 붙잡히면 그야말로 주객이 전도되는 꼴이다.

따라서 이렇게 조직과 무관한 자를 보낸 것은 이치에 맞는 일이라 할 수 있었다.

하지만 목적을 달성하지 못하면 그것도 무의미하다.

"그러게 말이야. 중간까지라도 이렇게까지 자세한 겨냥도가 있으니 좀 더 꼼꼼하게 사전 조사를 했다면 결과가 달라졌을지도 모르는데."

에스메랄다는 의뢰인에게 받았다는 겨냥도를 바라보며 현실적인 의견을 내뱉었다.

실제로 겨냥도에는 지하 감옥에 설치된 함정들도 기재되어 있었다. 하지만 그것도 중간까지고, 요그가 수감된 구획에 해당하는 부분은 불명확하게 그려져 있다.

요컨대 조직도 아직 거기까지는 조사하지 못한 것이다.

중간까지의 길은 알고 있으니 시간을 들여 불명확한 부분도 조사했다면 성공 확률이 조금은 올랐을 것이다.

그렇지만 그러한 흔적은 보이지 않았다.

그때. 무언가를 알아챈 듯 아르마가 남자에게 물었다. "기한은 정해져 있었어?"라고.

"오늘까지……다."

남자는 그렇게 답했다. 요그의 암살 의뢰는 오늘까지 달성해야만 하는 것이었다고.

그래서 그는 서둘러 움직인 것이다.

불명확한 구획에 있는 함정을 어찌어찌 돌파하고 표적에 접근하기는 했다. 하지만 불명확한 구획에 교묘하게 설치된 함정에 의해 이렇게 실패해서 지금에 이른 것이다.

"그렇게 된 거였구나……."

남자의 상황과 미완성 겨냥도. 그것을 앞에 두고 아르마는 납득했다는 표정을 지었다. 아무래도 조직의 진짜 노림수를 알아챈 모양이다.

"할배——."

아르마는 무언가를 확인하는 듯한 표정으로 미라에게 고개를 돌렸다.

니르바나 성에 자리한 지하 감옥. 해결사가 한바탕 소동을 일으킨 그곳에서는 위병들이 돌파당한 함정을 수복하고 있었다.

입구 앞부터 중앙에 걸쳐 설치해뒀던 방범 장치들이 보기 좋게 무력화됐다. 위병들이 신속하고도 정확하게 움직인 덕에 방범 장치는 10분 남짓 만에 재설치되었다.

그렇게 위병들은 일반 경비 태세로 돌아갔는데, 그 모습을 물끄러미 지켜보는 자가 있었다.

죄수복을 입은 남자다. 열 명의 죄수 속에 숨어든 열한 번째 죄수는 지하 감옥의 심부와 가장 가까운 곳에 있는 수용실에서 위병들이 작업하는 모습을 관찰하고 있었다.

"……심문이 시작됐나."

왼손의 손가락에 낀 반지가 깜박거린다. 그것을 확인한 남자는 때가 되었음을 알아채고 움직였다. 높으신 분들이 심문실에 모여 있는 지금이 기회라 생각하며.

남자는 수용실 구석에 숨겨두었던 은 목걸이를 목에 걸었다. 그것은 이곳의 위병이 걸고 있는 것과 같은 것으로, 수용실의 술식 봉인 효과를 경감하는 물건이었다.

이로 인해 약간의 술식을 사용할 수 있게 된 남자는 모종의 술식을 발동시키고서 쇠창살로 다가갔다.

그리고 그대로 쇠창살을 통과해버렸다. 남자는 벽이든 뭐든 일시적으로 통과할 수 있는【천변유과(千變流過)】라는 무형비술을 사용한 것이다.

무형비술. 그것은 일반적인 무형술과 달리 습득하려면 모종의 특수한 조건을 충족해야 하는 술식의 총칭이다.

때문에 습득하기는 지극히 어려웠고 그 방법에도 확실치 않은 부분이 많았다. 하지만 그에 걸맞은 효과를 지니고는 있었다.

"좋아……."

남자는 그야말로 마법을 부린 듯 탈옥했다. 하지만 죄수들이 그 모습을 보고 소리를 지르는 일은 없었다. 그들은 등줄기를 타고 퍼진 공포감에 몸을 떨고 있었다.

죄수들의 표정은 하나같이 사자와 같은 우리에 넣어진 피식자의 그것과 같았다.

수용실에서 빠져나온 남자는, 그런 죄수들은 개의치 않고 장치와 위병들을 차례로 피해서 순조롭게 지하 감옥의 심부로 침입했다.

그리고 어떻게 안 것인지, 남자 해결사가 보기 좋게 걸려든 장치를 손쉽게 해제했다. 마치 한 번 봤던 것처럼.

남자는 이리저리 움직이며 지하 감옥을 나아갔고 결국 그 최심부에 도달했다. 요그가 붙잡혀 있는 특별 수용실 앞이다.

"……역시 이건 돌파할 방법이 없군."

그야말로 예술적이라 할 솜씨로 첫 번째 문의 잠금장치를 연 남자의 얼굴에 그제야 고민스러운 빛이 떠올랐다.

연달아 자리한 세 개의 쇠창살문을 보고 이 앞으로 나아갈 방법이 없음을 깨달았기 때문이다.

수용실 안쪽까지 둘러쳐진 술식은 아주 미세한 움직임조차도 감지해내는 특별한 것이다. 이를 무효화하기는 어려우니, 쇠창살문을 연다 해도 요그를 탈옥시키기는커녕 다가가는 것조차도 불가능할 거다.

또한 남자는 알아챘다. 실수로 감지당하는 날에는 문에 설치된 봉인 술식이 발동하여 자신도 이곳에 갇히고 말리라는 것을.

"뭐어, 예상한 일이기는 하지만."

조금이라도 요그를 탈옥시킬 가능성이 있다면 그렇게 하자. 그게 남자의 생각이었지만 눈앞에 있는 그것을 확인하자마자 그는 예정대로 행동하기 시작했다.

오른손에 두르고 있던 끈을 풀어 그 끄트머리를 왼발에 묶고, 반대쪽을 왼손에 쥐었다.

그러고 나서는 평범한 무형술을 사용했다. 그 효과는 작은 돌멩이를 하나 만들어내는 것이다.

하지만 이 술식은 그의 기술과 매우 상성이 좋았다.

남자는 그 돌멩이에 둘째손가락의 손톱으로 작은 마법진을 그리기 시작했다. 그것은 그가 잘 다루는 술식 중 하나로 단시간동안 감지 계열 술식을 무효화하는 효과가 있는 것이었다.

그 효과는 확실하다. 남자는 쇠창살에 걸린 술식을 해석한 후,

이곳에서도 충분히 통할 것이라고 확신했다.

그렇게 돌멩이에 마법진을 끝까지 그린 다음, 남자는 왼손과 왼쪽 다리를 뻗어 그 사이에 있는 끈을 팽팽하게 만들었다. 그렇다, 남자는 자신의 몸으로 활을 재현한 것이다.

이어서 돌멩이를 화살처럼 메기고 천천히 잡아당긴다.

그러자 끈이 희미하게 빛나기 시작했다. 마나가 통하자 거기에 담긴 술식이 발동되었다. 상급자가 사용하는 활 등에도 사용되는 강화 술식과 같은 술식이다.

그리고 돌멩이에 새겨진 마법진도 희미한 빛을 띠고 있었다. 어딘가 표독스러운 색이 섞여 있는 것은 그것을 그린 그의 손톱 때문일 것이다.

남자의 둘째손가락은 사람을 찌르기 위한 것이다. 그 손톱은 특수한 독에 오염되어 있었다. 그 때문에 손톱으로 새긴 마법진은 치사성 독이 되기도 하는 것이다.

따라서 돌멩이에 관통되면 설령 스친 것뿐이라 해도 독에 의해 목숨을 잃게 되는 것이다.

또한 손톱에 밴 독은 대상을 고통 없이 조용히 살해하는 물건이기도 했다.

잠들어 있는 것뿐인 줄 알았는데 옆 사람이 죽어 있었다는 상황을 만들어내는, 궁극의 암살 수단이라 할 수 있는 독이다.

고통 없이, 잠들 듯이. 남자는 구출이 불가한 상황에서 자비를 베풀기 위해 자신에게 가장 익숙한 그 기술을 사용하기로 한 것이다.

"미안하다."

남자는 쇠창살문 끝에 있는 요그를 조준하고 단숨에 시위를 끝까지 당겼다.

그리고 얼마쯤 시간이 지난 후, 돌멩이는 탄환처럼 발사되었다.

〈24〉

심문실에서 무언가를 알아챈 듯했던 아르마가 그 무언가를 입 밖에 내려던 그때.

"——침입자가 더 있다! 배치해두었던 홀리나이트의 방패가 파괴되었다!"

미라가 거의 동시에 그렇게 소리쳤다.

배치해두었던 홀리나이트. 그것은 이번 작전을 위해 요그를 미끼로 삼기로 결정했을 때 미라가 배치해 둔 최종 방어 라인이었다.

요그를 가둬두고 있는 좁고 긴 수용실로 가는 길목의 마지막 쇠창살 앞에 홀리나이트를 광학미채 상태로 대기시켜두었던 것이다.

온갖 장치가 설치된 쇠창살문을 뚫고 요그가 있는 곳까지 접근하는 것은 결코 쉬운 일이 아니다. 따라서 요그를 암살하려면 쇠창살의 틈새로 화살을 쏘는 방법이 이 경우에는 가장 간단하고 확실하다.

그렇기에 홀리나이트를 배치한 것이었지만 설마 이렇게 암살자를 붙잡은 후에 반응이 올 줄은 몰랐던 탓에 미라는 놀랐다.

"그래, 한 명 더 있었어. 분명 지하 감옥 심부에 어떤 장치가 설치되어 있는지를 확인하려고 이 남자를 보낸 걸 거야!"

제한시간은 니르바나측이 자백제를 입수할 때까지. 그렇기에 해결사가 받은 암살 의뢰에는 기한이 설정되어 있었다. 그 때문에 미완성 겨냥도를 들고 기한이 코앞으로 다가온 오늘 돌파를

꾀한 것이다.

결과적으로 그는 불명확했던 부분의 장치를 어느 정도 밝혀냈다. 의뢰인은 그 모습을 모종의 방법으로 지켜보고 있었던 것이리라.

그리고 남자가 연행된 후, 아르마 일행의 시선이 그쪽에 집중되어 있는 틈에 잠입해 있던 진짜 암살자가 요그를 노린 거다.

두세 마디의 대화로 미라 일행은 그러한 적의 목적을 파악해냈다.

“침입자는 구구가 추적하고 있으니 이 몸이 가마!”

미라는 잽싸게 홀리나이트에게 ‘의식동조’를 사용해, 그 시야를 이용해서 구구와이즈를 소환했었다.

목적을 알고 있으니 다음 행동도 예측이 가능하다. 미라는 또 한 명의 암살자에게 대응하기 위해 가장 먼저 달려나갔다. 그야말로 어떻게 골려줄까 단단히 벼르고 있는 사람 같은 얼굴을 하고.

“저도 가겠습니다. 무관한 사람이 휘말려 들지도 모를 일이니까요.”

거의 동시에 노인도 뛰쳐나갔다. 미라가 날뛸 경우 어떤 참사가 벌어질지 알기 때문이다. 암살자뿐 아니라 주변에 미칠 피해가 우려되어 곧장 결정을 내린 것이다.

그에 반해 여성진은 냉정하게 뒤처리를 하기 시작했다.

“정말이지, 남자들은 왜 저렇게 성질이 급한지 몰라.”

카구라는 주작인 피스케에게 수색을 명령하고서 만에 하나라도 남자 해결사까지 희생되지 않도록 결계를 치기 시작했다.

"하지만 그게 남자애들의 귀여운 면이기도 한 걸."

에스메랄다는 다정한 미소를 띤 채 선반 위에 놓인 암살 도구를 정리했다.

"으음, 두 사람은 훈련장 쪽으로 갔지? 그럼 이 근처는 이렇게 하고……."

특별한 술구를 사용해 미라 일행의 위치를 파악한 아르마는 허리에 차고 있던 한 권의 책을 들고 무언가를 하기 시작했다.

그 책은 니르바나성의 부지 안에 있는 방어용 술구를 조작하기 위한 것으로, 아르마는 그 자리에서 움직이지 않고 침입자의 도주 경로를 제한할 수 있었던 것이다.

심문실이 있는 탑에서 왕성까지 서둘러 돌아온 미라는 구구와이즈가 추적 중인 방향을 확인하며 성 안을 질주했다.

또 한 명의 암살자는 매우 신속하게 판단을 내렸다. 숨어 있던 홀리나이트에 의해 필살의 일격이 무산되자마자 실패했다고 판단하고 도주하는 쪽으로 방침을 바꾼 것이다.

때문에 즉시 대응에 나섰음에도 불구하고 암살자는 이미 지하 감옥에서 탈출하여 성에서 일하는 자들 사이에 숨어 문제없이 밖으로 나와 있었다.

"잠시 후면 따라잡을 수 있을 게다!"

하지만 구구와이즈가 그 모습을 놓치지 않고 포착하고 있었다.

뒤따라 온 노인은 무슨 일인가 하고 동요한 메이드와 병사들에게 걱정할 것 없다고 말하며 성 안의 세세한 분위기를 통해 그것을 알아챘다. 아르마가 성 안에 설치된 방어용 술식을 조작하고 있다는 사실을.

"이 방향으로 나가면 훈련장이 있어. 전투를 치를 거라면 거기서 발을 묶어두고 싶은데, 가능하겠어?"

아르마의 의도를 헤아림과 동시에 암살자를 따라잡으면 미라가 날뛸 게 분명하다고 확신한 노인은 주변 시설과 비전투 요원이 휘말려드는 일이 없도록 그렇게 제안했다. 그곳이라면 다소 날뛰어도 상관없다면서.

"음, 알겠다. 그럼 그곳에서 치도록 하지."

그 제안을 승낙한 미라는 구구와이즈에게 작전을 전달하며 선술사의 기능을 최대로 활용해 더욱 속도를 높였다.

"제발 버텨주라……."

노인은 쭉쭉 멀어져 가는 미라의 뒷모습을 바라본 채 훈련장이 무사하기를 기도했다.

"저것이로군!"

왕성의 뒷문으로 뛰쳐나옴과 동시에 미라는 진행 방향에 위치한 훈련장을 확인했다.

뭐, 갈 곳이 그곳밖에 없는 상황이기도 했다. 왕성에서 하늘 아래로 나오기는 했지만, 양옆에 솟아난 벽들이 훈련장까지 똑바로 이어져 있었기 때문이다.

미라는 알지 못했지만 사실 이 벽도 아르마가 조작한 방범용 장치 중 하나였다.

『구구, 열심히 발을 묶는 거야~.』

그 효과 덕분인지 또 한 명의 암살자를 성공적으로 훈련장까지 유도할 수 있었던 것 같다. 훈련장에서 암살자를 제압하기 위해 미라에게 지시를 받은 구구가 추적을 그치고 공격에 나섰다.

직후, 벽 너머에서 호쾌한 폭음이 들려왔다.

『견제만 하면 된다. 무리하지는 말거라.』

『알았어인거야~.』

상대는 니르바나성 지하 감옥의 최심부에 도달하여 홀리나이트의 타워실드를 깨뜨릴 정도의 실력자다. 구구와이즈는 일격이라도 맞으면 강제 송환을 면할 수 없을 거다.

그렇다면 회피를 우선해서 시간을 벌게 하는 게 상책이라 할 수 있었다.

그리고 그렇게 버티는 동안 미라와 노인이 도착하면 형세는 단번에 역전된다.

"이건 또, 무슨 상황인 게야……."

통로를 지나 훈련장에 도착한 미라는 그곳에 펼쳐진 광경 앞에서 당황했다.

아무래도 마침 훈련 중이었던 것인지. 그곳에는 십여 명의 병사가 있었다. 하지만 미라가 놀란 것은 그 때문이 아니었다.

어째서인지 병사들이 모두 구구와이즈를 향해 칼을 겨누고 있었던 것이다.

그렇게 상황을 제대로 파악하지 못한 가운데 구구와이즈는 기운차게 명령을 수행하고 있었다.

"안 놓치는 거야~!"

구구와이즈는 무수히 많은 불덩이를 만들어내더니 병사들과 떨어진 곳에 있는 남자에게 그것을 쏴댔다.

착탄과 동시에 불기둥이 치솟고 폭염이 휘몰아쳤다.

하지만 상대도 실력자라 적절한 예측 사격을 섞었음에도 불구하고 이를 보기 좋게 피해냈다.

"젠장, 괜찮아?!"

"어쩌지? 이대로 가면 머지않아 당하겠어!"

남자가 걱정인지 병사들이 구구와이즈를 앞에 두고 초조해하기 시작했다.

적대할 상대를 완전히 잘못 알고 있는 상황이다.

미라는 남자의 모습을 확인하고서야 현재의 상황을 이해할 수 있었다. 그리고 오해를 풀기 위해 병사들이 있는 곳으로 달려갔다.

"이봐라, 그 올빼미는 적이 아니라 이 몸이 소환한 구구다!"

미라는 병사들을 향해 그렇게 소리쳤다.

병사들은 같은 부대인지 동일한 완장을 하고 있었다. 그리고 그중 대장으로 보이는—— 은색 완장을 찬 초로의 남자가 돌아보며 입을 열었다.

"오오, 당신은 분명 아르마 님께서 초대하신——."

니르바나 성 안에서 미라는 귀빈 대우를 받고 있었다. 그 때문에 대장은 전투태세를 유지한 채 공손하게 답했다.

"——그보다 저쪽을 보아라. 적은 저 위병 행색을 한 남자다!"

미라는 그렇게 주의를 주었다. 대체 언제 갈아입은 것인지. 또 한 명의 암살자는 위병과 같은 갑옷을 입고 있었던 것이다.

다시 말해서 병사들의 눈에 현재의 상황은, 동료 위병이 구구와이즈의 공격을 받고 있는 것으로 보일 거다.

분명 성에서 당당하게 빠져나가기 위한 변장이었으리라. 그리고 그것이 바로 이렇게 다소 복잡한 상황이 벌어진 원인이었다.

"아니, 그랬습니까?!"

미라의 말을 들은 병사들은 침입자에게로 시선을 돌렸다.

하지만 위병으로 변장한 침입자는 "무슨 소리야?! 영문을 모르겠네! 빨리 도와줘!"라고 외치며 시치미를 뗐다.

어쩌면 좋을까. 병사들에게 당혹감이 퍼져 나가던 그때, 드디어 노인이 도착했다.

"과연, 우리 위병으로 변장했던 건가. 뭐, 용케 발을 묶어두었네."

남자가 조금씩 그 자리를 뜨려 할 때마다 구구와이즈가 견제했다. 그로 인한 폭음이 울리는 가운데 도착한 노인은 곧장 상황을 확인하고 이해한 눈치였다.

그와 동시에 병사들의 당혹감도 순식간에 걷혔다. 노인이 내뱉은 한 마디로 적을 명확하게 인식한 것이다. 그들은 구구와이즈가 아니라 위병을 향해 다시 칼을 겨누었다.

과연 니르바나가 자랑하는 십이사도다. 그 두터운 신뢰에 감탄하기는 했지만 미라는 저토록 귀여운 구구를 적이라 생각하다니 한심하다며 속으로 화를 냈다.

하지만 그런 내색은 하지 않고 "이 몸의 구구는 우수하니 말이다"라고만 답했다.

"아~ 아, 십이사도께서 납셨나. 큰일이군, 이거."

지금껏 일방적으로 공격을 받는 듯했던 암살자는 태도를 바꿔 투구를 벗더니 거슬린다는 듯이 그것을 구구에게 집어던졌다.

"위험한 거야~!"

암살자의 행동은 사소한 화풀이처럼 보였지만 투구에는 명확한 살의가 담겨 있었다. 그 속도는 탄환과도 같아서 날카롭게 허공을 갈라 훈련장을 둘러싼 외벽에 박혔다.

그 외벽은 어느 정도의 충격을 감안해서 만들어진 것이었다. 그럼에도 불구하고 손으로 던졌을 뿐인데, 심지어 창 같은 것도 아닌 투구가 벽에 박힌 것은 보통 일이 아니었다.

구구의 동체시력과 공중 기동력이 아니었다면 분명 피하지 못했을 만큼 철저하게 갈고 닦은 필살의 일격이었다.

지하 감옥 최심부까지 잠입하는 데 성공할 만도 하다. 그 움직임 하나로 상당한 고수라는 것을 알 수 있었다.

저 일격을 맞으면 어떻게 될까. 그런 생각에 병사들이 긴장한 표정을 지었다. 하지만 그런 암살자의 기술을 눈앞에서 보고도 전혀 동요하지 않는 이가 둘 있었다.

"자아, 얌전히 굴면 험한 꼴은 안 볼 수 있을 거야."

노인은 발을 묶어둔다는 임무를 완수한 구구와 교대하듯 앞으로 나아가 암살자에게 그렇게 말했다. 손에 대방패와 단창을 든 그 모습은 이상할 정도로 박력이 넘쳐서, 병사들의 긴장감이 단숨에 완화되고 있다는 것이 느껴질 정도였다.

그의 뒤에 있으면 안전하다는 생각이 절로 드는, 그런 뒷모습이었다.

"뭐어, 이 몸들을 상대로 도망칠 생각은 말거라."

미라는 그런 말을 입 밖에 내며 노인의 뒤에서 당당하게 걸어 나갔다.

"미라 씨, 노인 님보다 앞으로 나가시면――!"

소녀의 뒷모습은 병사들의 눈에 체격부터 모든 것이 노인과 비교도 안 되게 작아 보였다. 때문에 아직 그와 나란히 서기에는 이르다고 모든 이가 생각했다. 그래서 대장은 초조한 기색이 역력한 얼굴로 소리쳤다.

그것은 조금 전과 같은 일격의 표적이라도 되면 큰일이라는 걱정에서 비롯된 행동이었다.

그렇게 소리친 직후. 대장이 우려했던 그것이―― 암살자의 무자비한 일격이 미라에게 날아들었다. 침입자가 천천히 갑옷 토시를 풀어서 던진 것이다.

직격하면 무사하지 못할 위력을 지닌 암살자의 기술이다. 하지만 직후에 울린 것은 소녀의 뼈가 부서지는 소리가 아니라 금속과 금속이 부딪히는 격렬한 충돌음이었다.

부분 소환이다. 미라는 순간적으로 소환한 이중 타워실드로 탄환처럼 날아든 갑옷 토시를 막아낸 것이다. 만약을 위해 이중으로 소환한 것이지만 일반적인 투척에 타워실드를 깰 만큼의 위력은 없는 듯했다.

첫 번째 타워실드에 박힌 갑옷 토시는 타워실드가 사라짐과 동시에 땅바닥에 떨어졌다. 갑옷 토시는 더 이상 써먹지 못할 만큼 찌그러져 있었다.

"걱정할 것 없다. 그대들은 거기서 보고 있거라."

미라는 대체 무엇을 한 건가 싶어 당황한 병사들에게 고개를 돌리고서 대담한 미소를 띤 채 걱정할 필요 없다고 말했다.

"아…… 네, 알겠습니다."

대수롭지 않다는 듯이 미라가 말하자 대장은 눈이 휘둥그레져서 답했다.

미라는 공포스럽기까지 했던 암살자의 기술을 간단히 막았을 뿐 아니라 동요한 듯한 기색도 없이, 당연하다는 듯 노인과 나란히 섰다.

대장은 그 뒷모습을 바라보며 생각했다. 십이사도와 나란히 섰음에도 전혀 뒤떨어진다는 느낌이 들지 않는다고.

"아니, 설마."

그 엉뚱한 생각을 떨쳐내고자 대장은 쓴웃음을 지었다. 아무리 최근 활약 중인 모험가라 해도 비교 상대인 노인은 니르바나의 영웅인 동시에 최고 전력으로 헤아려지는 십이사도다. 군에 속한 그는 그 실력이 어느 정도인지 잘 알고 있었다.

그 영역에 다다르는 것은 쉬운 일이 아니다. 애초에 아무나 나라의 최고 전력과 동등한 실력을 갖춘다면 난감하기 이를 데 없지 않겠는가. 하지만 대장은 그렇기에 위화감을 느낄 수밖에 없었다. 저 노인이 자신과 나란히 선 미라에게 아무 말도 하지 않았기 때문이다.

대체 정체가 무엇일까. 그런 의문을 가슴에 품은 채, 대장은 부하들 앞에 서서 상황을 지켜보았다.

25

십이사도와 나란히 선 소녀. 그 모습을 보고 당황한 대장은 아랑곳 하지 않고 상황은 신속하게 전개되었다.

암살자는 계속해서 위병의 장비를 벗어 견제하듯 집어던졌다. 그 심상치 않은 위력을 갖춘 공격에 노인이 대응하기 시작했다.

방어로 한정짓자면 홀리로드조차도 능가할 만큼 압도적인 방어력을 자랑하는 그는 특화형인 탓에 방어 기술도 풍부했다.

노인은 그냥 대방패를 겨누고 있기만 했다. 그럼에도 암살자가 던진 모든 것을 완전히 막아내고 있었다. 심지어 대방패로 감싸지 않은 부분으로 날아든 것까지도.

마치 보이지 않는 벽이 그곳에 있는 것 같은 상황이었다.

"오오, 과연 노인 님이시군."

암살자가 내지르는 필살의 일격을 그 자리에서 움직이지 않고 막아내고 있다. 그런 노인의 모습에 대장은 새삼 감명을 받았다. 역시 십이사도는 격이 다르다면서.

그렇게 대장의 충성심이 더욱 깊어지고 있는 가운데, 상황은 계속해서 움직였다.

몸이 가뿐해진 암살자는 드디어 제 실력을 발휘하려는 것인지. 커다란 쿠크리 나이프를 들고 호시탐탐 병사들에게 시선을 던지고 있었다.

암살자는 노리고 있는 것이다. 미라와 노인에게 약점이 될 만한 자를.

"그러면…… 미라, 씨. 내가 잡을 테니 뒤에 있는 병사들을 부탁해도 될까?"

병사들을 공격해 거기에 대응하는 틈에 달아날 속셈이리라. 그렇게 예상하기는 쉬웠고, 그렇기에 노인은 공격에 나서려는 듯했다.

그도 그럴 것이, 그는 이러한 상황에 적합한 기술을 가지고 있었기 때문이다.

그 기술의 이름은 '쇄박(鎖縛)의 쐐기'. 빛의 사슬로 자신과 상대를 묶어, 억지로 일대일 전투로 몰고 가는 것이다.

그 구속력은 상급 마수에게도 통할 정도고, 사용자를 중심으로 반경 10미터 이상 떨어질 수 없게 된다.

해제 조건은 세 가지인데. 어느 한쪽이 쓰러지거나, 사용자가 해제하거나, 두 사람 이외의 제3자가 끼어드는 것이다.

다시 말해서 노인이 이걸 사용하면 적은 절대 방어의 성기사를 상대로 끝없이 싸워야만 하게 되는 것이다.

달아나려 하고 있는 암살자에게 이보다 효과적인 기술은 없을 것이다.

하지만 그런 노인의 제안에, 미라는 고개를 가로저으며 답했다.

"아니, 이런 녀석들은 이 몸이 상대하는 게 빠르지. 그러니 그대가 병사들을 지키거라."

미라는 그렇게 노인의 제안을 물리치고 자신이 암살자를 잡겠다고 주장했다. 그러는 편이 더 빨리 끝날 거라며.

노인은 방어에 특화된 탓에 공격면에서는 다소 힘이 부족한 면이 있었다. 《쇄박의 쐐기》로 묶으면 붙잡는 건 시간문제라 할 수 있기야 하지만, 그럭저럭 시간이 걸린다는 게 난점이었다.

그래서 미라는 그렇게 제안한 것이다. 도망칠 틈을 주지 않고 신속하게 제압해 버리면 그만이라고.

그 뒤에서 두 사람의 대화를 듣고 있던 대장은 더더욱 당혹스러운 얼굴로 "대체 무슨 소릴……"이라고 중얼거렸다.

십이사도인 노인이 싸우는 것이 가장 안전하고 확실한 방법이라 생각했기 때문이다. 그는 현재 상황에서 또 어떤 카드를 숨기고 있을지 모르는 숙련된 암살자를 상대하기에 가장 적합한 인물은 절대 방어를 자랑하는 노인이라고 믿었다.

그 직후. 이야기 중인 미라 일행을 보고 빈틈을 발견했다고 생각한 것인지, 암살자가 눈으로 좇기도 어려운 속도로 쿠크리 나이프를 던졌다.

대체 어떠한 기술을 사용한 것인지, 그것은 커다란 원을 그리며 무시무시한 속도로 병사들을 덮쳤다.

하지만 문제는 없다. 노인이 곁에 있는 한 어느 방향에서 공격해오든 대응이 가능하기 때문이다.

날카롭게 회전하는 쿠크리 나이프는 장벽을 격렬하게 깎아낸 후 다시 암살자의 손으로 돌아갔다.

"봐라, 그대가 지키는 편이 편하지 않으냐. 이 몸은 그때마다 방패를 소환해야 해서 말이다. 까놓고 말해서 귀찮구나."

미라와 노인이 병사들을 보호하는 방법은 각각 크게 달랐다.

노인은 성기사의 힘으로 흔히 말하는 장벽을 전개하여 상시 방어가 가능하다.

그에 반해 미라는 상대가 공격할 때마다 술식을 써서 대응해야만 한다. 그러려면 바짝 긴장하고 있어야 하는 탓에 피곤하다는 것이 미라의 본심이었다.

그렇게 말하고서 미라는 다시 한번 "그대, 저걸 3분 이내로 제압할 수 있겠느냐?"라고 물었다.

"……알겠어. 그럼 맡길게."

미라의 질문을 받은 노인은 항복이라는 듯한 얼굴로 답했다.

그의 전투방식은 상대의 공격을 철저하게 막아내며 서서히 궁지로 모는 것이다. 확실하기는 하지만 시간이 걸려서 번거롭다는 것이 미라의 감상이었다.

지금은 사건과 무관한 병사들이 있으니 빨리 끝낼수록 좋다. 두 사람은 그렇게 판단해 결정을 내린 것이다.

결정을 내렸으니 더는 지체하지 않아도 되리라. 미라와 노인은 곧장 자신의 역할을 다하기 위해 움직였다.

노인은 어떠한 공격도 닿지 않도록, 또한 미라가 날뛰었을 때 발생될 피해로부터 보호하기 위해 병사들 앞에 서서 대방패를 다시 겨누었다.

그리고 미라는 슬금슬금 거리를 벌려 도주 경로를 찾으려는 암살자를 곧장 처치하기 위해 나섰다.

"호오, 피했군."

암살자의 실력은 지금까지 상대한 이들과 비교해도 상당한 수

준인 듯했다. 기습적으로 발동한 부분소환을 잽싸게 감지하고 회피해 보인 것이다.

"네가 상대인가. 일단은 고맙다고 해두지. 덕분에 도망칠 기회가 생겼으니 말이야."

십이사도인 노인과 A랭크 모험가인 정령여왕. 어느 한쪽을 상대했을 때 도망치기 쉬울까, 라는 선택지가 주어지면 일반적인 상식을 지닌 이들은 비교하고 말 것도 없이 후자 쪽을 택할 것이다.

니르바나의 십이사도라는 것은 그 정도로 유명한, 차원이 다른 존재였다.

하지만 암살자가 내린 그 선택지에는 결정적인 정보가 하나 빠져 있었다. 그렇다, 나머지 하나의 선택지인 모험가의 진정한 모습은 그것이 아니라는 것이다.

지금부터 그가 상대하게 된 것은 십이사도와 동등한 실력을 지닌 아홉 현자의 일원이다.

아무것도 모르는 암살자는 대담한 미소를 지음과 동시에 무수히 많은 쿠크리 나이프를 꺼내 연속으로 던졌다.

좌우뿐 아니라 전방과 위에서도 대상을 덮치는, 필살의 포위 공격이다.

무수히 많은 칼날이 물리법칙을 무시하는 듯한 궤도를 그리며 날카롭게 날아든다. 회피도 불가할 듯한 미라의 상태를 보고 병사들이 숨을 죽였다.

그 직후. 결판이 났다고 확신한 것인지 암살자의 입꼬리가 씨익 올라간 순간, 그것이 나타났다.

홀리나이트다. 미라는 자신을 에워싸듯이 네 기의 홀리나이트를 소환한 것이다.

심지어 거기서 끝이 아니었다.

동시에 네 기의 다크나이트를 소환해서 승리를 확신했던 암살자에게 다시 한번 기습을 가한 것이다.

"과연……! 건방지게 나댈 정도의 실력은 되는군!"

쿠크리 나이프는 타워실드에 튕겨져 다소 일찍 돌아갔고, 다크나이트의 흑검은 맹렬하게 허공을 내달렸다.

암살자에게는 예상치 못한 사태였으리라. 하지만 그는 그 상황을 보기 좋게 돌파해 보였다.

암살자의 손으로 돌아오고자 허공에서 난무하고 있는 쿠크리 나이프. 그것들을 정교하게 제어해서 닥쳐드는 다크나이트를 찌른 것이다.

"이거이거, 생각했던 것보다 더 귀찮은 술식, 이군!"

네 기의 다크나이트를 쓰러뜨린 암살자는 그대로 곧장 미라에게 쿠크리 나이프를 던졌다.

이번에는 한 자루만 던졌는데, 그것은 곧장 미라의 정면을 방어하고 있는 홀리나이트의 타워실드에 직격했다.

그 순간. 맹렬한 폭음과 함께 홀리나이트의 타워실드가 박살났다.

"호오, 이러한 타입도 있었군."

똑같아 보이는 쿠크리 나이프였지만 아무래도 종류가 여러 가지인 모양이다. 심지어 타워실드를 깨뜨릴 만큼의 폭발력을 지녔다.

과연 대륙 최대라 일컬어지는 '이라 무에르테'가 보낸 암살자다.

그렇게 감탄하는 동시에 미라는 실험대로 쓰기에 적절하다며 좋아했다.

미라가 대담한 미소를 짓는 동안에도 암살자는 가차 없이 연거푸 쿠크리 나이프를 던져댔다.

쇄도한 쿠크리 나이프의 숫자는 총 네 자루. 모두 다 조금 전과 같은 타입일 경우, 홀리나이트의 방어를 깨고 미라에게 도달하고 말 것이다.

하지만 미라의 얼굴에 초조한 기색은 없었다. 네 자루의 쿠크리 나이프를 모두 확인하고 준비를 마친 소환술을 발동시킨다.

공중에 네 개의 마법진이 출현했다. 거기서 뻗어 나온 검은 팔이 답례라는 듯이 손에 든 무기를 집어 던졌다.

미라의 부분소환이다. 그리고 그들이 던진 것은 전투 망치였다. 쇳덩이처럼 묵직한 망치가 네 자루의 쿠크리 나이프를 호쾌하게 격추시켰다.

지면에 꽂히듯 작렬한 직후, 전투 망치는 폭음과 함께 사라졌다. 쿠크리 나이프는 땅에 묻힌 채 폭발한 것 같다.

"이건……."

명백하게 자신이 아는 소환술이 아니라는 생각에 암살자는 숨을 죽였다. 그리고 동시에 자신이 던진 쿠크리 나이프를 간단하게 요격한 미라의 실력에 전율했다.

자신의 기술을 잘 알기에 상대의 기술이 지닌 힘도 헤아릴 수 있는 것이다.

판단을 잘못 내렸다는 사실을 알아챈 암살자는 다음 수단을 궁리하기 시작했다.

하지만 그에게는 더 이상 남은 시간이 없었다.

"자아, 3분 이내라고 말했으니 너무 오래 끌 수는 없는 노릇이지. 이대로 신기술 실험에 어울려 주어야겠다."

미라가 감사의 마음을 담아 미소 지으며 말을 내뱉자, 그 일이 일어났다. 조금 전과는 비교도 되지 않을 만큼 많은 수의 마법진이 허공에 나타난 것이다.

심지어 거기서 끝이 아니었다. 이어서 바람의 정령 실피드까지 등장한 것이다.

직후, 주변의 공기가 술렁거리기 시작하더니 서서히 소용돌이가 일기 시작했다.

그것은 폭풍의 전조—— 아니, 비극의 시작이었다.

그 불온한 광경 앞에서 암살자는 무의식중에 뺨을 씰룩거렸다. 그는 평소 감정을 겉으로 표현하지 않고 냉정한 표정을 유지하고 있었지만, 어떠한 현상이 일어날지 예상한 눈치였다. 그리고 재앙이 자신을 덮치리라는 것도 깨달은 듯했다.

"십이사도 말고도, 이런 게 있다는 소린 없었잖아!"

암살자는 외쳤다. 정령여왕이 있을 가능성은 있지만 위협적이지는 않을 거라고 들었는데, 이게 어딜 봐서 위협적이지 않다는 거냐고.

따라서 암살자는 체면을 버리고 도주하려 했다. 하지만 이미 의욕에 불이 붙은 미라의 앞에서 달아날 수 있을 리가 없었다. 맞은편에서 휘몰아친 바람에 막혀 움직임이 둔해졌다. 또한 행동이 제한되었을 뿐 아니라 중앙 쪽으로 빨려들어, 눈 깜짝할 새에 떠오르기 시작했다.

직후, 규모는 작지만 맹렬한 소용돌이 속에 무수히 많은 전투 도끼가 투입되었다. 그리고 그러한 전투 도끼들은 실피드의 정교한 바람 조작에 의해 깔끔한 나선 궤도를 그리며 암살자를 두들겨 팼다.

검게 물든 소용돌이는 그 안에 울리는 무자비한 소리와 비명을 모두 집어삼키며 계속해서 휘몰아쳤다.

"우와아…… 더 지독해졌잖아……."

미라에게서 약간 떨어진 후방에서 그 광경을 지켜보고 있던 노인은 상대가 불쌍할 지경이라는 생각이 들어 식겁해서 중얼거렸다.

왜 저렇게까지 하는 거냐고. 어째서 저렇게까지 흉악한 기술을 만들어낸 거냐고.

일찍이 덤블프의 군세를 상대했을 때와 비슷한 공포를 느끼고 파르르 몸을 떤 후, 노인은 놀라기는 했어도 굉장하다며 흥분한 병사들을 보고 생각했다. 저걸 상대한 적이 없었다면 자신도 순수하게 그렇게 생각했을 거라고.

"이봐, 저거 괜찮은 거야? 평범하게 생각하면 죽을 것 같은데."

소용돌이가 잦아들자 빨려 올라갔던 모든 것들이 떨어지기 시작했다. 눈앞에는 전투 도끼가 산을 이루고 있다. 옴짝달싹도 할 수 없는 소용돌이 속에서 이토록 많은 전투 도끼를 피하기란 불가능했으리라. 평범하게 생각하면 살아있을 확률은 절망적이다. 그런 생각이 들게 하는 광경 앞에서 노인은 무의식중에 몸서리를 치며 말했다.

"아마도 괜찮……을 게다."

나중에 심문도 해야 하니 실피드에게는 너무 과하게 하지 말라고 말해두기는 했지만 생각했던 것보다 기술의 완성도가 좋아서, 그렇게 말하는 미라의 눈동자도 약간 흔들리고 있었다.

소용돌이가 위험한 것은 사실 풍속이 빠르기 때문이 아니라 거기에 빨려든 물질 때문이다. ……라는 주워들은 수준의 이야기를 토대로 신기술을 만든 것인데 생각했던 것보다 훨씬 효과가 좋았다.

실험 결과만 보면 성공이라 할 수 있었다. 다만 제대로 힘조절이 됐는지는 모르겠다. 때문에 미라는 일단 기도하는 마음으로《생체감지》로 확인했다. 그러자 약해지기는 했지만 저 산더미처럼 쌓인 전투 도끼 안에서 확실하게 반응이 느껴졌다.

"좋아, 살아있군!"

미라는 내심 안도의 한숨을 내쉬며 실험은 성공이라며 의기양양해했다.

이번 기술은 소멸 타이밍을 지연시킨 부분소환과 소용돌이를 사용해 공격과 동시에 발을 묶기 위한 것이었다.

그를 실현하기 위한 방법은 여럿 있었지만 이번에 미라가 선택한 것은 실피드와의 합체 기술이다.

그리고 보아하니 성공한 것 같다. 암살자가 상당한 고수였던 탓에 힘조절이 어려웠지만 그렇기에 이 실험으로 얼마나 힘조절을 해야 하는지 확실하게 파악할 수 있었다는 생각에 미라는 신이 나서 전투 도끼를 하나씩 없애 나갔다.

"흠, 완벽하군."

상당한 고수답게 곳곳에 심한 부상을 입기는 했지만 생명에 지장은 없는 것 같다. 산더미 같은 전투 도끼에 파묻힌 암살자는 원망이 가득한 눈으로 미라를 노려보고 있었다.

"네놈은 대체 뭐냐……."

암살자는 반격의 기회라도 엿보고 있는 것인지, 어떻게든 한쪽 손만이라도 자유롭게 만들고자 몸부림을 치고 있는 듯했다.

그리고 미라는 마안을 발동해서 마주 노려보아 암살자를 서서히 마비시키며 보란 듯이 "보다시피 소환술사다"라는 말을 내뱉었다. 특히 병사들을 의식하며.

"크……."

드디어 온몸이 마비된 것인지 암살자는 꼼짝도 못 하게 되었다. 그것을 확인한 후, 미라는 실피드를 송환하고 전투 망치를 모두 해제하고서 포박포로 암살자를 둘둘 휘감았다.

그러면서 흘끔흘끔 병사들의 반응을 확인했다.

병사들은 숙련된 암살자를 압도한 정령여왕 미라와 그녀가 행사한 소환술을 보고 조용히, 그리고 매우 흥분해 있었다.

반면 노인은 척 봐도 그들과 정반대의 반응을 보이고 있었다.
"그럼 이 녀석도 특별실로 초대토록 할까."
미라는 홀리나이트에게 암살자를 짊어지게 하고 그렇게 말하며 노인에게로 몸을 돌렸다. 제대로 된 정보를 캐낼 수 없었던 해결사 대신 유능해 보이는 심문 대상이 제 발로 와주었다면서.
"그래, 그러자. 차분하게 이야기를 나눠봐야겠어."
그렇게 답한 후 노인은 암살자의 상태를 살펴보더니 실소하며 "그러기 전에 에스메랄다 씨에게 치료해달라고 해야 할 것 같지만"이라고 말을 이었다.
그렇게 한 건을 마친 미라와 노인이 심문실로 돌아가려던 그때.
"미안하지만 그 녀석은 돌려줘야겠다."
어디선가 그러한 목소리가 울리더니 하늘이 새빨갛게 물들었다.
올려다보자 무수히 많은 불덩이가 활활 타오르며 쏟아지고 있었다.
"나한테서 떨어지지 마!"
병사들을 향해 노인이 외친 다음 순간, 그를 중심으로 빛의 장벽이 전개되었다. 그것이 미라를 비롯한 모든 인원을 뒤덮음과 동시에 일대가 붉게 물들었다.
강렬한 충격에 땅이 흔들리고 굉음이 수없이 울렸다.
마치 포탄 세례라도 받고 있는 듯한 광경에 병사들이 동요해 비명을 질렀다.
시간으로는 4, 5초 정도에 불과했지만 폭염이 걷히고 나자 주변이 몰라보게 달라져 있었다.

미라가 날뛰며 부순 것과는 별개로 잘 정비되어 있었던 훈련장이, 그야말로 폭격이라도 당한 듯한 꼴이 되어 있었던 것이다.

26

"이봐, 언제까지 누워 있을 거지? 어서 일어나."

불타버린 훈련장 끄트머리에서 들려온 목소리에 시선을 돌려 보니 그곳에는 간소한 코트를 걸친 남자가 있었다.

그리고 옆에 있었던 암살자도 어느샌가 그 남자의 발치에 쓰러져 있다. 그 폭염이 일어난 순간, 코트 차림의 남자가 이동시킨 것이리라.

암살자는 "몸이, 마비…… 돼서"라고 답하더니 "죄송합니다"라고 말을 이었다.

"네놈, 정체가 뭐냐."

노인은 대방패를 든 채 천천히 코트 차림의 남자와의 거리를 좁혀 나갔다.

상황으로 미루어 그는 암살자의 동료가 분명하다. 심지어 분위기와 세련된 행동거지, 두 사람의 대화로 미루어 볼 때 코트 차림의 남자는 암살자보다 고수임을 짐작할 수 있었다.

"이거이거, '연옥의 큰불'도 막아내나. 역시 백뢰로군. 듣던 것보다 성가신 녀석이야. 하지만 그 이상은 다가오지 않는 게 좋을걸."

남자는 상자처럼 생긴 것을 내던지더니 같은 상자를 계속해서 꺼내 견제하듯 흩뿌렸다.

그것을 확인한 노인은 짜증스러운 눈으로 코트 차림의 남자를 바라본 채 멈춰 섰다.

지면에 흩뿌린 것은 '연옥의 큰불'이라 불리는 술구였다.

하지만 그것은 평범한 술구가 아니다. 이 술구로 불타 죽은 자는 불사의 괴물이 되어버리는 무시무시한 효과를 지닌 금지된 술구였던 것이다.

더불어 그 위력도 엄청난 데다 상급 방벽과 장벽조차도 술식째 불태울 만큼 흉악했다.

지극히 강력하고 지극히 비인도적인, 무시무시한 술구. 하지만 그럼에도 불구하고 코트 차림의 남자는 이토록 많이, 아무렇지도 않게 사용했다.

"대답해라, 뭐 하는 놈이냐!"

노인이 다시 한번 물었다. 그러자 코트 차림의 남자는 여유로운 얼굴로 "뭐, 기다려 봐라"라고 하더니 작은 병을 꺼내 그 안에 든 것을 암살자의 얼굴에 뿌렸다.

"으…… 아……."

마비되어 움직이지 못하는 자에게 저런 짓을 하다니. 눈과 코로도 들어갔는지 암살자는 고통 어린 신음소리를 냈다. 하지만 그것도 잠시뿐. 곧 안색이 좋아지기 시작하더니 몇 초 만에 움직일 수 있을 만큼 회복되고 말았다.

"죄송합니다, 스승님. 방심했습니다."

코트 차림의 남자에게 감사 인사를 한 후, 암살자는 자신도 작은 병을 꺼내서 그걸 단숨에 들이켰다.

아무래도 회복약인 모양이다. 심지어 상당히 질이 좋은 물건인지, 미라가 입힌 부상이 빠르게 치유되고 있는 것이 보였다.

"나 원, 집합 지점에 나타나지 않는다 싶었더니, 이런 곳에서 애를 먹고 있었다니."

코트 차림의 남자는 어이가 없다는 듯이 말하면서도 날카로운 눈빛으로 노인을 지켜보았다. 수상한 움직임을 취하지 않는지 경계하는 듯했다.

"그게 어째서인지, 성 안의 길이 바뀌어서……. 그보다 스승님, 그 녀석은 어떻게 됐습니까."

작전 후에는 정해진 집합 지점으로 돌아갈 예정이었지만 니르바나성에 설치되어 있던 방어 기구 때문에 암살자는 보기 좋게 훈련장으로 유도당하고 말았다. 그는 자초지종을 설명하다가 문득 목소리를 낮춰서 물었다.

그리고 코트 차림의 남자가 "아아, 끝났다"라고 답하자 "그렇, 습니까"라고만 답하고 가만히 눈을 내리깔았다.

"저 녀석들…… 언제까지 무시할 셈이지?"

암살자와 코트 차림의 남자는 이래저래 태세를 정비했을 뿐 아니라 느긋하게 대화를 나누기 시작했다. 노인은 그 둘을 짜증스러운 눈빛으로 노려보았다.

하지만 그는 섣불리 움직일 수가 없었다. 그 원인은 흩뿌려놓은 '연옥의 큰불'이다.

혼자였다면, 혹은 미라만 있는 상황이었다면 이러고 있는 동안에도 '쇄박의 쐐기'의 유효 범위까지 거리를 좁혔을 것이다. '연옥의 큰불'이 되었건 뭐가 되었건 철벽같은 방어를 자랑하는 노인의 걸음을 멈출 수는 없기 때문이다.

하지만 지금 그의 뒤에는 지켜야 할 병사들이 있었다. 암살자와 코트 차림의 남자를 '쇄박의 쐐기'로 붙잡을 수 있는 거리까지 다 가갈 경우, 이번에는 병사들이 장벽의 범위 밖으로 나가게 된다.

그때 '연옥의 큰불'을 발동시키면 병사들은 전멸한다. 때문에 노인은 그 자리에 머무를 수밖에 없었다.

하지만 다행히도 이곳에는 그와 어깨를 나란히 할 수 있는 자가 한 명 있었다.

"자아자, 그렇게 흥분하지 말거라. 정체를 알 수 없다면 붙잡아서 불게 하면 그만이 아니냐."

미라는 노인의 옆에 당당하게 서서 대담한 미소를 지은 채 그렇게 단언했다.

코트 차림의 남자와 암살자가 태세를 정비하는 동안, 마음만 먹으면 얼마든지 공격할 수 있는 상태였음에도 불구하고 미라는 침묵하고 있었다. 그 이유는 보다 확실하게 두 사람을 포박할 준비를 하기 위해서였다.

그리고 그것은 방금 전에 완료되었다.

"누구인지는 모르겠다만, 그대들은 이미 완전히 포위되었다. 얌전하게 구는 게 좋을 게다."

미라는 아주 여유롭게 경고했다. 이미 도망칠 길은 없다고.

"너야말로 나대지 않는 게 신상에 이로울 거다. 알겠나, 정령여왕?"

코트 차림의 남자는 주변을 둘러본 후, 정체도 수법도 다 안다는 듯이 옅은 미소를 지었다.

"호오, 이 몸을 아는 겐가? 그렇다면 더더욱 험한 꼴을 보기 전에 투항하거라."

"흥, 웃기지도 않는군. 흐음. 하지만 일단은 확실한 수단을 취하도록 하지."

코트 차림의 남자는 당당하게 말하는 미라가 아니라 그 옆에 있는 노인을 바라보고 있었다. 신경질적이라 할 정도로 경계하고 있는 것이다.

하지만 그럴 수밖에 없었다. 노인은 대국 니르바나가 자랑하는 십이사도니. 그 주목도와 실적은 대활약 중인 모험가를 가볍게 능가할 정도다.

뭔가 행동에 나선다 해도 노인이 중심이 될 거라고 예상하고 있는 것이다.

하지만 동시에 미라를 경계하는 것도 게을리하지 않았다.

코트 차림의 남자가 번개 같은 속도로 나이프를 던지자, 그것은 미라의 발치에서 다소 떨어진 곳에 꽂혔다.

"자아, 정령여왕. 키메라와의 싸움에 참가했다면 이걸 본 적이 있지 않나? 그 앞으로 나온다면, 이곳뿐 아니라 도시도 순식간에 불바다가 될 줄 알아라."

허리에 찬 가방에서 보란 듯이 커다란 병을 꺼내더니, 그것을 자랑하듯 내보이며 코트 차림의 남자는 말했다. 쫓아오면 가차 없이 도시를 공격하겠다는 것이다.

"그대…… 그러한 물건을……!"

그 병을 본 순간, 미라의 얼굴에 분노가 역력해졌다.

팔과 같은 것이 들어있는 그 병은 가슴이 미어질 듯한 정령력으로 가득했다.

미라는 그 병과 같은 물건을 본 적이 있었다. 그렇다, 정령폭탄이다.

정령 그 자체를 폭약으로 이용한다는, 매우 잔혹한 대량 파괴병기다.

키메라 클로젠과 '이라 무에르테'는 서로 통하고 있었다. 코트 차림의 남자는 그 관계를 통해 이것을 입수한 것이리라.

설마 아직도 이걸 이용하는 자가 있었을 줄이야. 그런 생각에 분노하며 미라는 코트 차림의 남자를 노려보았다.

지금 손을 댈 수는 없다. 그 잔혹함뿐 아니라 정령폭탄의 위력도 잘 알고 있기 때문이다.

만약 정령폭탄이 기폭한다면 '연옥의 큰불'조차도 비교가 되지 않을 정도의 파괴가 일어날 것이다.

저것을 투기대회로 붐비고 있는 도시에 투하하기라도 하면 대체 얼마나 많은 희생자가 발생할까. 상상도 되지 않지만 역사에 남을 정도의 대참사가 벌어질 게 분명하다.

"그래서, 저게 뭔데?"

표정이 심각해진 것이 신경 쓰였는지, 노인이 그렇게 물었다. 미라는 그런 그에게 정령폭탄이 무엇인지를 간결하게 설명했다.

"——그런 비열한 물건을……."

미라의 이야기를 끝까지 들은 노인은 정령 그 자체를 폭탄으로 만드는 잔인한 병기라는 사실에 놀람과 동시에 분노한 기색을 감추지 못했다. 정령폭탄이라는 죄 많은 병기를 개발한 자와 그것을 이렇게 사용하는 자를 향한 분노였다.

하지만 그토록 강력한 파괴 병기인 탓에 경솔하게 손을 댈 수는 없었다.

"알겠나? 조금이라도 움직여 봐라. 이 일과 무관한 국민들이 피를 볼 테니까."

코트 차림의 남자는 그렇게 말하더니 정령폭탄을 암살자에게 건네며 이렇게 말을 이었다.

"이 녀석의 실력이 어떤지는, 이미 알 테지?"

지금까지 본 바에 따르면, 암살자는 던지는 힘이 아주 좋았다. 그 말인즉슨, 암살자가 정령폭탄을 던지면 이 자리에서 얼마든지 도시를 파괴할 수 있다는 뜻이다.

"젠장……. 아무리 그래도 위까지는 안 닿는데."

이 자리에서 폭발시킨다면 막을 방법은 있다. 하지만 방어 범위 위로 넘어가는 정령폭탄에 대응하기 위해 손을 쓸 경우, 병사들을 보호할 수 없게 된다.

"일단은 물러나는 수밖에 없을 것 같구나."

미라는 포기한 듯 어깨를 늘어뜨리더니 그대로 노인의 어깨를 다독이며 또렷하게 말했다. 유감이지만 뾰족한 수가 없다고.

"——그래, 그래야겠지."

순간, 노인은 여기서 포기할 수는 없다는 듯이 화가 난 표정을 지었다. 하지만 잠시 후, 어쩔 수 없다고 생각한 것인지 고개를 끄덕여 답했다.

"그래, 그러는 게 현명할 거다."

코트 차림의 남자는 미라와 노인의 모습을 보고 날카로운 눈빛을 쏘아대면서도 대담한 미소를 지었다. 그 십이사도를 상대로 우위를 점했다는 것이 어지간히도 기분 좋았던 모양인지. 얼굴에 유열의 빛이 배어났다.

"하지만 혹시 모르니 쐐기를 박아두도록 할까."

정령폭탄이 저쪽 손에 있는 이상, 미라 일행은 섣불리 움직일 수 없다. 그런 상황에 코트 차림의 남자는 그렇게 말함과 동시에 그것을 기동시켰다. 주변에 흩뿌려둔 '연옥의 큰불'을.

순간, 주변 일대가 붉게 물들더니 화염이 하늘 높이 솟구쳤다.

불길이 훈련장을 가득 메웠다. '연옥의 큰불'이 연쇄적으로 폭발한 것이다. 불길은 계속해서 커져서 주변 일대를 말 그대로 연옥으로 바꾸어 놓기 시작했다.

그 압도적인 화염으로 인해 화재 선풍까지 일었다.

하지만 그토록 격렬한 홍련의 소용돌이 속에서도 미라 일행은 무사했다.

"저 새끼가……!"

모두 노인 덕분이었다. 그가 전개한 장벽은 이만한 불길 속에서도 열까지 모두 막아내 버렸다.

다만 이렇게 될 것은 코트 차림의 남자도 예상했을 것이다. 오히려 공격이라기보다는 도주 경로 등을 감추기 위한 눈속임의 성격이 강할 듯했다.

더불어 추적을 피하기 위해 발을 묶어두려는 의도도 있었으리라. 놓치기 전에 뒤쫓으려고 노인의 장벽에서 나가면 곧장 연옥의 먹잇감이 될 상황이다.

따라서 지금 할 수 있는 일은 이대로 '연옥의 큰불'의 효과가 끊어지기를 기다리는 것뿐이다.

"나 참, 수리하는 데 드는 돈이 한두 푼인 줄 알아?"

그럼에도 노인은 포기한 듯한 낌새가 전혀 없었다. 오히려 두고 간 선물로 인해 훈련장이 입은 피해를 확인하고 울컥한 듯했다.

코트 차림의 남자들이 한 방 먹이고 도망쳤는데도 왜 노인은 이렇게 여유로운 것일까.

그 이유는 역시나 미라의 존재였다.

맹렬한 불꽃이 소용돌이치는 훈련장. 그곳에서 탈출한 코트 차림의 남자와 암살자는 잠시 뒤를 돌아보며 유쾌하다는 듯 미소 지었다.

"해냈군요, 스승님. 저 십이사도 자식이 분통해 하는 얼굴을 보셨습니까?!"

"그래, 정말이지 상쾌하더군."

정령폭탄 앞에서 꼼짝도 못 하던 노인. 그 모습을 떠올리며 그 순간은 실로 걸작이었다면서 두 사람은 웃어댔다.

형세를 뒤집을 때는 언제나 흥분되기 마련이다. 그렇게 유열에 젖은 채, 두 사람은 점찍어 두었던 탈출 지점을 향해 달렸다. 본래는 잠입하기도 어려운 니르바나성의 한 지점. 내통자를 통해 유일하게 확보하는 데 성공한 도주로를 향해서.

훈련장에 흩뿌린 '연옥의 큰불'이 잦아들려면 최소한 5분은 걸린다. 그만한 시간이면 추적당할 걱정 없이 충분히 도망칠 수 있을 것이라고 코트 차림의 남자는 확신했다.

그렇다, 지켜야 할 병사들이 있는 한 노인이 그 자리에서 움직일 수 있게끔 되려면 적어도 5분은 걸릴 것이다.

그렇게 믿었기 때문이라고 해야 할지, 두 사람은 눈앞에서 일어난 그 상황을 이해하는 데 다소 시간이 걸렸다.

"이건…… 대체 어디서……!"

"스, 스승님…… 이 녀석들은……?!"

움직이기 시작한 순간. 두 사람 앞에 잿빛기사가 떨어진 것이다.

그렇다, 떨어졌다. 웬 기사가 하늘 높은 곳에서 떨어져서 코트 차림의 남자들의 앞길을 가로막은 것이다.

심지어 한 명뿐이 아니었다. 둘, 셋, 성벽과 왕성 위에서도 떨어져 내렸다.

잿빛기사들은 격렬한 충격음과 함께 착지하더니 두 사람을 둘러쌌다. 그 숫자는 총 다섯.

그 모습을 보고 암살자는 무슨 일이 일어난 건지 모르겠다는 듯 노골적으로 동요했다. 그에 반해 코트 차림의 남자는 그 기사들을 분석하려는 듯이 쳐다보고 있었다.

"이 기사놈들은…… 어느 부대지——?"

그들 앞에 나타난 기사들은 잿빛 갑옷을 두르고 있다. 대방패와 대검을 겨눈 그 모습은 당당해서, 한눈에 보통내기가 아님을 알 수 있었다.

코트 차림의 남자는 경계와 의문이 뒤섞인 눈으로 그런 기사들을 바라보았다.

그는 니르바나군에 소속된 부대의 장비를 모두 파악하고 있었다. 하지만 눈앞에 있는 잿빛기사는 기억에 있는 그 어떤 부대와도 달랐다. 때문에 주의 깊게 상대를 관찰했고, 알아챘다.

"——과연, 이 녀석들은 무구정령인가. 상황으로 미루어 정령여왕이 사전에 배치해 둔 것일 테지."

무언가를 느낀 것인지, 코트 차림의 남자는 미라가 소환한 무구정령이라는 것을 간파해냈다. 그리고 동시에 약간 당황한 듯한 표정을 지었다.

"실력은 대단치 않다고 들었는데, 이 상황은……."

노인 대신 무녀의 호위를 맡은 정령여왕의 실력을, 코트 차림의 남자는 치밀한 정보 수집을 통해 대략적으로 파악하고 있었다.

소문에 따르면 특권과 정령왕의 뒷배로 A랭크가 된 것뿐이라고 했다.

더불어 유그스트가 무녀를 통해 알아낸 정보도 있었다. 무녀의 곁에 붙어있는 것은 힘없는 캐트시뿐이라고 했었다.

"아닙니다, 스승님. 저 정령여왕이라는 모험가는…… 상당한 실력자였습니다."

코트 차림의 남자가 본 것은 이미 포박된 상태의 암살자였다.

그렇기에 암살자는 정령여왕도 경계가 필요한 상대였다고 진언했다.

"그런가, 그렇다면 긴장하도록 하지. 이거 일이 꼬일지도 모르니."

정보에 약간의 오차는 있을 수 있다는 사실을 코트 차림의 남자는 알고 있었지만 이렇게까지 오차가 클 수도 있나, 라는 생각에 쓴웃음을 지었다. 그리고 얕잡아볼 수 없겠다고 인식을 고쳤다.

"알겠습니――."

임전태세를 취하는 스승의 모습을 보고 암살자가 자세를 바로잡으려던 그 순간.

"――커헉!"

충격음이 울리더니 암살자가 신음소리를 내며 땅바닥을 굴렀다.

"네놈, 어떻게……."

코트 차림의 남자는 재빨리 몸을 돌려 미라의 모습을 발견하고는 경계하며 자세를 바로잡았다. 그리고 저 너머에서 아직도 불타오르고 있는 훈련장을 확인하고 의문을 던졌다. 대체, 어떻게 연옥의 화염이 소용돌이치는 저곳에서 빠져나온 것이냐고.

〈27〉

"그야, 비밀이지."

탈출이 불가능한 연옥의 화염. 그 안에 있었던 미라는 대담한 미소를 띤 채 답했다.

'연옥의 큰불'의 위력은 금제품으로 지정될 만큼 엄청나다. 그것은 십이사도와 아홉 현자라도 무사하지 못할 만큼의 힘을 지녔다.

하지만 미라에게는 그 불길마저 가를 수 있는 기술이 있었다. 그것이 바로 무장소환 중 하나인《버밀리온 프레임》이었다.

정령왕의 가호를 통해 이루어낸 그 기술은 '연옥의 큰불' 조차도 막아낼 만큼의 힘을 지니고 있었다. 그리고 선술기능인《축지》를 사용해 인식 범위 밖에서 거리를 좁혀 보기 좋게 기습에 성공한 것이다.

"젠장……. 대체 뭐야."

암살자는 미라의 통렬한 일격을 맞았지만 꽤나 열심히 단련을 했던 것인지. 땅을 구르는 동안에도 기세를 죽여서 몸을 일으켰다.

그리고 분노한 얼굴로 뒤로 돌아 미라를 발견하자마자 '왜 여기 있지?'라고 말하는 듯한 표정을 지었다.

그 또한 '연옥의 큰불'의 위력을 잘 알기 때문이다.

하지만 굳이 손에 든 카드를 알려줄 필요는 없다. 미라는 두 사람의 의문에는 대답해주지 않고 "아아, 그리고 말이다, 이건 이 몸이 맡아두도록 하마"라고 말하며 손에 든 물건을 내보였다.

"뭣…… 대체 언제!"

직후, 암살자는 당황해서 확인했다. 스승에게 건네받았던 정령폭탄을.

그것은 암살자의 손아귀에서 쥐도 새도 모르게 사라져 있었다. 그렇다, 미라는 기습과 동시에 정령폭탄이 든 병을 회수한 것이다.

"이거 한 방 먹었군. 완전히 방심했어."

미라는 연옥의 화염으로 둘러싸인 훈련장에서 빠져나왔을 뿐 아니라 비장의 카드인 정령폭탄까지 빼앗았다. 코트 차림의 남자는 그 솜씨에 감탄했다는 듯이 웃었다. 처음부터 정령여왕이 성가신 상대라는 것을 알았다면 다른 대책을 준비했을 것이라 생각하며.

"하지만 그것도 여기까지다."

순간, 대담하게 웃던 코트 차림의 남자의 분위기가 돌변했다.

일체의 방심도 망설임도 없는 냉혹한 눈빛을 머금은 채 갈퀴 같은 칼날이 붙은 무기── 수갑구를 겨누었다. 또한 상대를 사람이 아니라 표적으로만 보고 있는 것인지, 그 눈빛은 깊은 어둠에 잠긴 듯한 색으로 변해 있었다.

"흐음, 이제야 제 실력을 발휘할 마음이 든 모양이로군."

저릿저릿할 정도의 살의를 정면으로 받아내는 미라의 표정도 조금 전과 달라져 있었다.

어떻게 보면 미친 연구자의 얼굴 같기도. 어떻게 보면 친구의 소중한 사람을 앗아간 관계자 중 한 명을 철저하게 때려눕혀 주겠다는 결의가 담긴 얼굴 같기도 했다.

"이글, 너는 그 기사놈들을 제압해라. 본체는 내가 처리한다."

코트 차림의 남자는 미라를 바라본 채 앞을 막아선 잿빛기사들을 상대하고 있으라고 지시했다.

"네……?! 네, 알겠습니다."

암살자── 이글이라 불린 남자는 잿빛기사를 앞에 두고 다소 난감하다는 표정을 지었지만, 스승의 말에는 거스를 수 없는 것인지. 마지못해 답했다.

그리고 곧장 잿빛기사에게 나이프를 던졌다. 그것은 훌륭하리만치 빠른 속도로 한 치의 오차도 없이 잿빛기사들을 향해 날아갔다.

잿빛기사가 대방패로 나이프를 막은 직후, 나이프가 폭발하여 강렬한 폭음이 울렸다.

대체 얼마나 큰 힘을 지니고 있는 것인지. 어떻게 되어먹은 물건인지. 나이프의 위력은 엄청나서 대방패에 금이 갔다.

하지만 잿빛기사도 가만히 있지만은 않았다. 곧장 대방패를 수복하고 맹렬하게 이글에게 덤벼들었다.

"빨리 끝내십시오, 스승님~!"

이글은 그렇게 외치며 질주했다. 자신에게 가장 유리한 거리를 유지하기 위해서인 듯했지만, 연계해서 공격해 오는 잿빛기사들은 그를 허락지 않고 맹공을 퍼부어서 도망쳐 다니는 것처럼 보이기도 했다.

하지만 A랭크에 필적하는 힘을 지닌 잿빛기사 다섯을 동시에 상대하면서 한 방도 맞지 않았다. 보기보다 실력이 있는 모양이다.

"자아, 꼴사나운 제자를 또 단련해 주어야 하니, 빨리 끝내도록 하지."

그런 이글의 스승이라는 코트 차림의 남자는 대체 얼마만큼의 실력을 감추고 있을까. 그는 방어 일변도인 이글의 모습에 낙담한 듯 한숨을 내쉬며 천천히 거리를 좁히기 시작했다.

"그것 참 고생이 많구나. 그렇다면 이 몸이 그 걱정을 거두어주도록 하마."

여기서 사이좋게 붙잡히면 더는 그럴 필요가 없다. 미소를 띤 채 그렇게 말한 후, 미라는 《홀리 프레임》을 걸치며 마찬가지로 거리를 좁혔다.

그렇게 피아의 거리가 3미터 이내가 된 순간, 미라와 코트 차림의 남자는 동시에 움직였다.

코트 차림의 남자는 가장 빠르고 가장 짧은 궤도로 일격필살의 주먹을 내질렀다.

미라에게 날아드는 수갑구에는 모종의 술식이 새겨진 모양인지, 표독스러운 빛을 띠고 있었다.

그리고 미라는 그것을, 타워실드를 부분 소환해서 막아냈다.

일체의 준비 동작이나 전조도 없이 타워실드를 출현시키는 기술은 궁극의 경지에 오른 미라의 절기(絕技)다. 다시 말해서 최강의 소환술사의 기술인 것이다.

제 아무리 수많은 적을 처리해 온 그라도 소환술사의 정점에 있는 존재와 싸워본 적은 없었으리라. 코트 차림의 남자는 타워실드를 꿰뚫기는 했지만 공격의 위력이 거의 죽어버린 탓에 곧장 뒤로 도약해 물러났다. 그리고 경계심이 가득한 눈으로 미라를 쳐다보았다.

"이런 기술도 있는 건가. 성가신 녀석이로군……."

소환체가 상대라면 독도 효과가 없다. 하물며 그것이 나타났다가 바로 사라지는 타워실드라면 더더욱 그렇다.

그럼에도 코트 차림의 남자는 미라를 주의 깊게, 차분히 관찰하고 있었다. 부분소환을 그 눈으로 간파하려는 모양이다.

(흐음…… 사소한 준비 과정도 놓치지 않을 것 같군그래.)

그 관찰력이 어느 정도인지 시험해보니, 코트 차림의 남자는 시선이며 손끝, 미미한 중심 이동까지도 포착하고 있었다.

미라가 조금이라도 움직일 조짐을 보이면 그 틈을 파고들려는 것인지, 코트 차림의 남자의 눈이 날카롭게 빛났다. 행동을 일으키면 곧장 품안으로 달려들 것이다.

반응 속도는 어느 정도나 될까.

미라는 시험해보고자 부분소환을 발동했다.

"——!"

그야말로 찰나에 일어난 일이었다. 아주 잠시 시선을 옮겨 소환 지점을 지정한 직후. 코트 차림의 남자는 흑검이 등 뒤에 나타남과 거의 동시에 질주했다.

그는 한 걸음에 미라의 눈앞까지 달려들었지만, 거기까지 와서도 힘껏 치켜든 주먹을 내지르지 않고 다시금 도약했다.

코트 차림의 남자는 알아챈 것이다. 그곳에 있는 미라가 《미라주 스텝》에 의한 환영이라는 사실을.

그리고 허상이 사라지기도 전에 진짜 미라의 위치를 파악해 습격했다.

순간, 미라의 주먹과 코트 차림의 남자의 수갑구가 부딪혔다.

수갑구에는 독 이외에도 다른 효과가 숨겨져 있었는지. 홀리 프레임의 토시 부분에서 격렬한 불꽃이 격렬하게 튀더니 내구치가 순식간에 깎여나가 균열이 갔다.

그것을 기회라 생각했는지 코트 차림의 남자는 계속해서 밀어붙이기 위해 한 걸음을 내디뎠다.

하지만 그 한 걸음이 빛을 보는 일은 없었다. 또다시 미라가 환영과 위치를 바꾼 데다가 사방팔방에서 흑검이 코트 차림의 남자를 덮쳤기 때문이다.

"흐읍!"

코트 차림의 남자는 그 즉시 한 걸음 물러나, 두 손을 뱀처럼 놀려 흑검을 모두 부러뜨렸다. 그리고 미소를 띤 채 "이 기술은 이미 간파했다. 또 통할 거라 생각지 마라"라고 말했다.

"호오, 그러냐. 역시 제법이로구나."

실제로 코트 차림의 남자의 반응속도와 대응력은 상당한 수준인 데다 실력도 어지간한 A랭크 모험가를 능가할 정도였다.

하지만 그렇기에 미라의 얼굴에는 옅은 미소가 떠올랐다. 그리고 코트 차림의 남자의 관찰안은 그 변화를 놓치지 않았다.

"이 상황에서도 웃다니. 요컨대 비장의 수가 남아 있다는 것이로군."

코트 차림의 남자는 차가운 표정을 한 채 한 걸음씩 접근했다.

"뭐어, 그런 셈이지."

미라는 그렇게 답하고서 정면에 잿빛기사를 소환했다. 그러자 코트 차림의 남자는 멈춰 서서 먼 곳으로 슬쩍 시선을 옮겼다.

그 시선 끝에는 다섯 기의 잿빛기사를 상대로 도망쳐다니는 이글의 모습이 있었다.

"여섯 번째 기사인가. 소환 가능 객체수에는 제한이 있다고 들었는데, 너의 한계는 어느 정도일까."

"글쎄다~ 어느 정도일 것 같으냐."

소환술은 오래도록 침체기를 겪고 있었지만 코트 차림의 남자는 그럼에도 나름의 지식을 갖춘 듯했다.

미라는 그 사실에 조금 기뻐하면서도 대담한 미소로 답하고서 그대로 잿빛기사에게 공격을 명령했다.

잿빛기사는 다크나이트보다 빠르고 힘차게 땅을 박차며 대검을 내려쳤다. 그 일격은 바위를 가를 만큼 강하고 무겁고 격한, 그야말로 필살의 참격이었다.

"흡!"

코트 차림의 남자는 그 일격을 보기 좋게 흘려 넘겼다. 그리고 이어서 강렬한 발차기로 잿빛기사를 공중으로 차올렸다. 심지어 낙하 타이밍에 맞춰 다시 한번 걷어차서 성벽 밖까지 날려 보내기까지 했다.

"이 정도로 나를 막을 생각은 마라."

코트 차림의 남자는 대수롭지 않다는 듯이 자세를 바로잡고 다시 한 걸음씩 거리를 좁혔다.

저 잿빛기사가 이토록 간단히 당한 것은 처음이었다. 하지만 그럼에도 미라의 얼굴에서는 초조한 빛을 찾을 수가 없었다.

오히려 미친 연구자 같은 광기가 조금 더 짙게 배어나오기 시작했다.

"그렇다면, 이건 어떠냐?"

미라는 도발적인 투로 그렇게 말하더니 코트 차림의 남자의 앞을 틀어막는 모양새로 잿빛기사를 세 기 소환했다.

잿빛기사는 튼튼하고 강한 힘을 지녔다. 게다가 체구는 코트 차림의 남자를 웃돌았다. 그런 기사 셋이 늘어서 있으면 위압감이 상당할 것이다.

하지만 코트 차림의 남자는 씨익 웃었다.

"과연. 저걸 동시에 소환할 수 있는 건가. 심지어 저쪽에 있는 것까지 합치면 여덟 기. 여왕이라 칭송받기에 충분한 실력이군."

코트 차림의 남자는 지극히 냉정한 얼굴로 잿빛기사와 미라를 번갈아 가며 노려보았다.

그는 분석하고 있었다. 정령여왕이 감추고 있는 진정한 실력을. 그리고 한 가지 요소를 꿰뚫어보았다. 분명 이 몹시도 강력한 무구정령 소환이야말로 그녀의 전력에서 큰 부분을 차지하고 있을 것이라고.

코트 차림의 남자가 다다른 답은 분명 진실이었다. 미라와 무구정령의 관계는 어떠한 소환술사보다도 강할 것이다.

상대를 파악한 코트 차림의 남자는 다시 한 걸음을 내디뎠다.

그 걸음은 힘차면서도 바람처럼 빨라서, 마치 폭풍과도 같았다.

대기가 요동치고 진동이 일고 둔탁한 소리가 울림과 동시에 그 일이 일어났다.

대체 어떠한 기술이었는지. 코트 차림의 남자의 기운이 약간 부풀어 오르는가 싶더니, 그에 튕겨 나가듯 정면에 있던 잿빛기사가 날아갔다.

그 일격을 기점으로 코트 차림의 남자의 맹공이 시작되었다. 남은 두 기의 잿빛기사를 상대로 격렬한 격투를 벌였다.

하지만 잿빛기사 또한 그리 쉽게 타도할 수 있는 존재가 아니었다. 남은 두 기가 견실하게 대응하는 가운데, 날아갔던 한 기가 일어나 전열에 복귀했다.

그렇게 다시 3대1의 상황이 되었다. 코트 차림의 남자는 처음 일격으로 잿빛기사를 처치해 보였지만, 세 기를 동시에 상대하려니 버거운 듯했다.

코트 차림의 남자는 정교한 연계를 취하는 잿빛기사를 상대로 방어를 강화했다.

대치 상태가 이어졌다. 그리고 아주 작은 빈틈이 생겨났다. 파상공세를 이어가던 잿빛기사들의 공격 타이밍이 겹친 찰나의 순간. 코트 차림의 남자가 반격을 가한 것이다.

기백과 살의 그리고 투기가 실린 일격은 마치 화포와도 같은 위력을 내뿜었다.

굉음이 울리더니 잠시 후에 격돌음이 울렸다. 그야말로 순식간에 공격을 맞고 날아간 잿빛기사는 성벽에 격돌한 후 안개처럼 흩어졌다.

“허어, 그 순간조차 놓치지 않은 건가.”

잿빛기사의 육성은 아직 끝나지 않은 상태다. 다크나이트와 홀리나이트의 전투 경험은 이어받았지만 그것은 개별로 최적화된 경험이다. 굳이 말하자면 공격 특화와 방어 특화 스타일이 뒤섞여 있는 상태인 것이다.

잿빛기사로서의 전투 스타일은 아직 미숙하다. 군데군데 어색한 부분이 있어서 지금처럼 연계에 빈틈이 생기는 일이 종종 있었다.

이번에는 상대가 그 순간을 정확하게 포착해낸 것이다.

미라는 잿빛기사 운용의 개량점을 머릿속에 새김과 동시에 코트 차림의 남자에게 일어난 변화를 알아챘다.

“어째 좀 전보다…….”

기운이, 존재감이, 마나가, 힘이 부풀어 올라 있었던 것이다.

이번엔 무엇을 한 것인지 미라가 추측하던 중에, 코트 차림의 남자는 움직이기 시작했다.

〈28〉

그것은 확연한 변화였다. 조금 전과 정반대로 코트 차림의 남자가 공세로 전환하자, 이번에는 잿빛기사들이 방어 일변도로 몰리는 상황이 되었다.

잿빛기사가 한 기 파괴되기는 했지만 그럼에도 개개의 힘은 월등하다. 지금까지의 전투로 미루어 보아도 갑자기 이렇게까지 일방적으로 밀릴 이유가 없었다.

하지만 실제로 지금은 코트 차림의 남자가 우위를 점하고 있다.

"이 녀석, 설마……."

특히 힘이 두드러지게 강해졌다. 지금까지는 통하지 않았던 공격임에도 불구하고 잿빛기사가 힘에 밀리고 있는 게 보였다. 좀 전에는 대방패로 막아냈던 공격에 자세가 크게 무너지고 있다.

그 순간을 노린 강렬한 일격이 다시 작렬하자, 또 한 기의 잿빛기사가 안개처럼 사라졌다. 나머지 한 기도 몇 번의 공방 끝에 가드가 무너져 소멸되었다.

그렇게 첫 번째 잿빛기사가 쓰러지고서 1분도 지나지 않아, 나머지 두 기가 쓰러지고 말았다.

하지만 거기서 끝이 아니었다.

"이글, 이리로 와라!"

떨어진 곳에서 잿빛기사에게 쫓기고 있던 이글을 향해 코트 차림의 남자가 외쳤다. 그러자 이글은 기다렸다는 듯이 방향을 돌려 이쪽으로 곧장 달려왔다.

"부탁드립니다, 스승님."

이글은 코트 차림의 남자의 옆을 지나쳤다. 그 뒤에서 그를 쫓고 있던 잿빛기사 다섯 기의 앞을 가로막듯이 코트 차림의 남자가 자세를 취했다.

양측이 접촉하기까지 몇 걸음이 남았을 때. 문득 지금까지의 전투에서 가장 격렬한 충격음이 울렸다.

발차기다. 자세를 낮춘 다음 순간, 코트 차림의 남자가 눈으로 좇기도 어려울 정도의 속도로 발차기를 날린 것이다.

충격파와도 같은 풍압이 퍼져 공간을 뒤흔들자, 잿빛기사 다섯 기의 몸이 산산이 조각나 날아가 버렸다.

그 광경을 통해 조금 전의 변화에 이어 또 한 번의 변화가 이루어졌음을 알 수 있었다. 힘이 한층 더 비약적으로 증폭된 것 같다.

(역시 이건 그것이로군. 《분노의 반골》.)

현상, 그리고 현재의 상황을 분석한 끝에 미라는 코트 차림의 남자가 갑자기 강해진 원인으로 추측되는 한 가지 가능성에 다다랐다.

그것이 바로 《분노의 반골》이라는 《투술》이었다.

그 기술은 궁지에 몰려도 포기하지 않고 활로를 찾는 자가 다다를 수 있는 것으로, 전사 계열 클래스의 오의(奧義)에 가까웠다.

효과는 단순하다. 궁지에 빠졌을 때 적 하나를 쓰러뜨리고 고조된 투기를 그대로 자신의 신체 강화에 보태는 것이다.

심지어 다른 신체강화 계열의 《투술》과 달리 몸에 두르듯 전개하기에 그 효과가 합산된다는 것이 최대의 강점이라 할 수 있었다.

궁지에 빠진다, 혹은 자신을 궁지로 몰아넣는다는 조건이 필요하지만 이를 구사할 수 있게 되면 자신보다 높은 차원의 상대와도 안정적인 싸움을 벌일 수 있다.

때문에 게임이었던 시절에는 최상위급에 오르기 위한 등용문으로 여겨지던 《투술》이기도 했다.

다시 말해서 코트 차림의 남자는 그것을 습득할 만큼의 실력자였다는 뜻이다.

"자아, 이제 너를 보호할 기사는 없어졌다."

배가된 힘에 어지간히도 자신이 있는지. 코트 차림의 남자는 그렇게 말하며 미라를 노려보았다. 그리고 "상급 소환을 사용하려 해봐야 소용없다. 그보다 내 주먹이 더 빠를 테니"라고 말을 이었다.

실제로 배가된 그의 힘이 있으면 그렇게 하는 것도 불가능하지는 않았다. 잿빛기사와 홀리나이트를 열 기 늘어놓은들 코트 차림의 남자는 그것을 가볍게 분쇄하고 미라의 몸에 주먹을 꽂을 수 있을 정도의 힘을 지녔다.

미라의 방어력은 부분소환으로 강화되어 있기는 하지만 코트 차림의 남자의 일격에는 잿빛기사를 꿰뚫을 만큼의 위력이 있다. 직격하면 무사하지 못할 것이다.

하지만 그는 그렇게 하지 않고 충고만 했다.

"이제 너를 처리하는 일만 남았지만, 기회를 주마. 더 이상 쫓아오지 않으면 목숨은 살려주지. 잘 생각해라."

그렇게 말한 후, 코트 차림의 남자는 이글을 데리고 당당하게 그 자리를 뜨려 했다. 정해둔 탈출 지점으로 향하려는 듯했다.

"그것참 관대한 말씀이시구먼. 허나, 인식에 오류가 좀 있는 것 같구나."

등을 돌려 달려나간 코트 차림의 남자와 이글, 두 사람을 향해 미라는 다크나이트를 돌진시켰다.

다크나이트는 한 줄기 검은 바람처럼 질주하여 두 남자를 공격했다.

그것은 1초도 채 되지 않는 시간동안 일어났다. 코트 차림의 남자의 모습이 사라졌다 싶었더니 두 기의 다크나이트가 거의 동시에 박살 난 것이다. 하지만 거기서 끝이 아니었다.

"말을 해줘도 못 알아듣는 건가."

어이가 없다는 듯 중얼거린 후, 코트 차림의 남자는 곧장 미라의 정면으로 육박했다. 무모한 짓을 한 벌로 처리하기 위해서.

"그건 그대 쪽인 듯한데."

그 순간, 미라는 씨익 입가를 일그러뜨렸다.

양측 사이에 부분소환한 타워실드가 출현했다. 하지만 코트 차림의 남자는 손쉽게 그것을 깨부쉈다.

그 순간──.

"크……!"

깨진 타워실드 뒤에서 발사된 한 대의 화살이 코트 차림의 남자의 코앞까지 다가와 있었다.

그것은 미라의 등 뒤에 선 다크나이트가 날린 화살이었다. 타워실드를 소환함과 동시에 활을 장비한 다크나이트도 소환했던 것이다.

코트 차림의 남자는 급격하게 몸을 젖혀 종이 한 장 차이로 그 화살을 회피했다. 그러고도 초일류답게 완벽하게 자세를 바로잡아 보이기까지 했다.

"그대는, 이렇게 생각했을 것이야. 그 《분노의 반골》의 효과가 끝나기 전에, 십이사도가 오기 전에 탈출하고 싶다고."

속을 떠보는 듯한 미라의 질문에 코트 차림의 남자는 답하지 않았다. 답하기는커녕 넌더리가 난다는 듯이 미라를 노려보더니 다른 방향을 흘끔 쳐다보았다.

"역시 알아챈 모양이로군. 십이사도 중 한 명인 에스메랄다가 바로 근처까지 와 있다는 사실을 말이야."

미라는 코트 차림의 남자의 시선을 알아채고 그 방향에서 오고 있는 인물의 이름을 입 밖에 냈다. 상공에서 감시하고 있는 구구와이즈가 보고했기 때문이다. 이제 곧 에스메랄다가 도착할 것이라고.

"다 알고 있었나……. 하지만 뭐어, 에스메랄다는 성기사였지. 그렇다면 문제는 없다."

설령 십이사도라 해도 성기사가 상대라면 배가된 힘으로 충분히 도주할 수 있다. 코트 차림의 남자는 그렇게 생각하는 눈치였다.

하지만 그렇지가 않았다.

"아니, 오히려 에스메랄다가 아니었다면 좀 더 나은 모양새로

막을 내릴 수 있었을지도 모르지. 애초에 이 몸이 기다리고 있던 것은 에스메랄다였으니 말이야."

말하기 무섭게 미라는 다크나이트에게 한 번 더 화살을 쏘게 했다.

있는 힘껏 시위를 당긴 강궁에서 발사된 화살은 똑바로 바람을 가르고 코트 차림의 남자에게 날아갔다.

"회복 담당을 추가해 지구전으로 몰고 가기라도 할 셈이냐? 하지만 유감스럽게도 그 무구정령들의 공격으로는 내 발을 묶어둘 수 없다."

코트 차림의 남자는 입꼬리를 치올리며 날아든 화살을 한손으로 받아냈다. 철로 된 갑옷도 뚫을 정도의 위력을 지닌 화살을 매우 간단하게.

자신만만한 소리를 할 만했다. 지금 그의 능력은 한계까지 격상되어 있었다. 저 자신만만한 태도만 보아도 알 수 있듯, 지금까지 해온 공격은 더 이상 통하지 않을 거라 보아야 할 것이다.

하지만 그렇기에 미라의 얼굴에는 미소가 떠올라 있었다.

"멋지구나. 이렇게까지 이 몸의 무구정령과 겨뤄낸 자는 오랜만이야."

그렇게 말하며 또다시 화살을 쏘라고 명령했다.

코트 차림의 남자는 다시 한번 그 화살을 받아냈다. 그리고 이번에는 "죽고 싶어 안달이 난 모양이로군"이라고 말하며 그 화살을 주인에게 다시 던졌다.

화살은 사람의 손으로 던졌다는 게 믿기지 않을 정도의 속도로 돌아갔다.

하지만 그 화살이 미라에게 닿는 일은 없었다. 느닷없이 하늘에서 떨어진 잿빛기사가 손에 들고 있던 대방패로 튕겨냈기 때문이다.

잿빛기사는 묵직하고도 커다란 소리를 내며 착지했다. 그 모습을 본 코트 차림의 남자는 어이가 없다는 얼굴로 “또 이 녀석인가”라고 중얼거렸다.

하지만 그건 그야말로 시작에 불과했다. 둘, 열, 쉰, 백, 이백…… 잿빛기사가 끊임없이 하늘에서 쏟아졌기 때문이다.

“스…… 스승님, 이건……?!”

“뭐지…… 이 녀석들은? 이건 말이 안 되잖아……!”

수많은 잿빛기사들이 눈 깜짝할 새에 주변을 둘러쌌다.

그것은 이미 그들이 아는 소환술이 아니었다. 마치 전설로 전해지는 군세가 주변에 나타난 듯했다.

코트 차림의 남자는 잿빛기사 열 기가 덤벼도 모두 분쇄할 자신이 있었다. 하지만 그 숫자가 백, 이백이라면 상황이 달라진다.

숫자란 그만큼 위협적인 것이다. 심지어 그것이 어중간한 수준도 아니고 강력한 기사들이 무리를 이루고 있으니, 그야말로 군대 그 자체라 할 수 있었다.

게다가 눈앞에 늘어선 잿빛기사들은 조금 전과 달랐다.

주변을 에워싸듯 배치된 잿빛기사는 검과 방패를. 그 뒤에 도열한 잿빛기사는 장창을 손에 들고 있다.

흔히 말하는 팔랑크스 진형의 포위진 버전이다.

하지만 코트 차림의 남자와 이글이 빠진 상황은 그보다 훨씬 지독했다. 성벽 위에도 수백의 잿빛기사가 장궁을 들고 자리해 있었던 것이다.

그야말로 쥐새끼 한 마리도 빠져나가지 못할 만큼 철저한 포위진이 눈 깜짝할 새에 완성되었다.

놓칠 생각이 전혀 없다. 미라는 상대가 어떻게 도주하건 그걸 방해할 수단을 한참 전부터 강구하고 있었다.

아닌 게 아니라 훈련장에 있을 때부터. 코트 차림의 남자가 나타났을 즈음부터 미라는 새로운 군세를 언제든 투입할 수 있도록 구구와이즈의 시야를 사용해 군세의 소환을 완료해두었던 것이다.

자고로 실험은 안전을 충분히, 완벽하게 확보하고 최선의 상태로 실행해야 하는 법이다.

그렇다, 미라가 실험을 시작한다는 것은 상대가 무슨 짓을 하건 대처할 수 있도록, 몇 중으로 준비를 완료해두었다는 뜻이기도 했다.

"자아, 일단 항복을 권하는 바이다만, 어쩔 테냐? 얌전히 있어주겠느냐?"

뒤에 있던 다크나이트의 어깨 위에 서서 미라는 원형진 중심에 있는 코트 차림의 남자에게 항복을 권했다. 하지만 그 목소리는 그다지 진지하지 않아서, 오히려 저항해주기를 바라는 듯한 분위기마저 느껴졌다.

이만한 전력에 포위되면 그 어떤 실력자라 해도 빠져나가기 어려울 것이다.

돌파하려 해도 대방패의 벽은 두껍다. 그걸 무너뜨릴 만큼의 공격을 해온다면 그때 생길 빈틈을 창으로 찌르면 그만이다.

만약 위로 도약한다면 수백 대에 이르는 화살을 비처럼 쏟아붓는다. 코트 차림의 남자라면 십여 대 정도는 떨쳐낼 수 있을지 모른다. 하지만 성벽 위에서 조준하고 있는 잿빛기사의 수는 수백에 이른다. 자그마한 희망을 품는 것도 용납하지 않겠다는 듯이 활을 겨누고 있는 것이다.

코트 차림의 남자와 이글에게는 더 이상 손쓸 방법이 없는 상황이라 할 수 있었다.

"미안하다, 이글. 네가 있으면 이곳에서 탈출할 수 없을 것 같다."

붙잡히면 자백제를 맞고 모든 비밀을 털어놓고 말 것이다. 코트 차림의 남자에게는 둘이서 탈출하는 것이 이상적인 해결책이었지만 이렇게 된 시점에서 그 희망은 사라졌다고 할 수 있었다.

하지만 그러한 상황임에도 코트 차림의 남자는 아직 포기하지 않은 듯했다.

혼자라면 승산은 있다고 말하더니 이글의 정면에 서서 입막음을 하기 위해 오른팔을 치켜들었다.

"어이쿠, 그렇게는 안 되지."

정보제공자는 많을수록 좋다. 이대로 입막음을 하게 두지는 않겠다는 듯이 코트 차림의 남자를 막고자 잿빛기사가 장창을 휘둘렀다.

"그렇게 나올 줄 알았다!"

하지만 그것은 유인책이었다. 코트 차림의 남자는 갑자기 발걸음을 돌리더니 닥쳐오는 장창을 교모하게 피하고 뒤로 물렀던 오른팔을 그대로 잿빛기사에게 뻗었다. 그리고 단숨에 발을 내디뎌 충분히 비축해두었던 힘을 해방했다.

그 일격은 마치 거포와도 같았다. 용솟음친 충격파가 그의 정면에 있던 잿빛기사들을 쓸어버렸다.

“가자!”

완전 포위망에 생겨난 작은 돌파구. 코트 차림의 남자는 그곳을 향해 달려 나감과 동시에 이글에게 외쳤다.

그리고 이글은 미리 알고 있었다는 듯이 재빨리 일어나 그 뒤를 따랐다.

아니, 따르려 했다.

다음 순간. 그 목소리와 두 사람의 모습은 굉음과 검은 빗살에 의해 지워졌다. 성벽 위에서 일제히 화살이 발사된 것이다.

잿빛기사가 쏜 화살의 끄트머리는 둥그런 철구 같은 모양을 하고 있었다. 그 때문에 수백에 이르는 화살이 거의 동시에 착탄하자 땅을 뒤흔들 만큼의 충격과 굉음이 퍼져 나갔다.

화살임에도 점(点)이 아니라 면(面)을 가격했다. 그 효과는 너무도 탁월했다.

“이럴…… 수가.”

“스, 스승님…….”

코트 차림의 남자와 이글은 빗발치는 화살의 중심부에 있었다. 때문에 그걸 피할 방법이 없었고, 막고자 했던 팔과 온몸의 뼈가 부러져 쓰러졌다.

평범한 화살촉이었다면 이미 목숨을 잃었으리라. 또한 잘 단련된 몸이 아니었다면 견뎌내지 못했을 거다. 그리고 머리만은 무사하다는 점도 두 사람이 목숨을 건진 요인이라 할 수 있었다.

"소환술에…… 이런 전투법이……."

코트 차림의 남자는 상대의 수법을 잘못 예상했다는 사실에 얼굴을 찌푸렸다.

그는 설마 그 상황에서 화살을 날리지는 않을 거라 생각했다.

그 이유는 그를 둘러싼 잿빛기사들의 존재에 있었다. 그러한 상황에서 일제히 화살을 쏘면 동료까지 휘말려들 게 뻔하다.

그렇다면 그러한 작전은 취하지 않을 것이라는 생각에 선택지에서 제외하고 말았다. 코트 차림의 남자는 원형진을 돌파하고 난 뒤의 대처법만을 궁리하고 있었던 것이다.

하지만 미라는 그것을 실행했다. 소환술이기에 취할 수 있는, 동료까지 한꺼번에 파괴한다는 전술을. 이 또한 적을 쓰러뜨린다는 목표만을 추구한 군세의 운용 방법 중 하나였다.

"음, 성공이로군."

남은 잿빛기사들이 포위망을 해제하는 가운데, 미라는 그 중앙 근처에 널브러진 두 남자의 모습을 확인하고 만족스럽게 입가를 치올렸다.

이미 화살은 사라졌지만 땅에 남은 흔적이 얼마나 격렬한 공격이었는지를 말해주고 있었다. 말끔하게 정비되어 있던 돌바닥이 무참하게 깨지고 구멍이 뻥뻥 뚫려 있었던 것이다.

"옳지옳지, 노렸던 대로 되었어. 이 정도면 앞으로도 제압할 때

써먹을 수 있겠군그래."

무게에 따른 사정거리 변화와 조준 장소를 선별할 필요는 있겠지만 철구로 된 화살촉은 유용할 것 같다. 그렇게 실험 결과를 확인한 미라는 개운한 얼굴로 고개를 들고 마침 도착한 에스메랄다를 향해 손을 흔들었다.

"이봐라~, 에메코~ 좀 서둘러다오~."

코트 차림의 남자와 이글을 산 채로 행동불능 상태로 만드는 데는 성공했다. 하지만 위력을 조절하기란 쉽지가 않아서, 두 사람은 빈사라 할 수 있는 중상을 입어 이대로 두면 죽고 말 것이다.

하지만 그런 것도 다 계산된 바였다. 그렇기에 미라는 에스메랄다가 올 때까지 이 작전을 뒤로 미뤄 둔 것이었다.

"그래그래…… 아니, 전쟁이라도 벌였던 거야?"

종종걸음으로 다가온 에스메랄다는 잿빛기사가 둘러싸고 있는 현장을 보고 뺨을 실룩거렸다.

미라가 뛰쳐나가고서 10분도 지나지 않았는데 무엇을 어떻게 했기에 이런 참상이 벌어진 걸까, 싶었던 것이다.

"아무튼 에메코. 이 두 사람 말이다만——."

미라는 코트 차림의 남자와 이글에 관해 간단하게 설명하고서 치료해달라고 부탁했다.

그러자 에스메랄다는 "우와, 심하네……"라고 중얼거렸다. 역할 상 수많은 현장을 보아 왔을 그녀의 눈에도 피해자인 두 남자의 상태는 처참해 보였던 모양이다.

29

"――과연, 침입자는 한 명 더 있었던 거구나. 다시 말해서 요그는 이쪽이 살해했다는 뜻인가?"

미라의 이야기를 끝까지 들은 후, 에스메랄다는 그렇게 이해하고서 곧장 치료를 시작했다.

다만 그 말에 이번에는 미라가 반응했다.

"뭣이라고? 요그는 살해당한 게냐?"

홀리나이트를 배치해둔 덕분에 이글의 침입 사실이 밝혀졌었다. 그 이후에도 홀리나이트는 요그의 수용실 앞에 건재한 상태로 남아있다.

현장에 수상쩍은 움직임이 있으면 알리게끔 해두기도 했다. 하지만 그러한 보고는 오지 않았다.

"그래, 아주 깔끔하게 말이야."

하지만 실제로는 그런 방어 라인을 뚫고 암살이 실행되었다.

에스메랄다의 말에 따르면 요그는 잠든 듯한 모습으로 죽어 있었다고 한다.

상황으로 미루어 그 실행자는 코트 차림의 남자였을 가능성이 높다. 다시 말해서 요그 암살 계획은 3단계로 되어 있었던 것이다.

다만 그토록 엄중한 경비망을, 무엇보다도 홀리나이트의 경비를 어떻게 돌파하고 실행한 것일까.

홀리나이트가 대응하지 못한 상황이 어떤 것인지 어떻게든 알고 싶다.

그 점에 관해서는 개별적으로 물어볼 필요가 있겠다는 생각을 하며 미라는 코트 차림의 남자를 바라보았다.

코트 차림의 남자는 저토록 너덜너덜해졌음에도 아직 의식은 있는 모양인지. 기회를 노리는 것처럼 날카로운 눈으로 미라를 노려보고 있다.

그러는 동안 에스메랄다의 치료가 끝났다. 하지만 어디까지나 최소한의 치료였다.

"일단 이제 죽을 일은 없을 거야. 부러진 다른 부분은…… 적당히 붕대라도 감아두면 되겠지."

완치시키면 다시 날뛸 것이다. 그러니 부러진 사지의 뼈는 그대로 두거나 구속한 후에 치료하는 게 바람직할 것이라는 뜻이다.

"으…… 뭐야, 이거, 지독하네……."

그러한 말과 함께 나타난 것은 노인이었다. 코트 차림의 남자들의 처참한 모습을 보고 나니 그렇게 말하지 않을 수가 없었던 모양이다.

훈련장을 가득 메웠던 '연옥의 큰불'에 의한 불길은 이미 진화된 모양이다. 병사들이 무사한 것을 확인하고서 이곳으로 달려온 그는 고개를 들자마자 눈에 들어온 잿빛기사의 군세를 보고 뺨을 실룩거렸다.

"우와…… 으아아……. 뭐야, 저 우중충한 것들은. 심지어 무기까지 다르다니…… 으아아……."

그렇게 말하는 노인은 벌레를 천 마리쯤은 씹은 듯한 얼굴이었다. '군세'가 한층 더 진화했다는 사실에 직면한 탓이리라. 그 얼굴에는 거부감이 가득했다.

그렇게 잠시나마 미라와 에스메랄다의 시선이 노인에게로 돌아간 순간.

"기다리고 있었다, 이 순간을……!"

어느 정도 회복시킨 덕에 코트 차림의 남자는 약간이라도 움직일 수 있는 상태가 되었다. 그리고 그는 그 약간의 움직임으로 반격에 나섰다.

움직일 수 있게 된 고개를 한껏 꺾어서 어깨에 붙어있던 무언가를 깨물어 부순 것이다.

그것이 무엇인지, 그 행동에 어떤 의미가 있었는지. 코트 차림의 남자는 씨익 웃으며 "모두 날아가 버려라"라고 중얼거렸다.

"뭐야, 무슨 짓을 했지?"

순간, 미라와 에스메랄다를 보호하듯 노인이 경계 자세를 취했다.

"숨겨둔 꿍꿍이가 더 있었나 봐?"

에스메랄다도 주변을 경계했다.

하지만 그렇게 5초 동안을 경계하고 있어도 이렇다 할 변화가 일어나지 않자, 두 사람은 당황하기 시작했다.

코트 차림의 남자도 마찬가지였다. 의문이 가득한 얼굴을 한 채 미라를 쳐다보았다.

그러던 중에 미라가 드디어 입을 열었다. 그리고 한 마디를 내뱉었다, "아쉽게 됐구나"라고.

"대체…… 무슨 짓을 한 거냐."

괴로운 얼굴로 코트 차림의 남자가 묻자 미라는 실로 의기양양한 표정으로 답했다.

"여기 숨겨두었던 정령의 힘은 이미 해방했다. 그대가 무슨 짓을 하건 기폭시키지 못할 게다."

코트 차림의 남자가 깨물어 부순 돌에서는 희미한 정령력이 느껴졌다. 그래서 미라는 알아챈 것이다. 그의 마지막 카드가 원격조작으로 정령폭탄을 기폭시키는 것이라는 사실을.

하지만 아쉽게도 그것은 불발로 끝났다. 이글에게서 정령폭탄을 탈취하자마자 미라가 거기 갇혀 있던 정령들을 해방시켰기 때문이다.

그리고 그것은 정령왕의 가호를 지닌 미라이기에 가능한 일이었다.

그냥 해방해서는 봉인되어 있던 정령이 날뛰어 주변에 피해를 입히게 된다. 하지만 미라는 그들을 평온하게 해방할 수 있는 것이다.

때문에 코트 차림의 남자는 끝까지 알아채지 못했던 거다. 이미 정령폭탄이 무효화되었다는 사실을.

"그런…… 말도 안 되는 일이."

코트 차림의 남자는 날뛰는 정령이 얼마나 위협적인지 잘 알고 있었다. 그렇기에 그의 눈에는 놀란 빛이 가득했다.

이 소녀는 대체 무엇이란 말인가. 정령여왕은, 대체 얼마만큼의 실력을 지닌 것이란 말인가. 공포에 가까운 의문을 품은 채,

코트 차림의 남자는 미라의 마안으로 마비되어 온몸의 자유를 빼앗겼다.

암살자 두 명을 보기 좋게 포박한 후, 미라 일행은 다시 심문실로 돌아왔다.

문을 열자 그곳에서는 아르마와 카구라가 테이블을 둘러싸고 편히 쉬고 있었다.

"어서 와~ 가만, 으아, 상태가 끔찍하네."

다크나이트가 짊어진 코트 차림의 남자와 이글을 보자마자 아르마는 뺨을 실룩거렸다.

치명적인 부상은 에스메랄다가 치료했지만 그 이외의 부상은 그대로였기 때문이리라. 트럭에 세 번은 치인 게 아닐까 싶을 정도로 두 사람의 온몸에는 타박상 등의 흔적이 남아 있었다.

"으아아……."

카구라 역시 약간 식겁한 반응이다. 그리고 "할아버지, 또 뭔가 실험했지?"라는 말로 정곡을 찔렀다.

"글쎄다, 무슨 소리인지 통……."

귀중한 정보원이 될 상대를 실험 재료로 삼다니. 까딱 잘못했으면 모든 게 수포가 될 뻔했다.

따라서 미라의 그것은 그다지 칭찬할 만한 행동이 아니었다.

그래서 미라는 시치미를 뗐지만 얼굴에 다 드러나서 얼버무리는 데는 실패했다.

카구라는 체념한 사람처럼 한숨을 내쉬고는 가만히 "이번에는 잘 풀린 것 같으니 상관없지만. 이번에는, 말이야"라고만 말했다.

또한 그런 실험으로 괴멸적인 타격을 입은 훈련장 앞 광장은 병사들이 말 그대로 구멍을 메우게 될 것이라고 한다.

그리고 그 경비는 걱정한 바대로 상당한 액수가 될 듯했는데, 노인의 표정만 보아도 그 액수가 얼마나 엄청난지 알 수 있었다.

어쨌든 새로 붙잡은 암살자 두 사람을 구속대에 고정하고서 에스메랄다가 나머지 상처를 치료했다.

적절한 수준의 치료를 받고 코트 차림의 남자와 이글은 기운을 차렸다. 두 사람은 무슨 짓을 당해도 입을 열지 않겠노라고 호언장담했지만, 다음 순간에는 카구라의 술식으로 그러지 못할 상태가 되었다.

그렇게 심문이 시작되었다.

"그러면——."

카구라 대신 코트 차림 남자의 앞에 선 아르마는 적절한 질문을 통해 차례로 귀중한 정보를 캐내었다.

코트 차림의 남자의 이름은 갈로바.

놀랍게도 그는 어둠의 범죄조직 '이라 무에르테'에서도 네 명의 최고 간부 중 한 명으로 청소 담당을 통솔하고 있었다.

이어서 갈로바가 파악하고 있는 모든 업무 이력을 남김없이 캐내었다.

요그 때도 그랬지만 그 정보는 잔인무도하고 처참한 내용으로 점철되어 있었다. 갈로바도 다 기억하는 것은 아니었지만 '이라 무에르테'에게 불이익을 미칠 듯한 인물이 수백 명 단위로 어둠에 파묻혔다.

그리고 기억하는 이들 중에는 아르마가 구체적으로 거론한 인물도 포함되어 있었다. 그 인물 또한 조직이 처리했다는 것이다.

"역시 그랬어. 이걸로 확정된 건가……."

노인이 그렇게 중얼거리자 에스메랄다가 "그러게"라고 작은 목소리로 말하며 끄덕였다.

흐음, 무슨 소리일까. 미라가 궁금한 얼굴을 하자 그걸 알아챈 에스메랄다가 간결하게 알려주었다.

십여 년 전. 아르마는 빈번하게 여왕의 일을 땡땡이쳤다고 한다. 그리고 그때 자주 놀았던 친구가 있었다는 모양이다.

그 친구는 중규모 정도에 해당하는 상가의 딸이었다.

하지만 어느 날. 부모가 투자에서 크게 실패하고 말았다.

그 결과, 부모가 동반 자살을 꾀해서 그 친구도 같이 죽었다는 것이다.

하지만 거기까지는 흔히 들을 수 있는 불행한 이야기다.

이 사건에는 뒷이야기가 있다. 다행인지 불행인지, 이 동반 자살의 최초 발견자는 아르마였다.

친구를 찾아가 보니 그런 광경이 펼쳐져 있었던 거다. 그로 인한 충격은 상당했을 것이다. 하지만 아르마는 믿었다. 투자에 실패했다고 해서 그 친구가, 그리고 그 부모가 이런 수단을 택할 리가 없다고.

아르마는 여왕의 권한을 행사해 이 현장을 철저하게 조사했다고 한다.

그 결과, 작은 단서를 발견해 그 배후에 '이라 무에르테'가 있다는 사실을 밝혀낸 것이다.

그 상가가 제휴했던 약사가 특별한 병의 특효약을 개발하는 데 성공한 것이 사건을 일으킨 동기였다.

다시 말해서 경합이 있었던 것이다. '이라 무에르테'는 그 병의 치료약을, 폭리를 취했다고 할 수 있는 가격에 팔아치우고 있었다. 게다가 부작용이 심해서 그것을 억제하기 위한 약까지 비싼 값에 취급했다고 한다.

그런 시장에 값싼 특효약이 나타나면 상황이 어떻게 될지는 뻔했다.

그래서 시장에 유통되기 전에 친구와 그 가족을 동반 자살이라는 모양새로 위장해서 암살한 것이다.

또한 약사 쪽은 설득 후 조직 소속이 되었다는 듯했다.

분명 당장에라도 단죄하고 싶을 것이다. 얼핏 보기에는 냉정해 보였지만 심문을 하는 아르마의 말에는 곳곳에 분노가 숨어 있었다.

하지만 그녀는 꾹 참고 심문을 이어 나갔다.

"그런 이유가 있었던 게로군……."

아르마는 친구의 원수를 갚기 위해 엄청난 규모로 '이라 무에르테' 괴멸 작전을 진행하고 있었다.

그 사실을 알게 된 미라는 동정하기는커녕 지금까지 정말 애 많이 썼다며 마음속으로 칭찬을 보냈다.

또한 이토록 많은 희생자를 만들어냈으니. 당연히 아르마 말고도 많은 이들이 이 '이라 무에르테'에 의해 불행에 빠졌을 것이다.

따라서 미라는 '이라 무에르테'를 철저하게 짓밟아주겠노라고 다시금 맹세했다.

그러는 동안에도 많은 정보가 밝혀졌다.

이어서 갈로바가 은신처로 사용했던 장소가 판명되었다. 니르바나에서 동쪽에 있는 작은 섬들 중 하나가 통째로 그의 요새라는 모양이다.

더불어 대륙 각지에 있는 청소 담당의 거점도 밝혀졌다. 니르바나 근처에도 두 개가 존재한다는 듯했다.

그리고 매우 중요한 정보가 갈로바의 입에서 튀어나왔다.

"한 사람은, 유그스트라는 남자다——."

그것은 '이라 무에르테'의 중추인 나머지 최고 간부들의 정보였다. 엄중하게 규제되고 있는 그것은 많은 협력국이 총력을 기울여 조사해도 얻을 수 없었던 정보로, 이번 작전의 목적이었다.

드디어 어둠의 조직 '이라 무에르테'의 정체가 백일하에 드러나는 것이다.

우선은 유그스트.

그 이름과 성격이 어떤지는 이리스의 능력을 통해 이미 알고 있었기에 필요한 것은 그 이외의 정보였다.

우선 그의 소재지를 캐냈다. 아무래도 아크 대륙의 남부에 존재하는 미디트리아라는 도시의 환락가를 근거지로 삼고 있는 모양이다. 유그스트는 암로의 지배자이자 밤의 제왕이기도 한 듯했다.

최근에는 무녀에게 심술을 부리기 위해 특히 밤의 제왕으로서의 면모를 과시하고 있다고 한다.

"저질이네."

"저질이군."

"저질이구나."

에스메랄다가 짜증스럽게 중얼거리자 노인과 미라도 동참했다.

"병기와 무구를 팔아치우고 있는 건, 이그나츠라는 남자다——."

이어서 밝혀진 것은 무구 매매를 통괄하는 인물의 정보였다.

이그나츠 로그라인. 갈리디아족이기도 한 그는 아크 대륙의 중앙부 일대를 좌지우지하는 힐베란즈 도적단의 두령이라고 한다.

심지어 귀족을 매우 싫어해서 귀족을 표적으로 삼는 일이 많다는 모양이다.

또한 이 도적단은 수천 명 규모인 데다 이그나츠의 무구 매매로 인해 자금도 풍부하고, 상품에서 빼돌린 질 좋은 무구로 무장하고 있다. 그 때문에 어지간한 군도 능가하는 전력을 보유하고 있다는 모양이다.

국가측이 보기에는 그야말로 고민 덩어리일 것이다. 하지만 그렇기에 주변국들은 손을 댈 수 없는 상태였다. 오히려 습격을 피하기 위해 고액의 통행료를 지불하고 있다고 한다.

"소문으로 듣기는 했지만, 설마 그 도적들을 위장막으로 삼고 있었다니."

"일급품 무구로 완전 무장한 도적이 수천 규모라. 섣불리 손을 대지 못할 만도 하군그래."

"그러게 말이야. 섣불리 벌집을 건드렸다가 흩어지기라도 하면 피해가 확산되겠지. 복잡한 문제야."

힐베란즈 도적단의 본거지는 유명했다. 하지만 그럼에도 아직 당당하게 그곳에 있는 이유는 그만큼 난공불락의 요새이기 때문이다.

어정쩡한 전력으로 덤볐다가는 역공을 당한다. 미라 일행 같은 장군급이 공격하면 이기지 못할 것은 없겠지만, 그만한 전력을 움직이려면 일이 복잡해진다.

이권이니 군규니 조약이니 하는 것들이 복잡하게 뒤엉켜 있기 때문이다.

더불어 수천 규모의 도적이 상대인 이상, 그들 모두를 체포하기는 어려울 것이다.

반드시 도주자가 생길 것이다. 그리고 도주 끝에 죄 없는 사람을 덮칠 거다.

그런 사태를 방지하려면 도망치지 못하도록 거점을 포위할 필요가 있다. 병사들을 배치할 필요가 있는 것이다.

하지만 그만한 병사를 움직이려면 상응하는 비용이 필요하다. 그 점을 고려하면 통행료를 내는 것이 그나마 손해를 줄이는 방법이라 할 수 있었다.

게다가 이 도적단의 두령, 이그나츠가 '이라 무에르테'의 최고 간부라면, 이를 공략하지 않고서는 승리도 없을 것이다.

힐베란즈 도적단 소탕전. 이쪽도 꽤나 일이 커질 것 같다.

"사람과 영수 등을 취급하고 있던 건, 트루리라는 공작이다——."

갈로바가 다음으로 자백한 자의 이름은 그림다트의 트루리 공작이었다.

트루리 공작은 유괴에 밀렵, 나아가 키메라 클로젠과도 거래를 해서 정령의 매매까지 통괄했다고 한다.

하지만 갈로바의 말에 따르면 대체 어디서 정보가 새어나간 것인지, 이 공작은 최근 지금까지의 악행이 국가에 알려져 감옥에 보내졌다고 한다.

그리고 누군가의 간섭으로 그가 쌓아올린 장사의 기반이 눈 깜짝할 새에 무너져 내렸다고 갈로바는 말했다.

"아니 잠깐, 그 삼신국의 공작이 얽혀 있었다고……?"

"누군가, 라는 게 누구인지도 신경 쓰이네. 삼신국의 공작과 맞섰다는 거잖아."

"흐음, 그림다트의 트루리 공작이라……?"

삼신국은 대륙에서 가장 강한 영향력을 지녔다. 그곳의 공작이라면 어지간한 나라의 왕보다 훨씬 강력한 권력을 지닌 대귀족이라 할 수 있다.

놀랍게도 그런 곳의 공작이 '이라 무에르테'의 최고 간부 중 한 명이었다. 이 사실에 아르마를 비롯해서 노인과 에스메랄다는 경악했다.

그런 가운데 미라는 문득 최근 어디서 그런 이야기를 들은 것 같은데, 하고 생각하기 시작했다.

그리고 얼마쯤 지나 그 답에 도달했다.

실로 간단한 이야기였다. 라스트라다가 변장한 퍼지다이스가 마지막 표적으로 삼았던 인신매매조직의 두목이 이 트루리 공작이었던 것이다.

(다시 말해서 그 녀석은 보기 좋게 마지막 임무를 성공시켰다는 게로군.)

훌륭하게 활약한 동료에게 속으로 칭찬을 보내면서도 미라는 그 일을 딱히 언급하지는 않았다.

노인 일행은 이래저래 궁금한 눈치였지만 그것이 라스트라다의, 그리고 퍼지다이스의 소행이라는 사실은 밝힐 수가 없다. 왜냐하면 라스트라다가 삐칠 게 뻔하기 때문이다.

정체불명의 정의의 사도. 아군에게 그 정체를 밝히는 것 또한 히어로물의 묘미다. 여기서 미라가 말해버릴 경우, 때가 무르익기를 기다리고 있다가 정체를 밝힌다는 그의 즐거움을 빼앗게 되는 것이다.

아닌 게 아니라 원망을 사고도 남을 일이다. 심지어 그렇게 토라진 그는 실로 성가시다.

그렇기에 미라는 시치미를 떼며 "참으로 기개가 있는 자로구나"라고만 말했다.

아르마 일행 말고도 수많은 자들의 협력 덕분에 '이라 무에르테'의 최고 간부 포박 작전은 실현되었다. 그리고 드디어 심문도 이루어졌다.

그로 인해 얻어낸 정보들은 모두가 아르마 일행이 알고 싶어 했던 것들이었다.

그 정보들은 분명 향후의 정세에 영향을 미칠 것이다.

다만 갈로바를 심문하고 얻어낸 정보는 거기서 끝이 아니었다. 아르마 일행도 놀랄 정도의 진실이 그의 말로써 드러난 것이다.

"본거지는, 하나 더 있다——."

대륙 이곳저곳에 존재하는 '이라 무에르테'의 거점에 관해 캐내던 때의 일이다. 그게 전부냐고 확인하고자 묻자, 갈로바가 그런 말을 한 것이다.

지금까지는 최고 간부가 거점으로 삼고 있는 네 개의 장소가 본거지일 것이라 추측하고 있었다.

'이라 무에르테'라는 조직이 네 명의 간부로 구성되어 있기 때문이었다. 그 넷을 합친 것이 '이라 무에르테'라 생각했던 것이다.

하지만 갈로바는 아르마의 추궁에 담담하게 답했다. 네 명의 간부를 통괄하는 자—— '이라 무에르테'의 정점에 군림하는 진정한 보스가 있다고.

"이것 봐, 이 마당에 와서 한 명이 더 있다니……."

"이거, 일이 좀 복잡해졌네."

"참으로 성가신 게 튀어나와 버렸구나."

심지어 갈로바에게서는 진정한 보스에 관한 정보를 거의 캐낼 수가 없었다. 듣자하니 통신장치를 통해서만 대화했다는 모양이다.

이름은 물론이고 종족, 얼굴, 연령, 그리고 실력에 이르기까지 모든 것이 베일에 싸여 있다고 한다. 그의 정체는 나머지 세 사람도 모를 것이라고 갈로바는 답했다.

그가 아는 것이라고는 그 장소에 관한 작은 정보와 돈벌이가 아닌 뭔가 커다란 목적이 있는 듯하다는 것뿐이었다.

EX 아홉 현자 소울하울의 귀환

어느 영봉의 깊숙한 곳. 만년설로 뒤덮인 설원에 자리한 신전 내부. 더는 찾는 이가 없어, 세월에 풍화되어가는 폐허로만 보이지만 그 어떤 신전보다 장엄한 기운으로 가득한 곳.

그 최하층에는 태고의 신들이 모셔진 예배당과 과거의 성인들이 잠든 묘지가 있었다.

그곳은 매우 고결한 성역으로, 신앙심이 없는 자조차 다가가기만 해도 경외심에 졸도해버릴 정도의 신기로 넘쳐났다.

하지만 아무렇지 않은 얼굴로 그런 곳 한복판에 서서 성스러운 빛을 내뿜는 잔을 손에 든 남자가 한 명 있었다.

"이걸로 완성인가……. 음~ 내가 만들어놓고 이렇게 말하자니 좀 그렇지만, 지금까지의 공정에 어떤 의미가 있었는지 전혀 모르겠네."

그의 이름은 소울하울. 신명광휘의 성배를 완성하기 위해 온 대륙을 수십 번이나 왕복한 남자다.

그리고 소울하울은 지금 이 자리에서 그 목표를 달성했다.

복잡한 공정과 눈이 튀어나올 만큼 희귀한 소재들을 입수하는 데만 몇 년이나 투자했고, 그것들을 얻기 위해 쓰러뜨린 적의 숫자도 셀 수 없을 정도였다.

많은 위험과 위기에 직면하기도 했다.

그럼에도 완성할 수 있었던 것은 그가 결코 겉으로 표현하지도, 또한 결코 인정하지도 않는 다정한 성격 때문이었다.

"하지만, 완성했으니 상관없어. 남은 문제는 예상했던 효과가 있을 것인가 하는 건데……—— 뭐어, 그건 그 녀석에게 실험해 보면 알 수 있으려나."

딱히 그 귀찮은 여자를 구하려는 게 아니다. 그냥 실험대로 딱 좋기 때문이다. 듣는 이도 없건만 자신에게 변명을 하듯 중얼거리며 소울하울은 예배당 안쪽을 흘끔 쳐다보았다.

그곳에는 다정한 미소를 띤 신상(神像)이 안치되어 있었다. 대륙의 주류인 삼신교와는 전혀 다른 여신의 상이다.

그 표정은 마치 솔직하지 못한 소울하울을 따뜻하게 지켜보는 듯했고, 그래서 소울하울은 거북함에 못 이겨 쫓겨나듯이 그 자리를 뒤로 했다.

장소를 옮겨 고대신전 네뷸러폴리스의 입구 앞. 진혼도시 카라낙 부근에 있는 던전으로 최하층에는 소울하울이 멋대로 점유하고 있는 백아(白亞)의 성이 존재한다. 그리고 그가 구하려 하는 여성과 수많은 컬렉션도 여전히 그곳에 있었다.

"이곳에 돌아온 게, 몇 년 만이더라. ……그러고 보니, 장로가 자료 같은 걸 뒤졌다고 했었지."

알카이트 왕국으로 돌아오라는 말을 하기 위해 미라는 그곳에 남아 있던 자료를 통해 목적지를 예상해서 찾으러 왔다고 했다.

고대지하도시의 7층. 그 깊숙한 곳에 있는 레이드 보스의 영역에서 재회했었다.

"예상보다 상당히 빨리 끝난 건, 뭐어…… 그 덕분이기도 한 것 같지만."

당시에는 금술(禁術)의 반동으로 상급 이상의 술식을 사용할 수 없는 상태였다. 하지만 미라와 만나 정령왕의 힘을 빌려, 그 반동을 대신 맡아줄 그릇을 완성했다.

이후, 소울하울은 해금된 상급 사령술을 마음껏 사용하여 단숨에 신명광휘의 성배를 완성시킨 것이다.

그때의 일이 조금 고마워서 소울하울은 다음에 남은 전리품이라도 나눠주러—— 필요 없어진 것들이라도 떠맡기러 갈까 생각했다.

그런 생각을 하며 걸어서 도착한 곳은 네뷸러폴리스의 입구에서 옆으로 한참 벗어난 지점이었다.

"분명 이 근처였던가. 나 원, 몇 년 동안 안 왔더니 헷갈리는걸."

후방에는 숲, 전방에는 절벽이 자리해서 실로 찾기 어려운 장소에 그것이 있었다.

소울하울이 손을 내밀자 바위문이 둔중한 소리를 내며 열리기 시작했다. 그렇다, 비밀 입구다.

본래의 입구가 모험가 종합 조합의 관리하에 놓여 자유롭게 출입할 수 없게 된 탓에, 옆에 따로 전용 출입구를 만들어버린 것이다.

이 비밀 입구는 네뷸러폴리스의 5층에 있는 창고로 이어져 있다.

다만 이름만 창고지, 지금은 그곳에 아무것도 남아 있지 않았다. 때문에 탐색 중인 모험가와 맞닥뜨릴 일도 거의 없었다.

"……좋아, 문제없는 것 같군."

소울하울은 만약을 위해 창고로 나가기 전에 상황을 확인하고서 그곳에 발을 들였다.

네뷸러폴리스에 돌아온 것은 몇 년 만이다. 과거에는 신성한 신전이자 수많은 신도의 성역이었던 이곳은 현재, 죽은 자들에 의해 더럽혀지고 불사자들이 배회하는 던전이 되어 있었다.

늘 죽음의 기운이 감돌고, 형용하기 어려운 분위기로 뒤덮여 있는 불사의 영역이다.

모든 이가 혐오감을 감추지 못하는 장소였지만 소울하울은 오랜만에 집에 돌아온 사람처럼 가벼운 발걸음으로 6층을 향해 걸어 나갔다.

"뭐야, 저건?"

몇 년 만에 집에 돌아와서 기분이 좋아져 있던 소울하울의 눈에 들어온 것은, 6층으로 이어진 통로 앞에 설치된 바리케이드였다.

철판을 조합해 만든 벽과 자물쇠가 걸린 문. 그 한가운데에는 '출입금지'라는 커다란 글씨가 쓰여 있고 그 아래에는 긴 문장이 적혀 있었다.

하지만 이런 건 대부분 거만한 투로 쓸데없이 길게 적어둔 주의 권고문이다. 따라서 소울하울은 귀찮다는 생각에 훑어보지도 않고 바리케이드를 자세히 관찰했다.

바리케이드는 제법 튼튼하고 기밀성도 높아 보였다.

"이것 봐, 왜 멋대로 남의 아지트를 봉쇄하고 그래."

하지만 소울하울의 입장에서는 (멋대로 점거하고 있던) 내 집을 누군가가 멋대로 점거하고 있는 것이나 다름없는 상황이었다.

【사령술 : 도적의 열쇠】

바리케이드에 사용된 문의 잠금장치는 그렇게 복잡한 게 아니었다. 그 때문에 소울하울은 잽싸게 잠금 해제 술식을 행사해서 이를 돌파하고 그대로 당당하게 안으로 들어갔다.

“뭐야, 저것들은.”

6층은 광대한 공간에 백아의 성만이 자리하고 있는 장소다. 그리고 출입구는 그 공간에서도 높은 곳에 위치하고 있어서 도착하자마자 전체를 내다볼 수 있었다.

그런 출입구에서 보이는 범위에만 십여 명 정도의 사람들이 있는 것이 보였다.

“모험가……는 아닌 것 같군.”

전투용 무장을 한 이는 보이는 범위에 두세 명 정도뿐. 나머지는 간소하고 움직이기 편해 보이는 옷을 입고 있고 이렇다 할 특징이 없었다.

“그럼 내 성을 어지럽히러 온 도적인가?”

애초에 멋대로 사물화하고 있는 것이었지만, 소울하울은 그럴 가능성을 시야에 두고 쫓아내 버릴까 생각했다.

그렇게 상황을 살피던 때였다. 이 현장의 책임자로 보이는 인물을 발견해 주의 깊게 관찰하다가 눈에 익은 것을 발견했다.

그것은 책임자로 보이는 남자가 찬 완장이었다. 심지어 거기에 자수로 새겨진 것은 잘못 볼 리가 없는 알카이트 왕국의 국장(國章)이었다.

"음? 우리나라의 관계자인가?"

그런 전제로 다시금 둘러보니, 그자들이 도적질을 하거나 성을 파괴하고 있는 게 아니라 이곳저곳을 조사하는 중이라는 것을 알 수 있었다.

아무래도 알카이트 왕국에 소속된 조사원 같은 건가 보다.

"……뭘 하고 있는 거지?"

그럼 이 자들의 목적은 무엇일까. 소울하울은 그 점이 궁금해졌다.

그날, 미라에게 어느 정도 이야기를 듣기는 했다. 이곳에 남겨져 있던 자료 등을 통해 행선지를 예상했다는 등의 이야기였다.

하지만 소울하울이 들은 이야기는 거기까지였다.

그곳에서 악마가 뭔가를 하고 있었다는 이야기나, 지하 깊은 곳에 의문의 공간이 있었다는 사실은 아직 알지 못했다.

따라서 그러한 것들을 조사하고 있는 조사대는 소울하울에게 의문의 존재일 수밖에 없었던 것이다.

"뭐어, 아무렴 어때."

무언가를 조사하고 있는 것 같기는 하지만 이곳에 있는 컬렉션들을 파손하고 있는 듯한 낌새는 보이지 않는다. 그렇다면 아무래도 좋다고 생각한 소울하울은 그대로 아래로 가는 계단이 있는 방향의 반대쪽으로 향했다.

그렇다, 그곳에도 편의성 향상을 위해 멋대로 설치한 장치가 있기 때문이다.

장치 안쪽에는 수직으로 뚫린 굴이 하나 있었다. 소울하울은 거미 형태의 골렘을 만들어내서 그 등에 올라타고 굴을 내려갔다.

이어서 똑바로 난 수평굴을 지나자 백아의 성의 지하에 있는 비밀방에 도착했다.

"아아, 다들 잘 지냈어? 오래 기다리게 해서 미안해. 이게 끝나면, 완벽하게 완성해줄 테니까 기다리고 있어."

외부와 연결된 입구가 완전히 감춰져 있는 방. 그곳에는 여러 명의 여성의 시신이 안치되어 있었다.

인적 없는 곳에서 억울한 죽음을 당한 여성들. 그런 여성들의 시신을 회수하여 수복해서 방부처리 등을 하는 곳이 바로 이 방이었다.

그리고 현재, 이 방에는 다섯 명의 시신이 안치되어 있었다. 이미 처리 등은 완료되었고 사령술에 의한 보호도 유효한 상태라 언뜻 보면 잠들어 있는 것으로만 보였다.

하지만 이곳은 농후한 죽음의 기운으로 가득했다. 그럼에도 육체만은 죽음에 저항하듯 아름다운 상태로 존재해서, 그야말로 소울하울이 추구하는 미(美)가 구현화 된 듯 보였다.

"너희가 입을 옷도, 빈틈없이 챙겨왔어."

소울하울은 한 사람 한 사람에게 말을 건네고 뺨을 쓰다듬었다.

신명광휘의 성배를 만들기 위한 여행 도중. 다섯 명의 신입이 기다리고 있다는 것도 잊지 않고 중간에 들른 곳에서 어울릴 것 같은 옷을 골라온 것이다.

입혀볼 생각을 하니 벌써 기대된다. 다섯 명을 둘러보며 대담한 미소를 지어 보인 후, 소울하울은 빨리 최후의 목적을 달성하기 위해 방을 나서서 위층으로 나아갔다.

"너희도, 오래 기다렸지? 수고 많았어."

왕좌의 방에 늘어선 시체 메이드들도 어루만져주며 그는 왕좌에 안치된 여성에게로 향했다.

"자아, 마지막 실험이야."

겨우 완성된 신명광휘의 성배. 드디어 그 힘을 확인할 때가 왔다.

소울하울은 성배를 손에 들고, 마침내 그녀에게 걸린 봉인을 풀었다.

※

"그 후에, 그런 일이 있었던 건가. 그러고 보니 근처에서 몇 번인가 레서데몬을 발견한 적은 있었지. 귀찮아서 그때마다 제거했는데, 내 아지트의 지하를 노린 거였나."

"아니, 정확히는 국가 관할지거든……?"

알카이트성에 있는 왕의 집무실에서 소울하울과 솔로몬이 대화를 나누고 있다.

그 내용은 네뷸러폴리스의 상황에 관한 설명이었다.

미라가 네뷸러폴리스에서 암약하던 악마와 조우한 일. 그리고 악마가 그러한 장소에서 무엇을 하고 있었던 것인지에 관한 조사 결과를 전달한 것이다.

"뭐어, 그래서 내 정원에 그렇게 사람들이 많았던 건가."

왜 네뷸러폴리스 6층에 알카이트 왕국의 조사원들이 있었던 것인지. 설명을 듣고 납득한 소울하울은, 컬렉션에는 아무런 피해도 입히지 않았으니 딱히 문제는 없다며 고개를 끄덕여 보였다.

"글쎄 네 정원도…… 아니, 뭐 됐어. 그보다 일단 너는 아주 별난 연구원이라고 전달해뒀으니까, 평범하게 용건이 있다고 미리 말해줬으면 소란이 일어날 일도 없었을 텐데 말이야——."

그에 반해 솔로몬은 쓴웃음을 띤 채 한숨 섞인 투로 그런 말을 했다.

소란. 그것은 소울하울이 얼어붙은 여성의 봉인을 풀고 신명광휘의 성배의 힘으로 보기 좋게 문제를 해결하고, 얼마 남지 않았던 그녀의 목숨을 구하는 데 성공한 다음에 일어났다.

이로써 성흔의 영향으로 목숨을 잃을 일은 없어졌다지만, 오랫동안 봉인되어 있었던 데다 봉인 당시에도 그녀의 몸은 이미 아슬아슬한 상태였다.

다시 말해서 매우 쇠약해진 상태였던 것이다. 그 때문에 제대로 된 시설에서 요양시키는 게 제일일 것이라 생각한 소울하울은 그녀를 루나틱레이크로 옮기려 했다. 수도에 있는 의료시설만큼 설비가 충실한 장소는 흔치 않기 때문이다.

그때였다. 신명광휘의 성배는 신화급 아이템인 만큼 사용시에 방출되는 힘도 엄청날 수밖에 없었고——.

당연히 주변에 있던 조사원들은 그 반응을 느끼고 소울하울이 있는 곳으로 달려왔다.

이변이 일어났다 싶었더니 현장 책임자조차 출입이 금지된 구역에 조사원도 아닌 인물이 있었다. 심지어 중요 보전 대상인 여성을 품에 안고 있었던 탓에 아주 큰 난리가 났다.

존재 자체가 국가기밀인 탓에 그 장소를 소울하울이 멋대로 점거하고 있었다는 사실은 아직 비밀이었다.

다만 솔로몬은 탑에 속한 아주 별난 연구원이 그곳을 연구실 삼아 탑에서는 하지 못할 연구를 하고 있다는 이야기를 지어내서 조사원들에게 전달해두었던 모양이다.

그리고 그 연구원이 돌아오면 일단 밖으로 철수하라고도 명령해 두었다고 한다.

"——6층 입구에 네가 알아볼 수 있도록 간접적인 메시지를 적어뒀는데 말이야. 못 본 거야?"

"아~ 뭔가 있었다는 건 기억해. 하지만 보나 마나 무단으로 침입하는 자는 법에 의해 어쩌고저쩌고 하는 뻔한 문장이 쓰여 있을 줄 알고 안 봤어."

확인차 솔로몬이 묻자 소울하울은 그런 데 적힌 장문의 글을 읽을 리가 없지 않느냐고 답했다.

그런 그의 답을 들은 솔로몬의 한숨은 더욱 깊어졌다.

메시지에는 소울하울이라면 잊을 리가 없는 과거의 사소한 사건을 암호로 지정해두었다는 취지의 내용이 적혀 있었다는 모양이다.

그걸 책임자에게 말했다면 아무 일도 없었을 거다. 솔로몬은 그렇게 말하고서 "다들 전치 일주일이래"라고 소란의 결과를 전달해주었다.

"꽤 튼튼하네. 역시 우리 조사원들이야."

소울하울은 아주 당당하게 답했다.

열심히 준비해둔 수순을 무시한 결과, 소울하울은 침입자인 동시에 유괴범으로 보일 수밖에 없는 상황이 되었던 것이다.

그리고 조사원과 적대하게 되고, 싸움이 벌어졌다.

하지만 그 도중에 책임자가 혹시나 하고 사정을 짐작한 덕에 상황이 바뀌었다. 암호용 질문을 던지자 소울하울은 정확하게 정답을 말해서 어찌어찌 사태가 수습되었던 것이 현장에서 있었던 일의 전말이다.

"아~ 아, 하다못해 돌아왔으면 이쪽에 먼저 얼굴을 내밀어주지 그랬어. 뭐어, 여기보다 먼저 갈 정도로 그녀가 소중했다는 거겠지. 응응, 그렇다면 어쩔 수 없으려나."

네뷸러폴리스로 직행하지 않고 일단 성에 들렀다면 소란은 일어나지 않았을 거다. 그런 가장 간단하고도 확실한 선택지도 있었다. 하지만 친구인 자신보다 얼어붙어 있던 여성 쪽으로 간 걸 보면 어지간히도 그녀가 보고 싶었나 보다, 라는 생각에 솔로몬은 앙갚음이라도 하듯 짓궂은 미소를 지어 보였다.

"……그럴 리가 없잖아. 애초에 메시지를 그런 식으로 적으면 어쩌자는 거야. 나한테 썼다는 걸 단번에 알 수 있도록——."

다소 먹혀든 것인지 소울하울은 뚱한 얼굴로 통명스럽게 말하더니 고개를 홱 돌렸다.

이런저런 문제가 정리된 후, 소울하울과 솔로몬은 신명광휘의 성배를 만들기 위한 여행과 이번에 개최되는 건국제 등에 관해 이야기를 나누었다.

그렇게 30년 만에 대화를 나누며 추억에 젖어 있던 때였다.

"야, 의료부에 얼음덩이 여자가 있던데, 혹시 그 녀석이 돌아온 거야?!"

루미나리아가 그런 말과 함께, 아주 소란스럽게 뛰어 들어왔다.

평소처럼 의료부에서 취향에 맞는 간호사를 물색하려던 참에 꽤나 소란스러운 곳이 있어서 들여다보니 네뷸러폴리스 백아의 성에서 봤던 여성이 실려 와 있었다.

루미나리아는 조사반에 동행했을 때 그 여성을 봤었다. 그래서 그녀는 그 인물이 소울하울이 구하려 하고 있는 여성이라는 사실을 알았고, 그 여성이 있다는 것은 소울하울도 있다는 뜻이 아닐까, 하는 생각에 서둘러 이곳으로 달려온 것이다.

"오오, 진짜로 있었네!"

라스트라다와 아르테시아가 귀국한 지 얼마 되지도 않았는데 소울하울까지 오다니, 루미나리아는 오랜 친구와의 재회가 무척 기쁜 눈치였다.

그러나 당사자인 소울하울은 실로 떨떠름한 표정이었다. 오히려 약간 우울해진 듯 보이기도 했다.

하지만 루미나리아는 그런 그의 반응은 아랑곳하지 않고 눈을 반짝이며 뭔가 안 좋은 흉계라도 꾸미는 사람 같은 미소를 띤 채 다가갔다.

무슨 짓을 하려는 걸까 했더니, 그 풍만한 가슴을 들이밀며 "여어

여어, 소울하울 군, 오랜만이네"라는 말과 함께 어깨동무를 했다.

"그래, 오랜만이네. 그리고 여전히 짜증 나."

분명 루미나리아의 유혹은, 온 세상의 남자 중 대부분은 순식간에 농락될 것이라는 생각이 절로 들 정도로 선정적이었다.

하지만 소울하울은 조금도 흥미가 동하지 않는지, 그야말로 먼지라도 묻은 듯이 루미나리아를 손으로 떼어냈다.

"어라아? 드디어 불사 소녀 이외의 여자한테도 관심이 생겼구나 싶었더니, 아니었어?"

소울하울은 몇 년에 걸쳐 신명광휘의 성배를 완성했다. 어지간한 이유와 각오가 아니고서는 그런 고생을 사서 할 수 있을 리가 없다.

그야말로 사랑하는 여성을 위한 것이라는, 남자가 움직일 수밖에 없는 절대조건 같은 것이 필요한 일이다. 그렇게 생각한 루미나리아는 백아의 성에서 목숨을 부지하고 있던 여성이야말로 그 이유일 것이라고 짐작했다.

그리고 동시에 드디어 소울하울이 불사 소녀 이외의 여성에게도 관심이 생겨, 살아있는 여성을 사랑하고 성욕을 품을 수 있게 되었구나, 라는 생각에 감동까지 했더랬다.

그렇기에 성적 매력이 넘쳐나는 자신의 몸으로 환영한 것이다. 하지만 당사자는 나름 신경을 쓴 환영 인사를 그야말로 파리라도 보는 듯한 눈을 한 채 흘려 넘겼다.

"그래, 아니야. 그런 여자는, 귀찮은 짐짝이나 다름없어. 내 아내들의 발끝에도 못 미친다고."

이것만은 변치 않을 진실이라고 소울하울은 단언했다. 게다가 그의 사랑은 이전 그대로인 정도가 아니라 더더욱 깊어졌다고도 말했다.

"에이~ 뭐야~. 왜 그렇게 되는 건데~~."

플레이어 출신자인 동시에 루미나리아를 잘 아는 자라 해도 그녀의 외모는 그런 부분을 무시할 수 있을 만큼 매혹적이었다. 아닌 게 아니라 누가 되었건, 아무리 잘 아는 사이라 해도 남자라면 무의식중에 반응을 하고 말 정도였다.

루미나리아는 그런 면모를 이용해 상대를 놀리고 가지고 노는 나쁜 버릇이 있었다.

그리고 이번에는 드디어 소울하울을 놀릴 기회가 왔다고 생각한 것인데, 이런 반응이 돌아온 거다. 심지어 그 고생을 해서 구해놓고 귀찮은 여자라고 하다니. 루미나리아는 도무지 이해가 안 된다고 불만을 터뜨리며 어린애처럼 툴툴댔다.

"이유라면 전에 장로한테 이야기했어. 알고 싶으면 물어보든가. 같은 설명을 또 하기는 귀찮으니까."

하지만 소울하울은 루미나리아를 상대해줄 생각도, 일일이 설명할 생각도 없는 모양이었다.

"뭐어~? 지금은 그 녀석이 없잖아~."

"그럼, 포기하든가."

"뭐야, 그게~. 뭐 어때서~ 한 번만 더 설명해줘~. 알려달라고~."

소울하울이 귀찮다고 거부하면 루미나리아는 더더욱 궁금해져서 엉겨 붙었다.

소울하울은 실로 귀찮다는 표정이다.

그런 그가 그 어떤 미인이 와도 거들떠보지도 않는 이유는 무엇일까. 그러면서 불사 소녀에게는 비상식적일 정도의 애정을 쏟아붓는 이유는 무엇일까.

루미나리아는 그 이유를 모르는 탓에 이전부터 이렇게 소울하울에게 치근대고는 했다.

"뭔가, 옛날로 돌아온 것 같네――."

소울하울과 루미나리아의 관계성은 이상하다. 그런 두 사람이 곧잘 자아내던 광경 앞에서 솔로몬은 어딘지 그립다는 듯한 얼굴을 한 채 그들의 대화가 끝날 때까지 지켜보았다.

소울하울과 루미나리아의 공방. 그 승부는 끈질긴 루미나리아의 승리로 끝났다.

아무리 거부해도 물러나지 않고 민달팽이처럼 들러붙어 떨어지지 않자, 짜증이 한계를 돌파해 버린 것인지.

그냥 이야기해 버리는 게 낫겠다는 결론에 도달한 거다.

그렇게 소울하울은 그 여성과의 만남으로 시작된 신흥종교에 관한 이야기와 악마의 축복이라 불리는 것의 정체, 향후의 예상 등에 관해 간결하게 설명했다.

"아하아. 그 미인한테는 그런 배경이 있었구나."

악마의 축복을 받은 여성을 구하기 위해 유일한 희망인 신명광휘의 성배를 만들려 했다. 루미나리아가 아는 것은 그 정도 정보뿐이었다.

하지만 이렇게 자세히 듣고 나서 보니 새로운 정보는 물론이고 은근히 중대하고 희귀한 정보가 섞여 있었다.

이전에 들었던 것보다 훨씬 일이 커진 듯한 느낌이다.

"그나저나 성흔이라아. 그럼 앞으로 그 미인은 성녀 같은 게 될지도 모르겠네."

"뭐어, 그런 미래도 존재할지 모르지. 하지만 그 녀석이 성녀라니, 정말 웃기지도 않는 소리군."

그녀에 관해 잘 아는 소울하울은 그런 미래를 상상하고는 얼굴을 있는 대로 찌푸렸다.

성녀라는 호칭이 저토록 안 어울릴 사람은 없을 거라고 온몸으로 말하기라도 하듯이.

"헤에. 그건 그것대로 기대되는 미래네."

반쯤 놀리듯이, 하지만 동시에 말 그대로 기대된다는 뉘앙스를 담아 루미나리아는 웃으며 말했다.

의문이 다 풀렸다는 듯한 표정이었다. 몇 년이나 쏟아 부어가며 소울하울이 신명광휘의 성배를 완성한 것에 대한 의문이 풀린 것이다.

좋아하지도 않는 여성을 위해 그 고생을 마다하지 않은 이유. 소울하울이라는 남자는 말과 태도를 통해 상대와 거리를 두거나 관심이 없는 척을 하지만, 알고 보면 인정이 많기도 하다.

다시 말해서 그에게 그녀는 이미 생판 남이 아니었던 거다. 그리고 소울하울이라는 남자가 움직일 이유는 그것으로 충분했다.

“아아, 그러고 보니 의료부에서 그 일로 보고할 게 있다고 해서 대신 가지고 왔어.”

소울하울과 여성 사이에 어떤 사정이 있었는지를 듣고 만족한 것인지. 루미나리아는 티가 나도록 그제야 생각이 났다는 듯한 시늉을 하더니 한 장의 종이를 꺼냈다.

아무래도 그것은 지금까지 이야기했던 여성에 관한 정밀검사 결과인 듯했다.

소울하울이 구해낸 여성은 지금 알카이트성의 의료부가 맡고 있었다. 요양 등을 하기 전에 우선은 건강상태를 확인하기 위해 검사를 했던 것이다.

그게 끝난 타이밍에 루미나리아가 의료부를 찾았던 거다.

그곳에서 얼어붙은 여성을 발견하고 드디어 소울하울이 돌아왔다는 걸 알아챘고. 검사 결과를 보고하러 가는 중이라고 하기에 그 역할을 가로채서 현재에 이른 것이다.

“그래서, 알고 싶냐?”

검사 결과가 적힌 종이를 팔랑팔랑 흔들며 루미나리아는 히죽히죽 웃었다.

그 목적은 누가 봐도 뻔했다. 생판 남이 아니게 되었다면 그다음 단계로 넘어갈 가능성도 아주 없지는 않다.

알고 싶다는 답은 그녀에게 관심이 있다고 말하는 것과 다름이 없다. 그러면 말꼬리를 잡아 놀려주려는 꿍꿍이속이다.

하지만 알고 싶지 않다고 답할 경우에 관해서는 딱히 생각하지 않았다. 그것이 즉흥적으로 움직이는 루미나리아의 생태였다.

"그래, 어땠지?"

뜻밖에도 곧장 답했다. 심지어 자아, 어떻게 나올 거지? 하고 대비할 새도 없이 답하는 바람에 오히려 루미나리아는 당황스러웠다.

하지만 동시에 드디어 소울하울에게도 그런 감정이 생겼구나, 싶어서 기쁘기도 했다.

"어쩔 수 없지이. 그렇게 저 미인이 신경 쓰인다면 알려줘야지, 뭐. 어디 보자아~. 오, 쇠약해졌을 뿐 딱히 문제는 없다는데?! 잘됐네!"

좋은 조짐이라며 미소를 띤 채 루미나리아는 검사 결과가 적힌 종이를 지긋이 확인하고서 문제없다는 글씨를 발견하자마자 소울하울의 노력이 결실을 맺었다며 기뻐해 주었다.

지금은 아무 감정도 없을지 몰라도 앞으로는 모를 일이다. 그것이 남녀 관계라는 것이다.

그런 기대를 품으며 루미나리아는 검사결과지를 휙 하고 건네주었다.

그러자 소울하울은 어지간히도 신경 쓰였는지 종이를 받아들자마자 시선을 떨구고 내용을 확인하기 시작했다.

그 진지한 얼굴을 보고 있자 루미나리아는 더더욱 기대가 부풀어 올랐다.

하지만 이어서 소울하울이 입 밖에 낸 말은 그러한 기대를 매몰차게 배신하는 내용의 것이었다.

"과연. 성배의 힘은 문제없이 작용했나. 그 상태에서 이렇게까지 되다니…… 아아, 좋은걸. 이거 꽤 쓸만하겠어."

웃으며 그렇게 중얼거리는 소울하울의 표정은, 그 여성은 안중에도 없는 사람처럼 보였다. 아닌 게 아니라 그녀를 구한 신명광휘의 성배의 힘 쪽에 관심이 쏠린 듯한 눈치다.

성흔으로 인해 죽어가던 여성의 시간을 정지시킨 것은 소울하울이다. 그렇다면 당시의 상태를 누구보다도 잘 알 것이다.

그때와 비교했을 때, 이번 검사 결과는 그야말로 기적이라 할 수 있을 정도로 훌륭했다.

기적을 일으키는 힘. 그것을 손에 넣었다고 확신한 소울하울은 입가만 씨익 치올렸다. 그 얼굴은 척 보아도 나쁜 흉계를 꾸미는 매드 사이언티스트 그 자체였다.

"야야, 그것뿐이야? 뭐 더 할 말은 없고~……?"

"그래, 좋은 실험 데이터를 얻었어. 이거 상당히 재미있게 됐는걸. 다만 마나 포화도와 마력치의 변화 폭이 신경 쓰여. 활성화가 원인이겠지만, 저 여자의 기본치를 생각하면 말도 안 될 정도야. 나중에 좀 더 자세히 물어보러 갈까."

여성의 상태를 생각하면 적어도 사람으로서 걱정이 되기는 할 것이다. 루미나리아는 그런 반응을 기대했지만 소울하울의 마음은 완전히 신명광휘의 성배 쪽으로 돌아가 있었다.

"정말 여전하네에……."

정말로 아주 조금이라도, 그야말로 오차 범위라도 불사 소녀 이외의 여성에게 관심을 가지게 되지는 않았을까 기대했지만, 역시 당시와 달라진 게 아무 것도 없는 소울하울의 반응에 루미나리아는 어깨를 축 늘어뜨렸다.

"이곳은, 변함이 없군."

여성이 무사하다는 것은…… 아니, 신명광휘의 성배의 힘은 충분히 확인했다. 따라서 앞으로는 결과를 수치로만 전해달라고 요청한 후, 소울하울은 30년 만에 그곳을 방문했다. 아니, 30년 만에 돌아왔다.

그렇다, 아홉 현자의 본거지인 은의 연탑이다.

소울하울은 그중 하나인 사령술의 탑을 다소 그립다는 얼굴로 올려다보고서, 당분간 바빠지겠다며 대담한 미소를 띤 채 그곳으로 발을 들였다.

기나긴 여행을 마치고 미라, 그리고 솔로몬과의 약속에 따라 다시 이 탑을 본거지로 삼기로 한 탓에 할 일이 산더미처럼 많았다.

하지만 우선은 좀 쉴까 하던 참이었다.

"있잖아, 샤를로테. 이것 좀——."

사령술의 탑 최상층. 엘리베이터에서 내려 자신의 방 문을 열려던 때였다.

엘리베이터의 문이 열리는 소리를 듣고 보좌관인 샤를로테가 돌아온 줄 안 것인지. 옆방에서 현자 대리인 아마라테가 검은 시스루 캐미솔을 손에 들고 나온 것이다.

"……?!"

직후, 아마라테는 경계심을 드러냈다. 그럴 만도 한 것이, 탑의 최상층에 들어올 수 있는 이는 극소수뿐이기 때문이다.

아닌 게 아니라 지금은 현자대행과 보좌관 말고는 출입이 불가능한 장소였다.

그런 곳에 지금까지와는 다른 인물, 심지어 남자가 있는 것을 본 아마라테가 침입자로 의심하고 반응한 것은 당연한 일이라 할 수 있었다.

"아……."

하지만 그녀는 또 하나의 가능성이 있다는 사실도 알았다. 이해하고 있었다. 그렇기에 경계태세에 돌입함과 동시에 그것이 누구인지를 확인하고 알아챈 것이다.

그 인물이 30년 동안 애타게 기다렸던 상대라는 사실을.

"소울하울 님……!"

귀환한 소울하울. 그 모습을 본 아마라테는 크게 숨을 들이켜더니 감정이 그대로 새어 나온 듯 가녀린 목소리로 그 이름을 불렀다. 그리고 자연스럽게 경계를 풂과 동시에 구슬 같은 눈물을 뚝뚝 흘리기 시작했다.

아마라테는 평소 감정을 겉으로 표현하는 일이 거의 없었다. 그렇기에 스스로도 어떻게 하면 좋을지 모르겠는 것이리라. 캐미솔을 손에 든 채 꼼짝도 않고, 무방비한 상태로 우는 그녀의 모습은 아닌 게 아니라 어린애 같았다.

"어, 어어."

30년 만에 만난 데다 갑자기 울음을 터뜨리는 바람에 소울하울도 조금 난처하다는 표정을 지어보였다.

그리고 그때. 문득 엘리베이터의 문이 열리는 소리가 들려왔다.

"당신…… 무슨 짓이죠?!"

보좌관인 샤를로테다.

가장 먼저 그녀의 눈에 들어온 것은 이 장소에서 30년 동안 본 적이 없는 남자의 모습이었다. 그리고 다음으로 눈에 들어온 것은, 그런 남자 앞에서 울고 있는 아마라테의 모습이다.

순간, 샤를로테는 두말없이 뛰쳐나갔다. 아마라테의 눈물을 본 것은 30년 전 딱 한 번뿐이다. 그토록 눈물을 흘리는 법이 없는 그녀를 저기 있는 남자가 울린 건가, 그녀에게 그토록 지독한 짓을 한 건가, 라는 생각에 샤를로테는 격앙된 반응을 보였다.

뱀파이어—— 데이라이트 워커인 그녀의 전투력은 어지간한 모험가는 상대도 안 될 정도다. 그야말로 A랭크의 상위권과 견주어도 될 정도의 실력을 지녔다.

그런 샤를로테가 진심으로 덤비면 어지간한 남자는 눈 깜짝할 사이에 땅바닥을 기게 될 것이다.

하지만 소울하울 앞에서는 그런 그녀조차도 갓난아이나 다름없었다.

"아아, 일단 진정하라고."

소울하울은 시선만 살짝 옮겨 순식간에 술식을 구축. 질주하는 샤를로테를 아주 간단히 골렘으로 구속하고 말았다.

"뭐……?!"

술식의 반응을 느끼고 몸을 날렸지만 골렘의 손은 모든 움직임을 예상했다는 듯이 닥쳐들었다. 모든 면에서 우위를 빼앗긴 샤를로테는 오히려 실력 차이가 너무도 크다는 사실을 알아채고 냉정함을 되찾은 듯 보였다.

그리고 머리가 식자 상황을 정리할 여유도 생겨났는지, 샤를로테는 설마, 하는 얼굴로 눈앞에 있는 남자를 올려다보았다.

"예전에, 스펙만 믿고 너무 직선적으로 움직인다고 했는데, 아직도 안 고쳐진 것 같군."

소울하울은 그런 말을 하며 샤를로테를 바라보았다. 종족 특유의 잠재능력만 믿고 움직여서는 상대에게 간파당하기 쉽다. 그렇다, 아주 예전에도 했던 말을 다시 한번 한 것이다.

그러자마자 샤를로테의 얼굴에 놀라움과 기쁨의 빛이 떠올랐다.

"아아, 어쩜 이럴 수가……."

그 말을 듣고 알아챘다, 그 얼굴을 보고 알아챘다. 그 분위기, 그 행동거지를 보고 알아챘다. 누구보다도 돌아오기를 애타게 기다렸던, 바로 그 사람이라는 사실을.

"소울하울 님!"

골렘에 의한 구속이 풀림과 동시에 샤를로테는 다시금 달려나갔다. 하지만 이번 발걸음은 조금 전의 것과 전혀 달랐다. 환희로 가득한, 춤을 추듯 가벼운 발걸음으로 도약하여 소울하울에게 달려든 것이다.

"……너는 이런 면도 예전과 같구나."

못 말리겠다는 투로, 여전히 감정적이라고 한숨 섞인 투로 말하면서도 그녀를 조심스럽게 받아내며 소울하울은 가만히 미소를 지었다.

"그야 당연하죠, 소울하울 님 없이는 저도 없으니까요."

기쁜 듯이 말하며 샤를로테는 소울하울의 가슴에 뺨을 기대었다. 하지만 곧이어 소울하울이 "그렇다면 공격하기 전에 알아챘어야지"라고 말하자 눈동자가 흔들리기 시작했다.

"그건 그게…… 아마라테 님 때문이에요. 어쩐 일로 울고 계셔서……."

그 때문에 무의식적으로 생각보다 손이 먼저 움직이고 만 것이라고 샤를로테는 변명했다.

"안 울었어."

그러자 변명에 이용당한 아마라테는 잽싸게 눈물을 훔치더니 다소 부루퉁한 목소리로 반론했다.

"아뇨, 울었어요."

"안 울었어."

그렇게 샤를로테와 아마라테는 말다툼을 시작했다.

아마라테가 만나자마자 알아봤다고 자신만만하게 말하자, 샤를로테는 그런 상황이 아니었다면 자신도 금방 알아봤을 거라고 주장했다.

아마라테가 손에 든 검은 캐미솔을 발견한 샤를로테가 "하지만 처음에는 저와 헷갈렸잖아요?"라고 공격하자 아마라테가 "소울하울 님의 취향을 물어보려고 한 것뿐이야"라고 답했다.

"아아, 그렇군. 그렇다면 어쩔 수 없지."

그렇게 이러쿵저러쿵 말다툼을 계속한 결과, 끝이 안 날 것 같은 데다가 불똥이 튈 듯한 낌새를 챈 소울하울이 그렇게 말하며 말다툼에 끼어들어 두 사람의 머리를 마구 쓰다듬었다.

"아아, 소울하울 님!"

"아~ 으~."

머리가 헝클어진다면서 두 사람은 버둥댔지만 그럼에도 그 손에서 벗어나려고는 하지 않았다.

두 사람은 머리카락이 마구 헝클어진다고 불평을 하면서도 행복한 얼굴을 하고 있었다.

30년 만의 재회를 마친 소울하울은 자신의 방에서 푹 쉬고 있었다. 아니, 푹 쉬려고 했다.

그러나 재회로 인한 감동이 어느 정도 가라앉은 뒤에도, 30년이라는 공백기가 있었던 탓인지 아마라테와 샤를로테가 곁에서 떨어지려 하지 않았다.

"마실 것 좀 드릴까요, 소울하울 님? 술도 있어요."

"봐, 소울하울 님. 새로운 운반용 골렘을 고안해 봤어."

지금까지의 공백을 메우려는 듯이, 또한 아버지에게 어리광이라도 부리듯이 두 사람은 신이 나서 떠들어댔다.

(이야기를 듣기는 했지만, 이렇게까지 바뀌다니…….)

소울하울은 아마라테와 샤를로테를 바라보며 이전에 미라와 잡담할 때 들었던 이야기를 떠올렸다.

이 세계가 현실이 되고서 처음 만났을 때, 마리아나의 인상이 이전에 비해 상당히 변해 있었다는…. 그야말로 NPC 같은 무미건조한 존재가 아니게 된 탓인지 상당한 차이가 있었다는 내용의 이야기였다.

이 세계에서 상당히 긴 세월을 보낸 탓에 소울하울도 그러한 부분은 알았다. 하지만 여행지 등에서 만난 사람이 아니라 게임이었던 시절부터 인연이 깊었던 이들이기에 커다란 변화가 생겨났음을 강하게 실감하게 된 것이다.

붙임성이 있는 아마라테와 약간 어린애처럼 어리광을 부리는 샤를로테. 그녀들의 모습을 관찰하며 소울하울은 당시보다 감정 표현이 뚜렷해진 것 같다고 분석했다.

또한 그것은 두 사람이 소울하울에게만 보이는 모습이었다. 세간 사람들에게 이 둘은 쿨 계열로 분류될 정도로 늘 차분하게 행동하는 존재였다. 그렇기에 아마라테와 샤를로테의 변화를 진정으로 느낄 수 있는 이는 소울하울뿐이었다.

"소울하울 님이 돌아왔다는 건, 성배가 완성됐다는 뜻이지? 성배…… 너무 궁금해."

30년 동안 이런 일이 있었고 저런 일이 있었다는 이야기를 한참 동안 하던 아마라테가 문득 그런 소리를 했다.

현자 대행이라는 직책을 맡고 있어서인지 그녀의 연구열도 상당한 듯했다. 몇 년에 걸쳐 소울하울이 완성한 신명광휘의 성배가 무척 궁금한 눈치다.

하지만 그것은 현재 아티펙트급에 필적하는 궁극의 회복 아이템으로, 분명 소울하울만이 소유하고 있을 물건이다.

그야말로 기적을 불러일으키는 물건이다 보니, 국보 정도가 아니라 삼신교회의 신기로 엄중하게 모셔진다 해도 이상할 게 없을 정도다.

"아아, 그래? 한 번 보겠어?"

하지만 소울하울은 강력한 회복 아이템 정도로만 인식하고 있었다. 그런 탓에 아이템박스에서 아무렇지 않게 꺼내, 기쁜 듯이 고개를 끄덕이는 아마라테에게 선뜻 건네주었다.

"이것이, 전설의 성배……."

그것에서 뭐라 형용하지 못할 무언가를 느낀 것인지. 아마라테는 손에 든 순간 숨을 죽이고 눈을 깜박이는 것도 잊은 채 들여다보았다.

"소울하울 님. 그래서, 효과는 어땠어? 너무 궁금해."

한참을 관찰하더니 아마라테는 결과에 관심을 보였다. 그 효과는 과거에 한 번도 확인된 바가 없으니 관심을 가질 만도 했다.

"그래, 실로 근사한 성과가 나왔지."

소울하울 본인도 신명광휘의 성배의 힘에 놀라기는 했었는지, 예상을 넘어섰다고 답하며 검사결과지를 꺼내 보여주었다.

"이 정도라니, 정말 굉장한걸."

악마의 축복―― 성흔을 받아 사경을 헤매던 여성이 지금은 거의 완전히 건강을 되찾았다. 그야말로 기적이라 해야 할 효과에 아마라테는 크게 놀랐다.

"이 정도의 물건이라면, 아마라테 님의 그것도 고칠 수 있지 않을까요?"

그 효과를 확인하던 참에. 함께 검사 결과를 들여다보던 샤를로테가 문득 생각이 났다는 듯이 그 말을 입 밖에 냈다. 그렇게 말하는 그녀의 표정은 불안해 보였지만, 한편으로는 희망을 발견한 듯한 빛이 깃들어 있었다.

"음? '그것'이라니?"

무슨 일이 있었던 걸까. 소울하울은 의미심장한 말이 의미하는 바를 캐묻듯 아마라테를 쳐다보았다.

"아니, 아무것도 아니야. 이 정도는 문제도 아닌걸."

당사자는 별일 아니라는 듯이 답할 따름이었다. 소울하울을 번거롭게 할 일도 아니거니와 걱정할 필요도 없을 정도의 사소한 일이라고.

"그럴 필요가 있는지 없는지는, 내가 정해. 일단 말해 봐."

하지만 샤를로테의 표정은 그 정도의 일일 리가 없다고 말하고 있었다. 그래서 소울하울은 말하라고 명령했다.

"……알았어."

듣자하니 1년 정도 전의 일이었다고 한다. 탑의 실험장에서 사령술 실험을 하던 중에 사고가 발생했다는 모양이다. 상급 골렘을 만들어내는 데 필요한 요소 중 하나인 사혼(死魂). 이를 다루는 술식을 조정하던 중에 그것이 폭주했다는 것이다.

그리고 그에 대처한 것이 아마라테였다.

그것을 처리하는 일은 무척 어려웠다. 사혼이라는 것은 그 자체에도 힘이 있지만 주변에도 성가신 영향을 미치기 때문이다.

하지만 탑에 불상사가 있어서는 안 된다며 아마라테는 기를 쓰고 분투했다.

그 결과, 실험장에는 흔적조차 남기지 않고 처리하는 데는 성공했다. 하지만 사혼의 성가신 성질 탓에 모든 게 무사하지는 않았다. 그 영향으로 아마라테는 저주에 잠식되고 만 것이다.

"——그대로 둬도 몇 년이면 치유된다는 것 같지만, 가끔씩 굉장히 욱신대나 봐요. 하지만, 어쩌면……."

아마라테가 설명을 마치자 샤를로테가 그렇게 말을 덧붙였다. 조금 전까지는 사사건건 부딪치기도 했지만 그래도 걱정이 되었던 모양이다.

주저흔(呪詛痕). 그것은 매우 성가신 것이었다. 한번 좀먹히면 간단히는 낫지 않고, 치유하려면 최상급의 특수한 영약이 필요하기 때문이다.

그리고 현재 그것은 거의 입수가 불가능한 상태였다. 생산자 문제도 있지만 그 재료를 입수할 수 있는 자가 없기 때문이다.

아닌 게 아니라 한 세트를 갖추려면 아홉 현자가 모두 나설 필요가 있을 정도다. 게임이었던 시절이었다면 모를까, 지금에 와서는 상당히 충족시키기가 어려운 조건이다.

"과연……. 알겠어. 좋아, 보여줘 봐."

그러한 사정도 잘 아는 탓에 소울하울은 더더욱 그대로 둘 수는 없다고 생각했다. 그리고 어느 정도의 상태인지 확인할 필요가 있다는 생각에 안색 하나 바꾸지 않고 그렇게 명령했다.

아마라테를 좀먹고 있는 주저흔을 확인한다는 것은, 다시 말해서 벗으라는 뜻이었다.

"알겠어."

갑작스러운 명령인 데다 여성에게 할 만한 명령도 아니었지만 아마라테는 그 말을 듣고 순순히 고개를 끄덕이고 스스로 로브를 벗기 시작했다.

스르륵 로브 자락이 벌어질 때마다 아마라테의 맨살이, 뽀얗고 가녀린 소녀의 몸이 드러났다.

그렇게 속옷만 남은 아마라테의 몸을, 주저흔이 퍼진 부분을 소울하울은 물끄러미 쳐다보았다.

"생각보다 넓은데."

하얀 속살에 번지듯이 떠오른 거무죽죽한 얼룩. 주저흔은 아마라테의 왼쪽 옆구리 부근부터 엉덩이를 지나 장딴지까지 퍼져 있었다. 이게 가끔씩 욱신거린다면 통증이 상당하리라는 걸 짐작할 수 있는 상태였다.

그 가슴 아픈 모습을 보고 샤를로테는 입을 앙다물고 눈을 내리깔았다. 하지만 아마라테는, 확대는 멈췄으니 이제 시간이 해결해줄 것이라고 말했다. 끝까지 소울하울을 번거롭게 하지는 않겠다는 자세를 관철할 모양이다.

하지만 그녀는 그런 면에 있어서 소울하울을 잘 모르고 있었다. 그런 상태로 있으면 그가 더 마음을 쓸 수밖에 없다는 사실을.

"예상보다 심하기는 하지만, 이 정도라면 문제는 없겠지."

문제없이 견딜 수 있을 거다. 방금 전의 말은 그렇게 받아들일 수도 있는 것이었다. 그 때문에 직후에 샤를로테는 애원하는 듯한 눈으로 소울하울을 바라보았다. 재고해줄 수는 없겠느냐고 말하듯이.

그 순간. 그것이 샤를로테의 눈에 들어왔다.

"아~ 이건 분명 바르는 거였던가? 샤를로테, 귀찮으니 네가 해."

소울하울이 꺼내든 것은 입수가 불가능하다고 알려진 영약이었다.

소울하울도 주저흔에 신명광휘의 성배가 효과가 있을지 궁금했다. 때문에 어떻게든 시험해보고 싶었지만, 사용한지 얼마 되지 않아 재충전에 시간이 걸렸다. 그런 탓에 기다리는 동안 아마라테는 그 상태로 지내야만 한다.

하지만 그의 성격상 알고도 그런 상태로 두자니 마음이 불편했다. 따라서 소울하울은 빠르게 해결하기 위해 그 영약을 사용하기로 한 것이다.

"어, 그…… 그 영약은……."

그러자 이번에는 샤를로테가 당황했다. 하다못해 다음에 성배로 시험해봐 줄 수 없겠느냐고 할 생각이었는데, 바로 영약을 꺼낼 줄은 몰랐던 것이다. 심지어 그 영약은 이제 입수가 불가능한 물건으로, 가격을 매길 수가 없을 정도의 희귀품이었다.

그런 영약을 쓰라니 정말로 써도 될까 싶어서 당황할 수밖에 없었던 것이다.

"나는, 괜찮아. 그러니까 소울하울 님……."

아마라테 본인도 자신을 위해 그렇게 귀중한 물건을 쓰게 할 수는 없다고 생각한 모양이다. 시간이 치유해줄 거다. 정 그렇다면 나중에 성배의 실험대로 써달라고 답했다.

"내가 신경 쓰이니까 사용하라는 것뿐이야. 네가 괜찮고 말고는 상관없어."

소울하울은 한숨을 내쉬고서 샤를로테에게 영약을 쥐어주고는 빨리하라는 듯이 그렇게 말했다.

"이제 문제는 없겠지? 그럼 다시 일하러 가 봐."

샤를로테가 영약을 바르고 얼마쯤 지나자, 아마라테를 좀먹던 주저흔은 말끔하게 사라졌다.

만약을 위해 그녀의 맨살을 구석구석 관찰한 후, 소울하울은 속으로 안도의 한숨을 내쉬고서 담담하게 말했다. 이제 걱정할 일도 없어졌으니 평소처럼 지내라고.

"그러면, 30년 동안 쌓인 업무 보고부터 시작하죠."

"지금까지의 연구 성과를 확인해 줘."

하지만 30년 만의 재회이다 보니 두 사람은 기쁨이 앞서서 통상 업무가 손에 잡히지 않을 듯했다.

그런 이유로 두 사람은 소울하울에 대한 보고와 같은, 이 자리에서 할 수 있는 일부터 차례로 언급하기 시작했다.

"……그래, 알겠어."

그게 일이라면 할 말이 없어진다. 그렇게 소울하울은 30년 동안 쌓인 보고를 모조리 확인해야만 했다.

"좋아좋아, 그럭저럭 잘 되고 있어."

사령술의 탑으로 돌아오고서 며칠이 지난 어느 날의 오후. 소울하울은 무수히 많은 골렘을 사용해 탑의 지하실 확장 공사를 진행하고 있었다.

보다 넓게, 보다 깊게. 튼튼하게 보강하면서도 궁전처럼 우아하게 장식해 나간다.

대체 그는 지하에 어떠한 방을 만들고 있는 것일까. 아홉 현자용으로 설계된 새로운 연구실일까, 아니면 실험실일까. 언뜻 봐서는 둘 중 어느 것일지 짐작도 안 되었다.

하지만 소울하울이 만들고 있는 것은 그런 전문적인 시설이 아니었다. 오히려 아주 흔한 방 중 하나였다.

그렇지만 그 용도는 결코 평범하지 않았다.

사령술의 탑 지하 깊은 곳까지 이어진 확장방. 그것들은 모두 컬렉션 룸으로 이용될 예정이었다.

"이거, 근사한 방이 완성될 것 같은데?"

때는 지금이라는 듯이 사재를 털어 개조 공사를 하는 그의 얼굴에는 수상쩍으면서도 즐거운 듯한 미소가 떠올라 있었다.

지금 소울하울은 네뷸러폴리스에 그대로 두고 온 무수히 많은 메이드들을 이송할 계획을 세우고 있었다.

오랜 세월에 걸쳐 모아온 메이드들의 숫자가 상당한 탓에 자신의 방만으로는 공간이 많이 부족했다. 따라서 새로 전용 방을 만들어버리고자 한 것이다.

또한 컬렉션하는 데서 그치지 않고 마음껏 애정을 쏟기 위한 방도 준비할 계획이다.

"아아, 기대되는걸. 아주 기대돼."

완성되는 그 날, 이 컬렉션 룸은 그야말로 낙원이 될 것이다.

방별로 이미지를 바꾸는 것도 괜찮겠다. 메이드뿐 아니라 다종다양한 의상도 준비해둘까. 다음에 느긋하게 속옷까지 골라보는 것도 재미있을 것 같다. 머리 스타일의 종류도 늘려 볼까.

그런 밝은 미래를 그리며 소울하울은 대담한 미소를 지었다.

그리고 지하실의 입구에는 그런 그의 모습을 슬그머니 지켜보는 두 사람이 있었다.

"소울하울 님은, 여전한 것 같네요."

"응, 그러게 말이야."

샤를로테와 아마라테다. 소울하울의 취향은 이전 그대로인 것 같다며 쑥덕거리고 있었다.

"언젠가 죽으면, 소울하울 님의 총애를 받을 수 있을까."

"우리한테는, 좀 어려운 이야기네요."

두 사람은 이어서 그런 대화를 나누며 안타깝다는 듯이 한숨을 내쉬었다.

어느 날, 솔로몬의 집무실. 소울하울은 가까운 시일에 실행할 예정인 작업에 관해 상세히 설명하고 있었다.

처음에는 그 작업을 위해 며칠 동안 자리를 비우겠다는 보고만 할 생각이었다. 하지만 그 말을 들은 솔로몬이 뭐 도울 일은 없느냐고 묻는 바람에 보고회가 조촐한 회의로 발전한 것이다.

"——그래도 괜찮겠어? 어째 미안한데."

"상관없어. 동료잖아."

그렇게 갑작스럽게 열린 회의는 소울하울에게 이상적인 결말로 끝났다.

그 내용은 네뷸러폴리스에 두고 온 메이드들의 이송에 관한 것이었다.

당초에 소울하울은 사령술을 최대한 활용해서 인적이 드문 밤에 메이드들을 네뷸러폴리스에서 사령술의 탑까지 이동시킬 생각이었다.

그 방법은 매우 단순했다. 무수히 많은 골렘과 메이드들에게 행렬을 이루게 해서 답파하는 것이다.

그리고 솔로몬은 그 말을 듣고 크게 당황했다. 아무리 밤이라도 길거리에 아무도 없는 것은 아니다. 적어도 그럭저럭 목격되기는 할 테고, 그런 것이 나라의 북서쪽에서 남동쪽까지 횡단하게 두면 무슨 소문과 악평이 퍼질지 모를 일이다.

분명 국내에 불안과 혼란을 불러일으킬 것이다.

그래서 솔로몬은 대안을 제시했고 소울하울은 이를 받아들였다. 황급히 그를 위한 비용을 긴급용 예산에서 변통해서 소울하울의 메이드들을 이송하기 위한 특수 부대를 편성하기로 결정한 것이다.

그렇게 모든 메이드를, 나라가 보유한 마차를 모조리 긁어모아 이송하게 되었다.

"그래, 그럼 잘 부탁할게."

그런 숨은 이유는 둘째 치고, 소울하울에게 솔로몬의 제안은 그야말로 이상적인 것이었던 탓에 좋아라고 받아들였다.

처음에는 소울하울도 마차를 통한 이송을 생각하기는 했다. 하지만 모든 메이드를 태울 만큼의 마차는 준비할 수 있을 것 같지 않았던 탓에 시간은 걸려도 확실한 대행렬 아이디어를 선택했던 것이다.

하지만 나라에서 마차를 지원해준다면 이야기가 달라진다. 심지어 예정보다 훨씬 빠르게 도착할 수 있다. 다시 말해서 그만큼 빨리 준비해둔 방에서 사랑하는 아내들을 귀여워해줄 수 있는 것이다.

겨우 한시름 놓은 솔로몬의 속도 모르고 소울하울은 매우 기분이 좋아졌다.

이상적인 모양새로 해결책을 마련한 덕에 소울하울은 신이 나서 집무실을 뒤로 하려 했다.

"그러고 보니 그 여자가 너한테 감사 인사…… 아니, 너와 이야기를 하고 싶다고 하는데——."

"——됐어."

문득 솔로몬이 그렇게 불러 세운 순간, 소울하울은 온몸으로 거부감을 내뿜으며 곧장 답했다.

솔로몬이 말한 '그 여자'란 신명광휘의 성배로 목숨을 건진 여성이다.

악마의 축복── 지금은 성흔이라는 사실이 정령왕의 지식 덕분에 판명되기는 했지만, 어찌 되었건 일련의 사건 때문에 사경을 헤매던 여성이다.

그녀는 재활운동이며 각성한 힘을 다루는 법을 익히기 위해 당분간은 알카이트성에 머무르기로 했다.

또한 그녀에게는 무엇을 어떻게 해서 구한 것인지를 적절하게 설명해둔 상태다.

소울하울이── 아니, 여성의 시체를 모으고 있던 그 남자가 오랜 시간을 쏟아 부어 그녀를 구하기 위한 아이템을 입수했다는 사실을 아는 것이다.

그리고 왜 알려준 것이냐고 묻자 너무도 알고 싶어 했기 때문이라는 답이 돌아왔다.

소울하울에게는 성가신 여성일 뿐이었지만, 일반적인 관점에서 보면 그야말로 마음씨 착하고 상식적인 숙녀가 따로 없었다.

그런 여성이 꼭 감사 인사를 하고 싶다기에 솔로몬은 이렇게 몇 번이나 의견을 묻고 있었다.

하지만 그때마다 소울하울은 그 자리에서 거부하기를 반복했다. 그에게는 이미 다 끝난 일이었고, 그렇기에 그녀는 성가신 여성이라는 감상밖에 남아 있지 않았기 때문이다.

그 때문에 소울하울은 이 이상 대화할 필요는 없다는 뜻을 말

없이 전하고 집무실을 나섰다.

그렇게 마음을 다잡고 앞으로 할 일을 준비하기 위해 신이 나서 네뷸러폴리스로 향하려던 순간이었다.

"드디어 만났네요. 저기, 하고 싶은 말이 있어요!"

소울하울이 왔다는 사실을 알고 기다리고 있었던 것인지. 고개를 들어보니 그 여성이 그곳에 있었다.

(어째서 이 녀석이…….)

지금은 성의 의료부에서 재활 훈련을 할 시간이었을 텐데. 왜 이런 곳에 있는 건가 싶어서 소울하울은 당황했다.

무엇보다도 큰 문제는 지금부터 네뷸러폴리스로 가려던 참이었다는 것이다. 아닌 게 아니라 그녀를 만난 곳도, 그녀가 소울하울을 따라다니게 된 원인이 된 곳도 그곳이기 때문이다.

신흥종교에 푹 빠진 신자인 그녀는 죽은 자의 시신은 되도록 부모의 곁이나 고향으로 보내서, 명복을 빌어주고 잘 묻어주어야 한다고 굳게 믿고 있었다. 때문에 시신을 모아들이고 있는 소울하울을 설득하기 위해 번번이 네뷸러폴리스까지 들이닥쳤던 것이다.

심지어 그 공방은 몇 년에 걸쳐 이어졌다. 게다가 쓸데없이 감이 좋은 탓에 그 여성은 몇 번인가 계획을 간파해내기까지 했다. 그런 그녀의 신념이 바뀔 일은 없을 테니 아직도 싸움은 끝나지 않은 셈이다.

"하고 싶은 말? 나한테는 없어."

그런 그녀와 말을 섞어봐야 일만 더 번거로워질 것이다. 네뷸러폴리스에서의 대이동 계획을 알게 되면 무슨 소리를 할지 모를 일이다.

그녀가 알아채기 전에 소울하울은 발걸음을 돌려 떠나려 했다. 하지만 그녀에게는 매우 중요한 일인지. 아직 불편한 몸을 필사적으로 움직여서 돌아들어, 눈앞을 가로막고 섰다.

"고맙습니다."

그것은 그녀의 솔직한 감사의 마음이 담긴 말이었다. 사사건건 부딪쳤던 소울하울로서는 생소하게 느껴지는 말이기도 했다.

"고맙다는 말을 들을 만한 일은 아니야."

설마 이 녀석에게 감사인사를 받을 날이 올 줄이야. 그런 생각에 뭐라 형용할 수 없는 감각이 등줄기를 타고 흘렀지만, 소울하울은 시선을 피하며 다시 발걸음을 돌렸다.

하지만 또다시 그녀가 앞으로 돌아들었다.

"그나저나 놀랐어요. 설마 당신이 그 유명한 아홉 현자의 일원인 소울하울 님이었을 줄이야……."

상황 설명에 필요했던 것인지. 아무래도 그러한 정보도 알려준 모양이다.

여성의 얼굴에는 약간의 당혹감이 떠올라 있었다. 하지만 그럴만도 했다. 사사건건 트집을 잡았던 상대가 수상쩍고 미친 사령술사가 아니라 대륙의 역사에 이름을 올린 영웅 중 한 명이었으니.

"그래, 놀랐겠지. 뭐, 말을 안 했으니까. 그럼 이만."

지금이 기회라는 듯이 적당히 답한 후, 소울하울은 냉큼 자리를 뜨려 했다. 하지만 여성은 또다시 "기다려주세요!"라는 말과 함께 앞을 가로막았다. 재활운동 중일 텐데도 끈기가 대단했다.

"당신은 필요 없다고 생각하시겠죠. 하지만 들어주세요!"

여성은 소울하울을 진지한 눈으로 바라보며 애원이라도 하듯이 그렇게 말했다.

직후, 그 표정을 본 소울하울은 움찔해서 엉겁결에 멈춰 섰다. 그녀의 얼굴이, 시신이 어쩌니저쩌니 시끄럽게 떠들어 대던 때와는 명백하게 달랐기 때문이다.

그리고 여성은 멈춰 선 것을 허락으로 받아들인 것인지. 다시금 자신의 속내를 털어놓았다.

여성은 말했다. 자신을 덮친 재앙과 절망이 얼마나 무섭게 느껴졌는지를. 그렇기에 그것에서 구해준 소울하울에게는 감사한 마음뿐이라고.

"의사 선생님께 들었어요. 저를 좀먹고 있던 그 각인에 대해서. 그리고 저 같은 걸 위해서 몇 년 동안이나 가혹한 여행을 계속하셨다는 이야기도——."

상당히 자세하게 설명한 것인지, 아니면 그녀가 자세한 설명을 요구한 것인지. 각인의 의미와 신명광휘의 성배 등에 관해서도 아는 눈치였다.

악마의 저주로 목숨을 잃을 운명인 줄 알았더니, 살아남았을 뿐 아니라 신의 힘의 일부까지 얻게 될 줄이야. 갑자기 그런 말을 들었을 때는 분명 도무지 이해가 되지 않았을 것이다.

하지만 그렇게 된 원인에 알고 있던 인물이 얽혀 있었고, 심지어 그 인물이 아홉 현자라는 사실을 알게 되었을 때 그녀의 심정은 어떠했을까.

"이런 저는…… 당신에게 걸리적거리기만 했을 텐데……."

두 사람의 관계성도 관계성이지만, 상대는 역사에 이름을 남긴 영웅이다. 평범한 계집 따위는 내버려도 이상할 게 없는 상황이었다.

하지만 소울하울은 가혹한 여행을 나서서까지 그녀를 구해주었다.

여성의 마음에는 어째서 그렇게까지 한 것일까, 하는 의문이 생겨났다. 그리고 그렇기에 더더욱 감사의 마음이 커진 것이리라. 그리고 소울하울을 바라보는 그녀의 눈에는, 어느샌가 감사의 마음을 넘어선 것이 담겨 있었다.

"당신이── 소울하울 님께서 구해주신 이 목숨은. 소울하울 님이 보여주신 사랑에 보답하기 위해 사용하고 싶어요!"

"……뭐?"

대체 무엇을 어떻게 생각했기에 그렇게 된 것인지. 그녀는 아주 진지하기 이를 데 없는 눈빛으로 그런 소리를 했다.

듣자하니 그녀는 소울하울이 쏟아준 대가 없는 사랑에 감명을 받았다고 한다.

죽은 자를 위해서 시신을 공양해야 한다는 것이 그녀의 주장이었다. 하지만 그녀 자신도 소울하울을 귀찮게 하고 있다는 것은 자각하고 있었던 모양이다.

그렇기에 자신을 그대로 내버려 두는 편이 소울하울에게는 편하지 않을까 생각했다고 한다. 하지만 귀찮은 존재인 그녀를 소울하울은 내버려 두지 않았다. 내버려 두기는커녕 결국 구해주었다.

여성은 그를 통해 소울하울의 다정함과 평범한 사람은 헤아릴 수 없을 정도로 큰 사랑을 느꼈다고 한다.

그리고 그렇기에 이번에는 자신이 보탬이 되고 싶다는 생각에 다다른 것이다.

다만 뜻은 훌륭해도 거기서 이어진 생각에는 소울하울이 성가시다고 생각했던 그녀의 개성이 강하게 묻어나 있었다.

"제가, 다시 정상적인 사랑을 찾을 수 있도록, 정상적으로 사람을 사랑할 수 있도록 협력해 드릴게요!"

누가 쓸데없는 소리를 불어넣은 것인지, 소울하울이 불사 소녀 애호가라는 사실도 아는 모양이었다. 다만, 무엇을 어떻게 생각했기에 그렇게 된 것인지를 따져보니, 정보를 사실과 다소 다르게 받아들인 듯했다.

소울하울은 과거에 연인에게 심한 배신을 당했고, 그렇게 마음의 상처를 입은 탓에 죽은 자밖에 사랑할 수 없게 되어버렸다고.

대체 어떻게 곡해하면 그런 답에 다다를 수 있는 것인지. 소울하울은 여성의 황당한 언동이 당황스러울 따름이었다.

하지만 그와 대조적으로 여성은 이것이야말로 자신의 사명이라는 듯이 정열적인 눈빛을 보내고 있었다.

"나 참, 괜한 참견 마. 그리고 이전에 있었던 일을 잊은 거야? 우리 사이에 협력 관계 같은 게 성립할 리가 없잖아."

두 사람의 만남과 지금까지의 관계상 치고받는 싸움으로 발전할 가능성은 충분히 있어도, 협력 관계가 될 일은 없다고 소울하울은 확신했다. 또한 진심으로 이 이상 얽히고 싶지 않다고 생각하는 그에게 이 제안은 결코 받아들이고 싶지 않은 것이기도 했다.

하지만 지금의 그녀에게는 무슨 소리를 해도 소용이 없을 듯했다.

"이전의 저는, 약간 자신의 감정만 우선시했던 것 같아요. 하지만 지금은 달라요. 소울하울 님이 보여주신 대가 없는 사랑이, 알려주었다고요. 지금까지의 과정이 어땠든, 사람은 서로 도울 수 있다는 걸. 그리고 앞날을 함께 계획할 수 있다는 걸!"

어떻게 해석하면 그런 답에 도달할 수 있는 걸까. 감수성이 풍부한 것도 병이라는 생각에 소울하울은 어이가 없어졌다.

"바보 같은 소리 말고, 네가 좋아하는 신이 있는 곳으로 돌아가지 그래. 안 그래도 한참 동안 떨어져 있었는데. 슬슬 돌아가지 않으면 버림받을걸."

그녀는 신흥종교의 신자다. 그 가르침 때문에 이렇게 얽혀버리게 된 것이었지만, 신앙심이 깊기에 신이라는 단어는 먹혀들 줄 알았다.

하지만 그 말은 오히려 역효과만 낳았다.

"안심하세요. 지금 제 곁에는 언제나 신께서 머무르고 계시니까요."

신명광휘의 성배로 인해 몸에 깃든 신의 힘을 말하는 것이리라. 오히려 뼛속까지 신자인 그녀는 보다 가까이 느낄 수 있게 된 덕에 신앙심이 더욱 깊어진 듯했다. 그리고 그런 신과의 연결고리를 만들어주었다는 이유로 소울하울을 더욱 의식하게 된 것이다.

또한 현재는 그 특별한 힘을 활용하는 훈련 같은 걸 하고 있다고 한다.

그리고 재활운동을 비롯한 훈련 등의 경과 관찰을 겸해서 그녀의 신변은 알카이트 왕국에서 맡기로 했고, 그녀 본인도 그 일에 동의했다는 모양이다.

"저도 소울하울 님처럼 나라를 섬기는 몸이 되었어요. 그렇기에 소울하울 님을 위해서, 소울하울 님이 사랑하는 나라를 위해서, 이 힘을 사용하고 싶다는 마음이 싹튼 거예요!"

목숨을 구해주었을 뿐 아니라 살아가기 위한 새로운 희망까지 주었다는 말을 할 정도로, 비상식적으로 보일 정도로 그녀는 소울하울에게 심취되어 있었다.

"아니, 정 그렇다면 나는 상관하지 말고 나라에나 헌신해 줘."

앞으로 귀환할 아홉 현자. 거기에 기적의 힘을 지닌 그녀가 더해지면 알카이트 왕국의 힘은 더욱 견고해질 것이다.

나라에는 매우 득이 되는 상황이다. 하지만 소울하울에게는, 이전까지와 모양만 조금 달라질 뿐, 같은 나라라는 무대에서까지 그녀가 따라다니는 상태가 되어버리는 것이다.

설마 국가 공인으로 나라에 눌러앉을 셈인가, 라는 생각이 들어서 소울하울은 몸서리를 쳤다.

이토록 감수성이 강한 탓에 이렇게 뚝심 있는 신자가 된 것일까. 그런 분석을 하면서도 어떻게든 이 이상 얽히지 않을 방법을 궁리했다.

그런 감정은 표정에 다 드러났지만, 지금의 여성은 무적이다.

혐오감으로 가득한 소울하울의 표정조차도 자애로운 마음으로 받아들이고 미소 지어 보인 것이다.

"아뇨, 지금 저의 가장 큰 바람은, 소울하울 님께 진실된 사랑을 알려드리는 거예요! 지금은 이해하지 못한다 해도, 언젠가 반드시 사람을 사랑할 수 있게 해드리겠어요!"

여성은 그렇게 열의에 찬 말을 쏟아내기 시작했다. 그 눈빛은 진지하기 그지없었고, 시신이 어쩌니저쩌니 떠들어댔을 때보다 뜨거운 정열로 가득 차 있었다.

"아니, 그럴 일은 절대로 없어!"

소울하울은 딱 잘라 말했다. 그리고 그 말을 듣고도 열의를 불사르는 여성의 미소를 본 순간, 그대로 쏜살처럼 달아났다. 그녀에게는 이 이상 무슨 소리를 해도 소용이 없다는 사실을 깨달았기 때문이다.

"아, 소울하울 님!"

그녀의 몸은 아직 완전히 낫지 않은 탓에 그 이상 소울하울을 쫓지는 못했다.

하지만 이번에는 회피할 수 있었다 쳐도, 앞으로는 여러 가지 일로 맞닥뜨리게 될 거다.

"나 원, 성가신 걸 깨어나게 해버렸군……."

그렇게 중얼거렸지만 그는 후회하지 않았다. 하지만 소울하울은 그녀가 건강해지고 나면 다른 일에 집중해주기를 간절히 기도할 수밖에 없었다.

후기

구입해주셔서 감사합니다!

평소 같은 분위기로 후기 타임을 시작하겠습니다.

17권! 정말이지 감개가 무량합니다…….

언제나 이렇게 구입해주셔서 정말로 감사드립니다!

스에미츠 짓카 선생님의 코믹스판과 우오누마 유우 선생님의 외전, 바니라 보우 선생님의 스핀오프도 있으니 이쪽도 모쪼록 잘 부탁드립니다.

그리고 이번 권의 표지도 아주 근사합니다! 그야말로 여왕의 풍경이네요. 그리고 이런 느낌의 그림을 보다보면, 저도 모르게 내 집은 어디쯤에 있을까 괜히 찾게 되고는 합니다.

참고로 늘 처음에 러프 스케치를 보내주시는데, 이 시점에서부터 이미 엄청 느낌이 좋습니다. 후지 초코 선생님의 일러스트에는 러프 스케치 단계부터 이미 환상적인 세계가 펼쳐져 있습니다!

이걸 볼 때마다 매번 생각합니다. 이번에도 근사한 표지가 되겠다고. 그리고 늘 이런 저의 기대를 뛰어넘어 주십니다.

이렇게 밖으로 나돌 일이 없는 귀중한 러프 스케치를 갖고 있는 저는, 후지 초코 선생님의 팬분들에게 부러움의 대상이겠죠? ~~후후후후후~~.

그나저나 이 17권이 발매될 즈음이면 애니메이션판의 방송도 끝났겠군요. 올해도 벌써 애니메이션 1쿠르(쿨) 만큼이 지나간

셈입니다. 시간 참 빠르네요.

부디 재미있게 보셨기를 바랍니다!

자아 그럼, 이번에는 페이지에 여유가 좀 있으니 오랜만에 좋아하는 게임 이야기라도 해볼까요.

아닌 게 아니라, 드디어 엘든링이 발매됐잖습니까!

발표됐을 때부터 이날이 오기만을 손꼽아 기다리고 있었습니다.

발매 연기는 문제도 아니죠. 지금은 마음껏 즐기고 있습니다.

물론 일을 다 끝내고 나서요. 일을 끝내고 나서 하는 게임만큼 즐거운 것도 없으니까요.

그리고 그 게임의 내용은, 기대를 배신하지 않은 정도가 아니라 기대 이상이었습니다!

그야말로 이런 걸 해보고 싶었다, 싶은 것들을 조준사격한 듯한 느낌입니다.

하지만 기본적으로 똥손이다 보니 하드한 전투의 벽에 자주 부딪히고는 합니다.

그럼에도 기존 시리즈에서 이어진 온라인 요소를 이용하면 클리어할 수 있습니다. 강한 협력자를 불러버리면 그만이란 거죠!

저는 게임을 할 때 어떻게 하면 편하게 이길 수 있을까에 중점을 둡니다.

고생 끝에 클리어하면 달성감이 엄청나다고 말씀하시는 분들과는 정반대되는 스타일이죠.

제 경우에는 편하게 이기는 방법을 찾는 부분에서 고생을 하고, 고전을 면치 못할 상대를 편하게 쓰러뜨리는 데에서 달성감을 얻습니다!

필드를 뛰어다니며 공격이 닿지 않을 장소를 알아내고, 그곳까지 유인해서 일방적으로 마술을 박아 넣는다.

이것이 저의 엘든링입니다!

아무튼, 플레이어에 따라 여러 방식으로 플레이할 수 있는 걸작이었습니다!

자아, 아직 페이지가 남았으니 이번에도 신경 쓰이는 게임에 관해 말해보도록 하죠.

분명 기대하고 계신 분들이 많을 줄로 압니다.

바로 호그와트 레거시입니다!

호그와트…… 네, 그 해리포터의 세계를 소재로 한 게임입니다.

그리고 최근에 최신 트레일러 영상이 발표되었습니다.

보기만 해도 가슴이 쉴 새 없이 두근거리네요!

놀랍게도 그 호그와트를 탐험할 수 있는 데다 영화에서 등장했던 장소에도 갈 수 있다고 합니다.

이러면, 플레이할 수밖에 없잖아요!

심지어 아무래도 올해 홀리데이 시즌에 발매한다는 모양입니다…….

(※ 연기되어서 2023년 2월 초 발매)

……홀리데이 시즌? 조사해 보니 크리스마스에서 연말까지의 기간을 말한다고 합니다.

연말…… 이제 얼마 안 남았지만 이렇게 기대할 것이 있다는 건 좋은 일 같네요.

그런 기대감을 가슴에 품은 채, 앞으로도 분발하고자 합니다.

그럼 모쪼록 18권도 잘 부탁드립니다!

현자의 제자를 자칭하는 현자 17

2023년 3월 15일 1판 1쇄 발행

저 자 류센 히로츠구
일러스트 후지 초코
옮 긴 이 정대식
발 행 인 유재옥
담당편집자 정영길
편집 1팀 김준균 김혜연
편집 2팀 정영길 조찬희 박치우 정지원
편 집 3팀 오준영 이해빈 이소의
미 술 김보라 박민솔
라 이 츠 김정미 맹미영 이윤서
디 지 털 박상섭 김지연
발 행 처 ㈜소미미디어
등 록 제2015-000008호
주 소 서울시 마포구 토정로222, 403호 (신수동, 한국출판콘텐츠센터)
판 매 ㈜소미미디어
마 케 팅 한민지 최정연 박종욱 최원석
전 화 편집부 (070)4164-3962, 3963 기획실 (02)567-3388
판매및마케팅 (070)4165-6888 Fax (02)322-7665

ISBN 979-11-384-1270-4 04830
ISBN 979-11-5710-460-4 (세트)